特命捜査

彷徨う警官 2

JN267488

角川文庫
19645

目次

プロローグ

刑事部屋はほとんどの刑事たちが出払い、閑散としていた。

北郷雄輝《きたざとゆうき》は、ロッカーの中の私物を段ボールに移していた。

蒲田《かまた》署刑事一課強行犯係長を拝命して、二年ほどしか経っていない。

四月一日付けで警視庁刑事本部捜査一課に上がるよう異動の内示を受けていた。

蒲田署勤務は、あと二十日もない。

ロッカーの扉の裏には、吉原紗織《よしはらさおり》の写真が貼ってある。写真を剥《は》がして手に取った。

セーラー服姿の紗織は自転車を押しながら、やや小首を傾げて、いまも微笑んでいる。ポニーテイルにした黒髪が吹き寄せる風になびき、時の壁に張りついて止まっている。時間は二十年前のままだ。

心が疼《うず》いた。

紗織を殺した犯人は時効になる寸前に、なんとか自分の手で挙げたものの、喪失感はいまだ癒《い》えていない。

公判も始まったばかりで、犯人を死刑台に送るまでは最後の最後まで裁判に通い続けるつもりだ。

北郷は紗織の遺影に黙禱《もくとう》し、紗織が愛した中原中也《なかはらちゅうや》の詩集に挟み込み、段ボールの中に収めた。

いきなり床が左右にゆっくりと揺れた。

北郷は思わず頭を押さえながら立ち上がった。

眩暈《めまい》？　いや違う。

床だけでなく部屋全体がゆさゆさと大きく揺れる。

地震だ！

誰かが大声で叫んだ。

警報の非常ベルが鳴りはじめた。

咄嗟《とっさ》に目の前のロッカーに手を突いて軀《からだ》を支えた。ロッカーの扉がばたんと音を立てて閉じた。

横揺れ。

まるで船に乗っているかのように、ビル全体が前後左右に揺れる。

壁掛け時計に目をやった。

午後二時四十六分。

ロッカーは軋《きし》みながら揺れ、いまにも倒れかかろうとする。ロッカーを手で押さえ、揺れに備えた。

部屋のあちらこちらから、声にならぬ声が上がった。

長い。かなりの地震だ。

誰もが、その場で机や柱に縋《すが》り付き、床に這《は》い蹲《つくば》っている。

机の上のパソコンが音を立てて倒れ、あちらこちらで積み上げた資料の山が崩れ落ちる。

北郷は大声でいった。

「落ち着け。安全確保しろ」

「みな身を守れ！」

戸田《とだ》刑事課長も机の下にもぐり込みながら、上擦った声を立てた。

天井から吊《つる》された刑事一課の看板が前後左右、大きく揺れに揺れている。

女の悲鳴が上がった。

青木奈那《あおきなな》だ。

北郷はロッカーから離れ、机を伝いながら通路に出た。

車輪がついた椅子が建物の揺れに同調し、床の上を移動している。

両側の机に摑《つか》まり、中腰になってあたりを見回した。

机の下に潜り込んでいる青木奈那を見付けた。

青木の傍に屈《かが》み込んだ。

「青木、大丈夫か」

「……はい、大丈夫みたいです」

奈那は青ざめた顔に無理遣《むりや》り作り笑いを浮かべた。肩が小刻みに震えていた。

「すぐ揺れは止まる。長くは続かない」

自身を励ますようにいった。

壁に掛けたハイビジョン・テレビが緊急地震速報を流していた。

放送スタジオも混乱している様子だった。

『……大きな揺れに注意してください。ただいま地震の揺れが続いています。……』

男のアナウンサーが、冷静な態度を装いながら呼び掛けている。

『……ただいま、東北各県と関東首都圏が、震度5以上の強い地震に襲われています。慌てて逃げないでください。揺れが止まるまで、安全を確保してください。現在気象庁から大津波警報が出ています。海岸近くにいる人は、海から離れて避難してください。……地震はいったん止まっても、強い揺り戻しがあります。引き続き余震に備えてください。……』

ようやく揺れが収まった。

天井から吊《つる》された看板は慣性で止まらず、まだ左右に大きく揺れている。

警報の非常ベルもけたたましく鳴り続けていた。

「みんな、怪我はないか？」

北郷は部屋の中を見回した。

部屋に残っていた刑事課員たちが、あちらこちらから立ち上がり、呆然《ぼうぜん》としていた。

「でかい地震だったな」

「突然だったからな。肝を冷やしたぜ」

「いったい、どこが震源地だ？」

「三陸《さんりく》沖らしいぞ」

雨垣《あまがき》や真崎《まさき》たちは、テレビの放送を見ながら、互いの無事を確かめ、ほっとした顔で言葉を交わしている。

戸田課長が、大声で命じた。

「余震に備えろ。状況報告しろ！　署内の被害が分かり次第に報告しろ」

北郷は課員たちを見回した。

まず安否確認だ。怪我をした者はいないか？

いま刑事部屋に残っている課員たちは、青木、雨垣や真崎ら六人。全員無事なようだった。

「いまのところ、負傷者なし」

「よし」

戸田課長がうなずき、おもむろに卓上の受話器を取った。

署内の非常ベルが不意に鳴り止んだ。

急にあたりに静寂が戻った。耳鳴りが残っている。

隣の刑事二課でも係長が課員たちの無事を確かめていた。

「あーあ、こんなに落ちちゃっている」

青木が机の下から這い出て、床に散乱した書類やファイルを片付けはじめた。

机の上の電話機が、あちらこちらで一斉に鳴り出した。

課員たちは、それぞれ机の電話機に飛び付き、応答しはじめた。

「あ、また余震」

青木が不安そうに天井を見上げた。

ビルがかすかに揺れる。先刻ほど大きな揺れではない。

「これくらいの余震なら平気だな」

「ほんとですね。さっきの地震に比べたら何でもない」

青木はほっとした顔でうなずいた。

戸田課長は席で受話器を耳にあてていた。

「……だめだ。署長室はずっと話し中だ。繫《つな》がらない。回線がアウトになったか？　誰か、上の階を見て来い」

北郷は残っている刑事たちに向いた。

「雨垣、真崎、直《す》ぐに階上に行き、署長、刑事部長の安否と状況を確認して来い」

「はいっ」「了解」

雨垣と真崎は弾《はじ》かれたように部屋を飛び出して行った。

「ほかの者は各階各セクションと連絡を取り、署の被害状況を把握しろ」

「はいっ」

課員たちは、それぞれ電話機に飛び付いて、各所に電話をかけはじめた。

課員の一人が受話器を手に北郷にいった。

「出先の光安《みつやす》刑事から電話が入っています。捜査続行か、それとも署に上がった方がいいか……」

光安たちは、先に起こった強盗未遂事件の捜査にあたっていた。

「捜査をいったん中止し、署に戻れ、といえ。これから何があるか分からない。出ている刑事たちにも、みな署に戻れと連絡しろ」

「了解」

テレビは、震源地が三陸沖、マグニチュード8の巨大地震であることを繰り返していた。

マグニチュード8だと?

かなりの巨大地震だ。

北郷の頭に阪神淡路《はんしんあわじ》大震災の光景が頭を過《よぎ》った。

阪神淡路大震災の時には、高速道路が橋桁《はしげた》ごと薙《な》ぎ倒《たお》されていた。ビルが倒壊し、軒並み、電柱が斜めに傾いた。

蒲田署のビルは比較的新しく、耐震設計が施されているのでほぼ安心だ。

周囲のほかのビルははたして無事なのか?

同じ考えからか、戸田課長が窓に寄り、蒲田の街を見下ろしていた。

「課長、外の様子はどうですか?」

北郷も急いで窓辺に歩み寄った。

「いまのところ、大丈夫なようだ」

署の三階から見下ろす蒲田の光景は、普段とあまり変わらなかった。

見た限り、倒壊している家屋やビルはない。ガラス窓が割れた様子もない。火事の煙も上がっていない。看板が落下したり、電柱が倒れた様子もない。

大通りには、地震に驚いて建物から飛び出た人たちが大勢いるが、混乱している様子はない。

環状八号線の車の流れが悪くなり、渋滞が始まっていた。渋滞の車の間を縫うように、緊急灯を回した救急車がサイレンを上げながら走って行く。

ともあれ、うちの管内は無事らしい。

北郷は、ほっと安堵《あんど》した。

『緊急指令……』

スピーカーから通信指令室の指令が流れ出した。

『……地震による被害につき、各所轄は状況を本部に報告せよ。くりかえす。……』

北郷は振り向いた。

刑事部屋では、早くも片付けが始まっていた。課員たちは散乱した書類やパソコンのモニターを拾い上げ、元の机に戻して行く。

扉が開いた。真崎が駆け戻った。

「課長、署長も部長も無事でした」

「おう、そうか。よかった」

課長はうなずいた。

「課長、至急署長室へ上がってほしいとのことです。本庁からの緊急指令が入っているそうです」

「ほかに被害が出たかな?」

あれだけの揺れだ。首都圏のどこかで土砂災害や火事が起こっても不思議ではない。

大地震などの災害時には、警察は全庁を挙げて、非常事態に対処することになっている。

「係長、私は上へ行ってくる。ここは頼む」

課長は電話を切り、北郷に向いた。

「了解しました」

課長はあたふたと刑事部屋を出て行った。

雨垣と真崎は自分たちの机に戻り、崩れ落ちたファイルや書類を片付けはじめた。

北郷も自分の席に戻ろうとした。

青木奈那が、甲斐甲斐《かいがい》しく北郷の机の周りを片付けていた。

「青木、ありがとう。後は自分でやる」

北郷は礼をいった。

青木奈那は微笑みながら頭《かぶり》を振った。

「やらせてください。係長の机を片付けるのは、二度とないでしょうから」

青木は床に落ちたファイルや書類を机に戻した。

「そうか。済まんな」

このところ連日、後任の係長と引継ぎに追われていた。

異動にあたっては、現在、刑事一課が扱っている強行犯事案の捜査資料を整理して、後任係長に渡さねばならない。

いま捜査途中の強盗殺人未遂事案については、まだ被疑者の身柄を捕ることが出来ないので、次の係長への引継ぎ事案となる。

心残りだったが、捜査の道筋をつけただけでもよしとせねばなるまい。

北郷も散乱したファイルや書類を拾い上げ、片付けはじめた。

青木が囁《ささや》くような小さな声で尋ねた。

「係長は本庁に上がったら、これまで以上に、お忙しくなるのでしょうね」

「多分な。忙しくなると覚悟はしているが、はたしてどうなるか」

「本庁の捜査一課ですもの。忙しいに決まっています。どんな人たちが、係長の下に集まるのか楽しみですね」

「まだ、どんな連中と一緒に仕事をすることになるのか、まだ何ともいいようがない。上司の話では、ほぼ全員が、自分よりも年上で、いずれも選《え》りすぐりのベテラン刑事たちらしい。そのベテランたちとどう折り合ってやっていけるかが、鍵《かぎ》だろうな」

北郷が本庁捜査一課に引き上げられたのは、捜査一課管理官の宮崎邦男《みやざきくにお》警視の強い引きがあったからだった。

宮崎は、以前、北郷が新宿署刑事課に配属されていた時の直属の上司だった。北郷は宮崎の下で、さまざまな強行犯事案の捜査にあたった。

宮崎は鑑識上がりの切れ者だった。

殺しの捜査になると、蛇のような執念でホシを追い詰め、決して手を抜くことがない。地を這《は》うような、地道で粘り強い捜査で、完全にホシを追い詰める。

北郷も粘る捜査では人後に落ちないが、宮崎のさらに執拗《しつよう》な捜査手法には、しばしば舌を巻いた。

北郷は、その宮崎から見込まれ、捜査一課に引き上げられた。

「……また地震」

青木は不安そうな顔で天井を見た。

刑事課の看板が左右に揺れている。

「？……」

テレビの画面を見ていた刑事たちが呻《うめ》き、立ち竦《すく》んだ。

『……名取《なとり》市上空。沖合から津波が押し寄せている。凄《すご》い。……波は堤防を乗り越えて進んでいる。……』

北郷はテレビ画面に見入った。

自衛隊のヘリコプターから送られて来るライブ映像だった。

灰褐色の波が見る見るうちに田畑や家屋を呑《の》み込み、突き進んで行く。津波に押し潰《つぶ》され、流されて行く家屋から火の手が上がる。

「係長……」

青木が北郷の腕に縋《すが》った。顔面蒼白《そうはく》だった。

北郷も背筋に戦慄《せんりつ》が走るのを覚えた。

こんな光景は見たことがない。悪夢を見ているのではないか。

津波は畑を呑み込み、道路を乗り越え、平野一面に拡がっていく。

道路を白いバンが津波から逃れようと必死に走っている。

画面が切り変わった。

『石巻《いしのまき》市の映像が入りました。……』

防波堤を乗り越えた大波が白く泡立ちながら、市街地の家屋に襲い掛かり、圧《お》し潰し、押し流して行く。家屋の屋上には逃げ遅れた人影が見えた。

漁船が家屋と一緒に黒い濁流に押し流され行く。低いビルとビルの間を縫って津波が合流し、さらに強い流れになって進んで行く。

岡の上から撮影された映像らしく、津波の轟音《ごうおん》とともに、逃げ延びた人たちの悲鳴や泣き叫ぶ声が混じっている。

「……ひどい。流されて行く家には、まだ人がいるのでしょ?……」

青木は息を呑み、北郷の腕を強く摑《つか》んだ。

これはおおごとになる。阪神淡路大震災は津波がなかった。この津波だけ見ても、今度の地震が並みの地震ではないのが分かる。

「こりゃあ、たいへんだぞ」

刑事たちは顔を見合わせた。

「これは応援を要請されるぞ」

「機動隊を緊急派遣するしかないな」

刑事たちは北郷を見た。

いったい、どうしたらいいというのか？

いまのところテレビを見るしか、やることがない。

別の世界の出来事のように感じた。だが、テレビがライブで報じていることは現実なのだ。

いままさに東京から遠く離れた三陸地方で進行中の事態なのだ。

しかし、このまま遠い地方の災害ということではなくなる。必ず首都圏警察も災害派遣に出ることになる。

岩手、宮城、福島三県の警察力だけでは、限界がある。

おそらく、警察庁も全国の警察に三陸地方への災害派遣の大号令をかけるだろう。

いや、警察力だけでは対応できず、自衛隊や消防庁も救援部隊を出すことになる。

これまで経験したことがないような最大規模の災害派遣になるに違いない。

テレビのアナウンサーが慌てた口調でいった。

『……ただいま入った情報です。……福島第一原発が大津波に襲われ、原子炉に重大事故が発生した模様です。……』

なんだと？

時計に目をやった。

午後三時四十五分。

北郷は胃がきりきり引き攣《つ》るのを覚えた。

マグニチュード8の大地震、ついで起こった巨大津波の来襲。

福島原発と東京は、およそ二百キロメートルと離れていない。

もし、万が一にも、福島原発が爆発したら、風向き次第で、東京首都圏は放射能に汚染されかねない。そうなったら一千三百万人の都民が東京から避難せねばならなくなる。

いったい、どこへ逃げるというのだ？

西へ避難するとしたら神奈川県や山梨県か？　北へ逃げるとしたら群馬県を抜け、新潟県か長野県か？

一千三百万人を、いったい、どうやって避難させることが出来るのだ？

北郷はパニックに襲われた群衆が車や徒歩で、東名や幹線道路を逃げ惑う光景を想像した。

警視庁警察官や警察職員四万三千人では、パニックになった大群衆を宥《なだ》め、安全な地帯に誘導することなど、とても出来ることではない。

「チェルノブイリ原発事故が日本でも起こったというのか！」

「馬鹿な。あれほど日本の原発は安全だといっていたではないか」

刑事たちはテレビの前に釘付《くぎづ》けになった。

「係長、いったい、どうなるんでしょう？」

青木が青ざめた顔を北郷に向けた。

「俺にも分からぬ。予想もしなかった非常事態だ。原発建て屋が爆発したといっても、どの程度の爆発なのかが分からぬと、対策も立てられぬだろう。まずは情報収集だ。正確な情報を得られないと動きが取れぬ」

「ネットで情報を探ってみます」

青木は即座に反応し、パソコンの前に座った。

テレビのアナウンサーの声が続いた。

『三陸から関東にかけての太平洋沿岸を襲った大津波で、各地の市町村はいずれも壊滅的な打撃を受けています。いま入って来たニュースでは、政府は非常事態宣言を出し、陸海空自衛隊に緊急災害出動を命じました。……』

アナウンサーは手元のメモ用紙を見ながらいった。

『……気象庁は、この度の地震について、「東北地方太平洋沖地震」と命名すると発表しました』

東北地方太平洋沖地震か。

扉が蹴破《けやぶ》られるように勢いよく開き、雨垣が部屋に飛び込んだ。

「係長、緊急招集が掛かりました。係長以上の幹部は、至急、会議室に集合とのことです」

「うむ。分かった」

署内のスピーカーが告げた。

『署長より全署員に。この度の未曾有《みぞう》の巨大地震と大津波による災害に際して、警視総監より、全警察官、警察職員に緊急指令が下った。全署員、別命あるまで、いつでも出動できるよう署において待機せよ。繰り返す……』

北郷は、雨垣に後の指揮を任せて、刑事部屋を出た。エレベーターは停止している。階段を係長以上の幹部たちが駆け上がって来る。彼らの顔も、いつになく引きつっていた。

北郷は目顔で顔見知りの幹部たちと挨拶《あいさつ》を交わしながら、階段を駆け上がった。

第一章　大森女子大生放火殺人事件

1

北郷雄輝が署長から、捜査一課特命捜査対策室への異動を内示されたのは、三月二十日のことだった。

北郷は、翌二十一日午前九時、警視庁本庁舎の刑事総務課へ出頭せよ、と命じられた。

警視庁は三月十一日夕刻以来、大混乱に陥っていた。

十一日十五時半過ぎ、福島第一原発は数次にわたる大津波のため全電源喪失状態になり、非常用炉心冷却装置が働かなくなった。

そのため政府は十一日夕方、原子力緊急事態宣言を発令。ついで防衛大臣から自衛隊に原子力災害派遣命令が下った。

さらに、その夜九時過ぎ、総理大臣は福島第一原発から半径三キロ以内の住民には避難命令を出した。

翌十二日十五時三十六分、ついに1号機の原子炉建屋が水素爆発で吹き飛び、半壊した。

全電源喪失により、原子炉の冷却装置が働かなくなったため、燃料棒は露出し、ついにメルトダウンする事態になった。

政府は自衛隊や警視庁、消防庁に命じて、消防車などを動員し、総力を挙げて原子炉への注水活動を行なわせた。

北郷が警視庁に出頭したのは、まだ混乱を極めていた三月二十一日のことだった。

例年、春の異動は四月だが、警視庁は今年は3・11の東日本大震災への対応に追われ、異動は小規模なものになる。

北郷の捜査一課への転属する命免式の手続きは、後日にということになっていた。

宮崎は電話で曰《いわ》く、

「凶悪事件は一刻も待ってくれない。警察が大震災で混乱している間にも、いつ何時凶悪犯罪が発生する怖れもある。二十一日には、本庁捜査一課に、新任の係長以下、新しい部下たちを揃えておく」

即断即決。

一度決めたら、時間を置かず、一挙に事を進める。もし、間違ったら、すぐにやり直す。早め早めにやれば、臨機応変、軌道修正する余裕が出来る。

いつもの宮崎のやり方だ。

北郷は警視庁への階段を駆け上がった。

警備の警官が敬礼して北郷を迎えた。

大勢の警官や警察職員たちに混じり、エレベーターで六階に上がる。

警視庁の庁舎は、いずれの階も落ち着かぬ様子で騒《ざわ》ついていた。

気象庁は今回の地震の規模がマグニチュード9であったと修正した。

東日本大震災の規模があまりに大きかっただけでなく、さらに追い打ちをかけるような福島第一原発爆発、原子炉メルトダウンという前代未聞の非常事態に、首都東京を預かる警視庁は、上から下まで大混乱に陥っていた。

警視庁は、政府や警察庁からの命令もあり、すでに麾下《きか》の機動隊を中心にした警察部隊を、被災地に急派し、被災者救援に着手していた。

その一方、政府から、極秘裡《ごくひり》に、防衛省、警察庁、警視庁、自衛隊、消防庁など関係省庁に、原子炉爆発という国家的危機事態に備え、関東首都圏の住民総避難の計画を策定するように指示が下されていた。

万が一、福島第一原発に保管してある大量の使用済核燃料の冷却が出来なくなり、核爆発が起こったら、半径百キロ圏内は壊滅し、二百キロ圏内は高線量の放射能で汚染され、人も動物も住めなくなる。

福島県のみならず、福島第一原発に近い茨城県や栃木県、宮城県、山形県はもちろん、二百五十キロ圏内の東京首都圏も、安全ではなくなる。

そうなったら東京のみならず、神奈川県、千葉県、茨城県、埼玉県、栃木県、宮城県、山形県などの住民およそ三千万人の総避難が必要になる。

玉突き効果で、隣接県である静岡県、山梨県、岩手県、新潟県、山形県、さらには、長野県や岐阜県、愛知県も避難民の大挙傾《なだ》れ込みで、大混乱になろう。

東日本は壊滅し、人々は我も我もと西日本や北日本へ逃れようとするだろう。さしずめ、民族大移動だ。

警視庁が管轄する東京都民一千三百万人を地方へ避難させるだけでも、途方もない大事業なのにである。大混乱は必至だった。

当然、自衛隊や消防庁などの協力も得なければならないし、受け入れ先の地方自治体の協力なしには行なえないだろう。

阿鼻叫喚《あびきょうかん》は必至だ。人々はパニックに襲われ、各地に暴動が起こるかもしれない。

核爆発や放射能禍から、逃げられない住民もたくさんいて、犠牲者もかなりの数に上るに違いない。

国や政府が乗り出さねばならない国家的危機である。

アメリカのような国家非常事態管理庁のような危機管理機関がない日本は、どこがその機能を担うというのか？

内閣の危機管理監の下、危機管理センターが避難対策を策定するとして、その手足になって避難対策を実施する機関は、いったいどこが担うのか？

東京都庁や各県庁など行政機関は、被災地の県や自治体への要員派遣に追われている。

防衛省、自衛隊は自衛隊始まって以来初めての十万人態勢の災害派遣出動を行なっていた。

しかも冷却水を失った原子炉を冷却するために、自衛隊は化学防護隊をはじめとする消防隊や決死隊を送り込んでおり、これ以上人員を割いて、住民総退避へ回せば肝心の国防に差し障りが出てくる。

警察庁、警視庁、消防庁も、いま手一杯だ。

警察庁は、東京警視庁をはじめとする全国の都道府県警察に災害派遣出動を命じた。警視庁も急遽《きゅうきょ》、麾下の機動隊を福島に緊急派遣した。

東京消防庁も政府や東電の要請で、原子炉冷却のため、ハイパーレスキュー部隊や高性能の消防車を福島原発へ送り込んでいる。

北郷は幹部会議で耳にした事態のあまりの深刻さに暗澹《あんたん》たる気持ちだった。

いったい、この日本はどうなるというのか？

刑事総務課の職員は、北郷が内示書を出し、宮崎管理官から出頭を命じられたことを告げると、しばらく待つようにいった。

職員はどこかに内線電話をかけていたが、やがて受話器をフックに戻した。

「捜査一課へ行ってください。宮崎管理官がお待ちです」

北郷は礼をいい、広い廊下に戻った。

隣室の出入口に「捜査一課」と墨字で麗々しく書かれた札が掛けられてあった。

捜査一課には、これまで何度も足を踏み入れたことがある。

ドアを押し開け、数人の刑事たちが談笑しながら出て来た。いずれの背広の襟にも、捜査一課員を示すS1Sの赤いバッジが光っていた。

Search 1 Select（選ばれし捜査一課員）の頭文字である。

刑事たちは、北郷にちらりと流し目をし、肩で風を切って廊下を歩き去った。

北郷は捜査一課の大部屋に入った。

大部屋には整然とデスクが並び、手前の端から奥にかけて、第一～第七強行犯捜査の札が垂れ下っている。

ほとんどの係の刑事たちが出払っている。在庁して待機している刑事たちは、次に発生する事件を担当する「事件番」だ。

事件番の刑事たちは、束の間の休息であっても、パソコンに向かい、捜査報告を打ち込んでいる。

近くの机で新聞を読んでいた白ワイシャツ姿の刑事がふと顔を上げ、北郷を胡散臭《うさんくさ》げにじろりと流し目した。

人を値踏みする目付きだった。新参者と古参者を嗅《か》ぎ分け、どう対するかを考える。

「特命捜査対策室の宮崎管理官は、どちらに居られる？」

「特命捜査対策室の管理官？　あっちで聴いてくれ」

北郷を新参者と見た刑事は顎《あご》で奥を指した。

私服では階級は分からない。その刑事の机は、ずらりと並んだ机の列の一番端にあるところから見て、巡査か巡査長と見た。

巡査部長ということもあろうが、北郷と同格の警部補ではない。捜査一課では、警部補は係長代理か主任になる。

北郷は通路を奥へ進んだ。

通りすがりに書類運びをしていた若い女性職員に尋ねた。

「ああ、特命捜査の宮崎管理官なら奥のコーナーにおられます。ご案内します」

女性職員は北郷に微笑み、先に立って歩いた。

特命捜査対策室。

二〇〇九年十一月に発足した捜査一課の附置機関だ。

特命捜査対策室は警視庁内ではなく、江東《こうとう》区白河《しらかわ》の警視庁深川《ふかがわ》分庁舎に置かれている。

二〇一〇年四月国会決議で、死刑に値する凶悪犯罪の公訴時効が撤廃されるのに備えてのことだった。

特命捜査対策室は、捜査一課から未解決事件の継続捜査や強行犯に関わる特命捜査を外し、独立し受け持つ係だ。

担当する捜査は、第一に未解決事件の検証とその再捜査、第二に強行犯にかかる特命捜査だ。

組織としては、特命捜査第1から第6係まで置かれ、総勢80人の体制になっていた。

特命捜査担当の理事官が統括し、室長には捜査一課の経験豊かな警視が就いている。

深川分庁舎へ行くのか、と思っていたら、宮崎管理官は、本庁の捜査一課に出て来いと北郷にいった。

なぜなのか？

「あちらに居られます」

「ありがとう」

女性職員に礼をいった。

捜査一課長の席で、一課長の楠田《くすだ》警視正、もう一人の幹部と話し込んでいる宮崎管理官の姿があった。

北郷は話が終わるのを待っていた。北郷の気配を感じたのか、宮崎が振り返った。

「おう、来ていたか。待っていた」

宮崎は手招きした。北郷は宮崎と捜査一課長に腰を斜めに折り、敬礼した。

「申告します。北郷雄輝警部補、ただいま、捜査一課に着任しました」

「北郷、堅苦しい挨拶《あいさつ》は抜きだ。さっそくだが紹介しておこう」

宮崎は、楠田捜査一課長と、もう一人の幹部に向いた。

「捜査一課長、こいつが、いま話していた北郷警部補だ」

北郷は捜査一課長に敬礼した。

「よろしく、お願いします」

楠田捜査一課長は口元を歪《ゆが》めていった。

「そうか。ご苦労さん。きみの噂は耳にしている。だが、捜査一課に上がった以上、やたらに拳銃《けんじゅう》を振り回すような真似をされては困る。ここは、アメリカではない」

「はっ。分かっております」

「だが、よく警察官である本分を忘れず、踏み留《とど》まった。……そうか、違うか。ホシを殺さなかったのは、別の理由があったからか」

楠田は北郷の心の中を見透かすような醒《さ》めた目をしていた。

北郷が神栄《しんえい》運送会社蒲田営業所強盗殺人事件の本ホシの張舜仁《ちょうしゅんじん》を挙げた時のことをいってい
た。

紗織を殺した張の頭に拳銃を突き付けた時、北郷は本気で引き金を引こうと思った。

やめて。お願い！

もし、青木奈那が声を上げなかったら、それが紗織の声に聞こえなかったら、おれは躊躇《ちゅうちょ》な
く引き金を引いていた。

宮崎が北郷の肩をぽんと叩《たた》いた。

「被害者や遺《のこ》された者の立場に立つのはいい。だが、被害者に同情するあまり、犯罪加害者へ
の憎しみだけで捜査をするのは危険だ。それは分かっているな」

「はっ」

分かっているつもりだった。

楠田捜査一課長は静かにいった。

「特命捜査対策室は、一応理事官や宮崎管理官の管轄だ。私の直接の管轄ではないので、捜査
に口出しはしない。もし、私の助けがほしかったらいってくれ。協力する」

「ありがとうございます」

北郷は礼をいった。

宮崎は隣に立っている背広姿の男を手で差した。

「それから、北郷、こちらが今日から君の直接の上司になる八代《やしろ》警部だ」

八代警部と呼ばれた男は、鷹《たか》のように鋭い目付きで北郷を射竦《いすく》めた。

「今度7係を仕切る。以後、君には私の下で、班長代理として働いて貰《もら》う。多少、きついことをいうかもしれんが覚悟しておいてくれ」

宮崎が補足した。

「この度、私の下、特命捜査対策室に新たに第7係を設けることになった。新設7係は八代警部が係長として指揮を執る。八代係長は麻布《あざぶ》署刑事課長上がりだが、もともとは永らく捜査一課第一強行犯捜査の1係にいた生え抜きのベテランだ」

北郷は緊張した。

捜査一課第一強行犯捜査第1係といえば、捜査一課の顔とでもいう、強行犯捜査係でも筆頭になる最精鋭の班だ。

その第一強行犯捜査第1係の捜査員を永く務めていたという自信とキャリアは、本人もかなり自負している。

北郷は自己紹介をし、八代に挨拶した。

八代は何もいわず、小さくうなずき返した。

少し白髪が混じったダークグレイの頭髪は、きちんと七三に分けられている。髯《ひげ》の剃《そ》り残しはない。ワイシャツの襟は、きちんとアイロンがかけられていて、汚れもない。

広い額に細い眉毛《まゆげ》。その下に不釣り合いなほど細いが、鋭い眼光を放つ目がある。整った鼻筋に薄い上下の唇。決して笑わない。もし、笑うことがあっても酷薄な笑みになるだろう。

頬骨が高く盛り上がり、顎はいかつく張っている。頑固、厳格、緻密《ちみつ》、繊細、執拗《しつよう》。八代についての第一印象だ。

宮崎は静かな口調でいった。

「いま本庁は福島原発事故対応で、ひどくごたついているが、我々にはいっさい無関係だと思え。たとえ、一千三百万人都民が避難する事態になっても、わしらは最後の最後まで、ここに残ってホシを追う。死んでも捜査の手は緩めない。いいな」

北郷はうなずいた。死にもの狂いにホシを追うことに異存はない。

宮崎が北郷に向いた。

「北郷、実は本日、別室に新7係の面々を招集してある。私が特別にピックアップした、その道のベテランばかりだ」

宮崎は手元のコピー資料を北郷に渡した。

「これに書いてあるのが、新7係のメンバー表だ」

八代は憮然《ぶぜん》とした表情でメンバー表を睨《にら》んでいた。

「八代係長はすでに全員と顔を合わせている。北郷、今日はいきなりだが、初めての捜査会議を開く。そこで君の部下たちに面通しをしよう」

宮崎は八代に目配せした。

八代はうなずき、北郷にいった。

「やつらに会う前にいっておくが、やつらは、揃いも揃ってゴンゾウだ。やつらを仕切るのはかなりしんどい。いいな」

八代は歩きながら、低い声でいった。

やつら？　連中？

自分の部下たちをそう呼ぶとは、どういうことだ？　それに、

「ゴンゾウですか？」

「ああ、ゴンゾウばかりだ」

「八代、ゴンゾウ呼ばわりはきついのではないか」

宮崎が注意した。

八代は顔をしかめた。

「管理官、自分なら、選《よ》りに選《よ》って、あんなゴンゾウたちは呼び集めませんよ。まるで7係はゴンゾウの吹き溜《だま》りじゃないですか」

八代は吐き捨てた。

ゴンゾウは、警察官生活の年季は重ねているベテランなのに、それを鼻にかけ、いつも偉そうにして動かない刑事のことだ。

いつも大法螺《おおぼら》ばかり吹き、口だけは達者だが、まるでやる気なし。やれば出来るはずなのに、

言い訳ばかりして、何もしない自堕落な欠陥警察官である。

あるいは、仕事はするが、自分勝手で、しかも目茶苦茶《めちゃくちゃ》、上司や同僚のいうことも聞かず、自分の信じる道を突き進む。他人を信用せず、従って他人は寄り付き難い、利己主義に凝り固まった刑事のことだ。

いずれにせよ、ゴンゾウは警察組織になかなか馴染《なじ》めない厄介者だ。

以前、宮崎は北郷に新設の7係には、一騎当千の優秀なベテラン捜査員たちを集めると構想を語っていた。

いったい、どうなっているのだ？

宮崎は穏やかにいった。

「班長は、やつらをゴンゾウ呼ばわりしているが、私は必ずしも、そうは思わない」

捜査一課長の楠田がため息混じりにいった。

「管理官、八代がいうように、やつらはほんとに扱い難い、欠陥人間ばかりだ。苦労すると思うが、それでいいのか？」

「たしかに、いずれも欠点が目立つ人間ばかりだが、彼らしかない特技がある。未解決事件を解くには、彼らの特性を活《い》かした捜査が有効なんだ」

八代は頭《かぶり》を振った。

「管理官、いまさら、彼らを追い返すわけにはいかないが、ゴンゾウはゴンゾウですよ。落ちこぼれを現役復帰させるのは、並み大抵のことではない」

「そのゴンゾウたちを立ち直らせて、使うことが出来るのは、係長、君しかいないと私は見込んだのだ。頼むぞ」

八代はため息をついた。

「それは買い被《かぶ》りですよ。自分は一介の捜査員に過ぎません。正直いって、自分一人では荷が重い。重すぎますな。あの連中を差配するベテランの班長代理がいないと、到底無理だ」

八代はじろりと北郷に流し目した。

おまえに出来るか、と目がいっていた。おまえも、やつら同様ゴンゾウなんだろう?

侮蔑《ぶべつ》の色が顔に出ている。

この野郎!

と反発を覚えたが、北郷は黙って腹立ちを抑えた。

宮崎が北郷に目配せした。

「八代、北郷は年こそ若いが、骨のある男だ。きっと君や私の期待に応《こた》えてくれる。そうだな、北郷」

北郷は苦笑いした。

「まだ班員たちに会っていないので、何ともいえません。はたして自分に管理官や係長の期待に添えるような代理が勤まるかどうか分かりませんが、ベストは尽くします」

「北郷、おまえもやつらに会えば分かる。やつらは使えない」

八代は投げやりにいった。宮崎が取り成した。

「ま、そういわんで、一年、君と北郷で使ってみてくれ。それで、ほんとにだめなら、私が責任を持って、あいつらに引導を渡す」

「管理官がそこまでおっしゃるなら、やってみましょう」

八代はため息混じりにいった。

宮崎は八代と北郷に顎《あご》をしゃくり、廊下へ促した。

「では、行こう。小会議室で班員たちが待っている」

宮崎は先に立って歩き出した。八代は北郷について来いと目配せをした。

2

同じ階の何も札が下がっていないドアの前に立った。

宮崎は開けろと顎で命じた。

北郷はドアノブを回して開いた。

一斉に北郷たちに視線が集中した。

小会議室。長テーブルの周りに男たちがのんびりと屯《たむろ》している。

禁煙のはずなのに、煙草の煙が立ち籠《こ》めていた。急いで何人かが灰皿に煙草を押しつけて消した。

テーブルの上に靴を載せて、新聞を読んでいる男。

しきりにノートパソコンをいじっている壮年の男。

声高にスマホで相手と話をしている男。

新聞を読んでいた男が入室した宮崎や八代に気付き、鷹揚《おうよう》にテーブルから足を下ろした。

「起立」

長身の男が野太い声をかけた。

七人の男たちは、のろのろと椅子から立ち上がった。

「……また後でかける」

スマホで話をしている男がようやく電話を切った。

「敬礼」

男たちは形だけ宮崎や八代に頭を下げた。

「みんな、座ってくれ」

宮崎は男たちを見回しながらいった。

八代は、長テーブルのほぼ中央の椅子を空けさせ、宮崎と自分、北郷の席を作った。

宮崎はテーブル席についた男たちを見回した。

「正式な命免式はまだだが、あらためて新7係長の八代警部と、代理の北郷警部補を紹介する」

好奇の目が北郷に集中するのを覚えた。

どこの若造が、班長代理だというのだ?

敵意のあるガンを飛ばす目、冷やかな嘲笑《ちょうしょう》混じりの眼差《まなざ》し、好意的な目、どちらでもいいといった無気力な目。

北郷も負けずに男たちを見返した。

ほとんどが年上の刑事たちだった。

定年間近な年寄りの刑事もいる。

どう見ても、一騎当千にはほど遠い。態度はでかいし、いずれも傲慢《ごうまん》そうな面構えをしている。

八代がゴンゾウ連中と吐き捨てるのも分からないではない。

八代が無表情のまま、傍らの男から、時計回りで自己紹介するように命じた。

長身の中年男が椅子を後に引き立ち、大声で挨拶《あいさつ》した。

「鵜飼《うかい》巡査部長です」

北郷は手元のコピー資料に目を落とした。

①鵜飼悟《さとる》（50）巡査部長。既婚。子供なし。警視総監賞二回、刑事部長賞四回。八王子《はちおうじ》署刑事課、荻窪《おぎくぼ》署刑事課、機動捜査隊……。

鵜飼は一礼して席に着いた。

鵜飼の隣に座ったぎょろ目の、ずんぐりむっくりした軀《からだ》付きの男が立った。

「九重峻郎《ここのえたかお》、同じく巡査部長」

額の部分が禿《は》げて後退したのを機に坊主頭にしたらしい。

手元のコピーには、②九重峻郎（56）巡査部長、取調官。既婚、二男一女。池袋《いけぶくろ》署刑事課、機捜、捜査一課第三強行犯捜査第4係。警視総監賞一回、刑事部長賞六回……。

悪くない成績ではないか。

替わって、やや細面の小柄な男が立ち上がり、北郷に一礼した。

「手塚則夫《てづかのりお》巡査長です。捜査一課はこの歳になって初めてです」

③手塚則夫（48）巡査長。離婚、一女あり。刑事部長賞二回、新宿署長賞六回。下北沢《しもきたざわ》署生活安全課、新宿署刑事二課、交通機動隊、麻布署鑑識班……。

新宿署にいたのか。

道理でどこか見覚えがある。

北郷が新宿署の刑事課にいた時、盗犯係の刑事をしている手塚を見かけた記憶がある。

さっきまでテーブルの上に靴を載せていた男がのっそりと立った。

「佐瀬順朗《させじゅんろう》。巡査長。よろしく」

佐瀬は上目遣《づか》いに北郷を見、ちょこんと頭を下げた。

④佐瀬順朗（45）巡査長。独身。警視総監賞一回、刑事部長賞四回。蒲田署刑事課、水上《すいじょう》署刑事課、交通機動隊、機動捜査隊、捜査一課第六強行犯捜査・性犯罪捜査第1係……。

短髪のGIカット。浅黒い顔。頑強そうな体軀《たいく》。腕が太く、腕力もありそうだった。

佐瀬は上司を上司と思わぬような不敵な面構えをしている。

顔には、このへなちょこの若造野郎が、班を仕切る班長代理だってえのか、まったく、やってらんねえな、という表情が浮かんでいる。

代わって白髪の老刑事が立ち上がった。

「沼田《ぬまた》誠孝《まさたか》巡査部長。あと三年で定年ですが、最後のご奉公と思って命免されました」

細身の軀で、声は弱々しかった。顔がやや青白い。病気持ちではないか。

手元の資料に目を落とした。

⑤沼田誠孝（57）巡査部長。既婚、二男一女あり。警視総監賞三回、刑事部長賞七回。鑑識課現場鑑識第3係、現場指紋係……。

鑑識課上がりか。この男は使えそうだな。

北郷は沼田の経歴を記憶した。鑑識を通った刑事は現場の観察に強い。

沼田に替わって、ゆっくりと中肉中背の男が立った。

「半村《はんむら》諒平巡査部長です。部屋長を務めます。よろしく」

半村は腰を斜めに折り、敬礼した。北郷は思わずうなずいた。

部屋長は、かつて係や班が部屋毎に分かれていたころ、刑事部屋を仕切る役目を担っていた。通常、先任の巡査部長が部屋長になり、上司の係長（警部）や代理（警部補）と、平の刑事（巡査、巡査長）との間に立って、ぎくしゃくしないよう融和を図る役割である。

手元の資料に目を通した。

⑥半村諒平（53）巡査部長。既婚、一男あり。警視総監賞一回、刑事部長賞五回。丸《まる》の内《うち》署刑事二課、捜査二課知能犯捜査第2係……。

詐欺やサンズイ（汚職）を専門に捜査していた男が捜査一課に引き上げられたとは珍しい。何かへまをして、二課から追い出されたのか？

半村は一見温厚そうな顔付きをしているが、二課担当は頭がいい、策士かもしれない。要注意人物だ。

最後に、大柄な男が椅子を後ろに追いやり、立ち上がった。がたいが大きい。

「……真下《ましも》です。巡査長です」

真下はハンカチで額の汗を拭《ぬぐ》った。

手元の資料には、

⑦真下大輔《だいすけ》（32）巡査長。独身。刑事部長賞二回。機動隊武道小隊、新宿署暴力団対策課、警視庁刑事部暴力団対策課。

「下の名をいわんかい」

佐瀬の鋭い声が飛んだ。

「はっ、下の名は大輔です。よろしくお願いします」

真下は顔を赤くして一礼した。

宮崎は笑いながら、北郷にいった。

「この七人のほか、見習いとして、管理官捜査指揮車の運転手の麻生《あそう》巡査がいるが、後で紹介しよう。それから、正式な命免式までに、婦警が一人入って来る予定だ」

「なに、女が入るだって」

佐瀬が不快そうな声を上げた。

「殺しや叩《たた》き、突っ込み（強姦《ごうかん》）といった凶悪事案を捜査するんだ。女なんかに、とても勤まるもんじゃない」

「佐瀬、古いな。いまの時代、男女共同参画が常識だぞ。それに女刑事が一人でもいた方が捜査にもいい。女でなくては気付かぬことがあるからな」

「九重さん、そうはいってもですな。男社会の捜査一課に女が入ると、どうもやりづらいですぞ」

「佐瀬、現代は女でも男勝りの猛者《もさ》、いや猛女がたくさんおるぞ。それに男だけでは、どうもぎすぎすしていかん。一人でも女子がいると空気も和む」

九重は顔を真下に向けた。

「……それに女いない歴三十二年の真下にとっては、いいチャンスになるかも知れない」

「デカ長、そんな、からかわないでくださいよ」

真下はハンカチでしきりに鼻の周りを拭《ぬぐ》った。

「何をちゃらちゃら馬鹿話をしているんだ！　無駄口を叩くのは止めろ」

八代は怒鳴り付けた。八代のカミナリに真下は大きな軀を縮み上がらせた。

九重をはじめ、ほかの部下たちもしゅんとして押し黙った。佐瀬だけはそっぽを見ていた。

宮崎は何もいわず腕組みをし、素知らぬ顔をしていた。

「紹介は終わりだ。これより、直ちに未解決事案の捜査打ち合せを行なう」

八代は手にした書類の束を真下の前に押し出した。

「真下、みんなに配れ」

「はいっ」

真下は飛び上がり、書類をわし掴《づか》みして、一セットずつ班員たちに配りはじめた。

北郷は配られた捜査資料に目を落とした。

『大森《おおもり》女子大生放火殺人事件』

正式名称は『大森西五丁目女子大生放火殺人事件』だ。

資料の表紙には、黒々と太字で書いてあった。

班員たちの中からため息が洩《も》れた。

八代が厳かに告げた。

「知っての通り、本事案は世《せ》田谷《たがや》一家殺人事件、柴又《しばまた》女子大生放火殺人事件などと並んで、未解決になっている難事件だ。犯人に繋《つな》がる有力な情報提供者には三百万円の懸賞金が出されることになっている」


事件発生は、平成八年（一九九六年）七月二十二日。

北郷がまだ大学に通っていたころに起こった事件だ。新聞でしか『大森女子大生放火殺人事件』については知らない。

「……よりによって、この事案か」

鵜飼が捜査資料のページをめくりながら、ため息をついた。

八代がじろりと鋭い眼差しで部下たちを見回した。

「この大森女子大生放火殺人事件は、一九九六年に起こったので、当然なことに公訴時効はない。捜査一課が大森署に特捜本部を立ち上げ、これまで延べ三万人も捜査員を投入して解決できなかった事件だ。それを我らが事件の目鼻をつけ、なんとしてもホシを挙げ、ホトケさんを成仏させる。これを我が第7係が扱う最初の特命捜査だ。いいか。警察に失敗の言葉はない。石にかじりついても、真相を究明し、ホシを挙げる。いいな」

「はいっ」「はいっ」

班員たちは、全員、大声で応《こた》えた。

全員に気合いが入った。北郷も腹を決めた。

なんとしても、この手でホシの手首にワッパを掛ける。

八代は命令口調でいった。

「その捜査資料を明日までに十分に読み込め。事件の全容を精査し、どこで捜査が滑ったのか、何か捜査の取りこぼしがなかったか、なんとしても、再捜査の糸口を見付けろ。明日は、本庁舎ではなく、深川分庁舎の特命捜査対策室に集合し、会議を行なう。いいな」

班員たちは騒《ざわ》ついた。

「都落ちか」「いや深川落ちだろ」

囁《ささや》き合う声が洩れた。

宮崎が騒めきを制していった。

「本庁舎から離れるからといって捜査一課は捜査一課だ。捜査一課特命捜査対策室は、附置機関ではあるが、捜査一課の一員であることには変わりはない。その誇りは忘れるな」

班員たちは静まった。

「なお、この新設7係は、5係、6係とともに、管理官の私が担当する。新設されたばかりだからといって、甘えは許されない。既存の係に負けることなく、特命捜査7係の名を世間に知らしめるよう、気合いを入れてやってほしい。私からは以上だ」

八代が後を引き継いだ。

「本日の捜査会議は以上で終わりだ。明日九時五分前までに、本拠深川分庁舎に出頭。九時より捜査会議をはじめる。何か質問はあるか？」

八代は北郷に目を向けた。北郷は何もない、と首を振った。

誰も質問を発しなかった。

「以上。解散」

班員たちは、それぞれの席で捜査資料に目を通し出した。

宮崎管理官は立ち上がり、北郷にちらりと目配せした。

後で話がある。

北郷はうなずいた。

宮崎は八代とともに、部屋から出て行った。

部屋の空気が和んだ。さっそく他愛《たわい》ない雑談が始まった。

「班長代理さん、これ、どっから取り掛かるというんかね」

佐瀬が捜査資料の束をとんとんと指で叩いた。

班員たちの目が一斉に北郷へ向いた。

佐瀬の顔は、おまえは階級こそ警部補で上だが、歳はおれよりも下、それに刑事としての年季《めんこ》もおれの方が上だ、といっていた。

捜査一課に上がったばかりの若造が、どう応えるか。

班員たちは固唾《かたず》を飲んで様子を窺《うかが》っている。

北郷は佐瀬を見返した。

「自分も君たち同様、いま受け取ったばかりだ。まだ読んでいない。後日、会議で示す」

班員たちは互いに顔を見合わせた。

「……きみたちだとよ」

密《ひそ》かな囁きが聞こえた。

部屋長の半村が取り成すようにいった。

「佐瀬、代理さんも内示を受けて捜査一課に上がったばかりなんだ。捜査資料も読んでおられない。無理をいって困らせてはいかん」

「へいへい、分かりやした。部屋長」

佐瀬は卑屈に笑い、肩を竦《すく》めた。

鵜飼がぼそりといった。

「しかし、代理さん、この大森の女子大生殺しは、捜査一課1係が総力を上げても解決出来なかった難事件だ。どこかで1係は筋読みを間違った。いったい、どこを読み違ったのか、だ」

筋読みは、事件のおおよその筋書きのことだ。初動捜査の段階で、事件の本筋を読み違えると、その後の捜査の方向が大きく外れ、ホシに辿《たど》り着けなくなる。途中で筋読みを修正するのは、容易ではなく、下手をすると冤罪《えんざい》を呼んだり、事件をお宮（迷宮）入りさせかねない。

「うむ。まずは、事件の大筋を洗い直そう。1係とは違う、ほかの読み筋がなかったか、みんなも考えてくれ」

北郷は班員たちを見回した。

今度は班員たちも捜査資料の綴《つづ》りを開き、真剣に目を通しはじめた。

北郷は綴りを携え、席を立った。

班員たちは、誰も部屋を出て行く北郷に目をやらなかった。

3

捜査一課の大部屋には、第一強行犯捜査から第七強行犯捜査まで、各係の机が整然と並んでいる。

係員が出払って人影がない班の机の列と、それぞれ係員たちが机に向かって捜査資料と首っぴきで調べている班とがあった。

大部屋には、絶え間なしにスピーカーから通信指令室の指令が流れ、あちらこちらで引っきりなしに電話の呼び出し音が鳴り響いている。声高に電話でやりとりする声、パソコンやコピーが発する電子音、綴りや資料の頁をめくる音など、さまざまな音が入り混じり、静かな騒音となって立ち上っていた。

北郷は部屋の出入口に立ち、あたりを見回した。

管理官席の傍にあるソファセットに座った宮崎警視の姿があった。

宮崎は、管理官らしい幹部と何事かを打ち合せ中だった。八代の姿は見当らない。

北郷は机の間の通路を通り、ソファセットに歩み寄った。

宮崎は北郷に気付き、目でしばらく待てといった。

北郷はうなずき、近くにあったハイビジョン・テレビを見た。テレビのボリュームは最小にされている。画面には、福島原発事故を報じる映像が流れていた。

自衛隊のヘリコプターが空中から半壊した原子炉建て屋に水を落としていた。水はローターの風にかき乱されて散布され、建て屋の中に注がれていない。

「北郷、あっちで話そう」

宮崎が応接コーナーの方を目で差した。

二人は大部屋の隅に並んだ応接コーナーの一つに入った。

北郷と宮崎は、低いテーブルを挟み、向かい合って、古くて硬くなったソファに座った。

「突然に出頭させられ、面食らったろう」

「はい。まだ正式な命免式も終えていないので、これでいいのかな、と思いました」

「いま警視庁は非常時にある。事態が落ち着くまでは、人事は現状まで行く方針だ。これから、何が起こるか分からない。そんな混乱の最中に組織をいじっている暇はない」

宮崎はテレビに映っている東日本大震災と福島原発事故の報道にちらりと目をやった。

「だからといって特命捜査事案を一日たりとも放置しておけん。未解決事案は一日延びれば一日解決が遅れる。そのうち、取り返しがつかなくなるほど腐ってしまい、永久にお宮入りになり、事件のホシを逃がしてしまうことになる。殺しのホシを絶対に逃げ得させない。分かっているな」

北郷は、なんとかホシに辿り着く方法を考えていた。

宮崎は急に声を落とした。

強行犯捜査の係長らしい男が宮崎に目礼して通り過ぎた。

係長は来客を連れ、二つ隣の応接コーナーに入った。

「八代は、7係の班員たちをゴンゾウ呼ばわりしたが、はっきりいって、当たっていないこともない」

「どうして、そんな人たちを呼び集めたのです？」

「彼らは一癖も二癖もある厄介者ばかりだが、さっきもいったように、捜査員として特殊な嗅《きゅう》覚《かく》や勘を持っている。それを活《い》かしたいのだ。いまの科学捜査が万能な時代には、彼らのアナログな捜査手法は時代遅れかも知れないが、どっこい、昔ながらの捜査が決して無駄ではない、ということを証明したいのだ」

「分かりました。自分もかなりアナログなので、よく分かります」

「もちろん、我が特命捜査の最大の切り札はDNA鑑定だ。だが、古い未解決事件の中には、ホシに繋《つな》がる体液や唾液《だえき》、血液が保存されていないものもある。DNA鑑定が出来ない事件もある。だからといって諦《あきら》めるわけにはいかん。あらゆる知恵を絞ってホシを洗い出さねばならぬ。だから、彼らのような貴重な捜査員を遊ばせておくわけにいかんのだ」

「なるほど、そういうことですか」

北郷は納得した。

「問題なのは、てんでんばらばらな鵜《う》を気持ち良く働かせる鵜匠だ。北郷、おまえに、それをやって貰《もら》いたいのだ」

「しかし、彼らのほとんどは、自分よりも年上のベテランばかりです。はたして、自分のいうことを聞くかどうか」

「聞かせろ」

宮崎はぎょろりと目を剝《む》いた。

「そのためにおまえを捜査一課に引き揚げたんだ」

「はい。やります」

「思い切りやれ。責任は、私が取る」

「八代係長のことですが」

「八代は一課の第一強行犯捜査とのパイプ役だ。捜査一課に永くいたことを鼻にかける欠点があるが、八代がいることで、強行犯捜査の連中から軽んじられることはない」

「お飾りにしろ、というのですか？」

「そうはいわん。やつには班員をまとめる力はない。おまえが班員をまとめて指揮しろ。八代もおまえが操れ。いいな」

大役だな、と北郷は思った。

しかし、腹を括《くく》るしかない。乗り掛かった船だ。もう後へは引けない。

宮崎は手にした書類を北郷の前に置いた。

「これは、八代をはじめ、班員たちの身元調査メモだ。これを読んでおけば、彼らの趣味趣向、これまで扱った事件捜査、特技が分かるようにまとめてある。読んでおけ」

「はい」

北郷は手書きの綴りをめくった。一人ずつの性格、家庭環境、交友関係、賞罰などがびっしりと書かれていた。

4

ベランダから蒲田の夜の街を見下ろした。

煙草を吸い、気を鎮めた。

春の夜風が海の方角から吹き寄せ、やや肌寒い。

羽田《はねだ》空港に降りる旅客機の航空灯が夜空をゆっくりと過《よぎ》って行く。

煙を吹き上げた。頭蓋《ずがい》にちりちりした刺戟《しげき》があり、思考が明晰《めいせき》になって行く。

都会の喧騒《けんそう》に紛れて、爆音は聞こえない。

特命捜査対策室への異動の辞令が出たら、蒲田のマンションを出て、深川分庁舎のある江東区に越そうとしていた。

だが、特命捜査対策室7係の初仕事が「大森女子大生放火殺人事件」となったので、あえて越さないでもいいかと思った。

『大森女子大生放火殺人事件』。正式な名称は『大森西五丁目女子大生放火殺人事件』だ。

現場の大森西五丁目は、北郷が住んでいる蒲田からも近く、徒歩十五分ほどの距離だ。

現場に近い方が土地鑑もあり、捜査はやりやすい。

宮崎管理官は北郷が蒲田署にいるころから、『大森女子大生放火殺人事件』を、土地鑑がある北郷にやらせようと腹の中で決めていたのに違いない。

事件は平成八年（一九九六年）七月二十二日に起こった。

被害者は、原口《はらぐち》史織《しおり》二十一歳。東朋《とうほう》大学人間科学部人文学科の三年生だった。

その日の午後十時半ごろ、京急《けいきゅう》線大森町《おおもりまち》駅で、同じ東朋大学に通う友人たちと別れた原口史織は、一人住まいをしている大森西五丁目のマンション「メゾン・グリーンウッド」に帰った。

深夜午前二時過ぎ、「メゾン・グリーンウッド」の近くの住人から、マンションから火の手が出ているという119番通報が入った。

駆け付けた消防隊員が401号室のベランダのサッシを破って室内に入って消火したところ、焼けたベッドから、原口史織の焼死体を発見した。

メゾン・グリーンウッドは、四階建ての新築マンションで、オートロック式。

マンションへの出入りは、住民以外は出来なくなっている。

部屋数は、管理人室を除いて、全部で29室。うち2室が空き部屋となっており、27室に人が住んでいた。

ワンルームマンションなので、住人のほとんどは独身者だが、単身赴任者も四人いた。

訪問者は外のインターフォンで、中の住民と連絡を取り、ドアの解錠をして貰う仕組みになっている。

玄関ロビーとエレベーター内に、それぞれ防犯カメラが設置されていたが、VHSテープ録画方式で、無人の場合は撮影されておらず、人の出入りを感知した時だけ自動的に録画される。最長三日しか録画できない。

そのため、警備員が定期的にテープを入れ替えるか、巻き戻すシステムだった。

その夜、住民以外の不審者の出入りは録画されておらず、一時はマンション内部の住民の犯行説もあった。

現場の401号室は最上階の四階の角部屋で、その後、屋上の手摺《てす》りと雨樋《あまどい》に擦過痕《こん》が、401号室のベランダの手摺りには靴痕が見つかった。

犯人は屋上から雨樋伝いに、401号室のベランダに降り、室内に侵入したものと見られる。犯人は犯行に及んだ後、証拠を湮滅《いんめつ》するため、室内に放火し、再び、ベランダから屋上に上り、逃走したと見られる。

大森署に置かれた特別捜査本部は、犯人がわざわざ屋上に上がり、被害者の部屋に押し込んでいることから、流しの犯行ではなく、痴情の縺《もつ》れ、または怨恨《えんこん》、被害者に一方的な片思いをした知人か友人による犯行と見て、被害者の交友関係を中心にして徹底的な被疑者の洗い出しを行なった。

だが、捜査の途中で被害者の財布から、現金や銀行のキャッシュカードなどが抜き取られていたことが判り、流しによる強盗殺人の可能性も出てきた。

そのため、痴情怨恨と流しによる犯行の二面から捜査を続行したが、結局、捜査は行き詰まり、ホシを特定する有力な証拠や目撃者も見つからず、事実上、お宮入りになってしまった。

ケータイの着信音が流れた。

北郷はおもむろに胸のポケットからケータイを取り出し、耳にあてた。

『どこにいる？』

宮崎管理官の低い声だった。背後から通信指令室からのアナウンスが聞こえる。

北郷は腕時計に目をやった。

午前零時二十四分。

まだ管理官は本庁にいるのか。おそらく緊急の会議があったのに違いない。

「自宅です」

『出動服はあるか？』

「いえ。持っていません」

北郷は訝《いぶか》った。私服刑事に出動服はない。

『用意しておけ』

「はい」

『いまに必要になるかもしれん』

出動服は機動隊時代にしか着用したことがない。

どこかで出動服を調達せねばならない。

福島原発事故のことだ、と悟った。

『また会議に戻らねばならん。手短にいう』

こんな真夜中に管理官たちが緊急会議を開いているというのは、それだけ事態が深刻だということなのだ。

『万が一の場合、一課全員にも非常呼集がかかる。おまえは無理して本庁に来なくていい。最寄りの蒲田署へ上がれ』

「はい」

最悪の場合？　非常呼集？

北郷は頭をフル回転させた。

宮崎は、いま警察庁や警視庁、東京都や自衛隊、消防庁など上層部で、極秘裏に練られている一千三百万人全都民避難計画のことをいっているのだ。

福島第一原発には、1号機から6号機までの六基がある。そのうち1号機から4号機が電源喪失によって冷却出来なくなった。1、3号機が水素爆発し、格納容器内で核燃料がメルトダウンした。

これだけでも大変な事態なのだが、その後、4号機に1500本もの使用済み核燃料棒が保管されていたことが分かった。

もし、電源喪失によって4号機の核燃料棒が入ったプールの冷却水が失われたら、1500本の核燃料が臨界に達し、核爆発を引き起こしてしまう。

そうなったら、二百五十キロ離れている東京も安全でなくなるし、東日本は壊滅する。

避難民が大挙、多摩川《たまがわ》に架かった多摩川大橋やガス橋、丸子橋《まるこばし》などに押し寄せるだろう。

蒲田署は第二方面本部の下にある署員四百名以上の大規模署であり、神奈川県との県境に位置しているので、橋を確保し、大挙押し寄せる避難民を誘導し、橋を渡らせて神奈川県側に無事避難させねばならぬ重要な役割を担っていた。

『佐々木《ささき》署長には、こちらからすでに極秘の通達が行っている。事情を把握している。おまえは佐々木の幕僚になって、佐々木を助けろ。非常時には、一人でも有能な参謀がほしいものだ』

陣頭指揮を執るのが、蒲田署長の佐々木護《まもる》警視正になる。

『そうならんことを祈りたいが、警察は常に最悪の場合を想定して、備えておかねばならん』

「はい」

北郷は温厚な面持ちの佐々木署長を思い浮べた。温和な顔と小太りな躯《からだ》付きは、一見、企業の雇われ社長を思わせるが、その内実は、厳格で度胸がある上司だった。長く捜査畑を歩んで来た叩《たた》き上げでもある。

捜査方針をめぐって、持説を曲げず、本庁の上司と渡り合って貫き通し、ホシを挙げた実績もある。

佐々木警視正は、宮崎管理官と警察学校同期で、何もいわずとも通じ合える仲だった。北郷が蒲田署刑事課に席を置くことが出来たのも、宮崎が事前に佐々木に話をつけてあったことも大きい。

『万が一の事態になったら、我々が避難するのは、人々全員を避難させ、最後の一人を避難させた後、最後の最後だ。それが首都の治安を守る我々警察の役目だ』

「はい」

『佐々木署長を頼むぞ』

宮崎の電話は切れた。

北郷はベランダの窓の外に拡がる東京の夜景に目をやった。

どこからか、パトカーの緊急サイレンを鳴らす音が響いていた。

首都東京は、何も知らずに眠っている。

5

朝、八時。

北郷は蒲田署の正面玄関に歩を進めた。

警杖《けいじょう》を突いていた署員が急いで姿勢を正して敬礼した。

答礼して石段を駆け上がり、玄関先のガラス戸を押し開いた。

明け番と今日の当番との交替時間にあたっているので、署内は騒《ざわ》ついていた。

そのまま階段を三階へ駆け上がった。

刑事部屋は、昨夜の匂いを残し、どんよりとした空気が漂っていた。

当直の刑事が北郷を見て、椅子を鳴らして立ち上がった。

「係長、おはようございます」

「おはよう。俺はもうここの係長ではない」

北郷は部屋を見回した。

刑事たちは出払っていた。係長の席に係長の姿はなかった。課長席も空席だった。

「何かあったか？」

「夜明け前に、コンビニで強盗《タタキ》があって出払ってます」

「怪我人は？」

「なしです」

「マル被（被疑者）の身柄は確保したのか？」

「いえ、まだ報告が入っていません」

非常配備をかけたが、ホシは網に掛かっていないということか。

青木奈那の席も空いていた。椅子がきちんと机の下に入れてあった。机の上も片付いている。

北郷は親指で上の階を指した。

「ちょっと署長《オヤジ》に挨拶《あいさつ》して来る。課長が来たら、そういってくれ」

「解りました」

北郷は刑事部屋のドアを押し開き、廊下に出た。

スーツ姿の婦警とぶつかりそうになった。

「あ、係長、おはようございます」

出勤したての青木奈那が目の前に立っていた。笑顔がはち切れそうだった。

「おはよう」

凛々《りり》しいスーツ姿が、まだ鮮烈な朝の香を刑事部屋に運んで来た。

「昨日から、あちらに出たのでは？」

「一日でこちらへ帰された」

「まさか」

青木は嬉《うれ》しそうに笑う。半信半疑の顔だ。

「今度の係長は、俺と違って頭が切れて、ばりばりやるタイプだろう？　きびしいだろう」

「はい。でも、優しい人です」

「仕事はやりやすそうだな」

「はい。係長よりも……いや、北郷警部補よりも、見ていてひやひやせずに済みそうなので、安心です」

「ははは。それはよかったな」

北郷は頭に手をやった。

青木奈那は正直な女だ。

蒲田署刑事課にいたころ、あまり部下たちのことを考えずに単独行動していた。奈那は、そんな俺のことをいつも気遣ってくれていた。

「でも、係長……私は北郷さんの下で、一緒に仕事がしたいです」

青木は小声でいい、ちょこんと頭を下げて、刑事部屋に入って行った。

擦れ違いざま、奈那の爽《さわ》やかな香が鼻孔をくすぐった。

後から刑事の雨垣が急ぎ足でやって来た。

「係長、どうして、ここに」

「オヤジに異動の挨拶に来た」

雨垣は羨《うらや》ましげな顔をした。

「一課はどうですか？」

雨垣は、いつか自分も捜査一課に上がりたいといっていた。

「まだ顔見せしただけだ。わからん」

「係長、いや、いま、何と呼ばれているんですか？」

「班長代理だ」

「班長代理ですか。代理、いつか、自分も一課へ呼んでください」

北郷は何とも答えようがなく、手を挙げて雨垣と別れた。雨垣の視線が後頭部に粘りつくのを感じた。

階段を駆け上がり、署長室のドアをノックした。女性総務課員の返事があった。ドアを開ける。顔見知りの総務課員の相馬《そうま》が笑顔を見せた。

「あら、北郷さん」

「オヤジは？」

北郷は署長室のドアを目で指した。

「いま出勤なさったばかりです」

「挨拶したいのだが」

「お聞きします」

相馬は目で待つようにいい、署長室のドアをノックして入った。北郷が来ているという相馬の声が聞こえた。

「おう、入ってくれ」

佐々木の野太い声が響いた。

北郷はドアを押し開けた。

「失礼します」

佐々木は署長席から立ち上がった。

室内に備えられたハイビジョン・テレビに東日本大震災の報道番組が流れていた。

北郷は一礼した。

「本日は異動の挨拶に上がりました」

「ご苦労さん。どうだ、特命捜査対策室に移った感想は？」

「昨日の今日ですから、まだ何も」

「それは、そうだな。特命捜査新設の7係の班長代理だとか？」

「はい」

「宮崎管理官が選りに選んだ強者《つわもの》たちが部下という話だな」

「年季の入った、癖のあるベテランばかりで、まとめるのにちょっと手を焼きそうです」

「ま、おまえのことだから、なんとかやるだろう」

佐々木はにやっと笑った。

「失礼します」

ドアが開き、相馬が盆に載せたコーヒーカップを運んで来た。

相馬は佐々木と北郷の前にカップを置き、静かに部屋を出て行った。

「で、何をやる？」

「大森女子大生放火殺人事件です」

「大森署に特別捜査本部を立てた事件だな。あれは、かなり難物だぞ」

「はい」

「いつから捜査にかかる」

「すでに昨日から着手しています」

「絶対に焦るな。焦ると滑る」

「はい」

事件が滑る。捜査が空回りすることだ。

「事件の物語も新しく作り直せ。でないと、前と同じ轍《てつ》に嵌《は》まって、身動きが取れなくなる」

「気をつけます」

「たしか、その事件は一課強行犯捜査1係の石塚が扱ったはず」

「石塚係長ですか？」

「そうだ。特命捜査7係の班長は？」

「八代律雄警部です」

佐々木の目に何かが光った。

「八代は、以前、一課の強行犯捜査1係にいたのではないか？」

「はい。いました」

「八代は、かつて大森の事件に関わっていたのではないか？」

「関わっていたと思います」

「その前は？」

北郷は宮崎から渡された身上書メモを思い浮べた。メモによると、十五年前は上野《うえの》署刑事課長だった。

「上野署刑事課です」

「上野か。何を扱った？」

「上野公園でのホームレス殺しのホシを挙げています」

「ああ、あの事件か。初動捜査がちゃんとしていたから、ホシに辿《たど》り着いた事件だった。目撃者がいなくて、下手をすると、お宮入りしかねなかった。八代があの事件のホシを挙げたのはさすがだ。宮崎管理官が目をつけるだけのことはある」

佐々木は一人合点するようにうなずいた。

「北郷、私が手伝うことは何かあるか？」

「いえ。ありがとうございます。いまのところはありません。事案が隣接する大森署管内なので、こちらの管内に入り込んで捜査するかも知れません。ご協力を」

「もちろんだ。おまえの古巣だ。遠慮するな。刑事課長にもいっておく。ところで、非常呼集については知っているな」

「はい。もし非常事態になったら、本庁に上がらず蒲田署に上がり、署長の幕僚として都民避難計画を支援しろ、と命令されています」

「宮崎管理官から、その旨、私も連絡を受けている。よろしく頼む」

佐々木は鷹揚《おうよう》に笑いながらいった。

「出動服が必要なのだろう?」

「予備のものでもありますか?」

「あるはずだ。総務にいおう。倉庫に予備の出動服が、二、三着あったはずだ」

佐々木は受話器を取り上げ、内線番号を押した。受話器を耳にあて、話しはじめた。

「……出動服はあるそうだ。サイズがいくつかある。総務課に立ち寄ってみてくれ」

「分かりました」

佐々木は、テレビが映し出した福島原発事故現場を見ながらいった。

「ま、出動服なんぞ着なくてもいいよう、事態が収まってほしいが」

北郷も同感だった。

一千三百万都民の避難など想像もしたくない。

6

その日、正午から雨になった。

深川分庁舎のビルの窓に雨粒が糸を曳《ひ》いて流れている。

特命捜査対策室第7係の第一回捜査会議は、検察庁に保管されていた捜査資料を基にして、たんたんと進められていた。

北郷は捜査資料を丹念に読み直し、赤いマーカーを入れた箇所を何度も読み返した。

まずは事件の全体像を摑《つか》む。

虚心坦懐《きょしんたんかい》。

何の先入観もなく、事件を眺め直す。

そこから、初動捜査の検証を行ない、その後の捜査を精査し、捜査上、見逃した穴やミスを探す。

まったく新しく、事件を扱う気持ちで、いま一度事案の読み筋から見直すのだ。

はたして、以前の読み筋のどこに、問題があったのか？

いったい、何が足りなかったのか？

どこで、読み筋を間違えたというのか？

その結果、ホシに辿り着かなかったのは明らかだった。

係長の八代警部は声を張り上げた。

「特捜本部の読み筋は、濃鑑《のうかん》ではなく、性目的の流しの犯行だった」

濃鑑は、被害者《マルガイ》につきまとっていたストーカーをはじめ、元恋人、友人知人、親族の線である。

流しは、被害者に接点がないゆきずりの犯行を意味する。

「流しの犯行と見たのは、マル害の身辺を徹底的に調べたが、恋人、元恋人、友人関係、知人や親兄弟姉妹、すべて当夜のアリバイがあり、動機を持つ者が見当らなかった」

八代は一息ついて続けた。

「第二に、ドアは内からロックされていた。ドアから急いで逃げる犯人が、わざわざ外から合《あい》鍵《かぎ》を掛けて逃げるか、という疑問が出た」

「ドアの鍵の所在は？」北郷が訊《き》いた。

「被害者が一本、管理会社がマスターキイを保持していたが、一本は被害者のバッグから見つかっており、マスターキイは管理人室のロッカーに厳重に保管されていた。被害者が鍵のコピーを作ったかどうかは確認されていない」

「チェーンは掛かっていた？」

北郷がなおも訊いた。八代はじろりと北郷を睨《にら》んだ。

「チェーンはかかっていない。だが、ベランダや屋上に入りの足痕《ゲソコン》、雨樋《あまどい》や壁を伝った擦過痕があり、さらに、帰りの痕が重なっていたので、ホシの入りと帰りの経路はベランダと屋上と断定した。ベランダの隅に入り待ちした跡も見つかっている」

シモンこと指紋捜査官の沼田がおもむろに口を開いた。

「班長、ホシの入りと出の際、手摺《てす》りに残した指紋と、犯行現場の室内で採取した指紋とは同一だったのでしょうな」

北郷は沼田の顔を見た。

八代もじろりと沼田を睨み返した。

「どういう意味だ？」

「初めから、ホシは一人と決めてかかってはいかんと思って」

八代は不機嫌そうにいった。

「出入りの足痕は一人だ。採取したマル被の3号指紋は、焼けた室内からは辛うじて1個、ベランダからは3個見つかった。室内で採取された指紋は鮮明だったものの、ベランダの3個は不鮮明な片鱗《へんりん》紋だった。だが、現場の状況から見て、4個の指紋は同一犯人のものと推定される」

3号指紋は、被害者の近親者や家族、恋人、友人知人などの1号指紋、その他、身元がはっきりしている関係者の2号指紋以外の、被疑者のものと思われる指紋を差している。

「採取した指紋は照合した結果、前（前科）も歴（逮捕歴）もなしだった」

ホームズこと鵜飼悟が首を捻《ひね》りながら訊いた。

「ホシが屋上へ上がるにせよ、どこをどうやってマンションに入ったのか、そして、どこから帰ったかだな」

「犯人はマンションの裏側にある外付けの非常階段を上った。階段下の地面に飛び降りた足跡があった」

手塚則夫が眉《まゆ》をひそめた。

「マンションや周辺の防犯カメラに、ホシは映っていなかったんですかね？」

「周辺には防犯カメラはない。マンションの玄関先に一台防犯カメラが設置されていたが、当夜電源が入っていなかった。VHSテープを使用する旧式のカメラで、作動しても故障が多く、あまり使用していなかったらしい」

「なんてこった。見かけだけか」佐瀬順朗がぼやいた。

北郷はテーブルの上に拡げられた現場写真の数々を眺めた。

「やはり流しの線か」

誰からとなく溜《た》め息《いき》が洩《も》れた。

濃鑑であれば、丹念な地取り捜査（聞き込み）を続ければ、ホシを炙《あぶ》り出すこともできる。しかし、流しの犯行となれば、容疑者は限りなく拡がる。

流しの犯行では現場に残った遺留品や指紋、掌紋、毛髪、唾液《だえき》、体液、室内外の足痕などを調べ、部屋への入りと帰りの場所の特定などの鑑識捜査が重要になる。

さらに、周辺の防犯カメラの映像データ解析、目撃者の証言などが手がかりになる。

鵜飼をはじめ、九重、手塚、佐瀬らの班員たちは、渋い顔でボードに張り出された何枚もの模造紙を睨んでいた。

皺《しわ》だらけになった古い模造紙には、以前の特捜本部が作成した、被害者を中心にした恋人や友人、知人、親族の相関図が記されてある。

隣に貼りだされた、もう一枚の模造紙には、現場の部屋の見取り図が描かれていた。

いずれの模造紙とも、煙草の脂《やに》やら埃《ほこり》やらで黄色に変色している。

六畳一間に1Kと、ステレオタイプのトイレと浴室が付いた学生や独身者用の部屋だ。

ベランダの窓寄りのベッドに、被害者の人型が、くの字姿で描き込まれている。

「死因は窒息死。検視官によると、犯行は二十二日深夜十一時から翌日午前二時ごろと推定される。男の声で、119番通報があったのが、午前二時十七分。その時刻には、すでに出火していたと思われる」

「通報者は？」

「通報者の身元は不明だ。電話は近くの公衆電話からだった」

「近所の人かな？」

「分からん」

北郷は見取り図と現場の写真から、火の手が上がった中、全裸にされ、後ろ手に縛られた被害者が転がっている姿を想像した。

ベッドの傍らのクローゼットの付近に大きな赤いバッテンが印されている。火元とされた箇所だ。火の気のない場所なので、放火の線は間違いない。

八代の傍らに陣取った宮崎管理官は、腕組みをしたまま、何もいわず黙していた。

八代はレーザーポインターで、見取り図のベランダを差し示した。

「ともあれ、侵入経路と逃走経路が玄関からではなく、ベランダからであることから、流しの犯行の線が濃いという読みになった。もし、ホシがマル害と面識があれば、わざわざベランダから侵入する必要がない。逃げる時も、ベランダであることから、当時の特捜本部は、性目的の流しの犯行と断定した」

八代は話し終わると、忌ま忌ましそうに口をへの字にした。

八代は捜査一課第一強行犯捜査第1係の捜査員だった当時を思い出してか、ホシを挙げられなかった悔しさを顔に滲《にじ》ませていた。

鵜飼が鼻の先に人差し指をあてながら、おもむろに疑問を呈した。

「ホシは逃げる時に、なぜ、放火したのか？　当時の特捜は、どう考えていたんです？」

「証拠隠し、と見た」

「それだけですか？」

「ほかに何かあるか？」

「……ホシは、部屋の中に火を点《つ》けて、それから、玄関のドアから出ずに、わざわざベランダへ出て、雨樋を伝って逃げた？　それも下へ降りて逃げずに、屋上へ登ったってわけですか。……どうも気に入らないなあ」

鵜飼は頭《かぶり》を振った。

「鵜飼は、どう思ったのだ？」

「ホシが、どうして、そんな面倒な逃げ方をしたのかですよ。何か理由があったはずだ。証拠隠しに放火したなら、入りはベランダでも、帰りは玄関からでいいじゃないですか？　火を点けて燃やしてしまえば、部屋には何の証拠もなくなるのだから、安心して玄関から出て行ける。それを玄関のドアをロックし、火事の最中にわざわざ人目につきそうなベランダに出て、屋上へよじ登り、それから外付きの非常階段か、建物内部の階段を使って逃げる？　どうも変だなとなりませんか？」

「確かに当時の特捜本部のなかにも、鵜飼と同じような疑問をいうやつがいた。だが、ベランダから下の雨樋やロープを垂らして逃げた痕跡《こんせき》が見当らなかった。雨樋を伝って屋上へ登ったと見られる痕跡があったので、特捜本部は、一応、その疑問を不問に付した」

「うーむ」

鵜飼は鼻の脇を指でもぞもぞと擦《こす》った。鵜飼は考え事をする時、人差し指で鼻を掻《か》くのが癖らしい。

鵜飼はテーブルの上に拡げられた現場写真をばたばたと手当たり次第に手に取り、閲覧していった。

「現場が見たいなあ。現場へ行けば、何か分かる」

「あいにくだが現場は五年前になくなった。所有者の不動産会社がマンションの入居者が激減したので、急遽《きゅうきょ》取り壊した。いまでは、新しいマンションが建っている」

八代はテーブルに拡げた捜査資料や床に置いた数個の段ボール箱に顎《あご》をしゃくりながら、腹立たしげにいった。

「手がかりは、ここにある捜査資料とマル害の若干の遺品だけだ」

「やれやれ。とんだヤマをやることになっちまったな」

「どっから手をつければいいんだ？」

「現場を見ずに、どうやれっていうんだ？」

班員たちはぶつぶつと文句を言い始めた。

管理官の宮崎警視が決然としていった。

「見ての通り、捜査一課強行犯捜査係が解決できなかった厄介な事案だ。しかし、新設の特命捜査対策室7係の面子《メンツ》をかけ、なんとしてもホシを挙げろ。これから三日やる。班長以下、各自現場周辺をあたって土地鑑を得て、捜査資料や鑑識の資料を読み込め。それぞれ事件の読み筋を考えろ。新たな突破口を見付けるんだ。次の捜査会議に今後の捜査方針を決める。以上だ。いいな」

「はいっ」「はい」「あい」

真下大輔を除いた班員たちは、やや元気なく返事をした。

八代班長は憮然《ぶぜん》とした顔で腕組みをしている。

五里霧中とは、このことだな、と北郷は心中で思った。

だが、とっかかりはある。問題は入りと出だ。先入観なしに、入りと出から見直す。

北郷はそう心に決めた。

第二章　筋読み

1

雨が斜めに降り注いでいた。

大森の街は雨に霞《かす》んでいた。

四台の捜査車両の車列は、ゆっくりと大森町通りを進んだ。途中で左折し、小さな公園に面して建っているマンション『メゾン大森』の前に滑り込んで停まった。

四台の車の左右のドアが一斉に開き、北郷をはじめ、捜査員たちがつぎつぎに降り立った。

いずれの捜査員も、降り頻《しき》る雨にも構わず、無言で八階建ての『メゾン大森』を見上げた。

事件の後、マンション『メゾン・グリーンウッド』の所有者は建物を取り壊し、新たなマンションを建てた。

放火殺人事件の現場であるマンションということが、広く世間に知られてしまい、マンションの入居者がいなくなり、経営的に成り立たなくなったからだ。

北郷は、新しく建て替えられた『メゾン大森』を見上げた。いまは、以前のマンション『メゾン・グリーンウッド』の面影はまったくない。

現場周辺の風景はあまり変わりがない。

向かい側にある小さな緑の公園。その公園に寄り添うようにある区立図書館、近所に建つマンションや住宅、アパートなどなど、ほぼ当時と同じだと聞いている。

八代班長は、無言で背広の肩を揺すりながら『メゾン大森』の玄関先に向かった。

『メゾン大森』の玄関から現われた女子学生二人が、捜査員たちが放つ異様な気に恐れをなし、避けるようにして小走りに出て行った。

八代班長は、マンションの玄関先の石段に立った。

「ここからマル害（被害者）が通っていた大学は徒歩八分。急げば五分とかからない。五年前に建て替えられたが、建物の位置はまったく同じだ。玄関の向きや位置も変わらない。当時の建物と変わった点は、玄関ロビーが設けられ、警備員が入り、セキュリティが一段と強化されたことだ。防犯カメラも二台設置されている」

防犯カメラに赤い点のライトが点灯していた。作動中の印だ。

「あれ、ほんとに生きておるんかいな」

手塚がドアのガラス越しに手をかざし、防犯カメラを見た。

「前の事件で作動させておかなかったことに懲りたはずだ」

ロビーの奥の警備員室のドアが開き、年輩の警備員がロビーに姿を現わした。

制服姿の警備員は不安気な顔でこちらを見ている。

捜査員たちの服装は、スーツ姿の八代係長と北郷の二人以外は、てんでばらばらだった。

ブルゾンを羽織ったジーンズ姿もいれば、ポロシャツにラフなジャケット姿、くたびれたレインコートを着ている者もいる。

全員が目付き鋭く、あたりを睥睨《へいげい》する気を放っている。よそから見れば、どう見ても只者《ただもの》ではない集団の男たちだ。

警備員はロビーからは出ずに、少しばかり警戒する面持ちで北郷たちの様子を窺《うかが》っていた。

八代が低い声で命じた。

「真下、警備員に仁義を切っておけ」

「はいっ」

真下大輔はジャケットの内ポケットから、警察バッジを取り出し、ガラス戸に押しつけて警備員に見せた。

警備員はほっとした顔になり、急ぎ足で玄関のドアに近寄った。ドアのロックを外し、警備員が顔を覗《のぞ》かせた。

「警視庁捜査一課です」

北郷は警察バッジを掲げた。

「ご苦労さんです。何か？」

「昔の事案の捜査で、立ち寄ったまでです。以前のマンションのことを、ご存じですか？」

「はい。本職はまだ在職中でしたので、よく知っています」

元警察官と分かり、捜査員たちの顔が弛《ゆる》んだ。

警察官は退官しても、警察一家の一員であることに変わりはない。

警備員は白髪頭で、やや下腹が突き出ていた。年齢は六十代後半。警察を定年退官し、民間の警備員の職につき、すっかり肉体も精神も弛《たる》んでしまっている。それでも、北郷たちを見て、昔の警察官だった時の緊張を取り戻していた。

北郷は緊張気味の老警備員を労《いた》わるように訊《き》いた。

「ならば話が早い。ここで事件があったのは知っていますね」

「はい。女子大生が殺され、室内が放火された事案でしょう？　十五年前の……」

「その時、あなたの所轄は？」

「大森署地域課でした」

「そうか。大森女子大生放火殺人事件の捜査に関わってましたか？」

「いえ。残念ながら、自分は刑事ではなかったので関わっていませんでした」

佐瀬が脇から口を挟んだ。

「事件発生当時には、どこに？」

「東朋大学前の交番勤務でした」

捜査員たちは顔を見合わせた。

被害者の通う東朋大学前にある交番は、事件当時、捜査一課の捜査員たちが拠点の一つとして詰めた場所だ。

八代班長が口を出した。

「では、事件のことはよく覚えているな」

「はっ。大学前交番のハコ長（交番長）をしていましたので管轄区域のことでもあり、事件のことはよく存じています。あれだけ捜査したのに、犯人が見つからなかった。まことに残念で、被害者の女子大生には、本当に気の毒な事件でした」

警備員は悲しげに頭《かぶり》を振った。

「事件当夜のことを思い出してくれないか？」

「その夜遅く雨が降りだして、確かこんな風な小糠雨《こぬかあめ》でしたね」

老警備員は手を出し、雨を受ける仕草をした。手は濡《ぬ》れなかった。

「本職が交替し、仮眠を取っていた時でした。午前二時半過ぎでしたか、大森西五丁目で火事という緊急通報が入った。本職は現場の警備要請があったので、おっとり刀でここへ駆け付けました」

ちょうど消防車が臨場していた。

消防士たちが梯子車《はしごしゃ》のハシゴを延ばし、現場の四階の部屋に放水しようとしていた。

四階の西側の端にある部屋から火の手が上がっていた。火はだいぶ回ったらしく、窓から赤い炎と黒煙が噴き出ていた。

マンションの住民たちが外付けの非常階段や屋内階段を駆け降りて来た。火災報知機の非常ベルが鳴り響いていた。

「現場に駆け付けた自分たちは、マンションの住民の避難誘導を行ない、住民の安否確認に全力を上げていました。その一方で、火事騒ぎに出てきた野次馬たちの整理も行なったわけでして、後でただの火事ではなく、放火殺人事件だったと知り驚いたものでした。自分たちは……」

九重が低い声で警備員の話を遮った。

「避難する住民たちの中に怪しい風体の者はいなかったか？」

「……みんな着のみ着のままの格好でマンションから飛び出したもんで、怪しい風体といっても……」

「見当りしたんだろ？　明らかにマンションの住民ではなさそうな挙動不審者だよ」

見当りは警察官なら誰もが身に付けている捜査方法だ。警察官は通りすがりの通行人や群衆に目を流していても、常時、指名手配者の写真に似た人物を見付け出したり、挙動不審の者を嗅《か》ぎ出す訓練を受けている。

老警察官は帽子の縁《へり》を摑《つか》んで上げた。

「その時は、気付きませんでしたね。夜で暗いし、雨も降っていたので、混乱しており、誰が誰だか、分からない状態でして」

老警備員は、その日の喧騒《けんそう》を思い出したのか、頬を歪《ゆが》めて頭を振った。

九重はため息をついた。

「放火犯《アカウマ》はたいていの場合、様子見のため現場に踏み止《とど》まり、野次馬に紛れて火事《アカ》を眺めている。きっと野次馬か避難する住民たちに混じって、ホシが居たはずだ」

放火事案の場合、捜査員は必ず集まっている野次馬や避難した住民たちの写真を撮っておく。

北郷は捜査資料の山を思い出した。

現場周辺の写真はなかったか。いやあったはずだ。捜査一課の捜査に手抜かりはない。必ず野次馬たちの写真を撮って調べているはずだ。

新聞資料も調べてみる必要がある。「大森女子大生放火殺人事件」として世間を騒がせた大事件だ。何か手がかりになる記録が残されているかも知れない。

「捜査員たちからも、事件直後に、いろいろ訊かれたのではないか？」

「はい。何度も訊かれましたが、現場が混乱していて、よく覚えていないんです」

「見当りして、変な態度の男か女を見なかったか？　いまでも記憶に残っているようなやつはいなかったか？」

「はあ。申し訳ありませんが、そんな男女は覚えがないんです」

「わかった。ご苦労さん。もういい。戻ってくれ」

八代は老警備員に背を向けた。

「失礼します」

老警備員は挙手の敬礼をし、玄関の扉を開けてロビーに戻って行った。

八代は憮然《ぶぜん》とした顔で捜査員を見回した。

「このビルは、かつての庭を潰《つぶ》し、敷地いっぱいに建っている。昔の四階だったビルが、いまは倍の八階だ。しかし、周囲の住宅やマンションも新築が多くなったが、以前のままの家も何軒かある。現場は消えたが、周辺を歩き回れば土地鑑は得られる」

八代は北郷に目を流した。冷やかな眼差《まなざ》しだった。

「北郷、あとはおまえが仕切れ」

若造、おまえに本当に俺の代理が務まるのか？

北郷は心が波立った。俺の力量を試している目だ。あえて無視してやるしかない。

「では、ここからは、各自、独自にあたるように。集合は午後七時。この場所。捜査車両はここに待機させろ。以上、解散」

北郷は腕時計に目をやった。

午後二時十二分。

捜査員たちは、やれやれと動き出しかけた。

八代は真下大輔を呼び止めた。

「待て。真下、おまえはおれと一緒に来い」

「はいっ」

真下は大柄な軀《からだ》を縮めた。

八代は一番若くて体力がある真下巡査長を使い走りに使うつもりだ。

八代は真下を従え、捜査車両の一台に戻った。

真下は急いで先に行き、後部座席のドアを開けた。八代が鷹揚《おうよう》な態度で乗り込んだ。

真下は今度は運転席のドアを開けて乗り込んだ。

班員たちはばらばらになり、雨の中に散った。

2

北郷は班員たちが周囲にいなくなるのを待った。

北郷は一人になりたかった。一人になって、じっくりと現場周辺を観察し、あらためて当時の事件を考察する。

心にひっかかっている疑問を一つひとつ潰していくしかない。

煙草の箱をポケットから出し、一本を口に銜《くわ》えた。ジッポで火を点《つ》けた。

マンションの向かい側の公園には、桜の木が枝を拡げている。枝についた蕾《つぼみ》は、まだ綻《ほころ》ばず、固い殻に閉じこもっている。冷たい雨が降り止めば、きっと一斉に蕾は綻びて、ピンク色を帯びる。

煙を吹き上げた。紫煙が雨空に霧散して消えていく。

捜査一課は、はじめ顔見知りによる犯行と見て、原口史織の周辺の親しかった友人、知人を徹底的に洗い出し、一人ずつ潰していった。

特に史織に恋心を抱いていた男はもちろん、小学中学高校時代に親しかった友人たちもすべてにローラーをかけて調べ上げていたが、すべて確固としたアリバイがあり、濃鑑の線は消えた。

そのため、捜査方針は、性目的の流しの犯行に大きく振れた。

だが、はたして、本当に流しの犯行だったのだろうか？

屋上から雨樋《あまどい》を伝って四階のベランダに降りる手口は、確かに常習犯のノビ師の手口ではある。

しかし、常習犯であるノビ師には、ノビ師たち特有の泥棒道がある。

ノビ師は同じ盗犯でも、人がいない留守を狙う空き巣とは違うという自負がある。ノビ師は、通常家人が寝静まったところへ、巧みに忍び込み、最後まで家人に気付かれずに、金品を盗み出して引き揚げる。

捜査一課の読み筋はこうだ。

ホシは史織が部屋に帰る前にベランダに降り、しばらくの間、ベランダの隅に潜んで、史織の帰るのを待ち受けた。

ベランダの隅に、ホシの足痕があり、しゃがんで「入り待ち」した痕跡《こんせき》があったからだ。

「入り待ち」というのは、犯人が部屋に入る機会を狙って待っていたことを指す。

ホシは被害者が部屋に帰り、ベランダの窓の鍵《かぎ》を開けるのをじっと待っていた。

なぜなら、ベランダの窓の辺りには、鍵を開けようとして割った痕がなかったからだ。

深夜遅く帰った史織は、ベランダの窓の鍵を開けた。ベランダに干した洗濯物を取り込もうとしたか、部屋に籠《こ》もった空気を換気するためだったか、ともあれ、窓ガラスの鍵は開けられた。

ホシは、その機会を逃さず部屋に押し入り、史織に襲いかかり、犯行に及んだ。

史織の遺体はほぼ全裸にされていた。

それから考えると、もう一つの読み筋は、ホシは史織が風呂《ふろ》に入ろうとして裸になった時を狙って押し入ったか？

いずれにせよ、ホシは被害者を裸にし、なおも激しく抵抗する被害者に暴力を振るい、手足を縛った上で乱暴した。

その時に被害者の首を絞めて殺したか、それとも乱暴した後に首を絞めたか、そこは議論が分かれる。

犯行後、ホシは証拠を隠すため、クローゼットの衣類に火をつけた。火が部屋の中に燃え広がる前に、ホシはベランダに出て、雨樋を伝って屋上へ上がり、外付けの非常階段を使って逃走した。

犯行時、隣室の402号室の住人であるOLは出張中で不在、403号室、404号室、405号室の女子大生やOL嬢たちは寝入っていて、火事を知らせる非常ベルに叩《たた》き起こされたとあり、被害者の悲鳴や物音は聞いていない。

三階の直下の301号室の男性会社員は、友人との飲み会で深夜帰宅して、はじめて上階の火事を知った。三階の住民たちのほとんどが、火災報知機の非常ベルで火事を知った。

火事の第一通報者は、男の声で、マンション四階の角部屋の窓から火が噴き出ている、火事だ、と告げ、名前は名乗らず電話は切れた。

消防庁の記録によれば、通報の時刻は午前二時十七分。

その後、マンションの近所からも、つぎつぎ通報があいついだ。消防車が出動したのは午前二時十八分。臨場は午前二時二十二分。

１１０番通報は消防署からだった。記録では午前二時三十分。大森署管内にいた機捜（機動捜査隊）のＰＣ（パトカー）が臨場したのは、午前二時三十三分。所轄のＰＣも三分と間を置かずに駆け付けている。

消火のため消防隊員たちが部屋に入り、焼けたベッドに横たわった被害者の焼死体を発見、警察へ通報した。

火事の際、玄関のドアは鍵がかかっていたが、ドアチェーンは掛けられていなかった。部屋の鍵は被害者の焼けたバッグに残っていた。被害者本人が内からドアの鍵を掛けたと思われる。

鍵は、本人以外には、管理人が保管しているマスターキイしかない。

被害者が別に合鍵を作って、誰かに渡した可能性もなきにしもあらずなので、捜査員が大田《おおた》区をはじめ、都内全域にわたり、さらには川崎《かわさき》、横浜の神奈川県内まで鍵屋をあたったが、被害者の鍵の合鍵を作った業者は見当らなかった。

ベランダ側のサッシの窓ガラスは割れていたが、それは駆け付けた消防士が消火のための放水で割ったか、消防士が部屋に進入するために割った可能性が高い。

ベランダの窓のサッシは閉まっていた。内側から鍵が掛かっていた。

採取指掌紋は、焼け爛《ただ》れた現場から、かろじて十四個、ドアやベランダや屋上の手摺《てす》りや雨樋から五十二個見つかった。

そのうち、関係者指紋を除いた3号指紋は室内で見つかった一個だけ。だが、その指紋は遺体の背についていた遺留指紋で、決定的なホシの指紋だ。

室外の雨樋やベランダの手摺りについていた指掌紋は、不鮮明な片鱗《へんりん》指紋や隆線の目が詰まった指掌痕で、厳密にいえば指掌紋とはいえないものだった。

警察庁指紋センターや警視庁をはじめとする全国警察本部の遺留指紋照会端末のデータベースに、これらの指掌紋を照会した結果、遺体に付いていた遺留指紋と合致する指紋はなく、前歴者なしとなった。

ただ室外の指掌痕については、何人かのノビ師の指掌紋に類似していたが、そのノビ師たちの指紋は遺体に付いていた遺留指紋とは合致せず、結局、ホシではないと判定された。

雨足がやや弱まっていた。

もう少し経てば、雨は上がるかもしれない。

刑事は傘を差さないというが、それは決まりではない。捜査をする上で、雨に濡《ぬ》れるのを気にするようではいけない、という刑事の心構えだ。

北郷は煙草の煙を吹き上げ、思考を戻した。

プロのノビ師は、性目的で家や部屋に忍び込むことはない。彼らノビ師の「泥棒道」に反するからだ。だが、そもそも他人の家に忍び込み、金品を盗む行為は犯罪であり、社会的に許されるものではない。

だから泥棒道もへったくれもないが、しかし、プロのノビ師たちにとっては、プライドの問題なのである。

プロのノビ師は、忍び込んだ先で、まず家人に見つかるようなへまはしない。こそ泥が家に忍び込んだものの、帰ってきた家人に気付かれて、居直り強盗になったり、人を傷つけたり、殺したりするようなことはプロのノビ師にいわせれば、素人のやることで、許されることではない。

プロのノビ師なら、何もせずに逃げる。たとえ、捕まっても窃盗罪なら、数年、刑務所で臭い飯を食うだけだ。

殺しや強盗《タタキ》といった凶悪犯罪ならば、最高刑の死刑だし、場合によっては十五年、二十年以上の懲役を食らうことになる。ノビ師は、そんな割りが合わないことはしない。

しかし、ノビ師だとて生身の人間だ。

忍び込んだ先で、裸の女やしどけない寝姿の女に出くわしたら、むらむらとして、思わず手を出してしまうノビ師もいないことはない。

捜査一課は、入りと帰りの手口からノビ師の仕業を疑い、彼らを片っ端から潰《つぶ》した（調べ上げた）に違いない。

だが、遺留指紋に合致する指紋のノビ師はいなかったのに違いない。

そうなると、ノビ師ではない素人《ものと》の物盗り、つまり流しの線が濃厚になる。

北郷は煙草の吸い殻を、携帯灰皿に押し込んだ。

もし、性目的の流しの線だとすると、ふたつの読み筋がある。

一つは、ホシが被害者の原口史織に目をつけていて、目星をつけた彼女の部屋に忍び込み、犯行に及んだという筋書きだ。

その場合、ホシはストーカーだったことになり、被害者の周辺を洗うことに全力が上げられる。

二つには、素人の空き巣狙いか、こそ泥が留守宅に忍び込もうとしたところ、たまたま被害者が帰宅してしまった。逃げる間もなくベランダに潜んでいたところ、被害者の裸か、寝姿を見て、欲情を抑えられず、思わず犯行に及んでしまった、という筋書きだ。

この筋読みだと、ホシの捜査は大きく広がる。

当夜は犯行時刻の深夜から午前二時ごろにかけては、雨だった。

ホシが、なぜ、わざわざそんな悪天候の時を選んで、彼女の部屋に侵入しようとしたのか？たしかに雨のせいで、指掌紋が付きにくく、忍び込むところも、夜の雨なので、ビルの屋上にいても、人目に付かないという利点がある。

しかし、屋上から四階のベランダに、濡れた雨樋《あまどい》を伝わって降りるのはあまりに危険過ぎる。手が滑ったり、足場も濡れて悪い。

流しの泥棒としても、なぜ、ホシは彼女の部屋を選んだのか、という疑問もある。

偶然だったのか、それとも、はじめからホシと被害者とは、どこかで接点があったのか？

背後で自動ドアが開く気配がした。

振り向くと、先の警備員が透明なビニール傘を差し出した。

「もし……係長さん、どうぞ、お使いください」

係長？

俺が蒲田署の刑事課の係長だったのを知っているというのか？

「ありがとう」

北郷は傘を受け取った。

警備員は親しげに笑みを浮かべた。

「この雨、当分上がりそうもないですよ」

警備員は雨空を見上げ、頭《かぶり》を振った。

「どうして、自分を係長だと……」

「蒲田署に私の倅《せがれ》がいましてね。巡査を拝命して、交通課の警邏《けいら》係をやってます。その倅が刑事一課の北郷係長の噂をしていて、倅もいつか、北郷係長のような刑事になるんだと」

「そうでしたか。しかし、どうして、私が北郷だと分かったのです？」

「さっき、警察バッジを見せてくださったではないですか。名前に北郷とあった。それに、写真で係長のことを見て知っていました」

「写真？」

「新聞記事の写真ですよ。倅が誇らしげに、北郷係長が掲載された写真を見せてくれたんです。去年、横浜の本牧埠頭《ふとう》で係長が犯人を逮捕したではないですか。倅は、あの時応援で現場に臨場していて、一部始終を見ていたんです。その顚末《てんまつ》も話してくれました。倅は係長は格好いい、と息巻いていました。自分も北郷係長のようになりたい、と」

「そうでしたか。みっともないところを見られてしまったな」

北郷は恥じらった。

あの時、自分は警察官を辞めようとまで思った。紗織を殺したホシが憎くて、自分の手で葬り去ってもいい、とまで思い、拳銃《けんじゅう》の引き金に指をかけていた。

警官としての境界を踏み越えかねなかったところだった。みっともない姿だった。

「失礼、あなたと息子さんの名は？」

「遅くなりました。自分は木村勇元《きむらいさむ》巡査部長、倅は木村雄司《ゆうじ》巡査です」

北郷も自分も名乗って挨拶《あいさつ》した。

「そうですか。本庁捜査一課に上がって、班長代理をなさっておられるのですか」

木村は眩《まぶ》しそうに北郷を見た。

「……さっき訊《き》かれたことですが」

「何か、思い出しましたか？」

「……実は、あの事件が起こる一月ほど前に、職質をかけた不審者の若い男がいたことを思い出したんです」

「どんな不審な行動をしていたというのです？」

「自分は大学前の交番で立番していた時、その男は大学前の通りをうろついたり、コンビニやファストフード店で人待ち顔でいたのを見かけています。誰かを待っているような、かといって、一度も、その男が誰かと出会っているのを見たことがなかった」

「職質をかけた理由は？」

「自転車でパトロールをしていた時、このマンションの周囲や、大学への通学路をうろついていたので、なんとなく気になって、男にバンをかけてみたのです」

「うむ。そうしたら？」

「都内の有名私立大学の学生でした。この付近に住んでいる女友達を探していると。話をしてみると真面目そうな青年で、職質に素直に答えるし、名前も名乗ったので、その時には、それ以上は詮索《せんさく》しなかったのですが」

「学生証は見たのですか？」

木村はうなずいた。

「はい」

「名前は覚えていますか？」

「いえ。それが、事件の一ヵ月も前だったし、まさかあんな事件が起こるとは思っていなかったので。……あの時、捜査していた刑事からも、さんざん、どやしつけられました」

木村は警備員の帽子を取り、白髪頭をぼりぼりと掻《か》いた。

「木村さんは、その男の何を不審に感じたのです？」

「……さあ、何でしょう？　男の目の落ち着きのない動きでしたかね。見当りしていて、なんとなく、その男が気になったんです。第六感というか、真面目そうではあるが、何か、この男、やりそうだなと」

木村は苦笑いした。

「その男、事件前後にも見かけたのですか？」

「それが、バンを掛けた後、一度も見かけていないんです。それで、きっとあの学生は女友達は見付けたのだろう、と思って気にしていなかったのですが」

「何かのきっかけに思い出したのです？」

「はい。一課の刑事から、何でもいい、不審者情報を上げろといわれて、恐る恐る出したら、事件の一ヵ月前に一度バンをかけた程度で、捜査本部に上げるな、と怒鳴られた。事件直前に、しばしば、その男を見かけたならともかく、何も関係がない与太話を上げて、捜査を混乱させるなと、えらく叱られましたよ」

木村は恥ずかしそうにいった。

手柄を立てたいと逸《はや》る気持ちの警官からの関係のなさそうな情報は、取捨選択しないと、事件の筋が見えにくくなり、捜査を混乱させる。木村の情報も、本部から、いらない情報として扱われたのだ。

「……与太話はいらんと怒鳴られました。自分はなにくそと思い、学生の通っている大学に電話をしたのです。その学生の名前や学年、学部を告げて、身元を調べて貰《もら》ったんです」

「そうしたら？」

「そんな学生はいない、という返事でした」

「いない、といわれた？」

「はい。いない、と」

「怪しいな、その学生。それで？」

「それで終わりです」

警備員は帽子を脱ぎ、頭を掻いた。

「刑事ではないんで」

「そうか。残念だったな」

「でも、自分が名前をうろ覚えだったのが、悪いんです。だから、学校も答えようがなかったかも知れない。自分は手帳のどこかにメモしたつもりだったのですが、調べると記載してなくて、あの学生の名前も学部もあやふやだった。ですから、学生にうそをつかれたのではなくて、自分のミスの方が大きかったと思うんです」

「本部には、その情報を上げたのですか？」

「……できませんよ、そんなあやふやな情報を本部に上げるなんて。八代刑事に怒鳴られるがオチですからね」

木村は苦笑いした。

「八代刑事？　まさか、八代班長が……」

「あの班長は八代さんなのでしょう？　一目見て、あの時の八代刑事だと分かりましたよ。自分はこっぴどく、八代さんに怒鳴られたのですから。八代さんも自分を見て、あの時の与太情報を上げた警官だと思ったはずです」

「……そうだったのか」

北郷は納得した。

八代班長が、警備員の木村を見て、ろくに話を聞こうともせず、背を向けたのは、昔のことを思い出したからだった。

「あれから十五年。自分がこの新しいマンションの警備員になっているのも、ひょっとして、いつか、あの男が姿を見せるのではないか、と思ってのことでしてね。今度はちゃんと名前や住所を聞いておこうと思います」

木村は笑いしながら、北郷に敬礼した。

「では、がんばってください。係長、倅と一緒に応援しています。では、失礼」

北郷は踵《きびす》を返し、ロビーに戻っていく木村の背を見送った。

3

十五年の歳月は、街も、そこに住む人の心も変えてしまっている。

かすかに残る記憶の底を探った。

かつて四階建ての瀟洒《しょうしゃ》なマンションだった『メゾン・グリーンウッド』は、いまは跡形もなく消え、八階建てのマンション『メゾン大森』に姿を変えている。

北郷は歩きながら、雨に霞《かす》む『メゾン大森』を見上げた。

向かい側には、灰色の寂れたマンションが建っていた。以前からあった六階建てのマンションだった。

五階の階段の踊り場に人影が動いた。

小柄な体付きの手塚刑事だった。

手塚は、じっと踊り場の手摺《てす》りに佇《たたず》み、こちらを見下ろしている。

いや、違う。こちらを見下ろしているのではない。消えた『メゾン・グリーンウッド』を、心の中で再現し、現場の四階401号室に思いを馳《は》せている。

北郷も、あたりに目を配りながら、歩き出した。

公園の隣に大田区立大森西図書館の建物があった。二階建ての古いビルだった。

玄関ロビーに鵜飼刑事の姿があった。図書館員らしい男に何事かを聴いている。

北郷は図書館前を抜けて歩いた。きっと、被害者の史織が大学へ通った道だ。

通りの両脇には何の変哲もない平屋建ての住宅や、トタン屋根のバラック建てもある。

さらに生け垣に囲まれた二階建ての同じ造りの建て売り住宅が並んでいる。

路地があった。

路地の先で建て売り住宅の一軒から、ＧＩカットの短髪が出てきた。

佐瀬刑事。

佐瀬は庇《ひさし》の下で手帳に何事かを書き付け、ポケットに無造作に仕舞いこんで、路地をさらに奥へと歩き出す。

捜査員たちは、それぞれ鑑を付けようと行動を開始している。

濡《ぬ》れた舗道はところどころ敷石がへこみ、水溜《みずたま》りが出来ている。

道に覆いかぶさるように枝を延ばした欅《けやき》の木。葉が風に揺れている。

その欅の後ろに建っている安普請の二階建てアパート。

駐車スペース付きのコンビニ店。

その駐車スペースに、二台の乗用車と、自転車が四台立て掛けられている。

出入口のガラス戸越しに、男の店員と話している半村刑事の姿があった。

北郷は黙ってコンビニの前を通り過ぎた。

隣のマンションは新築らしい。十階建ての大型マンションで、その外観は豪華客船の船体を思わせる。

小さな緑の園がエントランスの前に付いている。

そこにはマンションの管理人と話をしている九重刑事がいた。

大通りに出た。かつては、「鬼足袋《おにたび》通り」と呼ばれた通りだ。その界隈《かいわい》では、昔鬼足袋を製造する町工場があったために付けられた名前だったと聞く。

いまは「桜新道《さくらしんどう》」に続く、「東朋大学通り」と通称されている。

東朋大学通りに立った。

目前に東朋大学のビル群が聳《そび》えていた。

通りに面して交番の白いボックスが目に入った。

交番の先に大学の正門があった。

北郷はおそらく被害者が歩いたであろう道を辿《たど》った。

低い緑の生け垣越しに、大学のキャンパスが見えた。青々とした芝生が広がり、ところどころに設置されたベンチが雨に濡れている。

キャンパスには、鬱蒼《うっそう》とした欅や桜の木々が建物の間に生えている。

キャンパスの中を女子学生たちがさす、色とりどりのパラソルの群れが移動していく。

正門の前に立った。

正門の門柱に埋め込まれた「東朋大学」のプレートが雨に鈍く光っている。

東朋大学。

戦後、まもなく創立された私学の総合大学だ。理工学部、法学部、医学部、教育学部、情報コミュニケーション学部、人間科学部などの学部が揃っている。大学院や大学病院も付いている。

大学職員や学生の総数一万二千人。

大森には、そのうち、大学本部、医学部、情報コミュニケーション学部、人間科学部、付属の看護学部が置かれていた。

理工学部や法学部、大学院などは府中《ふちゅう》キャンパスにある。

腕時計に目をやった。

『メゾン大森』から、ゆっくりと歩いて十分。

救急車のサイレンが聞こえ、北郷を追い抜いて、前へ走り去った。

正門の先、百メートルほどに白亜の十二階建ての近代的なビルがある。東朋大学医学部の付属病院だ。

救急車は急にサイレンを落とし、赤灯だけを回転させながら、大学病院の車両出入口に姿を消した。

正門のアプローチに一台の乗用車が滑り込んだ。警備員が停車を命じた。車の運転手が窓を開け、警備員と何事か言葉を交わしている。やがて、話がついたらしく、警備員は軽く敬礼した。

乗用車は静かに構内へ走り込んだ。

北郷は正門の通用口へ足を進めた。

守衛の詰め所の受付に立ち寄った。

受付の老守衛が「どちらへご用ですか？」と北郷に尋ねた。

北郷は警察バッジを掲げた。

「大学の事務室を訪ねたい」

「……何かあったのですか？」

守衛の老人は顔をしかめた。

「昔のことでお尋ねしたいことがあるので」

「さきほども、警視庁の刑事の方がお見えになられたもので」

「誰です？」

「沼田さんという刑事さんです」

「ああ、沼田はうちの班の者です。どこを訪ねています？」

「図書館は、どこかと」

沼田が図書館を訪ねた？　沼田は、いったい、何に目をつけたのか？

気にはなったが、沼田には沼田のやり方がある。余計な口出しは無用だ。

大学学務課は、芝生の向こう側の三階建てのビルの一階にあるとのことだった。

北郷は守衛に礼をいい、構内に足を踏み入れた。警備員が会釈した。

芝生の中の煉瓦《れんが》舗装の小道は欅の脇を通り、洋風な三階建てのビルに延びている。赤い瓦《かわら》屋根の白い壁の建物は、お洒落《しゃれ》な雰囲気を醸し出している。

守衛の話では、図書館の建物は、キャンパスの奥にあり、学生会館や学生食堂と並んでいるとのことだった。

キャンパスの中を走る大きな銀杏《いちょう》並木の道路の先に、図書館らしい二階建ての煉瓦造りの古い建物がある。その隣に四階建ての真新しい白いビルがあり、玄関付近に、女子大生たちが出入りしていた。きっと学生会館や学生食堂の入ったビルなのだろう。

数人の女子大生が色とりどりの傘を差しながら大学事務所から歩いて出て来た。華やいだ話し声が聞こえる。

北郷とすれ違う時、女子大生たちは話を急に止め、北郷に頭を下げて会釈をした。北郷は頭を下げて会釈を返した。

通り過ぎると、また女子大生たちの楽しそうな会話が聞こえた。

事務所の玄関のガラス戸を開け、中に入って行った。

幅の広いカウンターが目に入った。

天井から学務課やら学生課やらの札が下がっている。

フロアは、いくつもに仕切られ、普通のオフィスのように机と椅子が並んでいる。机の上にはデスクトップのパソコンがずらりと揃っていた。

学生課の前には数人の男女の学生たちが集まり、若い男性職員と話し込んでいた。話の内容から時間がかかりそうだった。

北郷は隣の学務課のカウンターに立った。

女性職員が席を立ち、北郷に笑顔を向けた。

「何か?」

「こちらの学生だった女性のことで、少々お尋ねしたいことがあるのですが」

女性職員は戸惑った表情で北郷を見た。

「どのようなことでしょうか?」

「十五年前、こちらの学生だった人です」

「十五年前ですか。そんな前の学生ですと、分かりかねますが」

「学籍簿があるでしょう？」

「あるにはありますが、プライバシーがありますので、外部の人にはお見せできないことになっています」

北郷は内ポケットから警察バッジをカウンターの上に載せて見せ、すぐに仕舞い込んだ。

「……警察の方ですか」

女性職員は困った表情になった。

隣の学生課に集まっていた学生たちが、北郷と女性職員の話を聞き付け、好奇に満ちた目で、北郷をちらちらと見はじめていた。

「少々、お待ちください。上司に聞いて来ます」

女性職員は小走りに上司らしい初老の男の机に急いだ。

初老の男は女性職員の話を聞きながら、書類から顔を上げ、金縁眼鏡を押し上げて北郷に目を向けた。

「……」

初老の男は小声で女性職員に何事かをいい、腰を上げた。

女性職員はうなずき、急いでカウンターに戻って来た。

「お待たせしました。課長がお会いします。どうぞ、応接室の方へ」

女性職員はカウンターの先の応接室へ行くように手で促した。

学生課の前の学生たちは、一斉に北郷を見ていた。

北郷は女性職員に会釈し、いわれた通りに応接室へ移動した。

応接室のドアのところに、先程の課長らしい初老の男が愛想笑いをして立っていた。

「さ、どうぞ」

北郷は応接室に入った。

白いカバーをかけたソファが低いテーブルを挟んで向き合っている。

北郷は初老の男の促すままに、ソファに腰を下ろした。

「私は学務課長の森脇《もりわき》です」

森脇と名乗った課長は北郷に名刺を出した。

北郷も名乗り、名刺を差し出した。

森脇は老眼鏡をかけ、名刺を一瞥《いちべつ》した。

北郷の名刺は「警視庁刑事」とあるだけで、所属部局や階級は記されていない。

「実は十五年前の事件の再捜査をしています」

「はあ。十五年前ですか……」

森脇は一瞬怯《おび》えの顔になった。

どこか痛くもない腹を探ったのかも知れない。

森脇はいったい何を恐れているのだ？　大学内部に何か警察に知られてはまずいことでもあるというのか？　贈収賄？　それとも学内のスキャンダルといったところか。いずれにせよ、いま、そんなことにかまけている暇はない。

「こちらの大学の女子学生が事件に巻き込まれ、亡くなった事案です」

森脇の顔は、ふと安堵《あんど》に弛《ゆる》んだ。

「もしかして、大森西のマンションで殺されたうちの女子学生のことですか。あの事件の犯人が分かったとでもいうのですか？」

「いや。あの事案の再捜査するのです。おたくたちにも、犯人逮捕のため、ご協力を願いたい」

「そうでしたか。再捜査なさる。それはよかった。あの事件が起こった時、私がちょうど学務課の広報担当の係長をしていましてね。毎日、新聞記者やテレビの方々にあれこれ尋ねられて、往生しましたよ」

「そうですか。ならば話は早い。事案の説明をしないでも済む。では、協力してください」

「はい。出来ることならば。で、どのようなことが知りたいのです？」

「被害者の原口史織さんの学籍簿や、史織さんのクラスメイト、ゼミの学生、教授、教職員などの名簿を見せていただきたいのです」

「よわりましたなあ」

森脇は揉《も》み手《で》をした。

「ご協力したいのですが、なにせ個人情報保護法により、大学としても、学生の個人のプライバシーにかかわることはお知らせすることが出来ないんですよ」

「しかし、同窓生名簿は公の刊行物ではないのですか？」

「はい。刊行物はすぐにでもお見せできますが、学籍簿とかゼミ生の名簿やクラスメイトの名簿などは、捜査令状でもない限り、お見せできない建前になっておりまして。それに、そうした刊行物ではない私的な名簿は、うちの学務課にも学生課にも保存していない、と思います」

「そうですか。令状がないといかんですか？」

裁判所に捜査令状を請求できなくはないが、余計な時間と手間がかかる。当時の学生の名簿やゼミのクラスメイトの名簿は捜査資料の中にファイルされていた。

いまほしいのは、十五年後の彼らの連絡先や動向だ。手っ取り早く名簿を出させるには、森脇の怯えを突くしかない。

北郷は厳かにいった。

「では、裁判所から捜索令状を取り、おたくの大学の事務方の書類を徹底的に調べさせて貰《もら》いますか」

「……そ、そうですか」

森脇は慌てた。北郷は腰を上げた。

「では、本日は、これで失礼」

北郷は腰を上げかけた。森脇は困った顔をした。

「ちょっとお待ちください。個人情報保護法のことはあくまで表向きの建前でして。本学としては警察の方の捜査に協力するのは、やぶさかではありませんでして」

森脇は胸のポケットからハンカチを出し、額に浮いた汗を拭《ぬぐ》った。

「ただ個人情報の提供について、あくまで本学から出たということでなく、内々にしていただきたいのです」

「いいでしょう。あなたたちに迷惑をかけるつもりはありません。では、見せてくれるのですね」

「原口さんの学籍簿や身上書でしたね。それから、当時のゼミ生のリストやクラスメイトの名簿でしたな。少々お待ちを」

森脇は席を立ち、あたふたと応接室を出て行った。

入れ替わるように、先刻の女性職員がお茶を運んで来た。

「こちらの大学の同窓会の事務局は、どこにあります？」

「学生会館に、大学ＯＢ会の事務局があります。うちの職員ですが、同窓会の事務をやっています」

女性職員は笑顔でいった。北郷は礼をいった。

被害者の原口史織の交友関係を、いま一度洗い直さねばならない。史織が、どんな女性だったのか、捜査資料を読む限りではまだ分からなかった。

被害者が一人の生身の人間として、心の網膜に焦点を結ばなければ、事件の全体が見えて来ない。北郷はそう思った。

やがて、山のような資料を抱えた森脇が、応接室に戻って来た。

「お待たせしました。未整理になってますんで、この中に、原口さん関連の資料があるはずです」

森脇は低いテーブルの上に、学籍簿のファイルやゼミ通信、同人誌、サークル雑誌の類《たぐい》を広げた。

北郷は学籍簿のファイルを取り上げて、頁をめくった。

原口史織。

色褪《いろあ》せた顔写真が貼り付けてある。丸顔の綺麗《きれい》な娘だ。細い眉毛《まゆげ》に黒目勝ちな大きな目。二重目蓋《まぶた》。広いおでこ。唇の左下に小さな黒子《ほくろ》。笑みが口元に浮かんでいる。

髪の毛は肩のあたりにかかっている。

開いた白いブラウスの襟元に、小さな鍵《かぎ》がついたティファニーのネックレスが光っていた。

学籍番号75298……。

平成六年（一九九四年）四月一日入学。

人間科学部人文学科三年。

昭和五〇年六月二十日生まれ。

本籍・日本。

学籍年度　平成六年。

現住所　東京都大田区大森西……

出身高校　宮城県私立仙台第一高校

保証人氏名・住所　原口賢次郎　宮城県仙台市若林区……
家族構成　両親。弟・原口翔太。
卒業論文題目　未定
ゼミ指導教員　大里尚志　教授
クラス担任教員　市原珠枝
部活動　文芸部　テニス部
職歴賞罰　なし。
学籍異動　なし。

……


十五年前、捜査一課の刑事が調べた内容とほとんど変わらない。

「私はあちらに居ります。何か、ありましたら呼んでください」

森脇は気を利かせ、北郷を一人に応接室に残して出て行った。

北郷はゼミ指導教員と、クラス担任教員の名を手帳に書き取って学籍簿を閉じた。

クラスメイト名簿や文芸部のサークル誌の頁をぺらぺらとめくった。原口史織の詩、創作に目を通す。あまり文才がある詩とは思えなかった。

三十分ほど過ごし、北郷は腰を上げた。

応接室を出、課長席でパソコンの画面を睨《にら》んでいる森脇に声をかけた。

「課長、ありがとうございました」

「何か、お役に立ちましたか」

「はい。いろいろと」

「そうですか。それはよかった。捜査には、今後とも協力します。何でも、私にいってください。私にできることなら、いくらでも」

森脇はほっとした表情でいった。

北郷は頭を下げた。

学務課の職員たちの好奇の視線が北郷に集中した。北郷は先刻の女性職員にも、一礼してから学務課を後にした。

4

雨はいくぶん小降りになっていた。

北郷は傘を差し、キャンパスの通りの先にある三階建ての学生会館に向かった。

桜並木が学生会館まで続いている。頭上の枝についた桜の蕾《つぼみ》は、ややピンク色を覗《のぞ》かせているものの、まだ固く凋《しぼ》んでいる。

今年の春はきっと遅い。

煉瓦《れんが》造りの図書館の玄関先に立った。

ガラス窓を通して、閲覧コーナーが見えた。机の一つに沼田の姿があった。

沼田は卓上のパソコンに向かい、何かを検索していた。

図書館は、沼田刑事に任せることにし、北郷は学生会館へ足を進めた。

学生会館の玄関ロビーには、長机が設置され、白い募金箱が用意されていた。数人の男女が通りかかる学生たちに募金を呼び掛けていた。

背後の壁に「3月11日の東日本大震災被災者を支援する募金のお願い」と手書きされた模造紙が貼りだされている。

一階フロアは学生食堂になっていた。いまは食事時ではないからか、食堂は閑散としていた。いくつかのテーブルで男女の学生たちが談笑していた。

案内板を見た。

二階、三階のフロアはサークル部室や小会議室になっている。

食堂の出入口の脇に、事務室のカウンターがあった。

カウンターの向こう側に、五つほどの机が並んでおり、男女の事務員が二人、パソコンを睨んでいた。

「大学同窓会の事務局は、どちらでしょうか?」

北郷は二人に声をかけた。

「はい。こちらですが」

男の事務員が顔を上げた。北郷は警察バッジを掲げて、名乗った。

「あなたは?」

「加藤です。主任をしています」

「学務課から聞きました。同窓会名簿を拝見したいのですが」

「どういうご用件でしょうか？」

北郷は手帳を取り出し、クラスメイトの名簿から書き抜いた名前の一覧を相手に見せた。

「この人たちの現住所、連絡先を調べています」

事務員は困った顔をした。

「個人情報保護法により、お見せできません」

「主任、学務課の森脇課長に問い合せてくれませんか？」

若い男の事務員は怪訝《けげん》な顔になったが、受話器を取り上げた。内線番号を押した。

北郷はガラス戸のついた本棚に目をやった。

本棚の中には、各種の優勝杯や賞状が飾られている。

「分かりました」

男の事務員は受話器をフックに戻した。

「失礼しました。課長が名簿をお見せするように、とのことでした」

加藤は本棚のガラス戸を引き開け、なかから、分厚いファイルを抜き出した。背表紙に同窓生名簿と記されている。

加藤は同窓生名簿をカウンターの上に置いた。

「中にお入りになって、ご覧になりますか？」

加藤はカウンターの中の応接セットに北郷を促した。

「いや、ここでいい」

「何年の卒業生をお調べですか？」

「一九九八年の卒業生だが」

「あ、私もその年三月の卒業です。ここの卒業生ですか」

「ほう、そうですか。加藤さんも、ここの卒業生ですか」

「はい。ほかに良さそうな就職口がなかったもので」

加藤ははにかんだ。

「では、同じ学年の原口史織さんについて御存知でしたか？」

加藤の顔が歪《ゆが》んだ。

「事件で知っています。可哀想に誰かに殺された人でしょう？　ぼくは彼女と学部が違うので、ほとんど話したことがなかったけど、図書館やサークル部室で見かけたことはあります。笑顔が爽《さわ》やかな可愛い女性だった」

「そうでしたか」

北郷は人間科学部の卒業年度一九九七年の頁をめくった。

「いまも犯人が分からないという事件でしたよね。その再捜査をなさっているのですか？」

「きみは何学部でした？」

「情報コミュニケーション学部です」

「史織さんについて、当時、何か知っていることはありませんか？」

「十五年前のことですからねえ。彼女はたしか人文学科で、クリスチャンだったと思いますけど」

人文学科の卒業生二十九名の名前が並んでいる。男子と女子がほぼ半数ずつになっている。男子の卒業生の多くが会社勤めになっている。大企業よりも中小企業に就職している。女子のほとんどが、教職や幼稚園、介護施設、保育士などの道に進んでいる。女子の半数以上が結婚し、新しい姓に変わって、旧姓欄に前の苗字《みょうじ》が書き込まれていた。

「史織さんと親しく付き合っていた男とか、女友達について何か御存知でしたか？」

「……彼女、ボランティア活動に熱心でしたね」

「ほう。ボランティアねえ。何のボランティアです？」

「神戸の大震災があった時、彼女はサークルの人たちと一緒に被災地に駆け付け、ボランティア活動をしていたと思いました」

神戸の大震災というのは、一九九五年一月の阪神淡路大震災のことだろう。

「そのサークルというのは、史織さんが所属していた文芸部ですか？」

「いえ。違います。たしかクリスチャンの学生たちがはじめた人助けのサークルだったと思います。他大学の学生も混じったサークルで、被災地に出掛け、人助けをしていたと思います」

「どうして、そんなことを覚えている？」

「ぼくも彼女たちに誘われたんですが、アルバイトで忙しくて、申し訳ないけど行けないと断ったんです。ぼくは、あの人たちのように裕福じゃなかったし、アルバイトをやらなければ、学校にも通えなかった。生活が苦しくて、とても人助けの慈善活動をする余裕なんかなかった」

加藤はやや自嘲《じちよう》するような口調だった。

金持ちのお嬢さんたちの慈善活動なんかやっていられるか、と言外に匂わせている。

「そのクリスチャンたちのやっていたサークル名は何でしたか？」

「何だったかな。小柳さん、知っている？」

加藤は同僚の若い女性事務員に尋ねた。

「さあ。私は、学年がずっと後だから。それに大学も違うし」

「いけね。そうだったね」

加藤は頭を掻《か》いた。小柳と呼ばれた事務員が助け船を出した。

「花の名前か何かじゃなかった？　被災地の復興を願うＮＰＯ法人って、よく花の名を付けるから」

「そうそう。思い出した。ひまわりの会だった」

「ひまわりの会？」

北郷は捜査資料に目を通していた時、どこかで『ひまわりの会』の名を見かけた記憶があった。深川分庁舎に戻ったら、もう一度、史織の身辺調書を調べねばなるまい。

「いまも、その会はあるのですか？」

「ないよね」

加藤は小柳に顔を向けた。

「ええ。ないと思います。少なくても学校に届けられたサークルの中にはないです。同好会とか、個人の会までは、私たち押さえてませんので、分かりませんが」

「そうですか。ありがとう」

北郷は史織の同級生たちのリストの頁をコピーして貰《もら》い、事務室を後にした。

帰り際、募金活動をしている学生たちのテーブルに立ち寄った。

学生たちはきょとんとした顔で北郷を見た。

北郷はポケットからくしゃくしゃの千円札を出し、皺《しわ》を延ばして募金箱に入れた。

「ありがとうございます」

学生たちは一斉に礼をいった。

女子学生がひらりと一枚のチラシを北郷に差し出した。

「被災地支援にご協力をお願いします」

被災地支援のボランティア募集の文言が書いてある。

北郷はうなずいた。

女子学生は優しく屈託のない笑顔だった。

史織も、かつてこんな人助けの活動をしていたのに違いない。それなのに殺された。

学生会館の玄関を出て、傘を差し、右手の四階建ての白亜のビルに向かった。

人間科学部や情報コミュニケーション学部が入った建物だ。教室のほかに、教員たちの研究室も併設されている。

史織が毎日通った校舎。

玄関の出入口で、すれ違った女子学生たちは北郷に会釈をして行く。

玄関ロビーの案内プレート版を見上げた。

一階と二階に人間科学部、三階に情報コミュニケーション学部がある。四階には研究室やゼミ室、さらに大教室などがある。

捜査資料によると、史織のクラスの担任教員だった教授は、事件の三年後に退職している。いまは別の私立大学で教鞭《きょうべん》を執っている。

広い廊下を進んだ。廊下の右手は庭に面していて、学生会館や図書館の建物が見える。

左側には、固く閉ざされたドアが、廊下の奥までいくつも並んでいる。

ドア越しに教壇で講義をする声、学生たちのざわめきが聞こえる。

廊下に柔らかなチャイムの音が鳴り響いた。

それを合図に、いくつものドアが開き、男女の学生たちがぞろぞろと廊下に出て来た。

北郷は窓辺に身を寄せ、学生たちの人波が過ぎるのを待った。

学生たちの群れは楽しげに会話をしながら玄関の方に流れて行く。

建物から出た学生たちは、ある者は傘を差し、そのまま正門へ向かい、別の学生たちそれぞれ仲間と連れ合い、食堂やサークル部室のある学生会館の入り口に吸い込まれて行く。

北郷は、ばらばらに散って行く学生たちをぼんやりと眺めた。

雨が小降りになっていた。

図書館から、沼田刑事の猫背が出てくるのが見えた。傘も差していない。

沼田は、レインコートの襟を立てて、正門への道を歩いて行く。煙草の白い煙が沼田の軀《からだ》を包むように立ち上っている。

まだ集合時間には間があったが、北郷も窓辺から離れた。

ビルの玄関から外へ出た。小降りになったとはいえ、まだ細かい雨が降り注いでいる。

北郷はビニール傘を開き、沼田の後を追うように正門へと急いだ。

正門の守衛室に寄って、老守衛に帰る旨を伝え、大通りに出た。どこに行ったのか、沼田の姿は消えていた。

どこへ消えたか？　あまり遠くへは行くまい。

北郷は正門前のバス停に群がる学生たちの間を抜け、近くにある交番の中を覗《のぞ》いた。

案の定、沼田は警官たちと熱心に何事かを話し込んでいた。

警官の一人が、机の上に地域の地図を拡げ、沼田に説明している。

北郷は交番から静かに離れた。沼田の捜査の邪魔をしたくない。

現場の大森西三丁目の路地に折れた。

「すみませーん」

北郷の脇を自転車に乗った女子学生が風を巻いて追い越して行った。傘も差していない。

原口史織も、きっと生きているころ、自転車の女子学生のように元気に走り回っていたのだろう。

かつての現場跡に建った八階建てのマンションが路地の先に見える。

女子学生の自転車は、区立図書館の駐輪場に走り込み、見えなくなった。

車のエンジン音が背後から聞こえた。

振り向くと、捜査車両の一台だった。車はゆっくりと動き、北郷の傍らに滑り込んで停止した。

後部ドアの窓ガラスが音もなく下がった。車の中に八代の顔が見えた。

「乗れ」

八代の低い声が命じた。

ドアが開いた。北郷は傘を畳み、後部座席に身を滑り込ませた。

運転席に真下の緊張した顔があった。

北郷がドアを閉めると車は動き出した。

「蒲田署に行く。一緒に来い。一応、署長や刑事課長に挨拶《あいさつ》しておく。これから、どんな世話をかけるか分からんからな」

「はい」

「蒲田署は、おまえが居たところだな」

「はい。自分はすでに挨拶してあります」

「うむ。いいだろう」

八代はむっつりし、座席に深々と身を沈めた。

「ボスから連絡が入った。福島原発事故は、きわめて危険だ。自衛隊、消防庁、うちの機動隊が決死の覚悟で放水し、原子炉の暴走を抑えようとしている」

「そうですか」

「放水でうまく炉心を冷やせればいいが、今後、どうなるか分からない。我々も、いつ何時、出動命令が出るか分からない。覚悟だけはしておけとのことだ」

「はい」

北郷も上司や部内から、いろいろな情報を漏れ聞いていた。

福島第一原発1号機、3号機があいついで水素爆発し、炉心がメルトダウンするという最悪の事態になっていた。

4号機には使用済み核燃料が千五百本も格納されており、こちらも電源喪失したため、注水する必要があった。

そのため東京消防庁のハイパーレスキュー隊や警視庁機動隊、自衛隊による「原発冷却作戦」が始まっていた。

だが、何もかも初めてのこととあって、現場は混乱を極めていた。

現場をめぐり、政府、東電、警察、消防庁、自衛隊それぞれの思惑が錯綜《さくそう》し、指揮系統が乱れていたことが最大の原因だった。

政府の決断で、自衛隊の下に指揮系統を一元化し、ようやく混乱を収めつつあった。

自衛隊は初めて災害派遣に十万人態勢で臨んでいた。

警察庁も、警視庁だけでなく、全国警察本部に災害派遣を要請していた。そのため、全国から管区機動隊や特別支援隊員が福島をはじめ、東北の被災地に派遣されていた。

アメリカ軍も当初から日本政府に協力を申し出ていた。日本政府の要請も待たず、直ちに三陸沖に原子力空母ロナルド・レーガンを派遣し、人道支援「トモダチ作戦」を展開していた。

福島だけでなく、東北地方の太平洋沿岸地域は、巨大地震と大津波を受け、いずこも壊滅的な被害を出し、死者行方不明者も約2万人に上っていた。

これだけでも大変だというのに、その上に福島原発事故が抑えられず、暴走するような事態になったら……。

考えるだに恐ろしい。北郷は身震いした。

まだまだ気は休まらない。

車は東朋大学通り（鬼足袋通り）を南下して行く。あやめ橋の交差点を直進し、新呑川《しんのみがわ》に架かった仲之橋を渡れば、蒲田の繁華街だ。

左斜め向かい側のビルの頭越しに、蒲田署の建物が見えた。

車は環状八号線に入り、左折して蒲田署の前に止まった。

北郷は先に車を降りた。真下が慌てて運転席から飛び出し、車のドアの脇に立った。八代が鷹揚《おうよう》に車を降りた。

北郷と八代は署の階段を上った。立哨《りっしょう》していた警察官が敬礼して迎えた。

5

勝手知った署内だ。

北郷は八代を案内して、早速に刑事部屋へ上がった。

刑事部屋のドアを押し開けると、課長席の戸田警部が「おっ」という顔をした。

青木奈那をはじめ、部屋に居たかつての部下たちが立ち上がり、笑顔で北郷を迎えた。

係長や雨垣刑事たちの姿はなかった。みんな捜査に出ている様子だった。

「本日は特命捜査対策室第7係の八代係長と一緒に署長に挨拶に来ました」

「そうか。ちょっと待て」

戸田刑事一課長は、北郷の後ろに立った八代を見ると軽く会釈し、受話器を取った。

署長室の内線電話を掛けている。

青木がつかつかと近寄った。

「係長、いや班長代理、いよいよ捜査を始めたのですね」

「うむ」

「何か、お手伝いすることがあったら、遠慮なさらずにいってください」

青木は小声でいった。北郷はうなずいた。

「署長がお会いするそうです」

戸田刑事一課長は八代にいった。


北郷と八代は署長室に通された。

窓の下の環状八号線を通る車の音は、雨のせいもあって、ほとんど聞こえなかった。

署長の佐々木警視正は、穏やかな笑みを頬に湛《たた》えて、八代と北郷に向き合っていた。

蒲田署刑事一課長の戸田警部は、八代の話を聞いて頭《かぶり》を振った。

「そうですか。再捜査には全面的に協力をさせていただきます。ところで、当時の捜査本部の捜査資料は、ここには記録資料のコピーが一部あるだけで、それ以外は残っていません。全部、捜査本部が捜査資料を引き取りました。あの事案の捜査資料は検察庁で保管してあると思いますが」

「たしかに。ところで、当時、捜査に携わった者はまだいますかね」

戸田刑事一課長はうなずいた。

「当時、私も蒲田署の刑事でしたので、一課の刑事と一緒に地取り捜査をしました」

「誰とでした？」

「多田刑事でした」

「ああ、多田雄司部長刑事だな」

「そうです。厳しい部長刑事だった。もう引退なさったのでは？」

「一昨年《おととし》に定年退職した」

八代は無愛想に答えた。

「いまは、何をなさっておられるのです？」

「どこかの百貨店の警備主任になったと耳にしたが」

「そうですか」

「課長のほかに、当時事件の捜査にあたった刑事はおらんですか？」

「所轄に残っている人では、生安の藤原係長も、当時捜査にあたったはずです」

戸田刑事一課長は考え考えいった。

八代は北郷に何かいえ、と目配せした。

「課長は、当時を振り返り、どうしてホシに辿《たど》りつけなかったと思ってますか？」

「八代刑事の前で、天下の捜査一課の捜査にケチをつけるような僭越《せんえつ》な真似は出来ませんよ」

戸田刑事一課長は冷やかに笑い、佐々木署長と顔を見合わせた。

八代が面白くなさそうに口を開いた。

「いや、捜査一課だとて人間、時には間違えることもある。でなければ、この事案のように再捜査しないで済む。ぜひ、課長の意見を聞かせてほしい」

佐々木署長も口を添えた。

「そうだよ。課長、当時気付いていても一課の課員に正面切っていえなかったことがあったのではないか？　いまのきみなら、何も遠慮することはない」

「……では、自分も特別捜査本部の一員としてホシを割れなかったことの自戒を込めて、意見を申し上げましょう」

　戸田刑事一課長はソファの背もたれから身を起こした。

「あの事案は、初めから流しの犯行として、捜査していましたが、はたして、それでよかったのか、と」

「……流しではない、というのか？」

　八代がむっつりとしていった。

　戸田刑事一課長はうなずいた。

「捜査本部は、当初は濃鑑の線でも捜査していましたね。それが鑑識の調べで、屋上やベランダからの入りと帰りの形跡があるのが分かり、流しの線一本に絞られた。自分も、その時は流しに違いないと思い、周辺の聞き込みに力を入れた。だが、途中から、どうも変だと思い出した」

　佐々木署長が脇から口を出した。

「どう変だったというのかね？」

「聞き込んで行くと、被害者の住むマンションの周辺にうろついていた若い男が複数目撃されていたのです」

「ほほう」

「一人は学生と思われる風体の若者で、被害者のマンション前の公園のベンチに人待ち顔で座っていたり、隣接する区立図書館でも、被害者と親しげに話しているのが目撃されていた」

「不審者Aだな」

八代が呟《つぶや》くようにいった。

「それから、サラリーマン風の青年が被害者を訪ね、公園や学校のキャンパスを二人で散歩していた。これが不審者のB」

「もう一人いたな」八代がいった。

「ええ。参考人Cです。調べたら高校時代の同級生だと分かった。一度ならず、Cは被害者を訪ねていた。Cは事件当夜、仙台の実家に帰っていて、東京には戻れず、アリバイが成立していた」

「先のAとBは、どうだったのだ？」

佐々木署長が訊《き》いた。

「先の不審者AとBは、どうしても身元が分からずに終わりました。事件と関係があったかどうかも、実際のところ不明でした」

八代は湯呑《ゆの》みのお茶を啜《すす》った。

「もう一人不審者が目撃されていたろう？　覚えているか？　ノビ師の一人によく似ていた男で」

「いました。参考人Dですね。しかし、聞き込みでは、近くでマンションを窺《うかが》っている不審者を近所の奥さんたちが目撃していた」

「その男がノビ師の一人に似ていた？」

北郷は八代に尋ねた。

「目撃者に、ノビ師たちの顔写真を見せると、そのうちの一人によく似ているという証言を得た。それで、いったんは重要参考人として捜査線上に浮かんだのだが、結局、指紋が遺留指紋と合致せず、シロになった」

「そのノビ師は、誰です？」

「及川《おいかわ》というケチなノビ師野郎だった。前科持ちで、何度も娑婆《しゃば》と刑務所を往復していた男だ。事件当夜のアリバイもはっきりせず、本部はホシかと色めき立ったのだが」

八代はため息をついた。

戸田刑事一課長は続けた。

「その後、流しの線で、全国のノビ師や空き巣狙い、こそ泥の類《たぐい》まで徹底的に洗ったが、3号指紋にヒットする指紋の持ち主はいなかった。未逮捕のノビ師か、あるいは、前のある鳶《とび》職人や高層建築の工事現場の人夫、電気工事夫、さらには元消防士や元自衛隊員から、はては暴走族や半グレにまで対象を拡げて捜査したが、あまりに手を拡げ過ぎ、かえってホシの姿を見失った」

八代はじろりと戸田刑事一課長を眺めた。

「課長、では、何をどうやっていたら良かったというのだ？」

「当時、八代さんも捜査会議で、強く主張なさっていたではないですか。流しの線にあまりとらわれず、マル害の身辺をもっと注意深く洗うべきだと。ホシはきっとマル害の身近にいる、と」

　八代は満足気にうなずいた。

「うむ。課長、よく覚えていたな。その通りだ。いまも自分はそう思っている。事件は単純だ。マンションの四階の一室でうら若い女学生がホシに殺され、部屋に火を放たれた。それだけの単純な事件を複雑に考えてしまったために、捜査方針が揺らいで混乱し、ホシを取り逃がしてしまった。捜査に行き詰まったら、何度でも原点に戻る。そうすれば必ず見落としたものが見えてくる」

「捜査会議では、八代さんの意見は尊重されず、流しの線で行くとなったが、自分は八代さんの考えに賛成でした。だから、今回、特命捜査対策室第7係が新設され、八代警部が係長に抜《ばっ》擢《てき》され、大森女子大生事件の再捜査が決まったと聞いて、原点に戻って捜査をするのだな、と思いましたよ」

　八代の顔が引き締まった。

　佐々木署長が笑顔でいった。

「ともあれ、我が署を挙げて協力しよう。いいな、課長」

「はい。我々になんでも遠慮なくいってください。全面的に協力します」

「署長、課長、よろしくお願いします」

　八代は佐々木署長と戸田刑事一課長に頭を下げた。北郷も一緒に頭を下げた。

6

雨は上がった。

午後七時。

街はすっかり暗くなっていた。家々やビルの窓には明かりが灯《とも》り、人々の温かい家庭の営みを想像させる。

車は東朋大学通りから右折し、現場だった『メゾン大森』のある路地に入った。

街灯が公園の遊具の影を創っていた。

八代と北郷を乗せた車は公園脇の通りに滑り込んだ。

三台の捜査車両が待機していた。

最後尾の車に寄り掛かっていた人影が、煙草を道端に捨て、むっくりと軀《からだ》を起こした。

部屋長の半村部長刑事がヘッドライトの光を手で遮りながら、北郷たちの車に寄った。

北郷は車のパワーウィンドウを下げた。

「全員、揃いました」

半村はぼそっと告げた。

八代は低い声で命じた。

「引き揚げる」

「了解」

半村は自分の車に戻って行った。

やがて、三台の捜査車両はそろって走り出した。最後尾から、北郷と八代の車がついて走る。

捜査車両の車列は、東朋大学通りに走り込み、速度を上げ、深川分庁舎を目指して走り出した。

八代は隣で腕組みをし、目を閉じたまま一言も語らない。

北郷は車窓の外を見ながら、事件の捜査資料を思い浮べた。

何度も読み込み、事件の仔細《しさい》な箇所まで記憶している。だが、読む度に何かが引っ掛かり、違和感を覚える。いったい、何が違うというのか、はっきりと分からずもどかしい。

喉元《のどもと》に刺さった魚の小骨のように、食べ物を飲み込む度に引っ掛かるというのに、その小骨がどこに刺さっているのかが分からない。

八代は、事件は単純だといった。

事件を単純に考えろか。

何度でも原点に戻って事件を素直に見直す。そうすれば、何を見落としたかが分かる。

北郷は、被害者の原口史織の視点で、事件をいま一度、組み立て直した。

七月二十二日。蒸し暑い夏の夜だ。

気象庁の記録によれば、その日は、停滞していた大陸性低気圧のせいで、東京首都圏は全般的に雨模様だった。

事件のあった深夜の時間帯午後十一時から午前二時の間も小糠雨《こぬかあめ》が降っていた。

史織は京急大森町駅で、友達と別れ、電車を降りた。マンション『メゾン・グリーンウッド』に帰り、ひとりエレベーターで四階に上がる。

四階のマンションの住人は、誰も史織と乗り合わせていない。エレベーターの天井についている防犯カメラは、運が悪く故障しており、録画していない。

四階のフロアで降りて、廊下を進む。突き当たりの右側にある401号室のドアの前に立ち、バッグから鍵《かぎ》を取り出し、鍵穴に差し込み、解錠する。

待てよ。廊下の突き当たりは壁だったか？　それとも非常口の扉があったか？

通常、非常口の扉の鍵は掛けられていない。

非常の際に鍵が掛かっていては逃げられないからだ。

もっとも、それでは非常階段から侵入できるとして、不用心だということから、非常口の扉は内側からは開くが、外からは開かないようになっているところが多い。

『メゾン・グリーンウッド』の非常階段は、どうだったのか、調べる必要がある。

深夜近くである。史織が帰宅した時間帯午後十一時から零時にかけて、同じ四階の住人たちは、騒ぎや悲鳴を聞いていない。

史織が部屋に入った時、ホシはまだベランダに潜んでいて、ガラス戸越しに押し入る機会を窺っていた、と捜査本部は見ていた。

北郷はため息をついた。

車の車列はいつの間にか首都高速道路に入っていた。

赤、橙《だいだい》、青の三色にライトアップされた東京タワーが雨空を背景に立っている。

火が付いていない煙草を銜《くわ》えた。

入りを考えろ。

北郷は史織になって、その夜の行動を想像する。

史織は部屋に入った直後に襲われていないと見ていいか。

部屋に入ってから、内側から鍵をロックしなければならない。

施錠した上に、普通なら用心のために、チェーンをかける。

史織も女の子の一人住まいだ。きっと普段、チェーンをかけていたはずだ。

しかし、焼け跡の検証結果報告では、ドアにチェーンはかかっていなかったとある。

史織は、その夜に限って、ドアのチェーンを掛けるのを忘れたか？

なぜ、ドアのチェーンが掛かっていなかったのか？

捜査資料によれば、消防士はベランダ側から部屋に突入し、消火にあたったとある。

消火後に、消防士が内側からチェーンを外し、ドアを開けた可能性もある。

北郷は思考を進めた。

部屋は昼間人がいなかっただけあって、暑さが籠《こ》もり、むっとするほど暑い。外は雨だ。

窓のサッシを開ける？　いや、きっと部屋のエアコンのスウィッチを入れた。

外出着を脱いで、気楽な部屋着に着替えるだろう。

脱いだシャツや下着を全自動の洗濯機に入れ、洗濯機のスウィッチを入れる？　待てよ。洗濯機は、どこにあった？

部屋の見取り図によれば、洗濯機は浴室の隣、洗面台の脇にあった。

しかし、深夜に洗濯機を回すのは、いくら角部屋だとはいえ、壁伝いに隣の４０２号室や下の階に響く。４０２号室や下の階の住民への聞き込みでは、深夜４０１号室から洗濯機を回すような音が聞かなかったといっていた。

おそらく史織も洗濯機をかければ、近所迷惑だと思い、洗濯は明日にしようと考えたのではないか。

現場検証報告では、焼け残った洗濯機の中には、まだ洗濯していないシャツや下着、靴下がそのまま入っていた。

史織は、その時まさかベランダに人が潜んでいるとは思わないから、下着姿のままか、あるいは簡単な物しか身にまとわず、ほぼ裸に近かったのではないか？

史織は、その後、どうしただろう。

きっと裸に近い姿で、洗面所で化粧を落としたり歯磨きをしたり、浴室にある便器に座って用を足したのではないか？　風呂《ふろ》に入ろうと、バスタブに湯を張ろうとしたか？

捜査本部の筋読みでは、史織は浴室でホシに襲われたと見ている。

全裸に近い史織は抵抗する術《すべ》もなく、ホシに押さえ込まれる。ホシはナイフや包丁といった凶器を見せて、殺すと脅したのかも知れない。

ホシは史織の手足をガムテープで縛り、さらに騒がないように猿轡《さるぐつわ》を噛《か》ませた。

そして、ホシは史織をベッドに運び、史織の軀を弄《もてあそ》んだ。

遺体解剖の結果、ホシのものと見られる精液が見つかっている。ホシの血液型はA。被害者の血液型はO。DNA型の遺留資料も採取できた。

しかし、一九九六年当時のDNA鑑定では、警視庁に登録されていた「遺留DNA型記録」の中にあるDNA型と合致したDNA型はなかった。

しかも、十五年前のDNA鑑定技術は、いまの技術に比べれば、精度が落ちるのは否めない。DNA鑑定の方法は、日進月歩で進んでおり、いまや四兆七〇〇〇億分の一の個人識別が出来るまでに精度は上がっている。

当時、まだ警察庁は、犯罪現場に被疑者が遺留した血液や体液などの遺留資料のDNA型の記録を登録したデータベースを作っていなかった。そうした「遺留資料DNA型情報検索システム」の運用を開始したのは、二〇〇四年十二月のことだ。

ホシのものと見られる体液は、いまも保存されているので、再鑑定にかければ、ホシを特定するための決定的な証拠になる。

北郷は、その時、史織がどんな恐怖に襲われ、恐れ慄《おのの》いたか、そして、死ぬ間際、どのような絶望的心境になったのかは、あえて想像せず頭の隅に追いやった。

そうしないと史織の意識に同調し、冷静に物事を見たり判断することが出来なくなる。

ホシの視点に切り替えた。

ベランダの隅に潜んでいたホシは、部屋に押し入るタイミングを計っていた？

ベランダは、幅二メートル八十センチ、奥行一メートル二十センチの広さのコンクリート床で、外側に高さ一メートル五十センチ、幅十二センチのコンクリート製の外壁が立っている。そのコンクリート壁の上に、鉄製のパイプの手摺《てす》りが取り付けてある。

そのベランダは、隣の402号室のベランダと地続きで、非常の際には蹴破《けやぶ》ることが出来るプラスチック製の戸板で仕切られている。

狭いベランダだが、大の男が一人、気付かれないように、しゃがみこんで潜んでいることは出来なくもない。

ベランダの右隅に潜み、ガラス戸越しに史織の様子を窺《うかが》っていた。ベランダの右隅の床に靴跡があり、壁に寄り掛かっていた痕跡《こんせき》が付いていた。

昼間の明るい太陽の光の下では、ガラス戸越しに姿が見えるので、潜むことは難しいだろうが、夜であれば、部屋の中から人影は見え難く、じっと暗がりに身を潜めていれば気付かない。まして、遮光カーテンでもしてあったら、中からベランダに潜む人影は見えないだろう。

待てよ。遮光カーテンをしていたら？

もし、遮光カーテンがしてあったら、ベランダから、部屋の中の様子は見えないのではないか？　レースのカーテンだったら中は見えるだろうが、遮光カーテンだったら、見えないのではないか？

もっとも、遮光カーテンでも開けてあったら中は見える。逆に中からベランダに潜む人影も見えることにならないか。

捜査資料に、カーテンの記述があったろうか？

あったはずだ。たとえカーテンは燃えても、ほんの切れ端でも燃え残っていれば、鑑識がカーテンの種類を割り出してくれる。

史織が裸か、それに近い姿で、浴室に入ったのを見て、ホシはサッシ戸を開け、部屋に侵入した。

その時、サッシ戸に鍵がかかっていたか、いなかったか？

もし、サッシに鍵がかかっていたら、ホシはサッシのガラスを割って、侵入する。ガラスを割る音がすれば、普通なら史織が気が付く。だが、史織がラジカセを掛け、お気にいりの音楽でも流していたら、少々の音には気付かなかった可能性がある。まして、浴室で風呂の水を張っていたら、その水音でサッシが割られる音には気付かない。

プロのノビ師だったら、人に気付かれずにサッシのガラスを切ることなど朝飯前だ。

把手《とって》がついた吸盤をガラスに押し付け、ガラス屋が使うダイヤモンドが付いたカッターで、ガラスの表面にぐるりと円を描くように切れ目を入れる。そこで指でガラス面をぴんと弾《はじ》けば、丸いガラス片が外れる。ガラス片は把手のついた吸盤で押さえる。

丸く空いた穴から手を差し入れ、鍵を外せば、なんなく部屋に侵入することが出来る。

サッシには、はじめから鍵が掛かっていなかった可能性もある。よく上層階ではあることだが、部屋が四階なので油断して、普段サッシに鍵を掛けない人がいる。

鍵を掛けていても、史織が部屋に帰って、エアコンをつける代わりに、籠もった部屋の熱気や空気を入れ替えようとサッシ戸を開けたことも考えられる。

ともあれ、ホシはガラス戸を開けて、部屋に侵入した。

ホシは浴室にいた史織を背後から襲いかかった。史織の両手を後ろ手にしてガムテープで縛り上げた。両足首も同様にガムテープで結った。浴室にあった濡《ぬ》れタオルを史織の口に押し込み、ガムテープで猿轡をしている。

全裸にした史織を両手で抱え、ベッドに運び、ことに及んだ。史織の軀《からだ》を運ぶ時、ホシは史織の裸体の肌に、いくつかの指痕を残した。

史織の遺体は半分以上焼け爛《ただ》れていたものの、布団を被《かぶ》せられていたため、左半身の脇腹部分が焼けずに残っていた。

鑑識係が、その指痕の中から、鮮明な指紋を一個検出した。これがホシを特定する3号指紋だ。

ホシは欲望を果たした後、史織の首に手近にあったラジカセのコードを巻き付けて絞め殺した。死因は首を絞められての窒息死。焼け跡で発見された遺体の首にはコードが巻き付いていた。

検視官によると、死亡推定時刻は、七月二十三日午前一時から一時三十分の間。

ホシはことに及ぶ前なのか後なのか不明だが、いったん史織の猿轡のガムテープを外し、手首、足首のガムテープも外したと見られる。

ホシは首を絞める前か後に、再度手足も縛り直した。再度テープを貼り直した跡が手首、足首に付いていた。

ホシはベッドで史織を殺した後、クローゼットの中の衣類にライターで火を付けた。ライターは現場に残っていない。ホシがライターを持ち込んだのだろう。

焼け跡では、普段まったく火の気がないクローゼット付近が最も激しく燃えており、そこが火元と断定された。

なぜ、ホシはクローゼットの中の衣類に火を付けたのか？　クローゼットの中の火であれば、部屋に燃え広がるまでに、多少時間がかかる。

捜査本部は、ホシがベランダから屋上、そして非常階段へと逃走するための時間稼ぎにしたと見た。

ホシは入った時と同じように、ベランダに戻り、雨樋《あまどい》を伝って屋上へ上がり、外付けの非常階段を使って逃走した。

しかし、なぜ、ホシは史織を殺したのか？

史織を殺さずとも、欲望を遂げた後、史織を縛ったまま放置し、悠々とホシは逃げることが出来たはずだ。それなのに、なぜ、そうしなかったのか？

屋上から四階のベランダに降り、同じルートで戻るのは、プロのノビ師の仕業を思わせる。たとえ、ノビ師でなくても、確かに工事現場の鳶《とび》職人やロッククライマー、特殊な訓練を受けた消防士や自衛隊員でも出来なくはない。疑いたくないが、身内の警察官にも、そうした登攀《とうはん》技術を持った者がいる。

顔見知りでない流しならば、覆面さえしていれば、犯行後、被害者に正体を知られることなく逃げることができる。

殺した上に放火までしたら、死刑に値する凶悪犯罪になる。プロのノビ師や普通の感覚を持っている人間なら、凶悪犯罪になるようなことは避けるものだ。

なぜ、マンション『メゾン・グリーンウッド』には、ほかにもいろいろ部屋があるというのに、わざわざ四階の401号室の史織が狙われたのか？

ホシはあらかじめ史織に目をつけていたということなのか。どこかで、史織とホシは接点があったということか？

なぜ、史織は殺されなければならなかったのか？

ホシが史織と顔見知りだった？

捕まりたくない一心で、ホシは史織を殺し、証拠を湮滅《いんめつ》するために放火した？

しかし、何かが変だ。何か気付いていないものがあるような気がする。

いま一度、史織がドアの前に立ち、鍵を開けるところに立ち戻って、想像をめぐらしはじめた。

部屋に入って、鍵を閉める。チェーンをかけるか、かけないか。

ともあれ、エアコンを点けて、着替えをする。サッシを……。

あっ。

そこで北郷の頭の隅に、何かが電光のように閃《ひら》めくのを覚えた。

まさか。

「深川分庁舎に着きました」

真下大輔が運転席から振り返った。

「うむ。ご苦労」

眠っていた八代が目を開いた。

車列の先頭が右折の合図を出し、深川分庁舎の駐車場の入り口にゆっくりと入っていく。続いて、三台の捜査車両が駐車場へ進んで行った。

北郷は腕組みをし、深川分庁舎の窓もない暗い建物を睨《にら》みながら、先刻思いついたことを頭の中で検証しはじめていた。

第三章　二人の女刑事

1

これはノビ師がやった犯行に間違いない。

手塚則夫は、現場近くのマンションの階段の踊り場から、公園越しに見える『メゾン大森』を眺めながら、そう確信していた。

いまいるマンションの五階の踊り場は、かつてあった四階建てマンション『メゾン・グリーンウッド』の屋上とほぼ同じ高さと見ていい。

捜査資料の中にあった写真で、『メゾン・グリーンウッド』を想像する。

屋上には給水タンクがあり、住民の洗濯物が干せるように物干し台が設置してあったと思う。その屋上から下の階のベランダに、雨樋を伝って昇り降りする手口といい、通りから見上げて見つかり難い、建物の角部屋を狙うことといい、間違いなくノビ師の仕業だ。軽業師や特殊な訓練を受けた消防士でもなければ、素人にはなかなか出来ることではない。

長年盗犯刑事として、現場を踏んできた経験と勘から、これはノビ師の仕事だ、という手塚の直感は少しも揺らがなかった。

手塚が自分の手で刑務所に送り込んだノビ師たちは十指で間に合わぬほどの数に上る。

その常習犯たちが無事刑期を勤め上げ、また娑婆《しゃば》に戻り、性懲りもなく仕事を再開している可能性がある。そのうちの誰かだ。

手塚はふと眼下の通りを見下ろした。

班長代理の北郷が雨の中、ビニール傘を差して歩いて行く。

刑事が傘を差すってえのかい？

手塚は鼻先で笑い、煙草に火をつけた。

煙草を吸うと、ニコチンが脳細胞を刺激して、思考の回転が早くなる。

盗犯の常習連中は懲りない人間たちが多い。何度も警察のご厄介になっては、娑婆と刑務所を往復して平気なのだ。

ノビ師はただ警察に捕まるのを恥としており、毎回、いかに捕まらぬように盗みを働くかに精力を傾けている。

盗犯は人殺しやタタキといった凶悪犯罪と違って刑が軽く、刑期も短いので、盗犯たちには罪悪感がなかなか湧かないのだ。

なのに『大森女子大生放火殺人事件』では、あろうことか、ツッコミ（強姦《ごうかん》）に、殺しや火付け（放火）といった凶悪犯罪まで手を染めている。

いったい、これはどういうことなのだ？

屋上から雨樋を伝い、階下のベランダに降りる手口を使うノビ師は、そんなに多くはない。東京を縄張りにしているノビ師の人数は限られる。

手塚は、これまでに検挙したノビ師たちを思い浮べた。

ヤモリの鉄《てつ》こと小芝《こしば》鉄、鳶《とび》ジンこと元鳶職の鳥居仁《とりいじん》、カル若《わか》こと軽業の若林達郎《わかばやしたつろう》、サスケの安《ヤス》こと在日の安。

いずれも、都内を荒らし回っていたノビ師たちだ。

鳶ジンは三年前に捕まえ、塀の中に送り込んだ。前科四犯の常習犯だから、まだ仮釈放にもなっていないはずだ。

カル若は、そろそろ刑期を終えて、出るころかも知れない。調べて、いまの居場所を確認したほうがよさそうだ。

サスケの安も、刑期を無事務めて、出たばかりだ。

ヤモリの鉄は、どうか？

小芝鉄がやったとは思えない。

ヤモリの鉄は盗犯連中の間でレジェンドになっている古参のノビ師だ。

ヤモリのようにぴったりと壁に張り付き、屋上から下の階に降りて、部屋に侵入するので、その名が付いている。

警察が、ヤモリの鉄を捕まえたのは、四十年ほど前に一度あるだけだ。

鉄は御年七十になろうかという年寄りだ。しかし、いまも現役で盗みをしているらしい。

というのは、手口から見て、ヤモリの鉄だろうと思われる盗犯があるにはあるのだが、現場に鉄の仕業だという証拠を残すようなへまをしない。そのため、警察は鉄を捕まえることも出来ずにいる。

手塚は、直《じか》に鉄に会ったことはない。百五十四センチの小柄な老人だ。

盗犯たちでヤモリの鉄を知らない者はもぐりのノビ師か、ど素人だ。

鉄の配下のノビ師たちは、厳格なノビ師の掟《おきて》を守っている。狙うのは、現金のみ。もし、金目の物があっても、決して手をつけない。

金目の物は盗《と》れば、必ず足が付くと知っている。

盗品を質屋や故買屋で金に替える。警察は、質屋や故買屋に網を張り、盗品が持ち込まれるのを待っている。飛んで火に入る夏の虫だ。

その点、現金はいくら高額であっても、足は付かない。

ベテランのノビ師は、家の中に巧妙に隠してある現金を探し出し、盗みだす。家人に盗まれたと気付かせないのがプロの腕だ。

ヤモリの鉄が狙うのは、大金持ちや資産家で、屋敷の秘密の場所に隠された脱税などで得た大金である。大金持ちや資産家は、現金が盗まれたと分かっても、脱税がばれるのを恐れて、警察に訴えない。

ヤモリの鉄は、たとえ、家人に見つかるようなドジを踏んでも、居直って家人に刃物を振ったり、暴力で脅したりしない。まして殺したり、強姦するなどはもってのほかだ。

鉄の手下は、ノビ師がやってはならない、文字通り「鉄の掟」を守っているのだ。

レジェンド鉄が、最も忌み嫌うのは、そうした「鉄の掟」を守らない盗犯だ。鉄の美学なのかも知れない。

鉄の縄張りは、東京の山手の高級住宅地だが、最近は分からない。

雨がやや小降りになった。

盗犯については、所轄を越えて盗犯担当刑事同士の横の繋《つな》がりがある。警察機構には属していない、盗犯についての情報交換のネットワークだ。

手塚は煙草の吸い差しを足元に落とし、靴先で踏み潰《つぶ》した。ポケットからケータイを取り出し、メールアドレスの中から、一つの電話番号を選んでダイアルした。

ケータイを耳にあてた。

何回か呼び出し音が鳴った後、相手が出た。

「ああ、おれだ。最近、都内に多いノビの被害通報は何だ?」

『……何を調べているんだ?』

「天蓋《てんがい》引き(天窓から忍び込む盗犯)。あるいは、ビルの屋上からベランダに降りる手口だ」

手塚はケータイを耳にあてながら、階段を身軽に降りはじめた。

『……すぐにはわからん』相手は渋った。

「そんなことというな。おまえには貸しがあるはずだ」

手塚はマンションの玄関ロビーから外に出た。

「タレ(被害届け)綴《つづ》りを見れば分かるだろ?」

『いま外に出ているんだ』

「どこにいる?」

『……田園調布署《でんえんちょうふ》だ』

「よし。そこへ顔を出す」

通りすがりのタクシーに手をあげた。タクシーが急停車した。

「すぐ行く。そこで待ってろ」

手塚はケータイを切り、タクシーに乗り込んだ。

「田園調布署へやってくれ」

行く先を告げた。

集合時刻までには、だいぶ時間がある。

手塚を乗せたタクシーは走り出した。

2

沼田誠孝は、大学図書館の閲覧室の硬い椅子に座っていた。

辺りは森閑として静まり返っている。時折、本のページをくる、かさこそとした紙の音がするだけだった。

図書館には独特の匂いがある。さまざまな本が立てる紙の匂い、印刷インクの匂い、紙の植物繊維が古くなって立てる古書の匂い、本についた黴《かび》や紙魚《しみ》の匂い。開架式書庫の間に淀《よど》んだ空気、なにより本が持つ人類の英知や文化の薫りといったものが渾然一体《こんぜんいったい》となって図書館には満ちている。

沼田は机の上に置いた本の山をぼんやりと眺めていた。

ドストエフスキー『罪と罰』、遠藤周作《えんどうしゅうさく》『深い河』、村上春樹《むらかみはるき》『ノルウェイの森』『国境の南、太陽の西』、太宰治《だざいおさむ》『人間失格』、鷺沢萠《さぎさわめぐむ》『葉桜の日』『ほんとうの夏』、吉本《よしもと》ばなな『キッチン』『TUGUMI』、ガルシア・マルケス『百年の孤独』……。

史織が生存中に図書館で借り出したことがある本だ。

史織は、いったい、これらの本を読んで、何を考え、何を思っていたのか？

生前の被害者の史織の人と形《なり》をよく理解しておきたい、と思った。

被害者をいろいろ分析したところで、犯罪加害者を捜す手がかりにはならないことは、沼田も十分分かっている。だが、被害者の生前の姿を思わずには捜査はできない、と沼田は思っていた。

被害者も人間だったのだ。それも、人生がこれから花咲く二十一歳という娘盛りでの突然の無念の死。無残な焼死体となった姿で見てほしくないに決まっている。

史織の身にいったい何があったのか？　生きていた史織を実感せずに、捜査を進めることはできない。それでは、あまりに史織が可哀想だ。

史織は仙台の両親をどう思っていたのか？

あるいは両親は娘の史織を、どう思っていただろうか。

おそらく史織の父親も母親も娘の理不尽な死を知らされ、悲嘆に暮れたに違いない。

もし、突然に娘を喪《うしな》ったとしたら、親はどんな思いになるのか？

娘の萌《もえ》が頭にちらついた。

娘を持つ親として、他人事《ひとごと》ではない、と沼田は思う。

萌はいま大学四年生。生きている時代は違うが、史織と同じ年頃の娘だ。

萌もまた、こうした本を読んでいたのだろうか？

ドストエフスキーの『罪と罰』や太宰治の作品は、沼田も学生時代の若い頃に読んだ記憶はあったが、当時の普通の大学生だった娘たちは、みな、こんな本を読んでいたというのか？

十五年前の女子大生は、いまの萌よりも、もっとおとなだったように見える。

いまの女子大生は、スマホやネットの世界にはまっていて、本などろくに読んでいない。

貧乏人の家庭に育った自分は、夜間部の大学に通い、働くことで精一杯で、本を読みたくても、そんな時間がなかった。それに比べて、おまえたちは親のスネをかじりながら、勉強もろくにせず、男の子と遊ぶことばかり考えている。

そんなことをいうから、萌から自分は疎まれるのかも知れない。

沼田は苦笑いした。

萌は、父親の自分とは一緒に暮らしたくないといい残して、ある日、母親の雅美が止めるのも振り切って家を出た。

学校が勧めた東京の女子大への推薦入学を蹴《け》って、わざわざ遠い京都の私立大学を受験して入学した。

萌は三人兄弟妹の中での一人娘だ。沼田にとって、文字通り目に入れても痛くない存在だった。

東京の大学に入ったら、家から通わねばならないし、何かと親から干渉される。萌はそれを嫌って、やや離れた京都を選んだらしい。

新幹線でならば、三時間もかからない、とは分かっているものの、東京と京都の距離は娘と自分の心の距離としてはあまりに遠すぎる。

萌は密《ひそ》かに母親の雅美に相談し、父親の沼田抜きで、ことを進めていた。

沼田は娘と妻に裏切られた気持ちになり、激怒し「勝手にしろ」と怒鳴り付けた。

「二度と萌に家の敷居を跨《また》がせるな」

自分のどこがいけなかったのか？

いまでも分からない。

沼田の萌の記憶は、萌の小さな軀《からだ》を両手で頭上に持ち上げ、「高い、高い」をしていたころで止まっている。萌は、きゃっきゃっと喜びの声を上げていた。

「すみません」

司書の川北《かわきた》の声で、我に返った。

気の毒そうな顔の川北が沼田を覗《のぞ》いていた。小声でいった。

「館長と相談したのですが、やはり亡くなった方でも、図書の貸し出し記録は個人のプライバシーになりますので、全部の記録をお見せするわけにはいきません」

「これらは教えてくれたというのに？」

沼田は目の前に積まれた本を指し、両手を拡げた。

川北は困った顔になった。

「それらは、あくまで、わたし個人が調べてみたのをお教えしたということでして、本当はそれもいけないのです。これ以上、原口史織さんの読書記録データをお出しすることはできません」

「捜査に必要なのですが」

「館長は、捜査令状が出されたら、と申しております」

「そうですか」

沼田は諦《あきら》めることにした。

どうしても捜査に必要だということではない。判事に令状を出して貰《もら》うには、それなりの理由をいわなければならない。

個人的に史織の人間を知るためなどといった理由では、判事も納得しない。

「御免なさい。ご協力できなくて」

「これだけでも、いい協力です。ありがとう。助かりました」

「そうですか。ならばよかった。原口史織さんは、本当に真面目な学生で勉強家でした。あんな子の未来と命を奪った犯人が憎い。刑事さんになんとしても、犯人を捕まえてほしい、と思って……」

「史織さんを御存知でしたか」

「はい。よくここへ通っていたので」

「どんな娘さんでした?」

「変わった子でした」

「どのように変わっていたというのです?」

「シーッ」

隣の机についた女子学生が唇に指を立てていた。

「申し訳ない」

沼田は女子学生に小声で謝った。

川北も一緒に頭を下げ、沼田に手でロビーを指した。

「あちらで」

「分かりました」

沼田は立ち上がった。川北の後について、閲覧室を出た。

応接セットが空いていた。沼田は川北が促すままに、ソファに座った。向き合って川北が座る。

「史織さんは、どう変わっていたのです?」

「心優しい子だったんですけど、神戸の大震災にボランティアに出掛け、帰って来てから、人が変わったように、読むものも変わった」

「どう変わったというのです？」

「それまでは、吉本ばななとか、村上春樹、太宰だとか、普通の学生が読むものだったのに、震災を見て帰ってから、『罪と罰』を借り出したり、ここにはラテンアメリカ文学はありますか、と私に尋ねて来たりするようになった」

「史織さんは、神戸の震災の惨状を見て、人生観が変わったのかも知れませんね。それで読む本も変わった。それだけ衝撃を受けたのでしょうね」

「いまでも覚えています。ある日、読書相談に来たのです。ラテンアメリカ文学を読みたい、と。そして訊《き》かれたのです。ホセ・ドノソの本は図書館にないのか、と」

「ほほう。ホセ・ドノソ？」

「チリの作家です。正直、私は司書にもかかわらず、恥ずかしいことに、ホセ・ドノソの作品は読んでいませんでした。それで、私はラテン文学なら、ガルシア・マルケスやボルヘスを読んでみたら、と紹介したのです」

「それで？」

「彼女は、いったん納得し、その時は終わったのですが、別の日にまたやって来て、どうしても、ホセ・ドノソの『夜のみだらな鳥』を読んでみたい、というのです。図書館にはないけど、神田の古書街にはあるかも知れない。行って探してみては、と」

「ふうむ。で？」

「それでお仕舞いです。史織さんの相談はすっかり忘れてしまっていたのですが、しばらく経ってのことです。古本市で、ホセ・ドノソの『夜のみだらな鳥』を購入し、読んでみたのです。驚きました」

「驚いた？」

「はい。なにしろ、ホセ・ドノソはガルシア・マルケスと相並ぶラテン文学の巨匠です。傑作ではあったのですが、あまりにおぞましく奇妙で残酷、シュールで迷宮のような小説でした」

「ほほう。面白そうだな」

沼田は川北の話振りに笑った。

「私は思ったのです。文学として素晴らしいことは確かなのです。どうして、亡くなった史織さんは、こうした不条理で残酷、わけの分からない小説を読みたがったのか？　それがなぞなのです。それまで史織さんが読んでいた小説世界とはまるで違う、と」

「読書の好き好きは、人によって違う。年を取れば、読書の趣味も大幅に変わる。それが、何か問題なのですか？」

沼田は、川北の考えに、司書らしくないものを感じた。

「私は史織さんの読書の趣向を問題にしているわけではないのです。ただ、なんとなくですが、史織さんの背後に誰かいる。彼女は誰かの文学的な影響を受けていたのではないか、と思ったのです」

「背後に誰かがいた？」

沼田は何かが頭の中で閃《ひらめ》いたのを覚えた。

川北は首を傾げた。

「史織さんが尊敬するか、あるいは好きになったかした相手が、もしかして、ラテン文学に精通した読者で、ホセ・ドノソはいい、と史織さんに勧めたのではなかったのか、と思ったのです。それで、彼女の読書傾向が一大変化した」

「ふうむ」

沼田は考え込んだ。

「その背後にいる人物が、史織さん殺人事件に関係があるというのですか？」

「いえ、そんな意味でいっているのではないのです。ただ、刑事さんから、史織さんについて、私が知っていることは何かを聴かれたから、お答えしたまでです。もう十五年前のことなのに、史織さんについて奇妙にいまも覚えているのは、そういうことがあったからです」

ようやく原口史織という人形に、生きた証《あかし》ともいうべき、生々しい人柄や感情が身となり肉となって付きはじめていた。

「あと、彼女について覚えていることが一つありました。原口史織さんから返本されていない図書一冊がありました」

「ほう。それは何です？」

「『アウグスティヌス』です」

「原書ですか？」

「いいえ。原書ではなく、日本人の学者が一般読者向けに書いた解説書でした」

「高いものですか？」

「いえ。廉価版で、確か『人類の知的遺産』というタイトルの全80巻シリーズの一巻で、貴重といえば貴重ですが、おそらくいま古書店にも出回っている本です。本の値段も大した額ではなかった。ただ、史織さんはそんな哲学にも関心を持っていた、ということを、刑事さんに知って貰いたいと思いまして」

沼田は訝《いぶか》った。

「どんな内容の本です？」

「『人間は謎である』と、アウグスティヌスは一生涯、その謎に取り組んだ哲学者だという内容だったと思いました」

人間は謎である、か。

人間とは何か？　人間は、どこから来て、どこへ向かっているのか？

悩み多き青春時代、多くの先人たちが抱いた疑問だ。そんな問いを抱いて人生の荒海に一人乗り出した記憶もある。

「ありがとう。参考になりました」

沼田は川北に礼をいった。


あたりはだいぶ暗くなっていた。

久しぶりに『罪と罰』を読んだ。若い頃に一度、読んだはずなのに、何もかも初読のように新鮮だった。

いつの間にか、集合時間が迫っていた。

沼田は図書をすべて戻し、図書館を出た。正門への小道を急いだ。

頭の中ではさっき閃いたものは何だったのか、を思い出そうとしていた。

いったい、何が閃いたのか？

史織の背後に男の影が見え隠れしている。

この事件、本当に流しの犯行なのか？

濃鑑を見落としていたのではないのか？

これは濃鑑だ。

沼田は雨の中を歩きながら、その勘が確信にまで高まっているのを覚えた。

3

小会議室は7係の班員たちが交わす議論の熱気に満ち溢《あふ》れていた。

論議は事件の筋読みをめぐっての対立だった。

流しの犯行か、顔見知りの犯行か。

班員たちは二つの派に分かれ、真っ向から対立していた。

議長の北郷は、まずは自分の考えは抑え、慎重に全員の意見を聞くことに努めた。

事件は、手口から考えて、明らかにノビ師による流しの犯行だ。そう主張したのは手塚刑事だった。

十五年の歳月が経っているが、再度、ノビ師を捜査すべきだ、というのだ。

だが、当時の捜査本部も、同様な見解でノビ師を徹底的に捜査したが、血液型Aで、かつ、3号指紋の持ち主を見付けることが出来なかった。

そのため、捜査本部はノビ師以外に、鳶職《とびしょく》や軽業師、ロッククライマーやフリークライマー、消防士、自衛隊員にまで捜査対象を拡げたものの、結局、ホシには到達できなかった。

「しかし、きっと見落としがあったと思われます。これまでまだ警察に一度も捕まったことがないノビ師が、きっといるのではないか。そのノビ師が本ボシだ。その後に足を出したノビ師がいるかもしれない。再度、全国のノビ師を洗い直すべきだ」

手塚刑事は、あくまでプロのノビ師の犯行にこだわった。しかも、金を盗むだけでなく、強《ごう》姦《かん》殺人もやる極悪非道のノビ師ではないか。

手塚の考えに同調したのは、鵜飼、九重、半村、真下だった。

それに対して、性犯罪捜査第1係にいたことがある佐瀬刑事は、別の見方を出した。

入りと出の手口は一見ノビ師の仕業のように見えるが、身軽な男なら素人でも出来なくはない。犯行ははじめから性目的だと見る、しかも、ホシは被害者と顔見知りか、あるいは、どこかで被害者と接点があったストーカーの犯行なのではないか、とした。だから、これまでの性犯罪者を徹底的に捜査すべきだとした。

佐瀬を支持したのは、鑑識課上がりの沼田部長刑事だった。

「私は佐瀬刑事の意見と同じだ。被害者とホシは顔見知りではないか、と思っている」

沼田はもの静かだが、言葉を強めた。

「ホシは被害者の原口史織の周辺にいたはずだ。それを捜査本部はどこかで見逃した。我々は、いま一度被害者の周辺を徹底的に洗い直すべきでしょう」

「流しではなく、濃鑑だというのか？」

鵜飼が疑問を呈した。

「おそらく」

「その根拠は？」

九重部長刑事が訊《き》いた。沼田部長刑事は答えた。

「遺体に布団を被《かぶ》せてあったこと。これは被害者と顔見知りだった可能性が高い」

半村部長刑事がうなずいた。

「確かに同じような殺しで、被害者に布団を被せてあったケースは、たいていが顔見知りか、元恋人、あるいは片思いのストーカーでしたな。犯人は殺した後、その被害者の死に顔を見たくないという心理が働くものだからでしょう。急に自分がやったことが恐ろしくなり、遺体の顔にタオルをかけたり、布団を被せたりする」

九重部長刑事が頭《かぶり》を振りながらいった。

「遺体に布団をかけてあっただけで濃鑑というのは、根拠として弱いなあ。いかにも弱い」

八代係長が口を開いた。

「弱いというなら、顔見知りではない者による流しの犯行である根拠をあげてみろ」

「それは……」

九重は困惑した顔になった。

誰も助け船を出さなかった。

「いえんだろう」

八代は、それ見ろといった顔で九重を睨《にら》んだ。九重はむっとし、反論しようとしたが、声に出さなかった。

「北郷、おまえは、どうなのだ？　流しか、濃鑑か、どちらだ？」

「自分は濃鑑の線ではないか、と思っています」

「ほう。なぜだ？」

「いまのところ、まだ根拠らしいものはなく、自分の勘としかいえないのですが、どうもおかしい。ノビ師の犯行のように思えない」

まわりから失笑が起こった。

「おいおい、勘でかよ」「そうそう。勘でホシが割り出せれば、こんな楽なことはないよな」

佐瀬や九重がにやついた。

八代が声を張り上げた。

「貴様ら、刑事の勘を侮るな。俺も自分の勘は大事にしている」

白髪の沼田部長刑事が手を上げた。

「班長、自分も、どうも濃鑑ではないか、という気がしてならんのです」

「理由は？」

「代理と同様、まだ勘でしかないのですが、マル害に、どうも男の影があるように思うのです」

「これまでに分かっている中学高校時代の同級生や大学に入ってからの男友達のほかに、まだ未知の男がいるというのか？」

「はい」

捜査資料によれば、原口史織と親しく付き合っていた男は、四、五人いた。そのいずれもがちゃんとしたアリバイがあり、シロ。それ以外に、中学高校時代からの同級生、先輩後輩など十数名も徹底捜査した結果、いずれもシロと判明した。

ほかに、史織のマンション周辺をうろついていた、身元不明の男が二人いたが、事件と関係があったのかどうかは分からない。

「なぜ、そう思うのだ？」

「大学の図書館で貸し出し記録を見たのですが、女子大生のマル害らしくない趣向の本を借り出している」

「どういう本だ？」

北郷は興味を覚えた。

「たとえば、ドフトエフスキーの『罪と罰』です。いくら文学好きの女子大生でも、『罪と罰』を読みますかね。男の学生ならともかく」

八代が笑った。

「沼田部長刑事、考えが古いな。いま時の女子大生は、男子とあまり変わらない。女でも『罪と罰』ぐらいは読むだろう。昔と違って、いまは『罪と罰』は平易で、読みやすい新訳本も出ているしな」

「『罪と罰』か。俺は読んでねえ。本の名は知っているが」佐瀬刑事は頭を振った。

「自分も読んだことがないね。そんな暇はないし」真下刑事も頭を掻《か》いた。

北郷が訊いた。

「それで、沼田部長刑事は何が変だと感じたのだ？」

「その『罪と罰』を借り出したのが九五年の十一月だった。だが、同じ年の夏までは、太宰治とか村上春樹、鷺沢萠とか、吉本ばななといった、普通の文学好きの女子大生が読むような小説を借り出していたのに、九五年の暮れあたりから、好みが急変した」

「どんな好みになったと？」

「ロシア文学とか、ガルシア・マルケスの『百年の孤独』とかのラテンアメリカ文学を読み出した。図書館の司書によると、マル害は神戸の震災の惨状を見て衝撃を受けてから、人生観が変わったらしい、といっていた。それで、読むものも一変した」

「普通の感受性の娘なら、被災地の惨状を見たら、誰でもショックを受けるよ。そんなことはよくあるのではないか？」

九重がにやついた。鵜飼が九重をたしなめた。

「いや、これは大事な変化だぞ。沼さん、マル害は神戸の震災の惨状を見たというのは、神戸に誰か知り合いがいたということかい？」

「マル害は、大学生仲間と一緒に災害支援のボランティア活動をしていた。それで神戸まで救援活動に出掛けていた。それは捜査資料にもあったと思ったが」

北郷はうなずいた。

「捜査資料には、たしかにマル害がボランティアをしていたということは書いてあったな。それで、神戸の震災を見てから、マル害はどんな風に変わったというのだ？」

「……ちょっと待ってくださいよ」

沼田はポケットから、おもむろにメモ帳を取り出して確かめた。

「班長代理は、ホセ・ドノソという作家を知っていますか？」

北郷は思わぬ問いに戸惑った。

「……名前は知っている。確かガルシア・マルケスに並ぶ、ラテンアメリカ文学を代表する作家だと思ったが」

北郷は学生時代の遠い記憶をまさぐった。

ラテンアメリカ文学はあまり読んでいない。せいぜいがガルシア・マルケスやボルヘスで終わっていた。

ホセ・ドノソは、どんな作家だったか？

沼田は続けた。

「マル害は、司書にそのホセ・ドノソの『夜のみだらな鳥』を読んでみたいといっていたらしいのです。誰かから、マル害はその本を読むように示唆されたと見てます」

ホセ・ドノソの『夜のみだらな鳥』だと？

北郷は頭を振った。読んだ記憶がない。

鵜飼が興味深そうに尋ねた。

「どんな内容の本なのか？」

「私は読んでいないので、分からんのですが、司書によると、おぞましく、シュールで、しかも残酷。普通の女子大生が好んで読む作品ではない、というのですが」

半村がにやついた。

「沼さん、いまの時代、女の子は意外に残酷な映画やアニメを好んで見ているらしいぞ」

鵜飼が沼田にいった。

「本の内容はともかく、マル害には、それまでの読書傾向と違った趣向の本を勧める誰か、男がいた、ということだな」

「そういうことですな」

沼田はうなずいた。

北郷は捜査資料の中から、史織の交友関係者のリストを抜き出した。

数十人の名前が並んでいる。いずれの名前にも、バッテン印が付けられている。捜査本部が潰《つぶ》しをかけ、当夜のアリバイがはっきりしていること、あるいは血液型がAではないことが分かった印だ。

半村が笑いながらいった。

「マル害に、それまでの読書傾向と違う本を勧めたからといって、そいつがホシだとは限らないではないか？」

「もちろん、ホシというわけではないが、そのロシア文学とかラテン文学を読むように勧めた人物、おそらく男だろうが、もしかすると捜査本部も摑《つか》んでいない男ではなかったか、という気がするのです」

みんなは黙った。

鵜飼はにんまりと笑った。

「班長、ホシのプロファイリングは大事だが、マル害がどんな女性だったのか、というプロファイリングも必要ですな。それによって、マル害にいい寄る男の傾向が分かり、ホシのプロファイリングも出来るというものです」

八代はうなずいた。

「なるほど。では、原口史織さんのプロファイルを聞かせて貰《もら》おうか」

鵜飼は待ってましたとばかりにファイルを取り出し、テーブルの上に、何葉もの原口史織の顔写真やスナップ写真を並べた。

「身長百六十二センチ、女性としてはまあ平均的な背丈でしょう。写真で分かる通り、ぽっちゃりした体付きだが、細面の小顔で、美人の要素を備えている。男にもてるタイプだ。眉毛《まゆげ》はきちんと切り揃え、手入れしている。髪はいずれもひっつめにして後ろにまとめて結っている。額に前髪を垂らさない。これは勝ち気で活発な性格を表している」

鵜飼は、四、五人の女友達と一緒に撮ったスナップ写真を手に取った。旅行先での記念写真らしく、背景には琉球《りゅうきゅう》首里城《しゅりじょう》が映っている。

「いつも口角を上げ、他人に笑みを絶やさない。黒目がちの目でしっかりとカメラのレンズを見据えている。意志が強いタイプの表れといっていい。さらに、史織さんは、控えめで、人に付和雷同しない」

「どうして、そうなのだ？」

「どの記念写真を見ても、ほかの友人たちが手でVサインを作ったりして、ポーズを取っているというのに、史織さんだけは一人澄ましている。これはマイペースな子の特徴だ」

「ほかには？」

「几帳面《きちようめん》で、何事にも完璧《かんぺき》主義でないと落ち着かない子だ」

「その根拠は？」

鵜飼は捜査資料のファイルから、友人に宛てた史織の手紙を取り出した。筆跡鑑定のために提出された手紙のコピーだ。

「強い筆圧。しっかりと正確な文字の書きっぷり。字のはねまで疎《おろそ》かにせず、字のバランスも考えている。便箋《びんせん》にきちんと納まる分量を考えて文章を書いている。そして、十二分に感謝がこめられた文意。完璧すぎて、非の打ち所がない」

「では、ホシについてのプロファイルは？」

「ホシは周到な男です。ビルの屋上からベランダに降りて、部屋に侵入し、また出も同じ経路ということを考えると、あるいは工事現場で働いた経験がある。ビルの窓拭《ふ》きをするブランコ師とか、ホシは二十代から三十代のガテン系の男。色盗か性犯罪の前（前科）持ちで、歴（逮捕歴）あり。土地鑑もあると見ていいでしょう。出る時に放火したことから見て、放火の前もあるかもしれない。性格は執念深く、猜疑心《さいぎしん》が強く、小心者」

「なぜ、小心者だと？」

「犯行の跡を消すため放火したのでしょう。だが、殺した相手の死に顔を見るのも恐いので布団を掛けた。小心で繊細な男と見ていい」

鵜飼は自信たっぷりだった。

「小心者は、通常ことに及ぶと、今度は逃げたい一心で、とんでもないことをしでかすものです。マル害を強姦《ごうかん》した後、捕まりたくないので、ついマル害の首を絞めてしまった。典型的な小心者の特徴です」

北郷が訊《き》いた。

「遺体に布団を掛けたのは、ホシがマル害と顔見知りだったこともあるのではないか？　顔見知りだから死に顔を見たくなかったのでは？」

「そうかな。ホシはマル害と顔見知りだったら、わざわざベランダ伝いに屋上へなんぞに逃げないで、玄関のドアを開けて逃げたのではないですかね。これはマル害とはまったく関係がない流しの犯行だと思いますがね」

「ほかには？」

「いまのところは、そこまでですかね」

鵜飼は口をへの字にした。

八代は腕組みをし、みんなを見回した。

「十五年前、自分が捜査本部の一員だった時、流しのノビ師の犯行という筋読みで捜査をした結果、結局、ホシに至らず、空振りに終わってしまった。その轍《てつ》をまた踏むわけにはいかん。誰か、ほかに大胆な仮説、推論、何でもいい、新たな筋読みはないか？」

捜査員たちは互いに顔を見合わせたが、誰も発言しなかった。

「代理、おまえは、どうだ？」

八代は北郷の心を見透かしたように不意を突いた。

北郷は頭に閃《ひらめ》いたことをいうべきか、いうまいか、迷っていたところだった。

「何でもいい。いえ」

「自分は現場が火事だと119番通報をした男は誰だったのか、を考えていました」

「どういうことだ？」

　北郷は手持ちのノートを開いた。捜査資料を読みながら書き取った写しだ。

「消防の記録では、最初の119番通報は午前二時十七分二十一秒。男の声で『火事だ。メゾン・グリーンウッド四階の401号室から火が出ている』だった。電話は、当時隣の公園内にあった公衆電話ボックスからでした」

「うむ」

「続く第二報は、午前二時二十分十六秒に近所の男性からの通報でした。男は区立図書館や公園を挟んで斜め向かいにあるマンションの住民で、深夜帰宅し、五階の部屋に入ろうとして玄関先の踊り場で、『メゾン・グリーンウッド』の角部屋から火の手が見えたので、119番通報した。そして、第三報が午前二時二十一分三十四秒、近所に住む主婦が仕事帰りにマンション前を通り掛かり、上を見たらマンションの角部屋の窓から、もうもうと煙が出るとともに火の手が上がったと通報している。第一報と第二報、第三報との間に、およそ三分の時間差がある。これは妙だ」

　八代はうなずいた。

「たしかに、当時の捜査本部でも、第一報が異常に早いこと、それから事情を聴こうにも、その通報者が名乗らないので身元不明なのが問題になっていた」

　北郷はファイルから現場検証の地図を出して、テーブルに拡げた。

「これが隣接する公園を含めての現場周辺の地図です」

　北郷は公園をボールペンで指した。

「公衆電話ボックスは、現在は取り外されてしまったが、当時は公園の南側にある出入口の傍にあったと思われます。そこから『メゾン・グリーンウッド』の北にある角部屋401号室は、生い茂った樹木の葉に隠れて、直接見ることが出来なかったと思われます」

「……何がいいたい？」

「現場の公園で気付いたことですが、葉陰に隠れて、公園からは『メゾン・グリーンウッド』の401号室が見えなかった、もし見えたとしても、まだ部屋の中の火の手は大きくなっておらず、外から見えなかったのではないか」

「なるほど」

捜査員たちは凍り付いた。

「第二報、第三報ともに、マンションの角部屋とはいったが、マンション名はもちろん、四階401号室ともいっていない。第二、第三の通報者たちは、近所ではあったが、マンションの名や部屋番号などは知らなかった」

「……」八代は黙った。

捜査員たちもことの重大さを察して、どよめいた。

八代が呻《うめ》いた。

「第一通報者が、ホシだったというのか？」

「……ホシかもしれない、違うかもしれない」

手塚刑事が勢い込んで訊いた。

「代理、第一報の音声記録は残っているのですか？」

「捜査資料の中にテープがあるはずだ。処分するはずがない」

「声紋が取れれば、重大な手がかりになります」

手塚は満面に笑みを浮かべた。

佐瀬が頭《かぶり》を振った。

「だが、もし、第一通報者がホシだったとして、なぜ、１１９番に通報するんだ？　普通、自分が火を付けておきながら、消防を呼ぶか？」

半村がじろりと佐瀬を見た。

「ホシは愉快犯の可能性もある」

「１１９に通報すれば、殺しもすぐにばれるじゃないか。そんな危険を冒すかね」

佐瀬は疑問を挟んだ。

北郷は頭に閃いたことを口にした。

「第一通報者は、ホシではないでしょう」

八代が顔をしかめた。

「では、何だというのだ？」

「事件の目撃者だと思います」

「目撃者だと？　まさか……そうか」

八代はいいかけて、何かに思い当り、息を呑《の》んだ。北郷はうなずいた。

「そうです。その男は、事件の一部始終を見ていたのではないか、と」

捜査員たちは顔を見合わせた。

「どういうことだ？」

北郷は捜査員たちを見回した。

「捜査本部は、屋上からの入りと出の痕跡《こんせき》に引き摺《ず》られ、読み筋を間違ったと思う。自分の読み筋はこうだ。第一通報者の男は、おそらくノビ師。そのノビ師は、その夜屋上から雨樋《あまどい》を伝い、目をつけていた角部屋の４０１号室のベランダに降りた。サッシには鍵《かぎ》が掛かっていた。消防士もそのためサッシを割って進入している。これは焼け跡の実地検証でもサッシに鍵がかかっていたのが確認されている。ということは、ノビ師は部屋に入らず、従って本ボシではない」

「本ボシは別にいるというのか」

捜査員たちは一様にどよめいた。

「北郷、続けろ」

「ノビ師は、硝子《ガラス》切りで窓ガラスを切ろうとしていた。そこにマル害が部屋に帰って来た。それで急いで逃げようとしたが、下手に動いては見つかると思い、逃げる機会を窺《うかが》うために、ベランダの隅に忍んだ」

北郷は八代の顔を見た。

「……続けろ」

「ところが、部屋には、すでに先客の男がいて、史織を待ち伏せていた。そして、先客が史織を襲い、惨劇が起こった。ノビ師は、その一部始終をベランダから見ていた。そして、ホシが最後に部屋に火を付けるところを見て、慌ててベランダから屋上へ上がり、非常階段を使って逃げた。外に出てから、窓に赤い火がちらつくのを見て、公園の公衆電話ボックスに駆け込み、119番通報をした」

「では、本ボシは、どうした？」

「火を付けた後、ドアのチェーンを外し、鍵を開けて廊下に出た。そこで合鍵を使ってドアの鍵を掛け、エレベーターか階段を使って逃げた」

「合鍵を使っただと？」

「事件現場の焼け跡の検証報告によると、玄関ドアは鍵はかけられていたが、ドアチェーンはかかっていなかったとあった。それで、この筋読みを思いついたのです」

「なぜ、疑問に思った？」

「普通、女の子は、部屋に帰ると、施錠するだけでなく、万が一を考え、チェーンを掛けるものです。だから、ホシが犯行後、逃げる時に、合鍵で外から鍵を掛けることは出来ても、チェーンは掛けられない。それで、ホシの入りと出はドアだったに違いないと」

八代は唸《うな》った。

「ホシの入りは、どうみる？」

「合鍵でドアを開け、マル害よりも先に部屋に入って、マル害が帰ってくるのを待っていた」

「ホシは、マル害が合鍵を渡すほど親しい間柄だったというのか？」

「そうなります。あるいは、ホシがどうやってかマル害から鍵を借り出し、勝手に合鍵を作ったかです」

「いずれにせよ、濃鑑ということだな」

北郷の大胆な仮説に、捜査員たちは度胆を抜かれ、顔を見合わせた。八代は元指紋捜査官の沼田を見た。

「沼田、ドアのノブから指紋は採取されていたか？」

「いえ。火事のどさくさで、大勢がドアを開け閉めしたので、3号指紋の検出は出来なかったようです」

鵜飼が顎《あご》を撫《な》でた。

「班長、ホシが出る時に拭《ふ》き取った可能性がありますな」

八代はうなずいた。

「代理の筋読みだったら、遺体から採取された3号指紋と、ベランダや屋上、雨樋にあった指《し》痕《こん》は別人のものとなる。それだと辻褄《つじつま》が合うな」

「そうなんです。3号指紋、血液型A、体内から採取された体液のDNA型。それらがホシのものです。いくらノビ師を調べても、3号指紋が一致しない」

八代はにんまりとした。

「行ける。今後の捜査の目処《めど》がついたな。よし、北郷、おまえの筋読みで行こう。ほかに新たな筋読みはない。では、今後の捜査方針をいおう」

八代は手塚に目をやった。

「手塚、おまえはノビ師の線を徹底的に洗い直せ。当夜、大森界隈《かいわい》にいたノビ師を割り出し、犯行を目撃した奴を捜すんだ」

「はい。やらせて貰《もら》います」

手塚はほっとした顔になった。

八代は声を張り上げた。

「手塚以外は、全員で、いま一度捜査資料を精査し、マル害の周辺を徹底的に洗え。いいか、ホシは血液型A、3号指紋の男だ。A型の者は全員、事件当夜のアリバイを調べろ。必要なら任意で指紋を提出させ、遺留指紋と合致しないかどうかを照合しろ。あらためてマル害の周辺の友人、学友、幼なじみ、知人知己たち全員、シロであるか否かを潰《つぶ》せ」

八代は言葉を切り、班員の顔を見回した。

「これまでまだ捜査線上にあがっていなかった顔見知り、マル害とどこかで接点のある人物が必ずいる。鵜飼、おまえのプロファイルに合う人物を特定しろ」

「はい」鵜飼はうなずいた。

「沼田、マル害の影の男を捜し出せ」

「了解」

「ほかの者も、マル害の顔見知り、薄鑑でいいから、なんらかの接点のある男を捜し出せ」

「はい」「はい」

捜査員たちは、それぞれ返事をした。

宮崎管理官が遅れて、会議室に姿を現わした。みな、一斉に立ち上がった。

「いい、そのまま続けてくれ」

宮崎管理官は、連日連夜の原発事故避難計画のための対策会議で憔悴《しょうすい》しきっていた。その会議の合間に抜け出して来たらしい。

宮崎管理官は八代の隣に座った。八代が顔を寄せ、小声で宮崎管理官に話した。

宮崎管理官はちらっと北郷の顔を見て、うなずいた。やがて八代の話が終わった。

「よし。係長、それで行こう」

八代は班員たちに顔を向けた。

「ただいまより、管理官からの訓示がある。みな、聞け」

宮崎管理官は低い声でいった。

「多くはいわない。なんとしても、ホシを挙げろ。いいな」

「はいっ」「はいっ」

全員が一斉に声を上げた。

4

四月に入った。

窓の外には、満開になった桜の花が風に揺れていた。

北郷たちは警視総監から正式に特命捜査対策室の捜査官に任免された。

3・11から一ヵ月が経ったが、依然として、警視庁内の動きは慌ただしかった。

福島第一原発は、1号機、2号機、3号機のいずれもがメルトダウン、1、3号機は水素爆発で建て屋が吹き飛び、大量の放射能を大気中に撒《ま》き散らした。自衛隊をはじめ、警察や消防隊の必死の注水作業が功を奏し、辛うじて原子炉暴走という最悪の事態は免れた。

政府や関係官庁、地方自治体、警察庁、自衛隊、東京消防庁などで、極秘に検討されていた東京都民一千三百万人の避難計画は、どうにか実施されずに済みそうだった。

しかし、依然として、危機が去ったわけではない。いつ何時、再び原子炉が暴走する危険がある。

東北地方の太平洋沿岸部は、マグニチュード9の巨大地震と、それによって引き起こされた大津波により、壊滅的な打撃を受けていた。

今回の震災は「東日本大震災」と命名され、自衛隊は十万人態勢で被災地に救援に入った。

警察庁、警視庁、各県警本部も、機動隊や要員を被災地に派遣し、自衛隊とともに、行方不明者の捜索や遺体の収容にあたった。

北郷は窓のサッシを少し開け、籠《こ》もった部屋の空気を入れ替えた。爽《さわ》やかな風が流れこんで来る。

北郷は三本目の煙草にジッポで火を点《つ》け、天井に吹き上げた。

庁内の各部屋はすべて禁煙となっていたが、7係の部屋だけは誰も守っていない。喫煙が躯《からだ》に悪いのは分かっている。だが、捜査に伴う極度の緊張を解くには、一服の煙草がなにより効果があった。

宮崎管理官は喫煙者ではなかったが、班員たちの喫煙に何もいわなかった。そんなことで班員たちにストレスをかけ、捜査に支障があってはならないと思っているのだろう。

深川分庁舎の特命捜査対策室第7係の小部屋は、北郷と沼田以外は出払って閑散としている。

北郷は段ボールの中から、当時の捜査報告書や現場検証書、死体検案書などを一つ一つ取り出し、あらためて目を通していた。

沼田も自分の席に分厚い捜査報告書のファイルを拡げ、丹念に読んでいる。

部屋の壁に掛けられたテレビの画面に、被災地の映像が無音のまま映し出されていた。紺色の出動服を着た機動隊員たちが、杖《つえ》を手に瓦礫《がれき》となった住宅地跡に入り、黙々と捜索活動を行なっている。

テロップが流れた。

『福島県南相馬市《みなみそうま》に警視庁機動隊が入り、行方不明者の捜索を開始した。……』

「まるで昔の空襲の跡のようですな」

沼田が呻《うめ》くようにいった。

「聞きましたか？　半村部長刑事の実家のご両親のこと？」

「うむ。聞いている」

特命捜査対策室の中にも東北出身者が少なからずおり、救援捜索活動への志願があいついだ。7係でも半村部長刑事と九重部長刑事の二人が東北出身だった。

半村の実家は福島県浪江《なみえ》町請戸《うけど》地区にあり、原発から半径二十キロ圏内の避難区域に入っている。そこに住んでいた年老いた両親と弟夫婦の家族と、三月十一日以来、連絡が取れていない。

はじめは両親は弟家族が一緒だから、きっと無事に避難しただろう、と半村は楽観していたが、三週間以上経っても弟家族からは連絡がなく、焦りだした。

しかし、現在、浪江町請戸地区は放射線量が高いため避難地域になっており、警察や消防団も立ち入れず、捜索や救援も出来ない状態にあった。

事情を知った北郷は半村に一度帰郷するようにいったのだが、半村は頑として頭を縦に振らなかった。

「自分が帰っても、請戸に立ち入れないのだから意味がない。弟たちからの連絡を待つしかない。ともかく親父やお袋、弟家族の無事を祈るだけだ。下手に地元に行って騒げば、地元の人たちに迷惑をかける」

北郷は慰めの言葉もなかった。

「代理、自分たちは刑事になった時から、親の死に目に会えないと覚悟している」

半村は固く口を結び、捜査に出て行った

もう一人の東北出身者の九重部長刑事は、宮城県石巻市が実家だった。九重の父親はすでに他界し、実家には姉夫婦が残り、老いた母親の面倒を見ていた。石巻は津波の襲来で、壊滅的な打撃を受けた。九重の実家も海岸近くだったので、津波に呑《の》まれて土台を残すだけになった。

姉と子供たちは母親を連れて高台に避難して無事だったが、消防団員だった姉の夫は、最後まで避難民を誘導していたため逃げ遅れ、津波に呑まれて行方不明になっている。

北郷は九重にも一度帰郷を勧めたが、九重も頑《かたく》なに帰郷を拒んだ。

「自分も警察官だった親父に固くいわれている。刑事となったら、ホシを捕って、被害者の遺族の無念を晴らすのが先決。自分の家族や身内のことなんぞにかまっていては、碌《ろく》な捜査もできんぞ。事件の捜査をほったらかしてのこのこ帰ったら、死んだ親父にどやされる。姉貴にも追い返されるがオチだ」

北郷は半村や九重の刑事魂に頭が下がった。

沼田がファイルの頁をくりながら、溜《た》め息《いき》混じりにいった。

「代理、マル害周辺のA型の男たちは、すでに捜査本部が徹底的に洗い出し、一人ひとり潰したと思うんです。だから、よほど捜査本部がミスをしていない限り、アリバイが怪しいマル参（参考人）が出て来るとは思えないんです」

「うむ」

北郷も同感だった。

捜査本部の捜査は徹底している。史織の友人、知人、あるいは周辺に出没した男は、捜査員が怪しいと見たら、それこそ尻《しり》の穴の毛まで徹底的に調べ上げられている。知らないのは、本人だけだ。

北郷は沼田からファイルを取り、同級生や友人知人の人名リストに目を落とした。人名のいずれもに、赤鉛筆やボールペンで二重三重にチェックした印が書き込んである。

北郷たち捜査員たちは、手分けして、いま一度、そのリストに載った男たちに当たり、A型か否かを再調査し、要注意のマル参については、当時のアリバイの洗い直しをしている。

その数は二百人を下らない。それも全員が東京や近郊在住というわけではない。被害者の郷里の宮城県だけでなく、関東首都圏から関西、九州、あるいは北海道、なかには沖縄に住んでいる者もいる。

「問題は、そのリストに載っていない未知の男がいるのではないか、ということ。それには、マル害の男友達をいくら調べても出て来ないのでは？」

「ほかに手立てはあるか？」

「マル害の女友達にあたるべきかと思うのですが」

「それは捜査本部もしていたことではないか？」

「さあ、どうでしょう。捜査一課の課員たちは、全員が男だった。男の捜査員が、マル害の女友達にあたって、果たして、どこまで聞き出せたか」

「ううむ」

北郷も同じ思いだった。

「自分の娘もそうでしたが、男親の私に内緒にした男と付き合っていた。それがいまの娘の旦《だん》那《な》ですがね。母親は娘から聞いて知っていたが、きっと私が反対するだろうから、とずっと黙っていた」

「どうして奥さんは沼さんが反対すると思ったのだ？」

沼田は白髪頭を左右に振った。

「それはそうですよ。相手は娘よりも十二歳も年上で、しかも定職に就いておらず、芝居の役者をしている男だったから」

「芝居は古いな。演劇の役者ではなかったの？」

「ま、そうらしいんですがね。いまでこそ、映画やテレビに出て、そこそこ売れているようですが、数年前は、バーや居酒屋でアルバイトをしなくては食っていけないような男でした。そんな遊び人の男に、大事な娘を上げられますか？」

「分からないでもないが、あくまで娘さんの人生だからな」

「マル害の史織さんと自分の娘は、あまり年が違わない。だから、同じ年ごろの娘を持った親として、この事件は他人事《ひとごと》に思えない。運が悪ければ自分の娘だったかも知れない。娘を殺された親御さんの気持ちを思うと、なんとしてもホシを挙げたい」

沼田は北郷に顔を向けた。

「話が逸《そ》れましたね。私がいいたかったのは、史織さんの友人、特に親しかった女友達にあたる場合、男の捜査員だと本当のことをいってくれないのではないか、という危惧《きぐ》です。こうした事件には、女の視点が必要なのではないか、と思うのです」

「沼さんのいう通りだと思う。そのことは、宮崎管理官も考えている。以前、いっていたではないか。うちの班に、いずれ、女性捜査員を補充すると」

「そうならば、いいのですがね」

沼田はうなずいた。

北郷は自席に戻り、廊下側の壁に貼りだされた三枚の模造紙に目をやった。

一枚の模造紙にはマジックで原口史織を中心にした友人、知人など主な人間関係を相関図として描いてある。

もう一枚の模造紙には、まだ顔が割れないホシ、A型の男、3号指紋の人形《ひとがた》が描かれ、その傍らに、もう一人の黒い人形が並んでいる。目撃者のノビ師？　と記してある。

北郷の読み筋を基にして作成したチャートだった。

三枚目の模造紙は現場の1LKの部屋の見取り図だ。居間のベッドに被害者の横たわった人形が描かれている。

上部に玄関、右手にトイレ付き浴室、脱衣兼洗面所、洗濯機、左手に台所、冷蔵庫。L（居間）には、造り付けのクローゼットとベッドが並んでいる。

左手の壁に明かり取りの小窓があり、その下に机と本棚のラック。

下部のベランダ側に、オーディオセット、テレビが配置されている。

そのベランダの左端の箇所に、大きな×印が付いている。ノビ師が入り待ちしていた場所だ。煙草に火を点け、燻《くゆ》らせながら、ファイルから取り出した現場写真の数々に見入った。

焼け跡の現場写真を調べても、ドアのチェーンは外れた状態であったのが確認できた。

さらに、ベランダの窓サッシは、黒焦げになっていて、ガラスは砕け散っていたものの、サッシの鍵《かぎ》の部分は辛うじて残っていた。

丹念に鍵の部分を調べると、内側から鍵が掛かっていたことが確認できた。ノビ師がガラス切りを使って出来る半円形の跡はなかった。

ベランダの現場写真を手に取った。

ノビ師が入り待ちした場所の写真だ。放水で出来た水溜《みずたま》りに、いくつもの靴痕《くつあと》が見える。靴痕の付いたコンクリートの床に、何やら白いものがこびりついている。

鑑識の検証結果では、水に溶けてふやけたティッシュの塊だと分かった。雨が降る中、ノビ師は待ちながら、鼻をかんだのか？

そのティッシュの溶解した塊から、鼻汁と見られる体液が採取された。一応、科捜研に回し、DNA鑑定にかけたが、鮮明なDNA型は得られなかった。

待てよ。

北郷は、もう一度、鑑識の検証報告書を開き読み直した。

捜査本部は、被害者の膣《ちつ》内から採取されたホシの精液のDNA鑑定だけで満足し、ティッシュの塊から採取したDNA鑑定は無視したに違いない。

捜査本部の筋読みでは、ノビ師まがいのホシ一人の犯行で、まさかベランダに誰かが潜んでいて、一部始終を目撃していたなどという考えは念頭になかったはずだ。

北郷は慌てて鑑識資料のファイルを探しはじめた。どこかに科捜研のＤＮＡ鑑定結果の報告が紛れ込んでいるはずだ。

電話機のベルが鳴り響いた。

沼田が受話器を取った。

「はい。7係」

沼田は受話器を手で押さえていった。

「代理、管理官です。内線3」

「うむ」

何か事件に絡む大事なことを思いついた時に、いったいなんだというのだ？

北郷は卓上の受話器を取り、内線3のボタンを押した。

『北郷、すぐに来てくれ』

宮崎管理官の低い声が聞こえた。

ついに緊急の出動命令が出たか。

「はい。ただいま」

北郷は背筋を伸ばし、立ち上がった。

5

管理官室は大部屋の特命捜査対策係各班のコーナーの先にあった。

管理官室の隣には理事官室が並んでいる。

理事官は、捜査一課長に次ぐナンバー2で、深川分庁舎の特命捜査対策室を統括するトップである。

庶務の女性職員は北郷の顔を見ると、にこりともせずに席を立ち、隣の理事官室の入り口に案内した。

「こちらに、お入りください」

管理官室ではなく、理事官室に呼ばれたというのか。

北郷は慌ててスーツの襟を正し、ネクタイを締め直した。

北郷は緊張した。

きっと、警視総監から緊急の指令が下りたのだ。

しかし、いったい、どんな指令なのだろうか？

ついに福島原発事故の収拾がつかず、東京全域に避難指示でも出るような非常事態になったのか？

さっきまでテレビは被災地のニュースは流していたが、非常事態のことについては何も報じていなかったが……。

女性職員はドアを軽くノックし、中に声をかけた。

「北郷班長代理が御出《おい》でです」

「おう、入れ」

ドアの向こう側から、宮崎管理官の野太い声が返った。

「失礼します」

北郷は女性職員に目礼し、広い理事官室に足を踏み入れた。

正面の大机が見えた。

大机の前に、低いテーブルを挟んで向かい合って、白いカバーが掛けられた肘掛椅子《ひじかけいす》が並んでいる。

椅子に座った人たちが一斉に北郷へ顔を向けた。

正面の肘掛椅子に高橋《たかはし》理事官が座っていた。その右隣に宮崎管理官の姿があった。

テーブルを挟んで向かい側に、八代係長、そして、右隣に警務部の人事2課長の石渡警視が座っていた。

通称人2《ヒトニ》こと人事2課は、新規職員の採用や警部補以下の人事異動を担当している。

ちなみに人1《ヒトイチ》こと人事1課は、警視庁の警部以上のすべての人事を握る警察権力のトップであり、人1課長は警視総監に次ぐ警視長が就いている。

北郷は高橋理事官や宮崎管理官、石渡人事2課長たちに敬礼しながら考えた。

何か重要な異動があるのだな。

八代が憮然《ぶぜん》とした顔で北郷を見た。

何か嫌なことをいわれた様子だった。

「ま、北郷、そこへ座れ」

宮崎管理官がにこやかに笑いながら、八代の隣の椅子を手で指した。

北郷は、いわれた通りに座った。

宮崎管理官は静かな口調でいった。

「以前からいっていたが、7係に女性捜査員を配属することになった」

緊急の出動命令ではなかった。

北郷は、それはそれで、内心ほっとした。だが、同時に新たな懸念が生まれた。

「政府は男女共同参画基本計画を創り、二〇二〇年までに指導的地位に女性が占める割合を30パーセント程度まで引き上げるという目標を立てた。それは知っているな」

「新聞報道で知っています」

「警察庁も、その政府方針に従い、他の官公庁と歩調を合わせ、積極的に女性警察官を幹部に登用するようにしている。当然のこと、警視庁もだ」

宮崎管理官は隣の高橋理事官に顔を向けた。

高橋理事官はうなずき、代わって話し出した。

「警視総監の意向を受け、警務部人事2課と相談した結果、捜査一課の特命捜査対策室にも、何人か女性警察官を配属させることになった。そこで、出来立ての7係だが、幹部候補の女性警察官一人と、婦警を一人配属する。了解してほしい」

宮崎管理官が念を押した。

「いいな」

「いいも悪いもないのでは？　もう人事で決まったことなのでしょう？」

北郷は警務部の石渡人事2課長の顔を見た。

石渡人事2課長は、口元に笑みを浮かべた。

「一応、決定している。だが、現場の責任者である係長や代理の意見も聞いておこうと来て貰《もら》った」

宮崎管理官が訊《き》いた。

「北郷、きみの意見は？　八代係長は反対意見だったが、遠慮せず、忌憚《きたん》のないところをいってほしい」

北郷は一呼吸置いていった。

「自分は、優れた捜査員であるなら、男であれ、女であれ、あえて性別にこだわりません。ただ、正直いって、捜査一課の刑事は女にはあまり向いていないのではないかとは思いますが」

高橋理事官が口を開いた。

「ほう、なぜ、女性は捜査一課の刑事に向いていないというのかね？」

「もちろん、捜査一課でも性犯捜査係は別です。被害者に女性や子供が多いので、やはり、女性捜査員の力が必要であることは確かです」

「話を聞こう。続け給え」

「はい。こういっては何ですが、警察社会は、がちがちの男社会です。とりわけ捜査一課の捜査員たちは、凶悪な犯罪の捜査のために、一つにまとまった男たちの戦闘集団です。凶悪犯罪に立ち向かうためには、凶悪犯以上にパワフルで、心も強靭《きょうじん》でなければならない。そのため、昔ながらの、男社会特有の理不尽な古い体質も残っている。しかも、セクハラ、パワハラ、なんでもありだ」

「……」

高橋理事官は宮崎管理官と顔を見合わせた。

「捜査一課の刑事は、みんなプライドが高く、ひとかど以上に癖がある。ジェンダーなんて糞《くそ》食らえと思っている連中ばかりです」

「なるほど」

「しかも、ホシを挙げるためなら、たとえ同僚でも出し抜く競争社会です。女の身で、そんな刑事部屋に飛び込んでくるとしたら、よほどの覚悟がいる。

捜査一課は、生安や交通課と違って、タタキや殺しの凶悪犯を相手にする特殊な職場です。よほど男勝りの女性警察官でないと勤まらない。ただ見せ掛けのジェンダーのために女性警察官を配属させるつもりなら、止めてほしいですね。捜査の邪魔になりかねない。迷惑だと思います」

「自分もそういって反対したのだ」

それまで黙っていた八代が我が意を得たりという顔をした。

高橋理事官は不愉快そうにいった。

「ジェンダーだけではない。そうだね、管理官」

宮崎管理官は頷《うなず》いた。

「係長も北郷も誤解している。理事官も私も、特に未解決事件を追う特命捜査対策室には女性の細やかな目が必要になると思っている。女性ならではの直感や細かい神経を捜査に活《い》かしたい。そう思ってのことだ」

「捜査に女性の目があったら、というのは分かりますが、その女性によりけりです。あんまり女女《おんなおんな》して魅力的過ぎたら、職場の秩序が乱れるし、反対に、あまり嫌味な女性だったら、これまた煩《うるさ》いだけで仕事の邪魔になる」

宮崎管理官は笑った。

「贅沢《ぜいたく》をいうな。この際、配属する女性警察官がいい女かどうかは問題ではない。北郷、7係に配属する女性刑事は、おまえに面倒を見て貰わねばならん。だから、事前にこうして聴いている」

北郷は内心、驚いた。

「え？　自分に預けるというのですか？」

「そうだ。八代係長は全体を統括するのに精一杯だ。そんな教育係をする暇はない」

「待ってください。自分も女性刑事の面倒を見る暇はないですよ」

「では、ほかに誰が面倒をみるのだ？　いってみれば、ピラニアたちが群がる生け簀《いす》に、金魚を放りこむようなものだからな。当面は、おまえが面倒をみろ」

宮崎管理官はにやっと笑い、高橋理事官の顔を見た。

北郷は頭《かぶり》を振った。

「困ります。特命捜査対策室7係は幼稚園でも保育園でもない。他人に面倒をみて貰わねばならないお荷物なら、うちの班には要りません」

「刑事になるための捜査専科講習もトップの成績で修了した婦警だ」

「だからといって、現場で使いものになるかどうかは別です」

「アメリカのＦＢＩに派遣し、あちらの捜査法や射撃、格闘技を研修させた。語学も達者、数字にも強い」

「……優秀ですね」

高橋理事官が続けた。

「警部補試験も合格している」

「……警部補ですか」

北郷は面食らった。

自分と同じ階級の者が、7係に来るとなると、平の刑事というわけではない。

宮崎管理官はうなずいた。

「三月に警部補に昇進したばかりだから、まだ若葉マークの新米だがな」

「7係に来るというのは、自分と交替という人事ですか？」

「おまえは、いまのまま班長代理だ。それに変わりはない。彼女は主任として入り、おまえの補佐役となる。班長代理補佐だ」

「係長補佐ともいえるな」

高橋理事官が付け加えた。

北郷は八代と顔を見合わせた。

「理事官、その女性は、もしかして、キャリアとか、準キャリアですか？」

キャリアだったら、エリート警察官僚ということだから文句をつけることは出来ない。

キャリア組は、国家公務員試験I種（上級甲）の合格者で、エリートの警察官僚だ。同じ大学卒でも、北郷たち叩《たた》き上げ組とは違って、昇進も早い。スタートからして警部補で始まる。三十代で署長になる。将来は、国家公務員の警視正となって、警察行政を司《つかさど》る警察官僚となる。

キャリアとは別に警察庁採用の準キャリアがいる。準キャリアは巡査部長からスタートし、昇進も早く、ほぼキャリアと進むコースも同じだ。準キャリアは、警備、交通、刑事など各職域のスペシャリストになるよう期待されている。

高橋理事官は大きくうなずいた。

「うむ。準キャリア組だ。本庁が犯罪の国際化に備えて、将来を託そうというスペシャリストの人材と考えていい。

管理官、人事2課長、どうですかな。実際、どんな女性警察官たちか、二人を紹介したらいいではないか」

「そうですな。二人を呼びましょう」

石渡人事2課長はドア越しに庶務の女性職員に女性たちを通すようにいった。

「二人はきみも知っている婦警だ」

北郷は目をしばたいた。自分が知っている婦警といえば、下北沢署か新宿署、あるいは蒲田署時代の婦警か。それとも……。

ドアにノックがあり、「入ります」という女性の声がした。

「おう、入ってくれ」

高橋理事官がいった。

ドアが開き、二人の制服姿の婦警がつかつかと入室した。

二人とも紺色の制服が似合う婦警だった。

一人は襟と肩に真新しい警部補の階級章を付けている。色白の顔をしており、すらりとしたスタイルの若い婦警だった。頭は黒髪だが、額が広く、理知的な顔をしている。

もう一人は、小柄な、いかにも日本女性らしい優しい顔をしており……。

北郷は思わず声を出した。

「なんだ、青木ではないか」

青木奈那は、女性警部補の後ろで、緊張した面持ちで立っていた。

宮崎管理官がうなずいた。

「そうだ。青木巡査長だ。青木を蒲田署刑事課から呼んだ。当面、青木には捜査車両の運転やお茶《ちゃ》汲《く》みからの刑事見習いをして貰《もら》う」

「はいっ」

青木は紅潮した顔で返事をした。その時、青木と北郷は目が合った。

青木は興奮で目を輝かせていた。

「こちらが安原万里《やすはらまり》警部補だ」

紹介された婦警が、高橋理事官に挙手の敬礼をした。

「安原万里です」

兵士のようにきびきびとした動作だった。

「安原万里警部補、それから青木巡査長、きみたちが配属される7係の八代係長と北郷班長代理だ。よろしく挨拶《あいさつ》しておけ」

安原警部補は八代係長と北郷に向き直り、額に手をあて挙手の敬礼をした。

「よろしく、お願いします」

「よろしくお願いします」

青木も一緒に敬礼した
八代は渋い顔で二人にいった。

「あらかじめいっておく。女だからといって特別扱いはしない。ほかの刑事たちと同等に扱う。

いいな」
「はいっ」「はいっ」
安原警部補と青木巡査長は緊張した面持ちで返答した。
八代は北郷に顔を向けた。
こいつら、ただのお荷物にならんか？
八代の目が語っていた。
北郷も目で応《こた》えた。
大丈夫でしょう。自分が責任を持って指導します。
頼むぞ。
八代は二人に目を戻した。
宮崎管理官が付け加えた。
「男では出来ない捜査をし、ホシを挙げろ」
安原警部補と青木はともに唇を噛《か》んでうなずいていた。

6

北郷が特命7係の部屋に戻ると、班員たちはテーブルの周りに集まり、どこから聞き付けたか、新しい人事について、ひそひそ話をしているところだった。

部屋長の半村部長刑事が北郷に訊《き》いた。

「代理、うちの班に来るという女性刑事が決まったんだそうですね？」

「うむ。決まった」

「誰です？」

「安原万里警部補と青木奈那巡査長の二人だ」

「やっぱり、噂通りだったな」

「いやはや、参ったねえ」

半村は班員たちと顔を見合わせた。

「よりによって、安原万里がうちの班に来ることになるとはな」

「7係は出来たてだから、入れやすかったんだろう」

班員たちは、みんなは何をそう騒いでいるのか？

北郷はテーブル席の一つに腰を下ろした。

「この二人のことを知っているか？」

佐瀬がうなずいた。

「安原万里巡査部長は前から知っていた。今度、彼女は警部補に昇進したんだな。おれたちと違って頭がいい。昇進試験なんか一発でパスしたのだろう」

「ほんと。それに上の引きもあるだろうし」

真下が付け加えた。

鵜飼は苦笑いした。

「自分も安原万里のことは知っている。自分が監察官の取り調べを受けた時、彼女が調書を取っていたからな」

「おれも、ある時、監察官室に呼ばれて出頭した時、彼女が秘書のように事務を取っているのを見たことがあった」

九重が内緒事をいうように小声でいった。

北郷は訝った。

「どういうことなのだ？」

佐瀬は真下や九重と顔を見合わせた。

「代理は、知らないんだ」

「何をだ？」

佐瀬刑事が声をひそめていった。

「安原万里は監察官室付きだったんですよ。美人で頭も切れるので、上には滅法受けがいい。監察官のお偉いさんたちのお気に入りなんです」

監察官は、警察官の不祥事や不正行為を厳しく監察する役職である。そのため、上級幹部を取り締まることもあるので、監察官は方面の本部長やら警察署長を勤め上げた警視クラスが就いている。

北郷も驚いた。

「なに？　安原万里は監察官室付きだったのか？」

「そうですよ。監察官室の庶務をしていたはず」

佐瀬はうなずいた。

九重も囁《ささや》くようにいった。

「安原万里が7係に派遣されるのは何か裏の理由があるに違いない。きっと我々を監視するために送り込まれたスパイだ」

北郷は九重をじろりと見た。

「九重部長刑事は、監察官に調べられるようなことがあったのか？」

「以前、被疑者の取り調べをした時、少々無理をして供述させた。それで、弁護士から人権侵害だと訴えられた。監察官室も黙っていられなくなり、自分も取り調べられたことがあったんです。その時、安原万里は、まるで監察官の手足となって働いていた」

北郷も疑念を持った。

7係には自分をはじめ、警視庁のはみ出しのダメ刑事であるゴンゾウばかりを集めたということだった。

上の方も、それを知っており、あえて監察官室の息がかかった安原万里を送り込んできたのかも知れない。

それもありうる。意図は分からないが、宮崎管理官の遠謀深慮ということもある。

「おれ、女性刑事が来るってんで、楽しみにしていたけど、それじゃあ、駄目だな」

真下がため息混じりにぼやいた。

鵜飼がうなずいた。

「英語がぺらぺらのインテリ女だそうじゃないか。アメリカ留学したとも聞いている。きっとお高く止まった嫌味な女じゃないのか？」

九重が声をひそめた。

「女の幹部候補生なんだろう？　7係に来るのもきっと腰掛けさ。一、二年も経たぬうちに、きっと警部に昇進して、ほかの部局に回される口だ」

「ならば、どうでもいいや。適当に御守《おも》りするだけだ」

佐瀬刑事が鼻で笑った。

真下刑事が小声でいった。

「もう一人の婦警は見かけたやつの話では、結構可愛いといっていましたが、どうですか、ねえ、代理」

北郷は苦笑した。

「みんな、あまり偏見は持たず、二人をうちの係に受け入れてほしい」

沼田部長刑事だけ、何もいわずに黙っていた。

ドアの外に人の気配がした。みんなは無口になり、捜査資料を読む振りをしていた。

ドアが開き、八代が姿を現わした。八代の後から制服姿の安原万里と青木奈那が部屋に入って来た。

部屋の中が一遍に明るくなったように思えた。

「みんなに紹介する。本日付けで配属になった安原万里警部補と青木奈那巡査長だ。よろしく頼む」

八代はそういい、入り口に立った二人を手で差した。

安原万里と青木奈那は、それぞれ名乗り、みんなに敬礼した。

第四章　消えたノビ師

1

午後七時半。

大井《おおい》競馬場はカクテル光線で昼間のように明るく輝いていた。

一方には東日本大震災という闇を控えているというのに、大井競馬場だけは、逆にその闇を払拭《ふっしょく》するかのように明るさを誇っている。

3号スタンドの観客席から、波のような歓声と怒声がどっと湧いた。

手塚刑事は一般観客席の客たちの横顔を眺め回す。見当りし、やつの顔を見付けるのだ。

ゴールの前を一団となったサラブレッドが砂埃《すなぼこり》を上げて駆け抜けた。

馬たちに有り金を叩《たた》き込んだ男や女が悲鳴を上げ、来なかった馬と騎手に悪罵《あくば》をたれ、己れの予想のツキのなさを呪って、外れ馬券を宙に舞い上げる。

手塚刑事は、電光掲示板の馬番に目をやった。

2―6が来たか。

馬連でも大穴だった。三着に1番が入ったから、三連単では十万円の馬券になる。

手塚刑事は舌打ちをし、外れ馬券を千切り捨てた。ツキはいまいちだ。来ない日は来ない。

分かっているが、ツキを信じてしまう。

「いつまでもあると思うな親と金、ないと思うなツキと災害」

誰がいったかは忘れたが、まったくその通りだ。

大井競馬場に張り込んで三日になる。

まだやつは現われない。それとも見逃したか？　いや、そんなことはない。

今日のメインレースは羽田《はねだ》記念盃《はい》ＳＩだ。競馬好きのあいつが顔を出すとしたら、今日だ。

それまで、しっかりとノビで稼いで貯めた金を、全部吐き出しに来る。

手塚は客に混じってゆっくりと階段を上り、五階フロアに上がった。

五階フロアには一般客用の指定席がある。

やつは決まって、３号スタンドの三階の一般席か、金がある時は五階の一般指定席に座る。

やつは験を担いでいるのだ。

三階の自由席では、やつは20番台の席で、何度も万馬券をゲットしたと嘯《うそぶ》いていた。

さらに、五階Ａ１番の指定席で、やつは百万円を当てた。それ以来、決まってその番号の席に座る。第一レースが始まる前から、その指定席に座って確保するか、もし席が空いていなければ、先客に金を渡してでも譲って貰《もら》うとかしている。

五階の指定席のコーナーに立った。

Ａ１番の席には、角刈りの若い男が座っていた。競馬新聞を開いて見入っていた。

後ろ姿はやつではない。

念のため、ほかの指定席を眺めたが、やつらしい坊主頭はない。

今日も、外れか。

手塚は溜《た》め息《いき》をついた。馬券も外れ、張り込みも外れ。ツいていない時はあるものだ。

いよいよメインレースの羽田記念盃だというアナウンスが場内に流れている。スタートのゲイト前に出走馬たちが集まりはじめていた。

ラストチャンスか。買うか、買わないか。

手塚は懐具合を確かめた。小遣いは五千円しかない。この金で一発逆転を狙うか。それとも、本日はツイていない、と諦《あきら》め、からっけつ街道をてくてくと歩いて帰るか。

それにしても、どこかの安居酒屋で憂さを晴らすためにも、五千円は取っておかねばならない金だ。

ええい、ままよ、と手塚は決心した。

当たってなんぼ。外れてもなんぼ。

最後の金を賭《か》けて、運を開こう。

ポケットの競馬新聞を手に取って開いた。

買うとしたら、本命視されている馬番4はあえて買わず、ラッキーナンバー7番で勝負しよう。単勝二十倍の七番人気だ。

手塚は後ろにある馬券発売機を振り向いた。

馬券発売機の前には、メインレースの馬券を買おうとする客たちが短い列を作って並んでいる。

手塚は短い列の最後尾に立った。

一番前にいた客が発売機から馬券を取り、馬番を確かめながら、戻り出した。

やつだ。手塚は小躍りした。

ノビ師の丸川《まるかわ》。通称マルノビ。

丸刈りの頭にひょうたん顔。新調したらしいブルゾンを着込み、腕まくりをしている。しけた顔をしている。細身の肩もいくぶん落ちている。丸川も外れまくっているらしい。

丸川は馬券を確かめ終わると、精一杯肩肘《かたひじ》を張り、指定席の階段に戻って行く。

やはり、指定席にいたのか。A１番から河岸を変えたのかも知れない。

「おい、おまえの番だぜ」

後ろの男からどやされ、手塚は発売機に振り向いた。

ツキが来ている。

験を担いで、五千円を７番の単勝馬券に替えた。

馬券をポケットに仕舞い込み、指定席への階段を上った。後ろの手摺《てす》りから指定席を見回した。

先刻A１番に座っていた角刈りの若い男が、手塚の隣で手摺りにもたれ掛かり、競馬新聞を見ている。

A１番の席に丸川の丸坊主が見えた。

そうか、丸川は手下のパシリに席を取らせていたのか。

メインレースが始まった。手塚は丸川の様子を窺《うかが》った。

観客席の客たちが興奮し、総立ちになって、競馬新聞を振り回し、馬の名を叫び、騎手を励ます怒声を上げる。

丸川は終始席から立って大声を上げていた。

馬たちは一団となってゴールの前を駆け抜けた。

先頭集団に、7の数字があったような気がした。

7番が来たか？　それとも、来なかったか。

丸川は怒声を上げ、馬券を宙に撒《ま》いた。腹立たしげに、座っていた座席を蹴《け》った。

あいつ、また外れたか。ツキから見離されたな。

手塚は電光掲示板に目をやった。

三着10番、四着2番、五着1番が点滅している。一、二着はまだ点《つ》いていない。

写真判定の文字が点滅していた。
一、二着は僅差《きんさ》なのだ。ハナ差か、それとも同着か？
場内がどよめいた。

7—3—10の順に馬番が並び、点滅が止んだ。

7番が一着か！

やった。万馬券だ。

馬券を確かめた。単勝7番の馬券だ。

手塚は幸運の女神に投げキスを飛ばした。

はっとした。A1番に丸川の姿はなかった。

丸川は早々に席を立ったのだ。指定席の通路を見たが、丸川の姿はない。

慌てて隣の角刈りを見た。角刈り男は新聞を丸め、尻《しり》のポケットに突っ込むと、指定席の階段を出て行こうとしていた。

手塚は角刈りの後を追った。

角刈りは払戻機の列に並んだ。手塚も角刈りの後ろに並んだ。

角刈りに付いていけば、必ず丸川に到《いた》る。

角刈りは払戻機から数万円を受け取り、ほくほくした顔で確かめている。

手塚も急いで当たり馬券を払戻機に差し込み、払い戻しを受けた。十枚の万札を懐に捩《ね》じ込み、角刈りの後を追った。

角刈りは階下への階段をスキップするように下りていく。手塚は気付かれないように後を付けた。

角刈りは3号スタンドを出ると、スマホを耳にあて、きょろきょろと辺りを見回している。

手塚は歩みを緩め、角刈りの後ろについた。

やがて、角刈りは話を終え、スマホをブルゾンのポケットに仕舞い、歩き出した。

角刈りは競馬場を出ると、道路を渡り、近くの路地の飲み屋街に入って行った。

やがて、何軒も並んだ飲み屋の一軒「とり金」の暖簾《のれん》をくぐった。

手塚も後について暖簾をくぐった。

カウンター席に丸川が座り、ビールを飲んでいた。角刈りは丸川の左隣の椅子に腰を下ろした。

手塚はそ知らぬ顔で丸川の右隣に座った。

カウンターの中の主人に、日本酒の熱燗《あつかん》を頼んだ。

丸川は角刈りに向いて毒突いていた。

「当てたか、この馬鹿野郎。俺の席に座り、俺のツキを持って行きやがって」

丸川は角刈りの頭をぱしっと叩《たた》いた。

「兄貴、すまんです。これ、当たった金です」

「馬鹿野郎、それはおめえが当てた金だ。そんなもん貰えるか」

「じゃあ、せめて奢《おご》らせてください」

「ま、いいだろう。馳走《ごち》になるか」

丸川は舌打ちをし、ビールを啜《すす》った。

「へい、お待ち」

店の主人がカウンター越しに徳利《とっくり》を寄越した。手塚は徳利を受け取り、ぐい飲みに酒を注いだ。

手塚は隣の丸川に小声でいった。

「マルノビ、今日はツイてないみたいだな」

「……なんだ、てめえ」

丸川はグラスを止め、手塚に顔を向けた。

「あっ……」

「しばらくだな、マルノビ」

「兄貴、なんだ、こいつ」

角刈りが立ち上がろうとした。

「ジロウ、いいんだ。心配ねえ。この人はサツの旦那《だんな》だ」

「サツ……」

角刈りは顔色を変え、席に座った。手塚は小声で話した。

「マルノビ、元気していたか」

「旦那、そのマルノビは止めてくださいよ。ツイてないと思ったら、なんと旦那にも会ってしまうんだから、ほんとに今日はツイていない」

「ぼやくな。どうだ、商売の方は？」

「旦那、勘弁してくださいな。おれはとっくにノビから足を洗っているんですよ。いまは真っ当な仕事についているんです」

「おれは何もノビとはいってないだろう。ノビでなかったら、何の仕事をしているんだ？」

「高層ビルの建築現場で働いてます」

「そうか。ノビの特技を活《い》かして、鳶《とび》をしているんだな」

「旦那、あいかわらず、冗談がきつい」

手塚はカウンターからぐい飲みを一つ取り、丸川に渡した。徳利の酒を注いだ。

「ま、飲め。久しぶりだ」

「へい。すんまへん」

「そっちの角刈りは弟分か」

「へい。おい、旦那にあいさつしな」

丸川は角刈りの頭を無理に下げさせた。

「こいつジロウってんです」

「はじめまして」

ジロウと呼ばれた角刈りは頭を掻《か》いた。

手塚はジロウにも、徳利を差し出した。

「マルノビ、俺も当たったんだ。7番が来たんでな」

「そうですか。じゃあ、ごっつぁんです」

丸川はぐい飲みの酒をあおった。手塚は店の主人に大徳利の追加を注文しながら、二人のぐい飲みに徳利の酒を注いだ。

「マルノビ、ちと頼みがあるんだ。昔の話だがな」

「昔の話って？」

「大森のマンションを荒らし回っていたノビ師仲間について教えてほしいんだ」

「旦那、あっしは、もうノビから足を洗ったって……」

「このところ、おまえ、金回りがいいじゃねえか。田園調布あたりで、この半年間に、似たような手口の天蓋《てんがい》引きがあった。手際の良さがよくてな。指紋もなにも残さない。金しか盗《と》らない。俺は真っ先に、おまえさん、マルノビを思い出した。こんなことが出来るのは、おまえしかないってな」

「と、とんでもねえ。あっしは関係ないですぜ」

丸川はぐい飲みの酒を干した。手塚は笑いながら、丸川のぐい飲みに徳利の酒を注いだ。

「分かっているって。おまえさんはノビから足を洗ったんだろう？」

「信じてくださいよ」

「足を洗ったなら、ノビ仲間の話を聞かせてくれてもいいだろう？　いまから、十五年前のことだ」

「旦那、勘弁してくださいよ。かつての仲間を売るわけにはいかねえんで」

「仲間を売れなんていってねえ。情報がほしいんだ。いま、おれは殺しを追っている。おまえらノビを取り締まろうってえわけではないんだ」

「殺しですかい？」

「そうだ。もちろん、ただ、とはいわない」

丸川は酒をまずそうに啜った。

手塚は競馬で当てた十万円を二つに折って、丸川の胸のポケットに差し込んだ。

「な、何でえ……これは」

「これは謝礼だ。協力してくれた礼だ」

「……おれは何もいってねえですよ」

丸川はあたりを見回した。

みんな酒が入り、いい気分で競馬で当たった外れたという話に花を咲かせている。

手塚は小声でいった。

「おれの話を聞け。おまえさんを、ヤモリの鉄の直系の弟子と見込んでの頼みだ」

「……」

「ノビ師なのに『鉄の掟《おきて》』を守らないで、殺しをしたり、ツッコミをしたりしたやつがいたろう？　ノビ師の風上に置けない野郎のことだ。そいつのことを聞かせてほしいんだ」

「……そんなワルのノビ師はいねえですよ」

「じゃあ、こういうのはどうだ？　たまたまノビをやろうとして、屋上からベランダに降りたところ、殺しとツッコミの現場を見てしまったっていうのは」

「……」

「マルノビ、おまえに迷惑はかけないよ。おれは、いま盗犯刑事から足を洗って、殺しを追う刑事をやっている」

「へえ。出世したねえ」

「ノビなんかにかまっておれないんだ。おれは追っている殺しのホシを捕まえたい。それには、殺しの現場を見ていたノビ師がいなかったか、と聴いているんだ」

「……」

丸川は黙って盃《さかずき》をまた空けた。

「これからという、あたら若い娘がひとり、何者かに強姦《ごうかん》された上に殺されたんだ。これは真っ当なノビ師の犯行ではない、と信じている。きっとホシは別にいる。そいつの顔を見ているノビ師がいたはずなんだ」

「……十五年前の事件ですかい」

「ああ」

「その見返りはあるんですかい？」

手塚は笑い、手をひらひらと振った。

「ない。その金だけだ。それだって、おれの自前の金だ」

「ち、警察はほんとにしけているなあ」

手塚は頭を左右に振った。

「当たり前だ。全部税金で賄っている。おまえらに、その税金を渡せるはずがないだろう」

丸川は酒を注がれるままに飲んだ。

「ジロウ、おまえも飲め。これは、おれの奢りだ」

手塚は徳利をジロウに差し出した。

ジロウは恐る恐る盃を差し出した。手塚は主人にお銚子《ちょうし》をもう一本と追加注文した。

丸川はうなずいた。

「分かりやした。旦那の顔を立てましょう。ちょっと時間をください。おれも、なんか聞いたような覚えがある。調べてみましょう」

「そうか。ありがてえ。頼むぞ」

手塚は新しいお銚子の首を摘《つま》み、丸川とジロウのぐい飲みに酒を注いだ。

2

安原万里警部補と青木奈那巡査長が、7係に加わると、部屋の空気が一変した。

安原警部補も青木巡査長も、婦警の制服ではなく、黒のスーツに着替え、何事もてきぱきと捌《さば》きはじめた。

さすがに、はじめは班員たちも安原万里の階級が警部補であることに戸惑った様子だった。

階級社会の警察にあっては、上下関係が厳しく、階級が一つでも上であったり、年次が一年でも多ければ上官である。

ベテランの刑事たちにとって、自分の娘のような若い女性上司である。言葉遣いからして、ため口をきいたり、乱暴な受け答えが出来ないのは苦痛にちがいない。

まして安原警部補が警務部監察官室付きだった経歴が、班員たちに、ある疑念を抱かせた。

もしかして、安原万里警部補は警務部監察官室から、特命捜査対策室7係に送り込まれたスパイではないか、と。

特命捜査対策室第7係は、それでなくても、ゴンゾウたちの集まりのように、ほかの捜査員たちから噂されている。

もしかして監察官室は、警察の恥部となるゴンゾウたちを一掃するため、7係にまとめて、首を取るつもりなのではないのか。

吹《ふ》き溜《だ》まりグループの7係である。

本庁内には、7係をそんな風に揶揄《やゆ》する噂が一般的だった。

班員たちの安原万里への警戒心とは裏腹に、青木奈那の評判は上々だった。

なにより、黒のスーツに白いシャツ姿の青木刑事は初々しく可愛らしい。受け答えがはきはきしていて、しかも機敏、頭の回転も早いので、班員たちはすぐに青木奈那には心を許した。

班員のほとんどが四十歳過ぎ、五十代の中年男である。年ごろの娘が班に入ったことで、おじさんたちの心は和み、青木奈那の気を惹《ひ》こうと何事につけ、話がはずんだ。

安原万里の青木刑事に対する指導は厳しかった。

「7係のおじさんたちのアイドルになってはダメよ」

安原主任は班員たちの前では、青木に面と向かっていわないものの、班員たちにちやほやされていると、見かねて青木を廊下やトイレに呼び出し、先輩として何かしらの注意をしていた。

ある時には、廊下で小言をいわれ、青木奈那は部屋に戻るなり、涙ぐんだりしていた。

北郷は、女刑事ならずとも、刑事が一度は通らねばならない道だと思い、青木刑事には何もいわなかった。

それでも、一度だけ、青木刑事があまり塞《ふさ》ぎ込んでいたので、北郷は部屋に二人になった時、「大丈夫か」と声をかけたことがあった。

「大丈夫です」

青木刑事は気丈にも笑いを浮かべ、そう答えた。

「私も刑事ですから」

北郷は健気《けなげ》な奈那の様子に、思わず優しい声をかけようとしたが、あえて思い止《とど》まった。

甘くするのは、奈那本人のためにならない。

一週間も経たないうちに、安原万里は、みんなから北郷に次ぐ代理補佐だと意識されるようになった。

安原万里は、いつも毅《き》然《ぜん》として、堂々としており、物怖《ものお》じすることはなかった。

たとえ相手が八代であれ、捜査一課長や高橋理事官であれ、直属の上司である宮崎管理官であれ、まったくひるむ様子もなく、はっきりとものをいった。

こいつは、ただのひ弱な美女ではない。頭も切れるし、上司に、ずけずけと、正面切ってものをいう女だ。

班員たちは、はじめは、男勝りの男女《おとこおんな》などと万里の陰口はきいていたが、次第に代理補佐としての万里に、一目も二目もおくようになった。

安原万里のいいところは、じっくりと相手の話に耳を傾けて聞くことだった。

そうできるのは、自分に絶対の自信があるからに違いない。しかも、一度方針を立てると、決してブレなかった。

青木がノートを開いていった。

「代理、マル害の交友関係ですが」

ノートには、史織を中心にした女友達の相関図が描かれてあった。

捜査本部が敷鑑《しきかん》捜査（被害者の身辺捜査）で洗い出した被害者の身内や友人、知人の関係図である。

「一番親しかった女友達は誰だ？」

「資料の敷鑑捜査報告によれば、大学同期の三人組です。小島由比《こじまゆい》、車谷真耶《くるまだにまや》、萩原彩《はぎわらあや》。いつも一緒だった仲良しグループだったようです」

「よし。その三人にあたってみてくれ。現在の三人の連絡先は分かるな」

「分かります。沼田部長刑事が大学同窓会の名簿を手に入れてくれていましたから」

青木は沼田に顔を向けた。沼田は捜査資料を読むのを止め、青木にうなずいた。

「三人以外にも、仲良しだった女友達はいたかも知れない。マル害につきまとっていた男はいないか、聞き出してくれ」

「はい。やってみます」

青木は任せてください、と胸を張った。

沼田が北郷にいった。

「自分はマル害の文学サークルの男友達をあたっています」

「何か出て来たか?」

「いまのところ、まだ何も。なにしろ十五年前ということで、男たちの記憶は薄れていて、よく思い出せないようです。すでに、みな結婚したり、いい恋人がいたりして、過去の女友達のことなど、思い出すのも煩わしいといった具合で」

「そうか」

「同級生の一人がいっていたことですが、マル害は阪神淡路大震災の救援ボランティアに行っていた時、意気投合した他大学の男がいたようです」

「ほう。敷鑑捜査には出ているのか?」

「いま調べているところです。敷鑑捜査にかかった男かも知れませんが、念のため、潰《つぶ》しておきます」

「うむ。潰しておいてくれ」

「それがマル害の周辺に見え隠れしているラテンアメリカ文学好きの男に結びつくと面白いのですがね」

九重部長刑事が坊主頭を掻《か》きながら、北郷にいった。

「代理、自分はマル害が関わっていたゼミやスポーツ同好会関係の友人を洗い直してます。敷鑑捜査によると、マル害は文学論ゼミに出席して単位を取っていたし、一時はテニス同好会のメンバーでもあった」

「そういえば、仲良し三人組もテニス同好会に加わっていたわ」

　青木がいった。

　八代が大声で訊《き》いた。

「鵜飼、佐瀬、真下、おまえたちは何を追っているのか、各自報告しろ」

　鵜飼が自席で手を上げた。

「班長、自分はマル害を快く思っていない知人友人を調べています。怨恨《えんこん》の線もあると思いますんで」

「うむ。痴情のもつれ、怨恨の線もありだ。念のため、押さえて潰しておいてくれ。佐瀬は何を追っている？」

　佐瀬が自席からいった。

「自分は、当時、大森界隈《かいわい》で起こったおマメの線をあたっています」

　おマメ(豆)は、強姦《ごうかん》などの性犯罪事犯の隠語だ。

「何かあたりはあったか？」

「まだ何もあたりなしです」

「真下は？」

「自分は地取り捜査をやっています。当時、マンションの周辺をうろついていた不審な男二人を洗い直しておきたいので」

「何か分かったか？」

「まだ何も出ません」

真下は頭を掻いた。

「安原主任は？」

「私は、当時マル害が使っていたパソコンのディスクの記録を調べてます。なかなか面白いデータや文章があるのですが、古いウィンドウズなので、データを開くのに手間がかかったりしています。そのうち、事件関連の何かが見つかったら、報告を上げます」

それぞれ、みな独自の捜査をしているな、と北郷は安心した。

八代が大声でいった。

「代理は？」

「科捜研のＤＮＡ鑑定報告書を探しています」

「資料の中にあるのではないか？」

「マル害の遺体から採取されたホシのＤＮＡについての鑑定結果ではなく、ベランダの水溜《みずたま》りにあったティッシュから採取されたＤＮＡです。それが、どうも気掛かりなんです」

八代は腕組みをし、考え込んだ。

「ベランダの水溜りにあったティッシュの溶けた塊か。それから採取された体液のＤＮＡ鑑定なんぞ、当時の我々は目もくれなかったな」

「なぜですか？」

「そりゃそうだろう。マル害の遺体から、ホシの3号指紋が一個だが、はっきりとしたものが採取され、さらに、遺体に残されたホシの体液を科捜研で鑑定した結果、血液型A、しかも、DNA鑑定でホシのDNA型も特定できたのだからな。それだけあれば、ホシを特定する証拠に困らない」

「では、ベランダの水溜りにあったティッシュについてのDNA鑑定は、どうしたんですかね」

八代は顎《あご》に手をやり、考え込んだ。

「一応、捜査本部は資料を科捜研に回し、血液型やDNA鑑定をして貰《もら》っていたはずだ。しかし、検出されたDNA型や血液型が遺体に残っていた血液型やDNA型と一致しなかったので、ホシのものではないと断定し、証拠として採用はしなかったと思う」

「やはり、そうでしたか。捜査本部は血液型やDNA型が違うのを、どう考えたのですかね」

八代は頭《かぶり》を振った。

「科捜研が資料の取り違えをしたのではないかとか、あるいは、科捜研の鑑定ミスだったとか、と考えたと思う。あるいは、どういう訳か分からないが、火事の最中に、ベランダに事件に関係がない消防隊員とか、捜査員とかのミスで、事件に関係のない者の体液が紛れ込んだのではないか、としか見なかったと思った。ともかくも、マル害の遺体から採取された血液型とDNA型だけで、ホシを捕れると考えたから、別にもう一人目撃者がいたのではないか、という筋読みは考えもしなかったからな」

「科捜研のDNA鑑定書が、どこかにある、ということですかね」

「うむ。検察庁から戻って来た捜査資料のどこかにあるはずだ」

北郷は作業台の上に山積みされた膨大な捜査資料のファイル群に目をやった。

地取り（現場周辺の聞き込みなど）、鑑取り（被害者周辺の人間関係など）、特命（聞き込み捜査や鑑取り捜査で上がった情報や捜査本部に寄せられた情報などの裏取り）などの報告書を読み、鑑識報告書、DNA鑑定報告書、指紋判定書、捜査会議記録などの捜査資料だった。

「誰か、このファイルの山の中に、ベランダの資料についての科捜研のDNA鑑定書を見た者はいるか？」

「いや、見てない」「なかったですね」

「遺体の検案書と一緒にあったDNA鑑定書は見たけど、ほかにはなかったと思います」

部屋にいた班員たちは口々にいった。

北郷も本筋の遺体から発見された遺留指紋や体液の血液型、DNA鑑定書は見覚えがあったが、ベランダで入り待ちしていた箇所の鑑識報告書は見当らなかった。

「北郷、科捜研に問い合せろ。もしかして、鑑定書の写しが保存されているかも知れん」

「そうですね」

北郷は受話器を取り上げ、オペレーターに科捜研の第一法医科に繋《つな》ぐようにいった。

呼び出し音の後、すぐに相手が出た。

『科捜研法医2科、有田《ありた》です』

男の声だった。

科捜研は警視庁の付属組織で、法医、物理、文書、化学の分野に分かれている。その中で、法医科は血液型の鑑定やDNA鑑定を担当している。

「十五年前の『大森女子大生放火殺人事件』でのDNA鑑定書だが、当時の鑑定記録は全部、残っているのだろうか？」

『もちろん、当然のこと、全部残っていますよ。犯人を捕まえた後、鑑定書がなかったら、公判維持が出来ませんからね』

有田は北郷が何をいいだすのか、という怪訝《けげん》な声を立てた。そんなことは当然のことなのに、という、やや馬鹿にした口調だった。

北郷は事情を話した。

被害者の遺体から検出された体液の血液型やDNA型の鑑定書ではなく、ベランダの水溜りから発見された体液のDNA鑑定は残っていないか、と尋ねた。

『……そうですか。本筋ではないDNA鑑定書ですか。もしかすると、必要なしということで廃棄処分になっているかも知れません』

「調べて貰えないか？　至急にだ」

『分かりました。調べてみます。少し時間を下さい』

電話は終わった。

科捜研の研究員は警察官ではなく、警察職員である。

北郷は青木奈那に顔を向けた。青木奈那は捜査資料の山に取りついて読み込んでいた。

「悪いが、青木刑事は資料をいま一度調べて、DNA鑑定書がどこかに紛れていないか、チェックしてくれ」

「はい」

青木奈那は喜び勇んでファイルの山を調べはじめたのだった。

テレビが不通になっていた東北新幹線がようやく復旧した、と報じていた。

八代は読んでいた捜査資料のファイルをばたんと音を立てて閉じた。

「北郷、東北新幹線の運転が再開されたら、すぐに九重と一緒に仙台へ行ってくれ」

八代は突然に出張命令を出した。

東北新幹線の東京―仙台間は四月二十五日には復旧、二十九日には全線運転再開されると報じられていた。三月十一日の大震災から、わずか四十九日、驚くべき早さだ。

北郷もちょうど仙台訪問がてら、史織の墓に線香を上げたいと考えていたところだ。

仙台市若林区に原口史織の実家がある。

「実家をあたるのですね？」

「そうだ。史織の両親に会い、一応、捜査再開の挨拶《あいさつ》をしておけ」

「分かりました。九重部長刑事だけでなく、安原主任か青木を同行したいのですが」

自席や作業机で捜査資料ファイルに目を通していた班員たちが一斉に顔を上げた。

安原万里だけは背を向けたまま、パソコンに向かっていた。

八代は少し考えたが、すぐにうなずいた。

「いいだろう。被害者も女性だ。女の目で被害者の親たちに会ってくるのもいい。何か分かるかも知れない」

「……自分も行くのですか？」

九重が訝《いぶか》しげな顔を八代に向けた。

「ああ、九重は東北の出だろう？　地元の人間でないと気付かぬこともあろうからな」

八代は北郷にちらりと目配せした。北郷は目配せの意味を解した。

九重は宮城県石巻市出身だ。津波に襲われた故郷に戻ろうとしない九重に、なんとか実家へ立ち寄る機会を作れという八代の計らいだった。そうでもしないと、九重はこの捜査が終わるまで、石巻の実家に戻ろうとしないだろう。

「九重、いいな。行くんだぞ。これは命令だ」

「はい。班長」

九重はしぶしぶといった態度で答えた。

「代理、安原主任と青木刑事のどちらを同行する？」

作業台から青木が顔を上げた。期待に満ちた顔だった。

「私に行かせてください。代理」

北郷は一瞬、どちらを連れて行くか迷った。

安原万里はきっと自分よりも早く昇進し、女性幹部としてキャリアを積まされるだろう。頭でっかちになりがちな安原には、できるだけ実際の現場を踏ませたい。踏ませて上司になった時に、現場の捜査員の気持ちや立場を思い出させたい。

それに対して、青木はまだ若い。新米刑事としてやることがいっぱいある。同じ場数を踏むにしても、女性幹部養成のためではない。

「だめだ」

北郷はにべもなく頭を左右に振った。

「青木にはマル害の親しかった女友達をあたってほしい。女同士、親しくなり、マル害の周辺に、これまで捜査線上になかった男がいないかどうか、聞き出すんだ」

「はい、了解」

青木奈那は不満そうだったが、素直に北郷の指示に従った。

北郷は万里の背中に声をかけた。

「今回は安原主任に行って貰う。いいな」

「はい。分かりました。いつ出発です？」

万里は椅子を回し、北郷に顔を向けた。自分が指名されて当然という顔をしていた。

「明朝だ。八時台の新幹線で行く。いいな」

「了解です」

「九重もだ」

「了解」九重もうなずいた。

万里はまた椅子を回し、パソコンの画面に顔を向けた。

「青木、庶務に、仙台まで三人分の切符の手配するよういってくれ」

「了解です」

奈那は唇をへの字にしていたが、すぐに笑顔になり、うなずいた。

北郷の机の電話機が呼び出し音を立てた。

反射的に受話器を取った。

「はい、特命」

『北郷さんですね』

科捜研の有田だった。

『かろうじて当時の記録が残っていました。危うく廃棄しようとしていたデータです。そちらへ、報告書を送りましょうか？』

「内容を聞かせてくれませんか？」

『ええと。ベランダの入り待ちしていた場所の水溜《みずたま》りにあった、どろどろに溶けたティッシュから検出された血液型は、ABです』

「AB型に間違いないんだな？」

北郷は思わず大声になった。

八代が顔を上げた。ほかの班員たちも、聞耳を立てた。

『はい。ＡＢです。間違いありません』

「続けてくれ。ほかには？」

『ティッシュに溶けていた検体は、人間の唾液《だえき》または精液と見られる』

「唾液か精液だって？　それからＤＮＡ鑑定は出来たのか？」

『どうやらＤＮＡ鑑定も出来たようです。ＤＮＡ型は、大森２２３６２１４としてデータベースに登録されています。……』

「そのＤＮＡ型と、被害者の原口史織の遺体から検出された体液のＤＮＡ型は一致したのか？」

『ちょっと待ってください。ふたつのデータを照合してみます。……』

北郷は受話器を握り締めた。

長い時間が経ったように感じた。八代も班員たちも軀《からだ》が硬直したかのように動かない。

『出ました。ＤＮＡも血液型も、合致しません。まったく別人のＤＮＡです』

「有田さん、ありがとう。助かった。その報告のデータを至急に7係に送ってください」

北郷は受話器をフックに戻した。

「班長」

北郷は八代に顔を向けた。

「ホシと、屋上から忍び込もうとしたやつは、まったくの別人です」

「そうか。ホシとノビ師は同一人物ではない、ということだな」

八代は大きくうなずいた。八代は立ち上がり、手を叩《たた》いてみんなの注意を惹《ひ》いた。

「みんな、聞け。現場には、ホシ以外に、ノビ師と思われる男がいたことが判明した。おそらく、その男は犯行について目撃したか、なんらかの関係がある。今後の捜査は、その男について、全力を上げて身元を割り出せ。ホシを捕る手がかりになる」

北郷はすかさず安原万里に訊《き》いた。

「安原主任、科捜研からDNA型のデータが送られて来ていないか調べろ」

「了解」

パソコンに向かっていた安原万里はうなずき、マウスを動かし、キイを押した。

「代理、来ています。科捜研からデータが届いています。登録番号大森２２３６２１４」

「それを至急、警察庁の照会センターに問い合せ、DNA型記録検索してくれ」

「了解。データ検索します」

安原万里はパソコンに向かったまま答えた。

もし、目撃者がノビ師なら、逮捕時に照会センターにDNA型や血液型、指紋などがすべて登録されている。

手塚はにやけた顔でいった。

「水溜りに溶けていたティッシュに精液が付着していたってことは、ノビの野郎、ベランダから部屋の中を覗《のぞ》きながら、ティッシュでマスを掻《か》いたってことですかい」

手塚は大声でいいながら、青木奈那や安原万里に気付いて話を止めた。

青木も安原万里も知らぬ顔をしていた。

安原万里が笑顔で振り向いた。

「班長、DNA型記録検索の結果が出ました。一件ヒットしました」

「誰だ？」

「ノビ師の及川真人《まさと》のDNA型と一致です」

「おいおい、及川だって」

手塚が素っ頓狂《すっとんきょう》な声を上げた。

「知っているのか？」

北郷は手塚を見た。

「知ってますよ。一度は自分が捕った男ですからね。及川真人、前科三犯。あまり評判がよくないノビ師です。関東近県を荒らし回っている男です」

八代はぱんと手を叩いた。

「よし。及川真人を重要参考人として指名手配する。佐瀬、真下、おまえたち二人は、手塚をバックアップし、及川真人を追え。三人で、なんとしても及川真人を捜し出せ。見付け次第に、身柄を押さえろ」

「容疑は何にしますか？」

「何か盗犯をやっているだろう？　見付けたら、任意で引っ張れ。身柄を確保して、やつがベランダで見たことを聞き出すんだ」

八代は傲然《ごうぜん》と腕組みをした。

3

北郷と安原主任、九重部長刑事の三人は、混雑する新幹線の仙台駅に降り立った。

開通運転再開の初日とあって、新幹線はほぼ満席、仙台駅のホームも客でごった返していた。

三人は口が重く、ほとんど会話らしい会話を交わさなかった。これから訪ねる先が津波の被災地だったと分かり、気持ちが重苦しかったのだ。

仙台の空は晴れ、春のうららな陽射しが街に降り注いでいた。

駅前のタクシー乗り場には長蛇の列が出来ていた。

九重に列に並んで貰《もら》い、北郷は万里と一緒に、近くの花屋で白菊の花束を買った。

しばらくたって三人でタクシーに乗り込み、運転手に行き先を告げた。

「若林区ですか。若林の海に近い荒浜《あらはま》や川沿いは、津波に全部やられてますんでね。はたしてお家《うち》があるかどうか。それにそこまで道が通じているかどうかも分かりませんよ」

「ともかく、行けるだけ行ってほしい」

中年の運転手は疲れた表情で車を走らせた。

北郷は後部座席に身を沈め、考えに耽《ふけ》った。

史織の実家に行ったら、何と切り出したらいいものか？

行く先々で通行止めの柵《さく》が行く手を塞《ふさ》ぎ、タクシーは何度も止まってはバックし、Uターンをくりかえした。

「お客さんたち、ナビでは、この番地の家はこの先にあるんですけど、だめかもしれません」

「頼む。見るだけでもいい」

うまく通行止めを通り抜けると、道路は荒廃し、いたるところに窪《くぼ》みや盛り土が出来ている。

突然、街が切れ、車の前が開けた。

タクシーの窓から見える光景は一変した。

「……」

助手席の九重が低く呻《うめ》くのが聞こえた。

フロントガラスの前は一面、黒々とした泥と砂の荒れ野だった。

行く手の道路にも道の脇にも、壊れた家屋の木材や壁の山が無造作に積み上げられている。

いたるところに半壊、倒壊した家屋の残骸《ざんがい》が散在している。

出動服を着た警察官が赤い旗を掲げ、タクシーに近付いて来た。

「すみません、この先は通行できません。引き返してください」

先の道路にはユンボやブルが入り、家屋の残骸を片付けている。

大勢の出動服姿の機動隊員や消防団員、迷彩服姿の自衛隊員たちが瓦礫《がれき》の山の間で長い棒を突いて遺体を捜索していた。

ボランティアの市民たちの姿もある。

「ご苦労さん」

ガラス窓を下ろした。開けると同時に、物の腐敗臭、泥や生ゴミの立てる生臭く雑多な臭い、動物の肉が腐る甘酸っぱい臭いが風に乗って車内に押し寄せた。

死臭。

北郷は隣の安原万里にちらりと目をやった。

万里は平気な顔をしている。

「ちょっと降りる。すぐに戻る。ここで待っていてくれ」

北郷は運転手にいい置き、ドアを開けて外に出た。

九重も助手席から降り立っていた。万里も無言で外に出た。

九重は警察官に何事か囁《ささや》いていた。警察官は九重や北郷、安原万里にも挙手の敬礼をした。

「ご苦労様です」

北郷は立ち入り禁止を示す黄黒の縞《しま》模様の紐《ひも》を潜った。

潮騒《しおさい》が聞こえる。

山と積まれた倒壊した家屋の廃材の間から青々とした海原が見えた。白波が立っている。

強烈な腐臭やゴミの臭いに混じって、かすかに潮の香りもする。

「新潟県警の部隊だそうです」

九重が北郷に囁いた。

県警の出動服姿の機動隊員たちは、泥まみれ、土まみれになりながら、黙々と倒壊した家屋の下を探っている。

北郷は、その道路を行けるところまで進んだ。道路の両脇には、コンクリートの土台だけが剝出《むきだ》しで残っている。かつて家屋があり、人々が暮らしていた場所だ。

道端の溝にバスタブが引っくり返ったまま転がっていた。かつての田圃《たんぼ》の跡地に自販機が仰《あお》向《む》けに倒れている。

電柱も倒れたり、途中でへし折れたり、残っても斜めに傾いたままになっている。

「グーグルの地図では、このあたりのはずなんですけど」

安原万里がスマホを宙に掲げ、辺りを見回した。

付近には、廃材やゴミに覆われた土台しか残っていなかった。傍に倒壊した家屋の残骸が山となっている。

北郷は地元の消防団員らしい男に話し掛けた。

「ああ、この付近の住人で助かった人は、避難所の公民館に移ったはずだよ」

消防団員は、北郷たちが来た道を指差した。

「この地区は全滅ですか？」

「そうだね。見ての通り。気の毒だけど全壊した家屋ばかりで、命からがら逃げのびるのが精一杯だったんじゃなかんべかね」

「亡くなった人たちは、何人くらい？」

「さあ、まだ分かんねえけど、行方不明者も入れれば、二百人以上はいるんじゃねえかね」

消防団員は、ナンマイダ、ナンマイダと呟《つぶや》きながら、作業に戻って行った。

北郷は荒れ地となった辺りを見回した。灌木《かんぼく》さえ残っていない。海岸沿いにあっただろう松も一本もない。すべて根こそぎ津波に攫《さら》われている。

北郷は言葉もなく、その場に立ち尽くした。

海からの風がそよいでいた。瓦礫の前に捧《ささ》げられた菊の花が風に揺れていた。

花束の包み紙が雨に濡《ぬ》れて破れていた。花も萎《しお》れている。

誰かがここで亡くなったのに違いない。

傍らの安原万里も九重も黙ったまま、海の方を見つめていた。

安原は屈《かが》み込み、白菊の花束を瓦礫の前にそっと捧げた。

北郷は両手を合わせ、黙禱《もくとう》した。

安原万里も九重も合掌し、黙禱した。

原口史織の母親に面会出来たのは、その日の夕方だった。

母親の原口小百合《さゆり》は、避難所に指定された公民館でなく、別の町内の小学校の体育館に避難していた。公民館は小さく、すぐに避難民で満杯になったので、広い体育館に回されたらしい。

地元の警察署も市役所も、消防本部も救護本部も混乱の極みにあり、どの地区の住民はどこに避難したか、ということは、尋ねるところによってまちまちで、はっきりとは誰も分からなかった。

地元の人間ではない北郷たちにとって、仙台の街はまったくの異邦の地だ。住所や施設の名前を聞いても、いちいち地図を描いて貰わないと分からない。

そのため、北郷たちは、いくつもの避難所を彷徨《さまよ》い歩き、避難民の名簿を調べ、ようやくにして原口小百合の居る避難所に辿《たど》り着いたのだった。

原口小百合は、大勢の避難民の騒《ざわ》めく中、段ボールを敷いた床に、ぽつねんと座り込んでいた。周囲の騒ぎなど耳に入らぬ様子だった。

周囲の避難民のほとんどが、家族ぐるみなのに、原口小百合だけはひとりだった。

案内してくれたボランティアの女性は、北郷にそっと囁いた。

「原口さんのご主人は、津波にさらわれ、行方不明になっておられます」

「ほかのご家族は？　確か、長男の息子さん夫婦が一緒だったはずですが」

「そうですか。私たちは、そこまでは知りません。いまは原口さんが、お一人でこちらに避難なさっておられます」

「お体の様子は？　何か具合でも悪いのですか？」

「……詳しいことは、医療スタッフにお尋ねください。精神的にショックを受けておられます。話が出来るかどうか」

ボランティアの女性は、ほかのスタッフから呼ばれて離れて行った。

「安原、念のためだ。ドクターに原口さんの様子を聴いて来い。家族の消息もだ」

安原はうなずき、体育館の出入口付近に屯《たむろ》している救援スタッフたちのところへ戻って行った。

北郷は原口小百合の傍に歩み寄り、声をかけた。

「原口さん、原口小百合さんですね」

「……」

原口小百合は、あらぬところを見つめたまま、呆然自失《ぼうぜんじしつ》していた。

「警察です。東京の警視庁から参りました」

北郷は原口小百合の前に正座した。

九重も傍らに膝《ひざ》を揃えて座った。

「……けいさつ？」

原口小百合の顔が北郷に向き、きっと睨《にら》んだ。

「しゅ、主人が見付かったのですか？」

「そうではありません。残念ながら」

「そうですか。まだですか」

原口小百合はがっくりと肩を落とした。

「主人はどこへ行ってしまったのでしょう？」

九重が割り込んだ。

「奥さん、大丈夫、きっと御主人は見付かります」

「……そうでしょうか。ならば、いいのですが」

「きっと生きてますよ。どこかで生きています。ご心配でしょうが、待ちましょう」

「ならば、いいのですが。……目の前で、主人は真っ黒な津波に呑《の》まれてしまって。繋《つな》いでいた手も離れてしまい……」

「大丈夫。生きてますよ。元気を出して」

北郷は九重に目配せした。

「九重、止せ」

気休めをいうのは止めろという言葉は飲み込んだ。九重の顔は紅潮していた。

「代理、しかし……」

気落ちしている小百合を少しでも励まし、生きる希望を持たせたい。九重は、そういいたいのだ。

だが、気休めは気休めだ。いつかは、人は誰でも現実と向き合わねばならなくなる。その時の悲しみや痛みをかえって強めることになる。

「分かっている。だから、いうな」

「……」

九重はぐっと堪《こら》えて黙った。

「奥さん、今日参ったのは、お嬢さんの史織さんのことです」

「史織？」

原口小百合の顔がさっと引き締まった。

「犯人が捕まったのですか？」

「いや、そうではありません。史織さんの事件を特命で再捜査することをお伝えに上がったのです」

「とくめい？」

「未解決事件を追う特捜班です。そのことで、私たちは参ったのです」

「代理、ちょっと」

安原が戻って来た。北郷は原口小百合に安原を紹介した。

北郷は九重にその場を任せて離れた。

「原口小百合さんのご主人ですが、スタッフがいろいろ手を回して避難所や病院を調べているのですが、見付かっていないそうです」

「そうか」

「息子の原口翔太さん夫婦一家も津波に呑まれて……」

安原は言葉が詰まった。

「遺体は見付かったのか？」

「息子の原口翔太さんと、三歳の長女の遺体は見付かったそうなのですが、奥さんの伊都《いと》さんと赤ちゃんはまだ不明だそうです」

安原は目を伏せた。

原口小百合さんは、ひとりぼっちになったのか。

「気の毒にな」

北郷は原口小百合を振り向いた。

九重がしきりに話し掛けている。だが、小百合の表情は惚《ほう》けていた。上の空の様子だった。

北郷はため息をつき、安原の肩を叩《たた》いた。

「はい」

北郷は原口小百合の居る場所に戻った。

「代理、小百合さんは、この三日の間、何も口にしていないそうです」

九重は目を赤くしていた。

小百合は虚《うつ》ろな目をしていた。目の焦点が結ばず、どこを見ているのかも分からない。

安原がそっと席を外して消えた。

北郷は小百合の傍らにどっかりと腰を落ち着けた。小百合と同じ方角を向き、目を合わせず、静かに話し掛けた。

「小百合さん、こんな時ですが、娘の史織さんのことを、少し聞かせてくれませんか」

「……」小百合の横顔に動きはなかった。

「史織さんを殺した犯人を、この手でなんとしても捕まえます」

「……」

「誓って、犯人を許しません」

「……」

小百合の小さな声を聞いた。

口惜《くや》しい……。

北郷には、そう聞こえた。

突然、小百合の軀《からだ》が動いた。近くの段ボール箱を引き寄せ、荒々しく中の衣類を掻《か》き回した。

北郷と九重は呆気《あっけ》に取られて見守った。

「……口惜しい。あの子を返して」

小百合は振り絞るように声を出した。

北郷は九重と顔を見合わせた。

やがて、小百合は段ボール箱の中から、泥に汚れた赤い巾着《きんちゃく》袋を取り出した。もつれる指で袋の紐《ひも》を解《ほど》いた。

それから、いとおしむように中から黒い漆塗りの位牌《いはい》を取り出した。

「……」

小百合は位牌を北郷にぐいっと押しつけた。

北郷は押《お》し戴《いただ》くように受け取った。

史織の位牌だった。

巾着袋も手渡された。中に何か紙のような物が入っている。巾着袋の中でかさこそと音が立った。

「見てもいいですか？」

小百合はうなずいた。

北郷は袋の口を開き、中のモノを取り出した。写真だった。

史織の振《ふ》り袖《そで》姿で立った写真だった。

写真館で撮ったものらしい。

二葉目は、原口賢次郎と赤子を抱えた小百合が幸せそうに笑っている写真だった。

三葉目は、息子の原口翔太とお嫁さんの結婚式の写真。

四葉目は、原口翔太夫婦と二人の孫、それから賢次郎と小百合が笑顔で並んだ家族の写真だった。

原口家の家族の歴史を物語る写真だった。

北郷は写真を一葉一葉丁寧に見ては、九重に回した。九重も食い入るように写真を見ていた。

いずれの写真も津波の水に浸かったらしく、染みが出来ていた。

最後の一葉は、瓦礫《がれき》の山の前で撮った男女十五、六人の集合写真だった。みんなは、一様に暗く沈んだ顔をしていた。

みな作業服を着込み、タオルを首にかけたり、顔を半分覆ったりしている。手に手にシャベルやペットボトルを持ったりしている。

背景に斜めに傾いたビルや電柱が写っていた。

阪神淡路大震災の時、ボランティアに行った史織たちの写真だ。

みんなの一番右端に座り、史織が悲しそうな目であらぬ方向を見ている。

写真を裏返した。鉛筆の走り書きがあった。

「当時の史織さんの写真が出て来ましたので、お母さまにお送りします。由比」

由比？

小島由比。仲良しグループの一人だ。

ボランティアたちの顔を見た。みな真面目そうな若者たちだった。

しかし……。

「小百合さん、この写真、お借りできませんか？」

「……」

小百合はあらぬところを見ていた。

安原が両手に食器を持ってやって来た。

ぷんと美味《うま》そうな豚汁の匂いがする。

安原万里は小百合の前に座ると、食器をひとつ小百合に差し出した。割《わ》り箸《ばし》も一緒に添えた。

「ね、お母さん、一緒に食べましょう」

万里は親しげにいい、自分も食器を抱えた。

小百合はのろのろと動き、手で食器を持った。

「お母さん」

万里は食器を置き、そっと優しく小百合の手を握った。

「元気を出して、お母さん」

万里の目から涙がこぼれ落ちた。

「お辛《つら》いでしょうねえ……」

小百合の目からも涙が一筋頰に流れた。

九重はぐすりと鼻を啜《すす》り上げた。

北郷はどこへも持っていきようのない怒りを胃の底に落とした。


北郷たち三人は、その日、東京行き最終列車に乗ろうと仙台駅に戻った。

最終までには、まだ時間があった。駅の改札口付近では、見送りの人と上京する人とが別れを惜しんでいた。

いずれの人たちも故郷に残した家族や親戚《しんせき》の無事な様子を見に来て帰る人たちだった。

改札口で北郷は、九重に向いた。

「九重部長刑事、せっかく、仙台まで来たんだ。石巻の実家に寄ったら、どうだ？　我々は先に帰るが、きみは、二、三日、休暇を取って残ったらいい」

「……」九重は口をへの字にしていた。

「そうよ。九重部長刑事、実家も津波にやられたのでしょう？　ご両親はきっと心細い思いをしているはず。あなたが一目顔を見せるだけでもいい。きっとご両親は喜ぶと思う。行ってらっしゃいな」

安原万里が九重の背をそっと押した。

「……分かりました。代理、主任、自分は親父やお袋の様子、ちょっと見て帰ります。班長に、一日でいいので、休暇を取りたいと、いっていただけませんか？」

「大丈夫だ。班長も了解済みだ。東京を発《た》つ前に、こちらへ来たら、九重部長刑事を石巻に寄るように説得するようにいわれていたんだ。安心して石巻に寄って来てくれ」

「そう。心配しないで、お母さまの様子を見て来て」

「……ありがとうございます」

九重は深々と北郷と安原万里に頭を下げた。

北郷は万里に行こうと促し、改札口に足を運んだ。

切符を受け取り、振り向くと、人込みに紛れて、歩き去る九重の背中が見えた。心なしか背中が小さく見えた。

4

丸の内のオフィス街は、春の陽気に満《み》ち溢《あふ》れていた。

昼の食事時とあって、大勢のサラリーマンやＯＬたちがビルから吐き出されて来る。

二階の窓から見える街路樹が風に揺れている。

北郷は昼前から座った窓辺の席で、青木奈那を待った。

史織の仲良し三人組の一人、車谷真耶は丸の内のオフィス・ビルに入った会社に勤めていた。

貿易会社三商物産《さんしょうぶっさん》。重役担当秘書。

学生時代の清楚《せいそ》な顔立ちの写真が一葉。

捜査本部の作った資料にも、史織の女友達の一人にリストアップされていた。捜査員が何度も車谷真耶を訪ね、史織の男関係について聴き出していた。
七、八人の男の名前のリストが書き込まれているが、すべてバツ印がつけられていた。
ホシと血液型が違ったり、たとえ、ホシと同じA型であったにせよ、当夜、確かなアリバイがあった男の印だ。

煙草が吸いたくなった。しかし、千代田区《ちよだ》は、どこもかしこも禁煙になっている。

ニコチン・ガムを取り出して噛《か》みはじめた。

不味《まず》いが、煙草を吸いたい気持ちを紛らわせる。気休めかも知れない。

青木奈那の姿がカフェの入り口に現われた。

黒いスーツが、奈那の清々《すがすが》しさを引き立てている。黒いバッグを肩から下げている。

奈那はきっとした顔で、一渡り店内を見回した。すぐに正面に座った北郷を見付け、つかつかと歩んで来る。

「代理、車谷真耶さんと連絡が取れました」

奈那は向かいの席に座った。ガラスのテーブルを透かして、スカートの中からはみ出た丸い膝小僧《ひざこぞう》が見えた。

「用事を済ませたら、こちらに来てくれるそうです」

「そうか。ご苦労さん」

北郷はテーブルの上のファイルを畳んだ。

「どうだ、会った印象は？」

「キャリアウーマン。気が利きそうな女性です。独身。でも、きっと恋人がいます。それも不倫かも」

「どうして、そうと分かる？」

「女の直感です」

「直感か」

「右手の薬指にリングをしているので独身をアピールしている。付けている香水はプワゾン。普通、秘書がつける香水ではない。誰かの好みです。相手は年上、年輩者かも」

「重役か？」

「……かも知れません」

カフェの入り口に、ピンクの花がぱっと咲いたかに見えた。

白いブラウスにピンクの上着、ピンクのタイトスカート姿の女。

サラリーマンの男たちが、ちらちらと女を見ている。

「現われました」

奈那がさっと席を立った。女は奈那を見付け、笑顔になった。

車谷真耶はハイヒールの音を立て、北郷たちのテーブルに歩いて来る。

周囲の男たちの熱い視線が、彼女にまとわりついた。

真耶は、周りの男たちの視線を完全に無視して北郷の席にやって来た。

「お待たせしました」

真耶は名乗り、小振りの名刺を出した。北郷も名乗り、警視庁の名刺を差し出した。

三商物産。重役秘書室主任。

車谷真耶。

向かい合って座った。奈那は北郷の隣の椅子に腰を下ろす。

長い黒髪を掻《か》き上げた。かすかに麝香《じゃこう》の匂いが鼻孔をくすぐった。

和らかい笑顔が北郷の気持ちを溶かす。

魅力的な女だ。

注文を取りに来たウェイトレスにコーヒーを二つ追加した。

ウェイトレスが引き上げて行くと、真耶はいった。

「こちらの方から、お話は聞きました。再捜査なさるそうで」

「ご協力願えますか？」

「私が知っていることなら」

「史織さんには、男がいたのでしょうか？」

「……男と女の関係になっていた男の人ですか？」

真耶は小首を傾げた。いたずらっぽそうな目をしている。たぶん、その仕草が男の目を惹《ひ》くことを知った顔だ。

「ええ」

「それはなかった、と思います。私の知っている限り」

「そうですか。では、密《ひそ》かに史織さんを思っていた人は？」

「一方的に？　史織に片思いをしていた男友達ですか？」

「どうでしょう？」

「いたかも知れませんが、でも、私は知りません」

「史織さんの男友達はたくさんいたのですか？」

「たくさんかどうか。普通のお友達なら、私たちの周りにいました」

ウェイトレスがコーヒーを運んできた。真耶と青木奈那の前にコーヒーカップが置かれた。

真耶と青木奈那はコーヒーを啜った。

「史織さんは人気者でしたか？」

「人気があったといえばあったでしょうね。私たち、みんな仲良しだったから。男友達も一緒に加わって、よく飲み会や食事会をしてましたし、そういう意味では、史織一人だけでなく、私たち四人、みんなそうでしたから」

真耶は、史織よりも自分たちの方が人気があったと仄《ほの》めかしていた。

「男友達の名前を教えてくれませんか？」

「いいですよ。でも、十五年前にも、刑事さんから、何度もしつこく史織の交遊関係を聞かれましたが、みなさん、事件には関係ないとなったはずですよ」

「見落としがないか、いま一度、洗い直しているのです」

「みんな、犯人じゃないかと疑われて、いい加減、迷惑をしていると思いますよ。いまさら、また話を聞き回っても、はたして、犯人に繋《つな》がるような話があるかどうか」

「そうですね。ご迷惑とは思うのですが、どうしても史織さんを殺した犯人を挙げたくて。そのためには、いま一度、みなさんの記憶を辿《たど》って、思い出していただきたいのです」

「でも、記憶もいい加減になっていて、名前も忘れた人たちがいますからね。お役に立てるかどうか」

真耶はいくぶんか気分を害した様子だった。

青木奈那が空気を和らげるように聴いた。

「昔の仲良しグループだった小島由比さんや萩原彩さんとは、お会いにならないのですか？」

「そうねえ。だんだん、縁遠くなってしまったわねえ。お互い職場も生活も違うから、滅多に電話もしないし、会うこともない。せいぜい、メールで連絡しあう程度かしら。そのメールだって、仕事が忙しいので返事もしないし」

「小島由比さんは、いま何をなさっているんです？」

「由比は結婚して、会社も辞めて、いまは専業主婦。苗字《みようじ》も早乙女《さおとめ》に変わった。二人の子供に恵まれて、幸せなはず」

「そうですか。萩原彩さんは？」

「彩は田舎の長野へ帰ったわ。高校の先生になって、国語を教えている。そうねえ。彩とも会ってない。子供たちに優しい先生だと思う。まだ独身だけど」

「長野のどちらです？」

「松本市《まつもと》だったと思う」

北郷は話の腰を折った。

「そういえば、こんな写真が史織さんの実家に届いたのだが」

北郷はファイルの間から、原口小百合から借り出したスナップ写真を取り出した。真耶の前に出した。

「あら、懐かしい」

真耶は写真に見入った。

「九五年の神戸の大震災に、うちのサークルでボランティアに出掛けた時、撮った写真ね。私、こんな格好だったのかしらねえ」

「彩さんと由比さんは？」

青木が尋ねた。真耶はマニキュアをつけた指先で写真の中の女の子を差した。

「史織もいる」

「ほかの女性たちは？」

「うちの大学の後輩」

北郷は五人の男たちを指差した。

「ここにいる男たちは？」

「……うちの大学の同級生や、ほかの大学の学生たち」

「誰が誰か、分かる？」

「……同級生の近藤くんや遠藤くんは分かるけど、ほかの大学の男子は忘れたわ」

「どこの大学？」

「早稲田と東都《とうと》だったと思う。もう、十五年も前のことだし……。この人たちのことを調べるというの？」

「念のため、聞きたいと思う」

「でも、たった一度、被災地で一緒に活動した程度の人たちよ。史織が付き合っていた人たちでもないし、事件には関係ないと思いますけど」

真耶は困惑した表情になった。

「名前、覚えていませんか？」

「さあ」

青木奈那がいった。

「彩さんや由比さんなら、覚えているかも知れませんね」

「そうねえ。……」

突然、真耶のバッグの中でケータイの着信メロディが鳴った。

「ちょっと、失礼」

真耶はバッグの口を開き、スマホを取り出した。

「はい。分かりました。ただいま戻ります」

真耶は小声で答え、スマホの通話を切って席を立った。

「上司から呼ばれてしまった。社に戻りませんと。そうそう。思い出した。早稲田の人は、河崎さん、東都の人は確か矢嶋《やじま》さんだった」

「二人の連絡先は？」

「分かりません。もう戻らねば。済みません。コーヒー代を……」

「いえ。ご協力いただいたので」

「いいんですか。では、遠慮なく、ごちそうになります。では、これで」

真耶は頭を下げた。長い髪の毛がはらりと前に垂れた。

「ご協力、ありがとう」

北郷は礼をいった。青木奈那も頭を下げた。

「またお話を聞かせてください」

「はい。いつでも、どうぞ。失礼」

真耶は踵《きびす》を返し、モンローウォークで出口に向かった。

店内の男たちの目が、真耶の魅力的なヒップを追っていた。

北郷は男たちの顔をさり気なく見回した。

青木奈那が北郷を見て、微笑んだ。

無意識のうちに男たちの中に、手配写真に似た男や不審者がいないかを見当りしている自分に気付き、北郷は苦笑した。

仕方がない、どんな時にも、そうしてしまうのが刑事の習い性だ。

「真耶さんについて、青木はどう見た？」

「三人は、もう昔の仲良しではないようですね」

「なぜ、そう思う？」

「なんとなく。他の人たちの話をする時、愛情を感じない。何か、あったんじゃないか、と思います」

「ふうむ」

奈那はぼんやりしているようでいて、鋭い感受性をしているな、と北郷は思った。

「女の子同士の若い頃の仲良しって、大人になると、結構壊れてしまうもんなのです」

「ほう」

「女の友情って、意外に脆《もろ》いものなんです。仲が良いふりをしていて、平気で相手を裏切ったり、傷つけたりするものなんです」

奈那はコーヒーを不味《まず》そうに啜《すす》った。

きっと奈那も、そういう苦い経験があったのだろう。

「男の人にも、あるでしょう？　親友の女にちょっかいを出したりするのって」

「ううむ。俺はそんなことをしたことがないが、なかには、そういう男もいるかも知れないな」

「女の子の中には、よくいるんです。仲良し同士だと、相手の持っているものが、なんでも欲しくなってしまうことが。親友に恋人が出来ると、なぜ、自分ではなく、その女の子に恋人が出来るのよ、と思ってしまう。口では親友の幸せを祝いながら、心の中では裏腹に、親友をやっかみ、その恋人を奪いたくなってしまうような」

「厄介なものだな」

「女は、みんな自分勝手なんです。動物でいえば、猫みたいなものなんです」

「なるほど。だから、車谷真耶たち四人組の仲良しグループも、見かけと違って、四人は互いに啀《いが》み合っていたと思うのか？」

「たぶん、そうじゃないかな、と思います。しかも、四人組でしょう？　そうなると、どうしても、二人ずつに割れる。三人組になると、いくら仲良しでも、たいてい、一対二に分かれてしまう」

「ふうむ。そんなものかね」

「私、思うに、彼女、何か隠しているような気がする」

「何を隠していると？」

「彼女、プライドが高そうだから、きっと由比さんと彩さんと何かで仲違《なかたが》いしたのではないかって。これは私の直感ですけどね」

「直感か」

「きっと好きな男をめぐって、恋の鞘当《さやあ》てをしたのではないかと、そんな気がします」

青木は思案げになった。

北郷は笑いながらうなずいた。

「直感は大事にしろ。だが、あまり関係ないプライバシーには踏み込むな」

「はい。分かってます。ひきつづき、真耶さんとは仲良くなっておきます」

「うむ。小島由比と萩原彩にもあたってみてくれ」

「はい」

青木奈那は素直にうなずいた。

5

大井競馬場は最終レースを迎えていた。

帰り支度の客たちがぞろぞろ階段を降りてくる。

手塚刑事は、急ぎ足で3号スタンドの階段を人の流れに逆らって上った。

丸川の留守電を聞いたのは、夕方近くだった。

手塚は、東京拘置所に囚《とら》われているノビ師に面会し、及川真人のことを聞き出そうとしていた。そのため、丸川の電話に出ることが出来なかったのだ。

丸川は五階のいつもの席にいる、という留守電が残っていた。

メインレースが終わり、指定席はがらがらに空《す》いていた。

A1番の席に、丸川の坊主頭があった。隣に角刈りのジロウの姿もある。

手塚は警察バッジを係員に見せ、指定席のコーナーに入った。

「おい、マルノビ。どうだ、ツいているか？」

手塚は丸川の後ろの席に腰を下ろし、声をかけた。

「旦那《だんな》、そのマルノビってえのはやめてくんねえかな。どうも人聞きが悪い」

「つべこべいうな。で、及川について、なんか分かったか？」

「旦那、ちょっと待ってください。最終レースなんで、残りの有り金を突っ込んで、最後に挽回《ばんかい》しないと。おい、ジロウ、決めた。馬券3番単勝一本勝負。これで買って来い」

丸川は懐から万札数枚を取り出し、ジロウに手渡した。

「ナンマイダ、ナンマイダ。頼むぜ、競馬の女神様。どうぞ、当たりますように」

丸川は立ち上がって、ジロウの手に渡った万札に両手を合わせて拝んだ。

「有り金といっても、三万もねえだろうが」

「そうなんで。行って来いばっかりで、じり貧になっていたんです」

丸川はどっかりとA1番の席に座った。

「で、どこまで話しましたっけ」

「まだ、何も聞いていない。及川真人は、いまどこにいる？」

「旦那、それが、誰に尋ねても、及川の消息が分からないんで。最近は及川の噂も聞いてねえんで。もしかして、沖縄か、国外に逃げたんじゃねえかと」

「逃げただと？　なんでだ？」

「それは分からねえですよ。ただ、十年以上前になるかな。及川のやつ、そろそろノビ師を引退して、恋女房と田舎へ引っ込むかな、といっていたそうです」

「ノビ師に定年なんぞねえだろ？」

「そうなんですがね。そん時、及川は仲間たちに洩《も》らしたそうなんで。黙っていても、大金が入る太い金蔓《かねづる》を摑《つか》んだんだと」

「金蔓だと？　何だその金蔓ってえのは？」

「それは分からない。いつまでも、ノビなんて危ない仕事をしていると、いずれ、旦那らデカに捕まるがオチだと。後期高齢者にもなって刑務所暮らしをするのは辛《つら》い。年金のように、毎年金が入れば、老後も安心だと嘯《うそぶ》いていたそうなんで」

手塚はやはり、と思った。

及川は誰かを脅して大金を得ている。あるいは、大金を脅し取ろうとしているのだ。

北郷が推理していたように、きっと及川は放火殺人の犯人を見ていて、きっとその犯人を脅しをかけた。

金を出さなかったら、警察に駆け込むとでもいったのだろう。

ジロウが買って来た馬券を丸川に手渡した。

丸川は馬券を捧《ささ》げ持った。

「神様、どうか、この馬券、当てさせてください。お願いします」

手塚は丸川の背をどやしつけた。

「マルノビ、及川は、いつごろ、そんなことをいっていたというのだ?」

「いまから十三、四年前だそうだ」

手塚は考えた。

時期は合う。

「あの及川だったら、そんなことをするかも知れない。前にも、ノビをして盗んだ物を返してやるから金を出せと脅した。相手が承諾したので、のこのこと金を受け取りに行ったところを御用となったことがあった。ドジな野郎よ。ノビ師は現金のみ、という鉄則を忘れて、欲を出すから、そういう目に遭う。ま、俺はノビから足を洗ったから、どうでもいいがね」

「兄貴、始まったぜ」

ジロウがいった。

手塚は伸び上がり、ゲイトを見た。

競馬が始まった。観覧席から喚声や怒号が上がった。

砂地を蹴《け》る馬蹄《ばてい》の響きが起こった。

ゴールに馬群が殺到して来る。

ウォーと喚声が起こった。

丸川は立ち上がり、丸めた競馬新聞を振り回した。

「お、いけ。差せ！　3番、差せ！」

馬群は競り合いながら、ゴールを駆け抜けた。

「馬鹿野郎！　外れやがって。チッ、ついてねえの」

丸川は新聞を床に叩《たた》きつけた。

「丸川、いいな、及川の行方を調べろ。うまくいくと、賞金が貰《もら》えるかもしれんぞ」

「賞金？　何の賞金だ？」

「犯人についての有力な情報を出した者には、警察から最高三百万円の賞金が出るんだ」

「なんだって。そいつは景気がいい話じゃねえか。分かったよ。ま、時間をくれ。調べてみるからよ」

丸川はしょぼくれながらも立ち上がった。

手塚は二人から離れ、ポリスモードで北郷に電話をかけた。報告しながら、丸川たちを見た。

ポリスモードは、外見は普通のスマホだが、警視庁内部だけの通信ネットワークで結ばれ、警視庁通信管理運用センター（総務部装備課の付属機関）がサーバーとなった携帯PC端末である。

普通のスマホ同様、多くの機能を備えており、GPS位置情報はもちろん、写真や動画を撮影できるし、音声も録音できる。

通信指令本部やリモコン室に送信した画像や捜査情報は、関係する捜査員や警官に一斉送信・配布することが出来るので、大勢が瞬時に情報共有し、迅速な捜査の手配に繋《つな》がる。

ポリスモードは、主に私服の捜査員が所持するが、制服警官は同様の機能を持つPフォンを所持している。

ジロウが丸川にお金を渡した。

「また兄貴の代わりに、別の馬を買って当てたんです。すんまへん」

「また当てたあ？　この野郎。俺をこけにしやがって。だが、競馬は時の運だ。あててなんぼだ。ま、いいか。飲みに行こう。おまえの奢《おご》りだぞ」

「もちろんです」

丸川はジロウと肩を組み、出口に向かった。

手塚は北郷への報告を終え、ポリスモードを閉じた。

競馬場に終了を告げるメロディが流れだしていた。

手塚は外れ馬券を、宙に放り上げた。

馬券はひらひらと花弁のように暗闇に散った。

6

北郷はポリスモードの通話を終えた。椅子に座って、煙草を燻《くゆ》らせた。

及川真人が蒸《ふ》けた？

相手を脅し、大金を得たのか？、それに満足し、どこかへ隠れたか？

「北郷、何か分かったか？」

八代が係長席から声をかけた。

「いえ、まだ。及川の行方が分からないそうです」

「行方知れずだというのか？」

「ノビ仲間も、最近、及川の噂を聞かないらしい」

北郷は八代と顔を見合わせた。

「もしかすると、おロクになっているんじゃないか……」

ロクは南無阿弥陀仏《なむあみだぶつ》の六文字、死体を意味する隠語だ。

八代は受話器を取り上げた。

「鑑識管理係？　こちら、特命7係の八代だ。至急に、血液型ABの身元不明死体がないかどうか、調べてほしいのだが。リストがほしい」

警視庁刑事部鑑識課の第一現場鑑識管理係は、身元不明者調査を担当している。

「重要参考人の及川真人の顔写真、指紋、DNA型のデータは、こちらから送る。警視庁管内のみならず、関東近県の県警本部管内にも問い合せてほしい」

八代は大声で鑑識管理係と話していた。

安原万里は八代にちらりと流し目をしながら北郷に小声でいった。

「代理、どうして、班長は同じ捜査一課のSSBC（捜査支援分析センター）に捜査協力を仰がないのですかね？　SSBCなら、すぐにビッグデータを検索して、簡単に及川真人の生き死にを調べ上げられるのではないですかね」

「安原、ＳＳＢＣは、過去の未解決事案の捜査までは手が回らない。それでなくても現在進行形の凶悪事件の捜査で手一杯だ。俺たちは俺たちの方法で、ＳＳＢＣの手を患わせず、未解決事案の掘り起こしをしなければならないんだ。そのための特命なんだからな」

安原万里は不満げな顔だった。

「でも、あんな手間のかかる古い方法でなく、コンピューターを使って、警察庁の照会センターに、血液型ＡＢ、及川真人の指紋、登録番号大森２２３６２１４のＤＮＡ型をかけて、合致する身元不明の死体がないかどうか問い合せたら、よほど早いのではないですか？」

「そう思うなら、やってみたらいい」

北郷は顎《あご》をしゃくって促した。

安原万里は、唇をきっと引き締め、キイを押した。マウスを動かしてクリックした。

画面上に「検索中」の文字が浮かんだ。

「安原、コンピューターのデータは万能じゃない。いいか？　身元不明死体は、毎年、全国で１０００体を越して出る。警視庁管内だけでも、毎年、１５０体ほどの身元不明死体が出る。それら身元不明死体の状態は様々で、何年も土の中に埋められていたりして、白骨化していたり、身体の一部しかない場合もある」

「……」

「白骨の場合、指紋は取れないし、顔形も分からない。身元を割るには、歯科医にあるカルテを調べるのが有効だ。だが、遺体の損傷が激しいと、その歯形も取れないことがままある」

「DNA鑑定は出来るはずですが」

「確かに、骨からDNA鑑定は出来るが、犯罪歴のある人間でDNA鑑定にかけた者とか、特殊な人で、あらかじめDNA型をセンターに登録してある者しか、DNA型で人定することは出来ない。きみは警察官だが、センターにDNA型を登録してあるかい?」

「いえ、まだです」

「だろう? 実は俺もDNA型は登録していない。としたら、俺たちのDNAデータはないわけだ。もし、俺がどこかで野垂れ死んだとして、DNA型を検索しても、データがない以上、俺だと判定できないだろう? 家族が捜索願いを出して、人定のために、DNA型の登録をしてからでないと、DNA鑑定は力を発揮できないわけだ」

「……」

「DNA鑑定は重要な人定の武器だが、費用や時間もかかるので、身元不明死体のすべてのDNA鑑定はしていない。だから、コンピューターに登録されている行方不明死体のデータは完全なものではないんだ」

検索中の文字が消えた。

登録されているDNA型や指紋に合致する該当死体はなし、と出た。

「……ありませんでした」

安原万里は困惑した表情になった。

「それでいい。DNA型がヒットしなかったからといって、身元不明死体の中に及川真人の死体がなかったということにはならない。DNA鑑定していない死体もあるのだからな。だから、あくまで、コンピューターに登録されたビッグデータの中で、及川真人のDNA型とヒットする死体はなかったということだけのことだ。そこを勘違いしないように」

「はい」

安原万里はうなずいた。

「手間隙《ひま》がかかるが、班長のように、血液型ABを手がかりにして、AB型の身元不明死体のリストを作り、それから、歯形を調べたり、DNA鑑定をして人定し、一人ひとり潰《つぶ》していくしかないんだ」

電話機が鳴った。北郷は受話器を取り上げた。

「代理、声紋が一致しました。第一通報者は、及川でした」

沼田の興奮した声だ。沼田には通報者の声紋の洗い直しを命じてあった。

「やはりそうか。ご苦労さん」

北郷は電話を切った。及川は事件を目撃した直後に119番通報をしたのだ。

八代は電話を終えた。

「北郷、どうだ、そっちの様子は？」

「センターのDNA型を検索しましたが、該当者なしです」

「よし。とりあえず、及川真人は殺されていないと見よう。手塚たちは全力を上げて、及川の居場所を捜し出せ。ほかの者は、引き続き着手した捜査を続行しろ」

「はい」「はい」

班員たちは、それぞれ返事をした。

八代は肘掛椅子《ひじかけいす》にどっかりと座り込んだ。

北郷は自席に戻った。

青木奈那が北郷の席に歩み寄った。

「代理、旧姓小島由比と萩原彩とも、連絡が取れました」

「どこに住んでいる？」

「早乙女由比は世田谷です。明日にでも訪ねてみます」

「俺も同行しよう。話を聴きたい」

「はい」青木奈那は嬉《うれ》しそうにうなずいた。

「萩原彩は確か長野の松本だったな」

「はい。松本市内在住で、県立高校の教師をしています。こちらも訪ねて話を聴こうと思います。代理もご一緒されますか？」

隣席の安原万里がにこりともせずに、口を出した。

「青木刑事、間違えないように。仕事で聞き込みで行くのですからね。代理、松本市には、私、土地鑑があります。学生時代に過ごしたことがありますので。そちらには、私が同行したいのですが」

「いいだろう。行ってくれ」

　北郷はうなずいた。

　青木奈那が小さく肩をすくめた。

「……まだ入れないのか？」

　半村がケータイを耳にあてたまま、急いで部屋から出て行った。廊下から半村の怒りの籠《こ》もった声が部屋の中にまで伝わって来る。

「郷里の状況がひどいらしいですよ」

　作業台に向いていた鵜飼が振り向き、北郷にささやいた。

「どうしたというのだ？」

「半村の実家は福島の浪江町請戸地区にあったらしいんですが、津波にやられて、港近くに住んでいたご両親家族が消息不明らしいのです。しかも請戸地区は、原発から二十キロ圏内の避難地区で、消防も自衛隊も警察も救助に入れないというのです」

「なぜ、入れない？」

「放射能が強いらしい。それで立ち入りが禁止されているそうなんです」

「じゃあ、ご家族は？」

「どうなっているのか判らない。一月経っても、立ち入り禁止が解除されないので、瓦礫《がれき》の下になっているのでは、と心配しているんです」

「班長」

北郷は八代を振り向いた。

八代は頭《かぶり》を振った。

「うむ。分かっている。半村には休暇を出すといっているのだが、頑として半村は帰らないといって聞かないのだ。立ち入りが出来ないなら、自分がいま帰ってもすることはない、といってな。それに彼の親父さんは元福島県警の刑事でな。刑事が私情に囚《とら》われて、ホシを挙げるのを忘れてはいかん。ホシを挙げるまでは実家に帰って来るな、といわれるといって聞かないのだ」

北郷は廊下で話す半村を気遣った。

北郷もふと一人暮らしをしている母親を思い浮べた。

地震の時、棚から物が落ちたり、本棚の本が崩れ落ちたといっていた。だが、母は怪我もなく、隣近所の人たちと助け合っているから、心配するな、といっていた。それよりも、大事な仕事をするように、とも。

その母の言葉を信じて、まだ一度も家に帰らず、母に顔を見せていない。

第五章　迷宮世界

1

黄昏《たそがれ》が街を覆いはじめていた。

向かいの屋根の上に建設中の東京スカイツリーが聳《そび》え立っている。三月十一日の大地震の揺れにも耐えた塔だ。

通りには買物帰りの主婦たちが、互いに笑い合ったり、噂話をしながら歩いている。

平穏な日常生活。

ここ東京の下町では東北の大震災なんぞ、まったくなかったかのように見える。

半村部長刑事は苛《いら》立《だ》ちを抑えていた。

親父やお袋、義理の妹と幼子たちは、どうなったのか。

まだみんなの消息が取れないでいる。

半村は居ても立ってもいられない気持ちだった。だが、どうしたらいいというのか？

弟恭平《きょうへい》の電話では、まったく埒《らち》が明かなかった。

地元浪江町請戸で小学校の教諭をしていた弟の恭平は、震度9の巨大地震に襲われた後、ほかの先生たちと一緒に、生徒たちを数キロ離れた高台に避難させて無事助かった。

だが、請戸港近くに住んでいた実家の親父やお袋、恭平の女房と幼子二人の消息が分からないのだ。

浪江町請戸地区は、福島第一原発から、七、八キロメートルと離れていないため、政府からの緊急避難命令が出て、一切の立ち入りが禁止されてしまった。

そのため、住民の救助に駆け付けようとした消防団や警察、自衛隊も、放射線量が高い危険地域ということで避難指示地区への立ち入りが出来ずにいた。

津波で倒壊した家屋や瓦礫に埋まった車両などから人々を助けようにも、誰も手を出せない状態が続いていた。

スマホで検索して見る衛星写真では、浪江町請戸地区は建物の大部分が倒壊し、ほぼ壊滅状態になっていた。

実家のあった港の近くの家並みも、いまは平坦《へいたん》な瓦礫の町になっている。

高線量とはいえ、どうして一ヵ月以上も、救援にも行かず、被災者たちを放置したままなのだ?

弟の話では、救援に入れずに引き揚げを命じられた消防団員たちは、瓦礫の原から助けを求める声や車のクラクションの音がしばらくの間、聞こえたという。

確かに生存者がいた。それなのに現地に入らずに引き揚げる無念さを、消防団員たちは涙を流しながら訴えていた。

きっと親父もお袋も、恭平の女房、二人の幼子たちも、津波に呑《の》まれてしまったことだろう。

無事に避難していたら、必ず弟か自分に連絡をしてくる。それなのに一月以上経っても、親父たちの誰からも連絡がない。

　おそらく助からなかったのだ。それはいまから覚悟しておかねばなるまい。

　恭平は半狂乱で、電話をかけて来た。

　警察官の諒平が一緒なら、自分たちは立ち入り区域に入ることができるのではないか？

　警察官だからこそ、なおのこと、そんなことは出来ない。

　現地の警察や消防、そして自衛隊も救援に入るなという命令に怒り狂っていたはずだ。

　それを警視庁の一介の刑事が、現地に乗り込んで行って、いったい、どうなるというのか？

　半村は、そんな言い訳がましいことをいう自分がつくづく情けなく、自分自身を許せなかった。

　親父、お袋、恭平の家族たち、本当に申し訳ない。

　俺が故郷にも帰らず、こうして東京の地に留《とど》まっているのは、ただ、ひたすら「大森女子大生放火殺人事件」のホシを追うためだ。それが俺に与えられた仕事だからだ。

　元刑事だった親父も、きっとそれを望んでいるに違いない。

　刑事になったら親の死に目に遭えると思うな。それが、諒平が刑事になった時の、親父の手向けの言葉だった。

「チョウさん。やつが現われた」

　運転席の佐瀬刑事がささやいた。

半村部長刑事は身を起こした。

フロントガラス越しに、路地の出入口が見える。

自転車に乗った年寄りの男が、路地に入って行く。その先に、男のアパートがある。

ジャンパー姿の年寄りは背を丸めて自転車を漕《こ》いでいる。

「マル対（対象者）に間違いないな」

「間違いない。あいつだ」

「よし、バン（職質）かけるぞ」

半村はドアを開け、外に出た。佐瀬も運転席から出た。

二人は小走りに路地の入り口に駆け付けた。

路地の左手に二階建のアパートが見えた。

老人は自転車をアパートの階段の下に入れ、買物袋を抱え、階段を一歩一歩時間をかけて登りはじめていた。

半村は階段の下に走り寄った。後から佐瀬も続いた。

半村たちの気配に、老人は階段の途中で立ち止まった。白髪混じりの五分刈りの頭が振り返った。

「小芝鉄さんだね」

幾重もの皺《しわ》が寄った額が曇った。

「……あんたらは？」

半村は警察バッジが付いた身分証を見せた。

「ちょっと話を聞きたいのだが」

佐瀬もちらりと警察バッジを見せて、懐に戻した。

「わしはなんも話すことないぜ」

小芝は二人から顔を背け、また階段を登りかけた。佐瀬が一足飛びに階段を駆け登り、小芝よりも上の段に立って行く手を阻んだ。

「鉄さん、頼むから、待ってくれよ」

佐瀬は頭を下げた。

「どきな」

小芝は老人にしては身軽に、さっと身を翻し、佐瀬の脇を抜けた。佐瀬はくるりと向きを変え、小芝の腕を摑《つか》んだ。

「まあ、待てよ。鉄さん」

「何すんでえ」

小芝が抱えていた紙袋が弾みで階段に落ちた。下にいた半村が手を伸ばし、紙袋を受け止めた。

それでも紙袋の口が開き、プラスチック箱が転がり出ようとした。半村は危うく飛び出しかけた箱を押さえた。

コロッケと一口カツが入っているのが見えた。プラスチックの蓋《ふた》に「半額」と書かれた赤札が貼ってある。

半村は紙袋を掲げ持った。

「小芝さん、悪い悪い。よろしく」

佐瀬は紙袋を半村から受け取り、小芝に戻した。

「鉄さん、ちょっとだけでいい。話を聞かせてくれ」

小芝は紙袋を受け取りながら、じろりと佐瀬と半村を険のある目で睨《にら》んだ。年寄りらしから
ぬ鋭い目付きだった。

「申し訳ない。小芝さん、困っているんだ。助けてほしい」

半村は話しながら、階段を上った。

二階の通路に面したドアの一つが開き、年輩の女が顔を出した。

「なんだい、あんた。どうしたっていうの」

小太りの女は、じろりと半村と佐瀬を見回し、顔をしかめた。

「あんた、まさか、わたしに隠れて何か悪いことやったんじゃないだろうね」

「うるせい、婆ぁは黙って引っ込んでろってんだ」

小芝は怒鳴った。半村が手を上げていった。

「奥さん、本当に何でもないんです。小芝さんに助けて貰《もら》いたくて来たんです」

「ほんとに？」

「うるせいな。ほれ、これ、渡すぞ」

小芝は紙袋を女房らしい女に渡した。

「あいよ」

「俺はちと外で話がある。飯の支度しておけよ」

「すぐに帰っておいでよ。わたしゃ、パートにでなきゃなんないんだからね」

「分かってらあ。すぐ戻るって」

小芝は顎《あご》をしゃくり、半村と佐瀬について来いという仕草をした。

小芝は階段を降りると、近くの公園に半村たちを連れて行った。

小さな公園は暮《く》れ泥《なず》んでいた。まだ子供たちが遊び回っていた。

小芝はくるりと振り向いた。

「助けてほしいってえいったな。いってい、話ってえのは何でえ？」

「ノビ師の及川真人を捜している」

半村は単刀直入に訊《き》いた。小芝はふっと嫌な顔をした。

「おい、あんなやつはノビ師じゃねえ。ノビ師の風上にもおけねえやつだ」

「居場所を教えてほしいんだ」

「そりゃできねえな。仲間をチクるなんてことはできねえ」

佐瀬が急に態度を変えた。

「鉄、おまえ、まだノビから足を洗っていないのか？　あんないいカミさんがいるというのに」

佐瀬は小芝の胸ぐらを摑もうとした。

「まあ、待て。佐瀬」

半村は佐瀬を抑えた。小芝は嘲笑った。

「足はとっくの昔に洗っているぜ。俺の躯《からだ》はどこを叩《たた》いてもまっさらなものだ」

半村は小芝に向いた。

「ノビから足を洗ったなら、及川は仲間ではないのだろう？　仲間でもない及川を、どうして庇《かば》う？」

「……やつ、何やったんだ？」

「捜査の秘密だ。おまえには関係ない。質問にだけ、答えればいい」

小芝はジャンパーのポケットを探った。

「モクならあるぞ」

半村は背広のポケットから煙草の箱を出し、一本を差し出した。

小芝は煙草を抜き出した。佐瀬がライターの火を点《つ》けた。

「ごっつぁん」

小芝は旨《うま》そうに煙草を吹かした。

「ここんとこ煙草も切らせてしまってな。かかあの野郎、煙草をやめろってうるせえんだ。躯に悪いからってよ」

「土台カミさんて女は、亭主の躯を気遣って、そういうもんだ。文句をいわれるのも花のうちだ。カミさんの説教をありがたく思わねばバチがあたるぞ」

「分かってらあって」

「で、居場所だ。ヤサはどこだ？」

「やつのヤサは知らねえ。だが、女房がいたはずだ。十数年前だがよ、恋女房がいた」

「やつの恋女房というのは、何という名だ？」

「うろ覚えだが、確か桂子《けいこ》か、お桂だったと思う。元ソープで働いていた女でな。及川が請け出し、居酒屋をやらせていた」

半村は佐瀬と顔を見合わせた。佐瀬が訊いた。

「その居酒屋は、どこでやっている？」

「上野だ。御徒町駅に近い飲み屋街だったと思う。もう十年以上前に一度行ったきりだ。いまあるかどうかは知らない」

「店の名は？」

「お桂だった」

半村は佐瀬に目配せした。

佐瀬はうなずき、ポリスモードを取り出し、7係に電話を入れた。

半村はなおも小芝に尋ねた。

「最近の及川について、何か聞いていないか？」

「わし、ノビから、足を洗ったってたろう？　昔の手下や仲間とも縁を切った。だから、何も情報は入っていないって」

　佐瀬がポリスモードを半村に差し出した。

「チョウさん」

「うむ」

　半村は小芝から離れ、ポリスモードを耳にあてた。

『半村、おまえたちは、上野へ行き、お桂を探せ』八代の声が聞こえた。

「了解」

　ポリスモードでは、五人まで同時に通話することが可能だ。操作次第では、最大九人まで通話が出来る。

『手塚、お桂についての情報は聞いたな』

『聞きました。こちらも、マルノビに確かめてみます。マルノビも新しいネタを手に入れたらしい』

『了解。半村、手塚たちはノビ仲間の丸川から何か情報を得るようだ。情報共有しろ』

「了解」

　北郷の声が割り込んだ。

『全員へ。重参（及川真人）の顔写真、A号（前科、前歴者情報）、関連データを配信する。半村部長刑事、お桂の位置情報入手次第に知らせろ』

「了解。通話アウト」

半村は通話を終了した。

情報共有しろか。これでは、自分だけの手柄を上げるのが難しいではないか。

刑事は互いを出し抜いてでも、自分の手柄を上げたいものだ。その競争意欲がモチベーションになってホシを挙げるのにやっきになる。刑事が互いに協力しあってホシを捕るなんてのは、テレビの刑事物の世界だ。警察のリアルではない。

小芝が半村に声をかけた。

「旦那《だんな》、わしは、もういいかい？　用済みだろ？　カミさんが待っているんだ」

「ありがとう。鉄さん、カミさんによろしくいってくれ」

半村は小芝に頭を下げた。小芝は佐瀬の脇を抜け、公園を出て行った。

佐瀬がポリスモードに見入っていた。

半村もいま一度ポリスモードを開いた。

及川の正面からの写真、横顔の写真、前科、前歴などのデータが画面に送り付けられていた。

半村は手塚たちのGPS位置情報を出した。

手塚と真下の二人組は大井競馬場の3号スタンドに居るという表示が出た。

「チョウさん、班長たちは、俺たちの居場所も常に把握しているんでしょうね」

「ああ。こいつは便利ではあるが、いつも上から監視されているようで、あまりいい気分ではないな。どこかで寄り道して、さぼることもできん」

半村はぼやいた。佐瀬も頭《かぶり》を振った。

「ほんと息が抜けない嫌味な世の中になりましたなあ」

2

手塚は真下を連れて、3号スタンドの五階に上がった。

丸川の姿は、いつものA1席にはなかった。

どうやら、外ればかりが続くので、河岸を変えたらしい。

手塚は傍らの真下にいった。

「坊主頭に灰色のジャンパー姿のうらぶれた中年男を捜せ」

「ブルゾンではないんですか?」

真下は指定席を見回した。

「そんな高級なものじゃない。よれよれのジャンパーだ。たぶん角刈りの若い男を侍《はべ》らせている」

手塚は、そういいながら伸び上がって発売機のコーナーに目をやった。

丸川とジロウが嬉《うれ》しそうに笑い合いながら、馬券を握って戻ってくる。いた。手塚は真下の脇腹を肘《ひじ》で突いた。

「おい、マルノビ」

手塚の声に、丸川は一瞬、どきりとして手塚を見た。がたいのいい真下に、しかめっ面をした。

「……ちわ」

ジロウがちょこんと頭を下げた。

「今日は、マルノビもツいているようだな」

「いつも、シケてばかりはいませんよ」

「河岸を変えたのか？」

手塚はA1番の席に顎《あご》をしゃくった。定席のA1番には、ソフト帽を被《かぶ》った紳士然とした男が座っていた。

「今日はDの22番。俺の誕生日で勝負したら、三レースに当たりが来た。これまですられた分を取り戻した気分だ」

丸川はほくほくした顔で、ジロウと顔を見合わせた。ジロウも当たったらしく、嬉しそうだった。

手塚は丸川に顔を寄せた。

「及川の行方、分かったか？」

「及川の行方は分からないけど、一時、及川のパシリをしていた男を思い出した」

「名前は？」

「シンジ。三橋《みつはし》伸司って野郎で」

「何をしている？」

「いまは横浜や川崎などの神社の祭りで、タコ焼きをやっているはず」

「テキヤか」

手塚は真下に目配せした。

真下刑事は、元マル暴（暴力団）担当だった。

真下は知らないと頭を左右に振った。

「年は？」

「いま、三十二、三ぐらいになるかな」

「十五年前、十七、八ということか」

「そう。そんな年ごろの餓鬼だったはず」

「おまえ、どうして、その伸司のことを知っている？」

「伸司のお袋が浜の福富町《ふくとみちょう》で飲み屋をやっていてな。そのお袋が、年増《としま》だが色っぽくて、いい女でな。俺も及川も、そのお都与《とよ》目当てに通っていたんだ」

「伸司の母親は、お都与というのか？」

「ああ。俺も及川も言い寄ったが、結局振られた。だが、伸司は何が気に入ったのか、結構及川になついていた。お都与はそれを嫌っていたがね」

「兄貴、始まったぜ」

「席に行かなくては」

ジロウの言葉に丸川は慌てて自分の指定席D22に駆け戻った。

観客席がわっと沸いた。馬蹄《ばてい》の響きが聞こえた。

レースが始まっていた。

真下がポリスモードを耳にあて、小声で囁《ささや》いていた。

「……三つのブリッジ。人篇に申す、に司。三橋伸司。A号（前科前歴）、B号（指名手配）照会願います」

手塚はレース場に目をやった。長く延びた馬群が観客席の前を駆け抜けていく。

「……現住所は不明。職業は不明。テキヤと思われる。以上」

真下はポリスモードを持ったまま、返事を待っていた。

まもなく着信音が鳴った。真下はポリスモードに見入った。

「どうだった？」

「A号ヒットです。十年前に盗犯で一度捕まっている。初犯だったので、執行猶予がついて収監はされなかった。以後、歴はなし」

「顔はあるんだな」

真下はポリスモードを手塚に見せた。

正面からの顔写真、ついで横顔。立ったままの全身像。

気の弱そうな顔付きをした若者だった。丸顔の丸坊主頭。

住所不定。無職。職歴なし。年齢三十二歳。未婚。……

「俺に転送してくれ」

「了解」

真下はポリスモードを操作した。すぐに手塚のポケットの中で着信音が響いた。

手塚はポリスモードを取り出した。三橋伸司の写真データを受信したのを確認した。

指定席の観客たちがため息混じりに騒《ざわ》めいた。レースが終わり、着順がアナウンスされている。

「チッ。ツいてねえや」

丸川は馬券を見ながら、戻って来た。

ジロウも外れたらしい。渋い顔をしている。

「マルノビ、さっきの続きだ。及川には恋女房がいたそうではないか」

「恋女房？　知らねえな」

「お桂、または桂子という名の女だ。どこかでソープ嬢をしていたらしい。及川は、そのお桂を請け出し、上野、御徒町界隈《かいわい》で、お桂に居酒屋を持たせたらしい」

「分かった。そいつは、浜の黄金町《こがねちょう》でソープで働いていた女だろう。女を請け出したという噂は風の便りに聞いている。だが、女の名前は知らなかった。まして、一緒になり、所帯を持ったとはな。しかし、及川に、よくまあ金があったもんだな」

「兄貴、次のレース、どうします？」

「そうそう。次はメインレースだぜ。これを取らずに、何が取れる。旦那《だんな》、悪いが、俺の話はこれでお仕舞いだ。何もねえ。何か思い出したら、電話するよ。三百万の懸賞金が出るってんだろう。じゃあな」

丸川はジロウを引き連れ、発売機のコーナーの列に並んだ。

手塚はポリスモードで、聞き込んだ話を班長と代理に送った。

真下が訊《き》いた。

「これから、どうします？」

「折角、ここに来たんだ。ちょいと休憩しよう。メインレースで、一勝負だ」

「じゃ、俺も」

真下はにっと笑った。

手塚と真下は発売機のコーナーに歩み寄った。列の最後尾に並んだ。先に馬券を手に入れた丸川とジロウがそそくさと指定席へと戻るのが見えた。

3

居酒屋「お桂」は、上野六丁目の飲み屋街の一角にあった。

佐瀬は車を店の近くの路地に停めた。

「お桂」は、幅一間ほどの小さな居酒屋で、カラオケ店とラーメン店に挟まれて、ひっそりと身を縮めていた。古びた赤い提灯《ちょうちん》が風に揺れている。

夜の十一時を回っていた。店内には、曇りガラス戸越しに何人かの人影があった。

半村はポリスモードで及川真人の画像を出し、目の奥に及川の顔を焼き付けた。佐瀬も同じ画像に見入った。

半村は佐瀬に小声でいった。

「今夜は女将《おかみ》の顔の確認だけにする。俺だけが店に入る。もし、怪しまれたら、俺は店を出ても車には戻らない。おまえはここで張り込め。及川が現われるかも知れない」

「了解」

店の前の通りには、ほとんど通行人がいなかった。いてもよろめき歩く酔客だった。

半村は車を降りた。

髪を両手でかき乱し、背広の衿《えり》を立て、ネクタイの結び目を緩めた。

「お桂」の店先から離れたところから、酔客のように歩き、店のガラス戸を開けた。

「いらっしゃーい」

女の声が半村を迎えた。

着物に割烹《かっぽう》着姿の小柄な女がカウンターの中にいた。

焼き鳥の香ばしい匂いがする。

カウンターだけの店だった。酔った男たちの視線が半村に向けられた。

客は四人。及川の顔はない。

半村は炭火で焼き鳥の串《くし》を裏返している女将を見た。

「初めてだけど、いいかな」

「どうぞどうぞ。そこに座って」

女将はにこやかに笑い、空いている席を串で差した。

「じゃあ、一杯だけ貰《もら》おう」

半村は空いていた丸椅子に腰を下ろした。

「何にします？」

「まずビール。それと……」

酔ったふりをし、壁に掛かった品書きに目をやった。さりげなく店内を見回した。奥にトイレ、二階への階段がある。

「ハツ、カワ、ツクネ、スナギモ。ネギマもいいな」

「はい。ビールをどうぞ」

女将はビール瓶の栓を抜き、半村に向けた。

半村はカウンターの上に置かれたグラスで女将のビールを受けた。

たぬき顔の女将だった。愛敬《あいきょう》がある顔が愛想笑いを見せている。

半村はカウンターの男たちにちょっと頭を下げ、グラスのビールをあおった。

「おケイさん、酒つけてくんねえ。熱燗《あつかん》だ」

奥の中年男が野太い声で注文した。

「はいはい。でも、徳《とく》さん、大丈夫。だいぶメートル上がっているわよ」

女将は笑いながらお銚子《ちょうし》を用意した。

「でえじょうぶだって。なあ、兄弟《きょうでえ》まだ徳利《とっくり》三本しか呑《の》んでねえ」

「四本だぜ」

隣のガテン系の若い男がいった。

「いいっていいって。三本も四本も、小便すればみんな出ちまう」

「徳さん、みんなに心配かけないでね」

女将は燗をつけながらいった。

半村は黙ってビールを手酌で飲み続けた。

焼き鳥がいい匂いを立てている。

「いい店だね。落ち着いて飲める」

半村は女将に世辞をいった。女将は笑みを顔に溜《た》めながら訊いた。

「お客さん、もしかして東北の人？」

「判る？」

「はい。私も東北の出だもの。言葉のイントネーションで判る」

女将は焼いたハツやネギマの串を皿に載せ、半村の前に置いた。

「どちら？」

「福島。浜通り。女将は？」

「まあ。私は三陸。福島、大変だったでしょう？　原発事故もあって」

「うむ」

半村はうなずいた。ふと田舎の居酒屋を思い出した。請戸港の傍にも、年増の女将一人が切り盛りしていた居酒屋があった。一昨年《おととし》、帰省した時、親父に連れられて入った飲み屋だ。

あれが親父と飲み交わした最後になるかもしれない。

親父……お袋。恭平の女房、幼い子たち。

半村は思い出を振り払った。

「三陸もひどかったんじゃないか。三陸のどこ？」

「吉里吉里《きりきり》」

「大槌町《おおつちちょう》か。あそこも被害がひどかったな」

「……そう。実家、みんな津波に呑まれて……」

「気の毒に。俺にも燗を頼む」

「はい。お客さんの実家は無事でした？」

半村は一瞬、どう答えようか、躊躇《ためら》った。いってどうなることでもない。

「……いや。親父、お袋、弟の家族、みんなだめらしい」

「あなたも……。お気の毒に」

女将は涙ぐみ、ティッシュで鼻をぐすりと啜《すす》り上げた。

奥の中年男がいった。

「おケイちゃんもなあ。両親兄弟、みんな死んじまったもんなあ」

「馬鹿いうんじゃねえ。まだ行方不明なだけだろうが」

「でも、お袋さんの遺体は確認したんだよな」

「おい、止めろ。いってどうだというんだ？　おケイちゃんを悲しませるだけじゃねえか」

「そうだぜ。亭主だって、家を出たきり帰って来ないってえのに、これ以上、悲しい思いさせてどうするんでえ。なあ、おケイちゃん」

「まあ、みなさんがいるから、おかげさまで元気でいられるんですけどねえ」

女将は熱燗にしたお銚子を男たちの前に置いた。

半村は燗をつけたお銚子を傾け、ぐい飲みに酒を注いだ。

「女将さんも、一杯、お近付きの印にどうぞ」

半村はお銚子を掲げた。女将はうなずき、盃《さかずき》を手にした。

「ありがとう。お互い……」

半村はお銚子を女将の盃に傾けた。

「ご亭主がおられたのですか？」

「はい」

「何をなさっておられたんです？」

「セールスといっていました」

「そうですか。家を出たきり、お帰りにならない」

「……」

女将はくいっと盃をあおった。

「おい、おっさん、一見《いちげん》なのに、おケイちゃんがいちばん気にしていることを訊《き》くなよ」

男たちの一人が険を孕《はら》んだ声でいった。

半村は女将に謝った。

「あ、済まない。女将さん、嫌なことを聴いてしまったな。御免」

「いいんですよ。あの人、どっかに行ったきりだけど、何かわけがあるんだと思うんです。いつか、きっとひょっこり戻って来ると思ってます」

「こんないいお内儀《かみ》さんを放っておいて消えちまうなんてな」

「まったく、ろくな亭主じゃねえ。俺だったら、おケイちゃんを悲しませることなんかしねえ」

「何いっている。おめえこそ、カアちゃんをいつもほったらかしにして、遊び回っているじゃねえか」

「あはは。ちげえねえ」

男たちは陽気に笑い合った。

半村はさりげなく探りを入れた。もし、違えば、これ以上いる必要はない。

「女将さん、ご亭主は何という名だい？　同じようなセールスをしているから、ひょっとしてどこかで会っているかもしれない」

「そうですか。もしかして、お客さんに、お世話になっているかも知れませんものね。あの人は、及川真人っていいます」

ことか。

「及川さんねえ。何のセールスだといっていた？」

「農機具関係だとか。それで、全国津々浦々を回ってセールスしているって」

「そうでしたか」

半村はぐい飲みの酒を飲み干した。及川も恋女房に何をしているか打ち明けなかったという

「お客さんは？」

「あ、俺？　自分は医療関係の機器を扱っていて」

女将《おかみ》は手を口にあてて笑った。

「お名前？」

名前を聞かれたのか。半村は頭を掻《か》いた。

「半村」

「自分はなんて、まるで警察官か自衛隊の人みたい」

「よくいわれる。元自衛官だったから」

半村は嘘をついた。男たちの一人がいった。

「なんだ。自衛隊か。じゃあ、お仲間だ。俺も自衛隊上がりだ。陸自だ。おめえさんは？」

「海上自衛隊。だいぶ前に辞めた」

「そうか。なんか目付きから、てっきり刑事か、その筋の者かと思ったぜ。デカのような臭いをぷんぷん立てていたからな」

奥の中年男が毒突いた。

お桂が男を窘《たしな》めた。

「徳さん、デカに、こんな優しそうな人はいないわよ。ねえ、半村さん、失礼しちゃうわね」

「いやあ、参った参った。……」

半村も図星を差され、内心苦笑いした。

知らず知らず、どこかでデカの臭いを立てているのだろう。自分では消したつもりでも、普通の人には判るらしい。

「半村さんも私と同様、実家のご両親が行方不明になっているなんて、どういう奇縁かしらねえ。他人事《ひとごと》と思えないわ」

「……うむ」

「おケイちゃん、やけにそいつに同情的だな」

男たちの一人がやっかみ半分にいった。

「そうよ。私たち、震災のために、同じ境遇にあるのよ。ねえ、半村さん。他人にこの悲しい気持ち、分からないわよね」

「……」

女将は手酌でぐい飲みの酒をあおった。

これ以上長居は無用、そのうち襤褸《ぼろ》を出す、と半村は思った。そろそろ潮時だ。

半村は、ぐい飲みの酒を飲み干した。

腕時計を見、いかにも仕事があるという顔をした。

「あ、もう時間だ。女将、俺、まだ行くところがある。お勘定を頼む」

「あら、残念ねえ。また来てくださいな」

女将は素早くボールペンで走り書きして、勘定書きを出した。

半村は財布から紙幣を出し、カウンターの上に置いた。

「ありがとうございました。きっと来てね」

お桂の声に送られながら、半村は外に出た。

通りの向かい側に駐車した捜査車両が見えた。佐瀬の黒い影法師が見える。

ガラス戸越しに、女将の視線を感じた。

半村は佐瀬の車には戻らず、御徒町駅の方角に歩き出した。

ガラス戸が開いた。

「きっとよ！」

お桂の声が半村の背に掛けられた。

半村は手を挙げ、店に背を向けて歩いた。

4

窓の外に日比谷《ひびや》公園の新緑の樹木が見えた。

銀杏《いちょう》の若葉が風にひらひらと翻っている。

沼田部長刑事は、老眼鏡を外し、目の間を指で揉《も》んだ。

閲覧室はしわぶき一つ聞こえず静まり返っていた。かすかにページをめくる、かさこそという紙の音が聞こえる。

沼田は背伸びをした。机の上に置いたポリスモードに目をやった。

昨夜来のメールが記録されている。

『及川は、飲み屋「お桂」にしばらく現われていない。女将桂子のヤサは、飲み屋「お桂」の二階と思われる。念のため、佐瀬とともに店に張り込みを開始した』

半村部長刑事のメールだ。

『「お桂」の店に出入りする客の中に及川が紛れていないかを捜査続行されたし』

班長の指示もメールで返されている。

ほかにも、メールがいくつか入っていたが、目新しい内容のものはない。

机の上に、分厚いホセ・ドノソの『夜のみだらな鳥』が拡げてある。原口史織が誰かに読むように勧められた小説だ。

司書の川北は困惑した表情で、「あまりにおぞましく奇妙で残酷、シュールで迷宮のような小説」と評していた。

「どうして、亡くなった史織さんは、こうした不条理で残酷、わけの分からない小説を読みたがったのか？」「それまで史織さんが読んでいた小説世界とはまるで違う」ともいっていた。

「……ただ、なんとなくですが、史織さんの背後に誰かがいる。彼女は誰かの文学的な影響を受けていたのではないか」とも。

沼田は、史織の実像を知る上で、川北の司書として直感を信じた。

借り出したホセ・ドノソの『夜のみだらな鳥』を読み進むにつれ、川北が感じた史織の読書傾向に対する違和感がよく理解できた。

これは悪夢だ。

物語は、悪夢そのままに分裂に分裂を重ね、さらに醜悪な妄想の世界となって広がって行く。楽園に畸形《きけい》たちが跋扈《ばっこ》し、愛憎が肉体を得て、快楽の世界へと重奏する。

沼田は何度も嘔吐《おうと》をしそうな苦痛を覚えながら、しかし、いつの間にか、自分のどこかにも不思議な共鳴が起こり、快楽が芽生えるのを覚えた。

いったい、この異相の世界は何なのだ？

畸形が大多数の世界では、少数の健常者は異常となる。確かにそうだが、何が現実で、何が妄想なのか？

ホセ・ドノソはヘンリー・ジェイムスの言葉を引いている。

『分別のつく十代に達した者ならば誰でも疑い始める。人生は道化芝居ではない。お上品な喜劇でもない。それどころか人生は、それを生きる者の根が達している本質的な空乏という、いとも深い悲劇の地の底から花を開き、実を結ぶのではないかと。精神生活の可能なすべての人間が生得受け継いでいる貨財は、狼が吠え、夜のみだらな鳥が啼く、騒然たる森なのだ』（鼓

直訳)

沼田は本を読み終わり、しばらくホセ・ドノソの小説世界に圧倒されて口もきけなかった。

あたりの風景がまだ妄想世界の楽園に迷い込んだかにすら思えた。

これは確かに異質だ。川北司書が述懐しているように、それまでの原口史織の読書世界とはまったくかけ離れた世界だ。

これは史織が現実に飽き足らず、何かに目覚めて、自ら求めた世界なのか？

どのような内容の本であれ、読むことは決して悪いことではない。

どのような悪徳や背徳の本であれ、それを読むように人に勧めることは悪くない。

だが、沼田は、史織の読書世界に、このような異質で強烈に衝撃を与える刺激を注入しようとした「誰か」に興味を覚えた。

「誰か」の気配がある。

これまでの史織の身辺調査では、このような趣向の本を好む人物、友人は見当らなかった。

少なくても、いままでは。

顔のない黒い人影が、確かにいる。

おまえは、いったい何者なのだ？

沼田は本を閉じ、腕組みをした。

目を瞑《つぶ》ると、周囲から悪魔の囁《ささや》きのような騒めきを感じた。

沼田の心は、まだホセ・ドノソの迷宮世界から脱け出せずに彷徨《さまよ》っていた。

5

警察庁、警視庁を震撼《しんかん》させていたF1危機事態（福島第一原発事故）は、三ヵ月が過ぎて、ようやく警戒レベルが5から3に引き下げられた。非常警戒体制も、それにともない準警戒レベルに落とされた。

まだ汚染水問題が深刻なので、油断は出来ないものの、新たな水素爆発でも起こらない限り、一千三百万人都民の大避難計画は実施される可能性は低くなった。

密《ひそ》かに上司の宮崎管理官から警戒緩和の命令が下りたと聞かされ、八代も北郷もほっと安堵《あんど》した。

警察は常に最悪の事態を想定して、いくつもの対策を練り、準備を怠らぬようにしている。だから、携帯ポリスモードがポケットの中で震動する度に、北郷は、すわ緊急事態か、と肝を冷やしていたが、それが何度も繰り返されるうちに、神経が麻痺《まひ》して、いまでは慣れてしまった。

「代理、まもなく到着です」

青木刑事の声に、北郷は物思いから現実に引き戻された。

踏切の前に停車していた。幅広い通りに遮断機が下りている。左手に駅舎やホームが見える。小田急《おだきゅう》の電車が轟音《ごうおん》を立てて、目の前を通過し、ホームへ入って行く。

世田谷区の経堂《きょうどう》駅。

ナビを見た。

踏切を抜けると三叉路《さんさろ》になる。左から二番目のすずらん通りに矢印が入っている。

旧姓小島由比は結婚して早乙女由比になっている。

亭主は早乙女誠。四十歳。東都大学医学部卒。世田谷・経堂で内科・小児科医院を開業している。

東都大学医学部付属病院に勤めていたが、十年前に病院を辞め、親の医院を継いだ。

小島由比は、東朋大学医学部看護学部の学生時代に、早乙女誠と知合ったらしく、大学卒業後まもなく結婚した。現在、二人の間に二児がいる。

車はすずらん通りの商店街をゆっくりと走る。一方通行路で、昼過ぎということもあり、買い物客たちの姿が多い。

だいぶ進んだあたりで、右手に曲がる道があった。曲がり角の電柱に「早乙女医院」の案内矢印が付いていた。

「ここですね」

青木奈那は慎重に車を右折させた。やや下り坂になっており、左手に早乙女医院の白い建物があった。医院の前の駐車スペースは、二台の車が入っていた。

医院を通り過ぎ、やや行った所に時間貸しの駐車場があった。30分200円の看板が掛かっている。

「あそこに入れろ」

「了解」

青木は車を進め、医院の前を通り過ぎ、駐車場に車を入れた。

北郷は車が駐車スペースに止まってから、助手席のドアを開けた。車は正確に白線の枠内に納まっている。

青木奈那は会心の笑みを浮かべ、運転席から下りた。

「行きます」

北郷はうなずいて、青木の後に続いた。

青木は大股《おおまた》で早乙女医院の玄関に歩み寄った。玄関のガラス戸を開けて中に入った。

ちらりと見えた待合室には、大勢の母親や子供たちが受診に来ていた。

北郷は医院の外の通りに立ち、早乙女家の建物の外観を見ていた。

三階建てのビルで、一階が診療室にあてられている。二階、三階が居住スペースとなっている。

石塀に囲まれた庭がある様子だった。

玄関のドアが開き、青木が北郷を呼んだ。

「こちらは医院の出入口で、玄関は脇にあるそうです」

青木は医院の脇に沿った小道を進んだ。

庭木の葉に隠れて、もう一つ玄関が見えた。

青木が玄関先に立ち、インターフォンを押す間もなく、玄関のドアが開いた。

小太りの母親が顔を出した。

母親の足に四歳ほどの幼子がまとわりついている。

若い母親は笑顔でいった。資料写真にある小島由比の顔だった。

「お待ちしていました。さあ、どうぞ」

「そうでしたか。史織のお母様、ほんとうにお気の毒」

早乙女由比はソファに座り、涙ぐんだ。背もたれに掴《つか》まり、幼い男の子が北郷と青木を睨《にら》んでいた。母親がいじめられていると思っているのだろう。

青木は由比を慰めながら尋ねた。

「お電話でもお話ししましたが、史織さんの事案につき、再捜査をしています。本日、お目にかかって、直接お話をお聞きしたいのは、史織さんには好きな男がいたのではないか、ということです」

「それは、以前にも何度となく、聴かれたことでして、私としてはお答えしたと思います。史織には好きな男性はいなかったと思います」

由比はハンカチで鼻を押さえた。

「では、史織さんは相手にしなかったかも知れませんが、一方的に史織さんに恋をしていた男はいませんでしたか？」

「……いたかもしれませんが、もう覚えていません。十五年も前のことですし」

青木はちらりと北郷に顔を向けた。目で、いいかと訊《き》いた。

北郷は、いいと、うなずいた。

「実は、この写真ですが」

青木はハンドバッグから、一葉の写真を取り出した。史織の母親から借りた写真だった。

阪神淡路大震災の現場で撮られた集合写真だった。

十五人の男女が写っている。由比たち仲良し四人組と、後輩の女子学生六人、それから五人の男たち。

片付け作業中に、小休止でも取った時の写真だ。女性たちは、みなその場に座り込んでいる。男たちのうち同級生の男たち三人は身元が分かっている。捜査本部も、彼ら三人については事件に関係ないのを確かめてあった。

由比の顔に明らかに動揺が走った。

「これは？」

「あなたが、史織さんのお母様に送ったスナップ写真ですね」

青木は写真を裏返した。写真の裏に由比の走り書きがある。

「は、はい」

「これを史織さんのお母様に送ったのは、いつのことですか？」

「……史織が亡くなった後、しばらく経ってのことです。史織は、こんな人助けもしていたのですということをお知らせしようと思って」

「この写真は、どこにあったのです？」

「私の学生時代のアルバムにあった写真です」

「そのアルバムを見せていただけますか？」

「はい。いいですよ。でも、すぐには出ないかもしれません」

「お願いします」

「少々お待ちください。確か、この本箱のどこかに仕舞ってあるはず」

由比は応接間に設《しつら》えてある本箱に向かった。観音開きのガラス戸を開け、アルバム集の背表紙を指で追い出した。幼子がまとわりついた。

「お手伝いしましょう」

「大丈夫です」由比は幼子に「静かにしてて」となだめた。

「探すのは大変でしょう。どんなアルバムですか？」

青木が立ち、由比の傍らで、本箱の中のアルバムの背表紙を調べはじめた。

北郷は何もいわず、青木のするがままにしていた。

「あ、これです。確か、このアルバムの中にあったはず」

由比は一冊の青い表紙のアルバムを指差した。背表紙に「1995年震災支援」と記してある。

「いいですか？　取り出しても」

「はい。どうぞ」

青木はアルバムを抜き出し、応接間のテーブルの上に拡げた。

アルバムは阪神淡路大震災の現場写真をたくさん収めてあった。

「由比さんが撮ったものですか？」

「いいえ。私たち、被災者たちがあまりにお気の毒で、カメラを向けるのが申し訳なくて。だから、あまり震災の写真は撮らなかった。でも、サークルが、どんなことをしていたのか、記録を残さねばということで、恐る恐る撮った写真です」

北郷もアルバムを覗《のぞ》き込んだ。確かに、撮影記録としては、少ない写真の枚数だった。

「ここにあった写真ですね」

青木がページの一枚を指差した。そこだけ、一葉写真を剝《は》がした痕《あと》がついた余白があった。

「そう。ここです」

前後の写真は、瓦礫《がれき》の山また山の写真だった。倒壊した建物の周りに集まり、瓦礫を片付ける作業をしている光景の写真もある。

北郷は青木の手を止めた。

「サイズが違うぞ」

北郷はスナップ写真を剝がした跡に重ねるように置いた。

スナップ写真の方が二回りも大きい。

「この写真ではありませんね」

「あら」

青木は急いでアルバムをめくった。次のページにも、一ヶ所、写真を剝がした跡があった。

その跡にスナップ写真を載せるとぴったりサイズが合った。

「ここでは？」

「……そうですね。こちらだわ」

由比は小首を傾げた。

青木はアルバムをめくった。ほかに写真を剝がした跡はなかった。

「ここに貼ってあった写真は何でしたか？」

由比は一瞬考え込んだ。

「たしか、以前、真耶にひどくせがまれて、真耶にあげた写真だった」

「どんな写真だったのです？」

「これらと同じ現場写真で、真耶と矢嶋さんの二人が仲良く話しているところを撮った写真です」

「その矢嶋さんというのは、もしかして、この男の人ですか？」

青木は五人が写ったスナップ写真の中の男の一人を指差した。男は汚れたジーンズを穿《は》き、頭にタオルを巻いている。ポロシャツの長袖《ながそで》を腕まくりし、腰に右手をあてている。半分笑ったような、半分恥ずかしそうに顔をしかめている。

「……はい。どうして、あなたが御存知なの？」

「車谷真耶さんからお聞きしました。このタオラーが東都大学の矢嶋さんで、もう一人の方が早稲田の河崎さんだとか。そうなのですか？」

「真耶は、何かいってましたか？」

「何についてです？」

「矢嶋さんについて」

「いえ。何もいっていませんでしたが」

「……そうですか」

由比は、納得が行かぬ顔をした。

「何かあったのですか？」

「いや、いいんです。何もいっていなければ」

青木はちらりと北郷を見た。北郷は訊けと目で命じた。

「でも、矢嶋さんも河崎さんも、たった一度、被災地で一緒に活動した程度の人たちで、史織が付き合っていた人たちではない。連絡先も知らないとおっしゃっていましたが」

「そんな……」

由比は面食らった顔をした。

「違うのでしょ？　真耶さんは矢嶋さんと一緒に撮った写真を欲しがったくらいだから」

「……」

由比は口を噤《つぐ》んだ。

「真耶さんと矢嶋さんは付き合っていたのですね」

「私からはいいたくありません」

青木は質問の矛先を変えた。

「矢嶋さんの連絡先は、御存知なのでしょう?」

「分かるはずです。でも、真耶が知らないだなんて……」

「矢嶋さんの下の名は?」

「たしか、晋《しん》さんです。矢嶋晋さん」

「連絡先は?」

「私は知りません。私は付き合っていなかったから。でも、お父様は矢嶋重工の社長さんで、有名な財界人だから、お調べになれば、すぐ分かるでしょう」

「矢嶋重工の社長の御曹司ですか」

青木は思案げにうなずいた。

「その矢嶋晋さんは、もしかして、真耶さんだけでなく、史織さんとも付き合っていたのでは?」

「真耶が、そういってましたか?」

「違うのですか?」

由比は困った顔になった。

「……複雑だったんです」

「どのように？」

「私がいってしまっていいのかしら」

　由比は首を傾げた。

　青木は辛抱強くいった。

「もう、昔のことです。事件の解決の手がかりになるかも知れないのです。話を聞かせてください」

「一番詳しいのは、彩なのですが」

「そうですか。萩原彩さんからも事情をお聞きするつもりですが、由比さんが御存知のことを聞かせてください」

「事件に関係ないことなので、みんなで黙っていようと。それで、私も黙っていたんですけど」

「何があったんです？」

「複雑だったんです。本当は矢嶋さんは史織が好きだったと思います」

「……」青木は黙った。由比に自然にしゃべらせようとしている。

「史織は本当は河崎さんが好きだった。でも、河崎さんが彩と付き合っていたので、史織は諦《あきら》めた」

「ふうむ」

「矢嶋さんが史織に熱を上げているのを見た真耶は矢嶋さんにちょっかいを出し、自分に振り向かせようとしたのです」

「……」

「その結果、史織は矢嶋さんと不仲になった。そればかりか、真耶は陰で河崎さんにも色目を使っていた。それを知った彩は怒って河崎さんと別れてしまった」

青木は由比に囁《ささや》くようにいった。

「もしかして、あなたも被害にあったのでは？」

青木は本丸に斬り込んでいる、と北郷は思った。

「いえ。私は、その頃、いまの夫と知合っていましたから。関係はありません」

「あなたの旦那《だんな》様も東都大学でしたね。それも医学部でした」

「はい。私よりも五つ上で、この時には付属病院のインターンでしたが、この震災の時、医療支援で現地に入っていたんです。それで私たちは偶然に知合って……」

由比ははにかんだ。

青木はうなずいた。

「矢嶋さんは、どんな人だったのですか？」

「矢嶋さんはお金持ちのお坊ちゃんでした。東都に入るくらいだから、頭はいいし、スポーツ万能だった。高校ではサッカー部キャプテンで試合に選手として出たということでした。快活明朗で、誰からも好かれる人気者でした」

写真の中の矢嶋晋は、中肉中背のがっしりした体格をしている。

「東都大学の学部は？」

「法学部」

北郷が口を挟んだ。

「矢嶋は文学好きではなかったですか？」

「さあ。どうかしら。文学好きは早稲田の河崎さんの方だったと思います。文学部でしたし」

「河崎さんの専攻は？」

「たしかフランス文学ではなかったかしら」

北郷は青木と顔を見合わせた。

フランス文学はラテン系といえばラテン系だ。

もしかして、史織にラテンアメリカ文学のホセ・ドノソの『夜のみだらな鳥』を読むように勧めたのは、河崎だったのではないか？

北郷はスナップ写真の中の河崎を見た。登山帽を被《かぶ》り、眼鏡をかけている。ワイシャツに作業ズボン。首にタオルを巻き、仏頂面をして一点を睨《にら》んでいる。

見るからに力仕事が無理そうなインテリ学生の文学青年に見える。

青木が質問した。

「河崎さんの下の名は何です？」

「学《まなぶ》さん。河崎学さん」

「いま何をなさっていますかね？」

「さあ。私は知りません。きっと彩なら、知っていると思いますけど」

「矢嶋さんと河崎さん、あなたたちのサークルとは、どういうご縁で知合うことになったのです？」

「矢嶋さんと河崎さん、彩の三人は同じ都立高校の同級生だったんです。それで神戸の震災の時に、彩が二人に声をかけ、一緒にボランティアで被災地に駆け付けたんです」

ふと青木がアルバムを見ながら、思いついたように訊《き》いた。

「これらの写真は、もしかして、旦那様が撮ったのですか？」

「はい。その時、夫が仕事の合間に撮ったものです」

「これが救護所ですね」

アルバムの最後の方は、救護所の中や医療スタッフの診療の様子が撮影されていた。

北郷が尋ねた。

「この写真のフィルムはありますかね」

「あると思いますが、主人に聞いてみます。いまはデジタル写真ばかりでしょ。フィルムはほとんど使わなくなった。それでまったく整理していないんです。だから、あるにしても、どこかに紛れ込んでしまっていると思うんですが」

「もし、フィルムがあったら、お借りしたいのですが」

「分かりました。探しておきます」

由比は笑顔でうなずいた。

北郷が身を乗り出した。

「あなたから見て史織さんは、どんな女性でしたか？」

「そうですね。いまから当時を振り返ると、私たち、みんな若くて未熟で、でも青春していたと思います。史織は、私たち四人の中では、一番真面目に将来を考えていたと思います。学業の成績もよくて、文学好きで、小説を書いたり、詩を作ったり。文才があったと思います。几《き》帳面《ちょうめん》な性格で、文章を書く練習だといって、毎日起こったことを、必ず日記を付けていた」

北郷は訝《いぶか》った。

「日記を付けていた？」

「ええ。遺品のなかになかったですか？　大学ノートの日記」

「現場は火事ですべて燃えてしまって何も残っていなかったようです」

「そうですよね。御実家にもなかった？」

「津波に呑《の》まれてしまい、あちらにも遺品はなかったようです」

「ああ、そうでしたねえ。本当にお母様はお気の毒で、言葉もありません」

早乙女由比は顔を曇らせた。

男の子は、ソファの背もたれから前に回り込み、由比の膝《ひざ》に甘えかかった。

「ママ、お腹空《す》いた」

「待っててね。いまお客さまなんですから。おとなしくできるでしょ」

青木が振り向いた。北郷はうなずいた。

「いや、お邪魔しました。いろいろお話を聞かせていただきありがとうございました」

北郷は礼をいい、立ち上がった。青木も立った。

由比は慌てて手を振った。

「お茶も出さず。なんのお構いもせず、御免なさい」


車に乗り込むと、すぐに青木は車を発進させた。

車はすずらん通りに戻り、甲州《こうしゅう》街道に向かって走り出した。

「どうご覧になりました？」

「青木のいう通りだったな」

「何がです？」

「仲良し四人組の間柄が、いかに脆《もろ》くて、危うい関係だったか、だよ」

「そうですね。残念だけど、女同士って、みな傷付けあって生きているというのが、よく分かる」

青木はふうとため息をついた。

「捜査本部は、どうして史織の交友関係を徹底的に洗ったはずなのに、河崎学や矢嶋晋に気付かなかったのかな？　関係者リストにも、二人の名前はなかったろう？」

「はい。ありませんでした。もしかして由比さんも真耶さんも彩さんも、事件とは関係ないから、四人の間にあったことを黙っていましょうって、口裏を合わせたのじゃないでしょうかね。

だから、捜査員が史織さんの交友関係を洗っても、口に出さなかった」

「ううむ。妙だな。これまで潰していなかった関係者が二人もいたんだ。おかしいな。何か理由があるはずだ」

「はい」

「事件に関係あるかどうかは、分からぬが、河崎と矢嶋の二人を調べて潰《つぶ》しておく必要がある。青木、安原主任と一緒に松本へ行け。行って萩原彩から河崎や矢嶋について聞き出すんだ」

「了解しました。できるだけ早く松本へ出張します」

「今日の青木の聞き出し方は非常に良かった。その調子で捜査を続けろ」

「はい。ありがとうございます」

青木は嬉《うれ》しそうに笑った。

青木は刑事として戦力になりそうだな、と北郷は安堵《あんど》した。

6

今日は朝から終日、小糠雨《こぬかあめ》が降っている。

梅雨の走りのじめじめと鬱陶《うっとう》しい雨だ。

北郷は助手席に座り、行く手の光景に目をやっていた。

日が落ち、行き交うヘッドライトが眩《まぶ》しく濡《ぬ》れたフロントガラスを照らして過《よぎ》る。

運転席の真下刑事は緊張した面持ちでハンドルを握っていた。

車は第一京浜《けいひん》を西に走り、多摩川に架かった六郷橋《ろくごうばし》を渡った。多摩川を越えれば、神奈川県警の管内である。

繁華街のネオンが夜空に映えた。

「このまま行くと南武《なんぶ》線のガードだ。ガード手前の信号を右に折れろ。右折すれば、川崎署だ」

「了解」

北郷は腕組みをし、目を閉じた。

手塚刑事と真下刑事の捜査は難航していた。

及川のパシリをしていた三橋伸司はノビをやらかし、初犯で捕まった。それ以来、三橋は本当に懲りてノビから足を洗ったらしく、盗犯の手口照会をしても、三橋の仕業と思われる手口の盗犯はない。

三橋は、いまはテキヤの下っ端となって、主に神奈川の横浜や川崎の神社の祭りで、タコ焼き屋をやっているということだった。

だが、このところの梅雨に祟《たた》られ、東日本大震災ということもあって、世の中、すべて自粛ムード。賑《にぎ》やかな催し物や祭りも取り止めになることが多くなった。その煽《あお》りを食らい、テキヤの商売は上がったりだった。

もともと住所不定の三橋である。テキヤといっても、アルバイトのような下っ端だ。どこそこのテキヤの組に入っているわけでもなかった。

警視庁の組織犯罪対策部は、警視庁管内のやくざや暴力団、テキヤを取り締まってはいるが、神奈川県警管内のやくざやテキヤにまで手を延ばしていない。

手塚たちの苦況を知った北郷は、神奈川県警の旧知の刑事に連絡を取った。

回りくどい共助課の手を借りるまでもない。

現場同士の間柄の方が話は早い。

「代理、着きました」

車は川崎署の正面玄関前に滑り込んだ。真下は左手の駐車スペースに捜査車両を入れて止めた。

立番の警官は、突然現われた品川ナンバーの覆面パトカーに一瞬驚いた様子だったが、車から降り立った北郷と真下に敬礼した。

「ご苦労さん」

北郷と真下は軽やかな足取りで署内に入って行った。

壁の時計が午後七時過ぎを指している。そろそろ当直の交替時間だ。

以前、川崎署には何度も足を運んでいる。ちょっぴり懐かしい気分にもなる。

署内の様子はよく知っているとはいえ、警視庁管内の所轄署ではない。北郷は一階カウンターの受付に寄った。

受付の婦警が立ち上がり、北郷たちを迎えた。

「刑事一課の大村《おおむら》部長刑事はおられるか？」

婦警は北郷と真下の背広の襟に付けられたＳ１Ｓの赤バッジを認め、はっと緊張した面持ちになった。

Ｓ１Ｓは、サーチ・ワン・セレクト（選ばれし捜査一課員）。警視庁刑事部捜査一課員しか付けることができない襟章だ。

「はい。ただいま、御呼びします」

婦警は慌ただしく机の内線電話機を取り、刑事一課を呼び出した。

「どなた様でしょうか？」

「警視庁捜査一課の北郷です」

北郷の名乗りに、その場にいた警察官たちが一斉に視線を北郷たちに向けた。

北郷は通路にある長椅子に腰を下ろした。

真下も落ち着かない様子で、長椅子に座り、貧乏揺すりをしている。

「ただいま、こちらに参ります」

婦警が告げた。

「ありがとう」

北郷が礼をいうとまもなく、階段をどかどかと走り降りる靴音が響いた。やがて大村源次郎《げんじろう》の大柄な軀《からだ》が階段に現われた。笑みで破顔している。

「おお、係長、元気ですか」

「大村デカ長、しばらく」

北郷は立ち上がった。

大村デカ長はどかどかと北郷に駆け寄り、抱きつかんばかりに肩を引き寄せ、握手をした。

「その節は本当にお世話になった。デカ長が止めてくれなかったら、俺はム所に入っていたことだろうよ」

「とんでもない。いまは係長なんぞではなく、もっと出世しましたか」

「何をいいます、係長。いや、いまは係長なんぞではなく、もっと出世しましたか」

「何をいってます。天下の赤バッジ組ではないですか。警視庁では刑事の誰もが憧《あこが》れる華の捜査一課員だ。それだけでもえらい出世だ。おめでとうございます」

「ありがとう。だが、給料も変わらないし、仕事は前以上にきつくなっている。本当は、ちっともめでたくない。ところで、こっちにいるのが、部下の真下刑事だ」

北郷は笑いながら、傍らで呆気《あっけ》に取られている真下を大村に紹介した。

周りの署員たちが、みな北郷と大村の再会の様子を呆《あき》れた顔で眺めていた。

「ここで立ち話はなんですから、俺たちの部屋へどうぞ。課長や係長に紹介します」

「ありがとう」

大村は北郷の腕を引っ張るようにして、刑事課のある二階へと連行した。真下が面食らった顔で二人の後に続いた。

刑事部屋でも一騒ぎした後、大村は空いている取調室の一つに、北郷と真下を案内した。取調室には、スチール机とパイプ椅子が数台しかない。

北郷は大村に、特命捜査対策室7係が「大森女子大生放火殺人事件」の掘り起こしをしている話を告げた。そして、目撃者であるノビ師の及川の行方を追っており、その手下だった三橋伸司というテキヤの下っ端を捜しているといった。

三橋は住所不定で、横浜や川崎の神社仏閣のお祭りに現われ、タコ焼きを売っているという話も。

「要するに、うちらに、川崎界隈《かいわい》、あるいは横浜界隈にいる、その三橋伸司を捜し出せというんですね」

「そうなんだ。神奈川県警のシマを荒らすわけにはいかないのでな」

「三橋を見付けたら、どうします？　任意ででも引っ張り、身柄を確保しておきますか？」

「いや、デカ長、そこまではしないでもいい。見付けたら、大至急に知らせてくれないか。俺が飛んでくる」

「分かりました。了解です」

大村は腕組みし、大きくうなずいた。

「しかし、特命に抜擢《ばってき》されたのはいいけど、今度の『大森女子大生放火殺人事件』も、未解決の難事件ではないですか。前の神栄運送会社蒲田営業所強盗殺人事件といい、北郷班長代理は、えらい仕事を任されたもんですな」

「これが仕事だからな」

　北郷は頭を振った。

「ところで、デカ長は、あの武田《たけだ》さんと会っているかい？」

武田勉《つとむ》。蒲田署刑事を最後に定年退職したＯＢだ。臍曲《へそまが》りの頑固者で、神栄運送会社蒲田営業所強盗殺人事件の捜査では、民間人としてえらく世話になった元刑事だ。

「いや、お会いしてない。武田さんは蒲田在だろう？　川向こうだものな。こちらにおられるなら、顔を見ることもあるだろうけど」

「そうだろうな。川向こうに住んでいる俺でさえ、なかなか会う機会がないのだから。今度声をかけてみる」

「そうしなさいな。あの頑固爺《じい》さん、案外寂しがり屋だから」

大村はにんまりと笑った。

北郷は本当に武田に声をかけようと思った。

もしかすると、十五年前といえば、武田は蒲田署にまだ在席している刑事だった。もしかすると、「大森女子大生放火殺人事件」の捜査も関係しているかもしれない。

ポケットの中でポリスモードが震動した。

脇にのんびり座っていた真下も怪訝《けげん》な顔をして、ポリスモードを取り出した。

「どうしたんです？　呼び出しですか？」

大村が笑った。目は笑っていなかった。

ポリスモードの画面に、緊急配備の文字が点滅していた。

『……杉並区《すぎなみ》……丁目で放火殺人事件発生。SSBC捜査員、鑑識課、捜査一課当番に出動命令。……』

北郷は反射的にポリスモード画面の時計を見た。

２００７時。

「代理、殺し発生ですね」

「こんな雨の夜にな」

北郷は混乱する現場の様子を頭に浮かべた。

特命捜査対策室7係が出る幕ではない。

現場には、機動捜査隊をはじめ、SSBC捜査員、鑑識課員、そして捜査一課の精鋭が駆け付けている。

「代理、もし、時間があれば、武田さんを呼び出し、蒲田あたりで一献というのは？」

大村がにっと笑った。

それもいいな、と北郷は思った。

武田に「大森女子大生放火殺人事件」のことを聞くことも出来る。元ベテラン刑事の知恵を借りるのも、いいかも知れない。

7

男は大勢の野次馬に混じり、雨に打たれながら、ビルの五階の窓を見上げていた。吹き出る黒煙の合間から、炎の舌がちょろちょろと出るのが見える。

駆け付けた梯子車《はしごしゃ》のハシゴが窓にかかり、銀色の防火服を着た消防士たちが部屋に出入りしている。

投光機の明かりが、出入りする消防士たちを照らしている。サーチライトの強い光に白い水しぶきが見え隠れする。

男は茫然自失《ぼうぜんじしつ》していた。

やってしまった。

わけもなく悔恨と慚愧《ざんき》の情が交互に込み上げてくる。

似ていたのだ、あまりにも……。

初めて現場で、被災者を介護する彼女を見かけた時、俺は思わず我を忘れ、見惚《みと》れてしまった。

彼女は生きていたのか。いや、そんなはずはない。

しかし、顔立ちといい、人に優しく話し掛ける物腰といい、無理に作った笑顔といい、時折見せる、深い哀しみの眼差《まなざ》しといい……すべてがよく似ていた。

いや、彼女そのものだった。
痛恨と懺悔《ざんげ》の嵐が、男の心の中に吹き荒れ、男は我を失った。
男は夢中で彼女を追い、部屋にまで押し掛けてしまった。
男は許しを乞《こ》い、愛を得ようと必死にあがいた。
気付いた時には、男は思いを果たし、彼女の首に手をかけていた。
夢を見ているのだ。それも、吐き気を催すような悪夢を。
悪夢は以前に見たものと同じだった。
早く悪夢の迷路から抜け出さねば。さらなる悪魔たちがやって来る。
悪夢の館《やかた》に火をかけねば。火を点《つ》けて悪夢を焼き払わねば。
またサイレンを上げて、赤灯を回転させた黒い車両の一団が到着した。
男は我に返った。
目の前に黒い影が立っていた。
「さあ、下がって下がって。危ないですから、立ち止まらないでください」
黒い雨ガッパを着た警官が赤い照明灯を振るって野次馬の整理にあたった。
男は踵《きびす》を返し、野次馬の群れから抜け出して、肩をすぼめて夜の街に歩き出した。
そぼ降る雨が男の肩を濡《ぬ》らした。

8

蒲田飲み屋街のバーボンロードは、小糠雨《こぬかあめ》に霞《かす》んでいた。

北郷と大村はバーボンロードの入り口で、真下が運転する車を下りた。

「今日は、このまま家へ帰る。待たないでいい。引き揚げてくれ」

北郷は真下にいった。真下は軽く挙手の敬礼を投げ、駅前から去った。

北郷は大村と連れ立ち、武田の行きつけのバー「黒猫」のドアを押し開けた。

あいかわらず中世のロンドンを思わせる、古びた造りのバーだった。カウンターの中から白髪のマスターが笑いながら北郷たちを迎えた。

「いらっしゃい。お久しぶりですね」

「ごぶさた」

北郷はカウンターの奥に目をやった。

武田が高いスツールに腰かけ、「よっ」と手を上げた。

「しばらくです」

「お元気そうで」

北郷と大村は武田に挨拶《あいさつ》した。

武田は一年前よりも、心なしか歳を取ったように思えた。小太りな点は変わらないが、何か覇気がない。年寄りらしくなっている。

「マスター、いつもの、三つ」

武田は空元気を払うように、マスターに注文し、ボックス席に北郷と大村を促した。

「捜査一課員か。当然だな」

武田は北郷の襟の赤バッジに目を細めた。しかし、退官した悲哀を感じるのか、寂しげだった。

「いま、何をしているんです？」

「何もしておらん。乏しい年金だけで暮らしている年寄りだ」

「お待ち遠さま」

マスターはボックス席のテーブルに、マッカラン十八年ものが入ったグラスを三つ並べた。

「これ、みなさんの再会を祝っての、私からの奢《おご》りです」

「ありがとう、マスター、いつも悪いな」

武田は嬉《うれ》しそうにいった。

北郷は、武田、大村と再会を祝して乾杯した。

しばらく杯を重ねながら、互いの近況を語り合った。武田の顔がいくぶん赤い色に染まり、元気を取り戻した。

「で、いま、特命7係は何を掘り起こそうとしているんだ？」

「大森女子大生放火殺人事件です」

武田は顔を引き締めた。

「武田さんは現役時代に捜査に関わらなかったですか？」

「……わしが蒲田署刑事として、扱った痛恨の事案の一つだった」

「やはり関わっていたんですね」

「うむ。あれは十五年前の事案だったな。で、どこまで掘り起こした？」

北郷は掻《か》い摘《つま》んで、これまでの経緯を話した。捜査本部が行き詰まっていた袋小路から、どうやって抜け出したかも。

「そうか。筋読みを変えたか。それは考えもしなかったな。ホシとは別に現場に目撃者のノビ師がいた、というのだな。そう解釈すると、確かに見方が変わり、いくつかの矛盾も解決するか。面白い、いいね。いい」

武田はグラスの酒をぐびっと飲み干し、チェイサーの水も飲んだ。

大村が付け加えるようにいった。

「それで、わしらも北郷代理たちを手助けし、テキヤの三下の三橋伸司捜しをすることにしたんです。川向こうは、わしらがやるので、川のこちら側は、武田さん、蒲田の裏社会に通じているのだから、手伝ってくださいな」

「分かった。テキヤなら、俺も心当たりがないでもない。三橋伸司だな。あたってみよう」

「お願いします」

北郷は頭を下げた。

「ところで、武田さん、『大森女子大生放火殺人事件』の捜査では何を担当したのです」

「地取りだ。捜査一課員と組んでだったが、相棒はわしよりも年下の若造でな、一課を鼻にかけた生意気な野郎だった。わしが左だっていうと、やつは右というし、それでしょっちゅう口《くち》喧嘩《げんか》をしていた。相性が悪いデカだったな」

「名前は？」

「安宅《あたか》部長刑事。いま、どうしているか知らんが。あの調子では、どっか場末の所轄にでも飛ばされているだろうがな」

北郷はつい笑った。

「安宅警部。いま一課1係長です」

「そんなに出世しているのか。世の中、狭いものだなあ」

大村もつられて笑った。武田も苦笑した。

北郷はマッカランをお代わりした。

「それはそうと、武田さんがいま反省していることや、あの時、やっておけばよかったということはありませんか？」

「……忘れたな。だが、何かあったような気もする。最近、物忘れが激しくてな。当時のメモでもめくってみるよ」

「何か思い出したら、いってください」

「分かった。わしも、力を貸すよ」

武田は、店に入った時よりも、見違えるように生気を取り戻していた。

この元刑事を元気付けるのは、事件なんだな、と北郷はあらためて思った。

9

ねっとりと陰鬱《いんうつ》な雲が低く垂れ籠《こ》めていた。

信濃《しなの》の盆地には、いまにも雨が降りそうだった。湿気を多く含んだ風が吹き寄せている。梅雨の季節。

いつもなら見えるはずの北アルプスや美ヶ原《うつくしがはら》の山々の山頂も雲に隠れていた。

青木奈那はカフェ「諏訪人《すわびと》」の窓際のボックス席に座り、コーヒーを啜《すす》りながら、ぼんやりと物思いに耽《ふけ》っていた。

店内には、サティの曲が静かに流れていた。

向かいの椅子に座った安原万里は、ノート型パソコンを開き、しきりにキイを押しては検索をくりかえしている。

カフェは午後の遅い時間とあって、客がほとんどおらず、閑散としていた。青木たちのいるボックス席の周囲には誰もいない。隅にひそひそ話すカップルが一組、入り口近くのボックスで新聞を読むセールスマン風の男が一人いるだけだ。

カフェからは、松本城西高校の白い望楼が見える。下校をはじめた男女の高校生たちが三々五々通りを歩いてくる姿があった。

右手には、松本城が聳《そび》えている。

萩原彩の勤める松本城西高校は松本市のほぼ中央部にある名門校だった。もともとは女子校だったが、戦後男女共学校になったものの、あいかわらず女子生徒の比率が高い。

いくら取り調べではなく、本人から事情を聞くだけといっても、さすがに職場である学校ではまずいだろう。長野県警の松本署に呼び出すのも、変な誤解を生む。

そのため事前に彩本人と打ち合せ、学校近くのカフェ「諏訪人」で待ち合わせることになった。

約束の時間になったが、彩は現われなかった。その代わり、部活の指導があって、三十分ほど遅れるというメールが入った。

二杯目のコーヒーを頼んだ時に、カフェの入り口に青色のスーツ姿の女性が現われた。

整った顔立ちに、大きな黒い瞳《ひとみ》。大学生の時のままの顔から萩原彩だと分かった。

萩原彩は真直ぐに青木たちの席をめざして来る。

青木は立ち上がった。その気配に安原万里も立って萩原彩を迎えた。

「いらっしゃいませ」

カフェの店員の声が聞こえた。

「お待たせしました。萩原彩です」

萩原彩は緊張した面持ちで安原万里と奈那に名乗り、頭を下げた。ショートカットの髪がはらりと白い額にかかった。

店員がコーヒー盆を抱えて引き揚げていくと、萩原彩は待っていたようにいった。

「とうとう来たか、と覚悟しました」

奈那は驚いて安原万里の顔を見た。

安原万里は平然と彩から目を外さず見返していた。

彩の前には、警視庁捜査一課特命捜査対策室第7係主任・安原万里警部補と、同係員・青木奈那巡査の名刺二枚がきちんと並べて置いてある。

「何のお話で私たちが松本に伺ったか、お分かりですよね」

安原警部補は高圧的な口調でいった。

「はい」

彩の端整な顔がうなずいた。

「史織が殺《あや》められた事件についてですね」

「お話しいただけますか？」

「何からお話ししたらいいか……」

「彩さんは、誰が史織さんを殺めたか、犯人を御存知なのでしょう？」

安原万里警部補は思わぬ台詞《せりふ》を吐いた。

奈那は驚いて万里の横顔を見つめた。万里の目は彩にあてられたまま微動だもしなかった。

自分の胸の鼓動が聞こえるようだった。

サティの曲は遠退いているのに。

彩は顔を伏せた。いくぶんか青ざめている。

「……証拠はありません。ですが、おそらく彼だと思います」

彼だと思う？

いったい、誰のこと？

青木奈那は彩が重大な告白をしようとしていると分かり、口の中がからからに乾くのを覚えた。

第六章　特命捜査を命ず

1

帰京した安原万里と青木奈那は、深川分庁舎へ上がると、二人揃って真っ先に北郷の席に報告に来た。

7係の部屋は、八代係長をはじめ、出払っている。

安原主任は確信のある口調でいった。

「代理、ホシは矢嶋晋と見られます」

「何？」北郷は訝《いぶか》った。

安原主任は息を弾ませていった。

「萩原彩が、これまで誰にも黙っていたことを、すべて洗い浚《ざら》い、私たちに話してくれました」

「そうなんです。代理」

青木奈那が興奮した口調でいった。

「まあ、落ち着け」

北郷は二人に気圧《けお》されたが、ともかくパイプ椅子に座るように促した。

「二人とも、俺が分かるように順序立てて話してくれ」

　安原主任と青木奈那は一瞬譲り合ったが、まず安原主任が口を開いた。

「萩原彩は、河崎学と矢嶋晋と高校の同級生でした。三人は高校卒業後、彩は東朋大学、河崎は早稲田、矢嶋晋は東都と、別々の大学へ進んだ。彩は大学に入ってからも、コンサートや大学祭やら、河崎と矢嶋晋を誘い、自然に彩の仲良し四人組にも二人を紹介することになった」

　青木奈那が口を開いた。

「彩は高校時代から、密《ひそ》かに河崎に好意を抱いていた。ところが、河崎は仲良し四人組に紹介されると、そのうちの史織に惹《ひ》かれるようになった。史織も彩に済まないと思いながらも河崎に惹かれるようになった」

　安原万里は立って、白板にマジックで仲良し四人組の名前を書き、さらに、河崎と矢嶋の名を四人の下に書き加えた。

「複雑なんです。九五年一月の阪神淡路大震災前までは、河崎は彩と史織に二股《ふたまた》を掛ける関係になっていた。ところが、震災の救援ボランティア活動を通して、四人組と二人の男たちの間の相関関係が大きく激変するのです」

　万里は仲良し四人組と二人の男以外に、もう一人インターンの医師早乙女を書き加えた。

「まず矢嶋晋が小島由比にちょっかいを出した。だが、小島由比は救護所でボランティア診療をしていた早乙女に惹かれ、矢嶋晋を簡単に袖《そで》にする。矢嶋は車谷真耶に乗り換えて、いい仲になろうとする」

万里は赤いマーカーで矢嶋と車谷真耶を線で結んだ。

「ところが、車谷真耶は気位が高いので、矢嶋だけに満足せず、河崎にちょっかいを出した」

奈那が立ち、河崎に車谷真耶との線を加えた。

「河崎学は、三人から言い寄られたのか。持てる男だな」

北郷は、五人が写っているスナップ写真を出し、皺《しわ》くしゃな登山帽を被《かぶ》った河崎を見た。

美男子とは思えない。体付きも華奢《きゃしゃ》で、軀《からだ》も弱そうだった。インテリ学生によくある、真面目そうで、学究肌のタイプだった。

それに比べて矢嶋は整った顔立ちをし、いけ面だった。体格は中肉中背だが、腕は太く、筋肉質をしている。見るからに敏捷《びんしょう》そうなスポーツマンタイプだった。

「河崎は、当時、文学青年だったのです。そして、人に優しく、いつも文学論を話す、インテリ青年だった」と安原万里。

奈那が交替していった。

「一方の矢嶋は、矢嶋財閥の次男坊を鼻にかけたお坊ちゃん。甘えん坊で、我が儘《わがまま》。金持ちなので、金で何でも人はいうことを聞くと思う男だった」

「矢嶋は、本当は清楚《せいそ》な史織が好きだった。だけど、親友の河崎が史織と付き合っている手前、史織を避け、比較的大人しい由比に目を付けたものの、早乙女に奪われた」

安原万里は小島由比と早乙女を太い黒線で結び、矢嶋から伸びた細い線にバッテンを付けた。

矢嶋や河崎にとって、萩原彩は高校の同級生で、付き合う女の子としては新鮮味がない。

萩原彩が、二人の過去を知り過ぎていることも、男たちには煩わしく、友達以上の恋愛の対象にならない要因になっていた。

彩は、それが不満だった。好きだった河崎を自分に振り向かせるには、どうしたらいいのか？

車谷真耶もまた、河崎が夢中になっている原口史織に嫉妬《しっと》していた。

仲良し四人組は、震災ボランティア活動の後、彼氏の出来た由比が抜け、事実上、三人組になった。

三人組になると、どうしても、二人対一人の関係が生まれてしまう。

三人は由比を加えて、表面上、大の仲良し四人組を装っていたが、男たちとの関係をめぐって、内部では徐々に不協和音を立てはじめた。

当然のこと、由比は別として、彩と真耶の二人対史織一人の対立関係になった。

彩は河崎を史織から取り戻したい。真耶は史織から河崎を奪いたい。自然、彩と真耶は史織を共通の敵と見た。

彩と真耶は、暗に矢嶋に、史織は本当は矢嶋のことが好きなのだと吹き込んだ。河崎は、本当は真耶のことが好きで、二人はうまく付き合っているともいった。だから、河崎に遠慮はいらない、と。

彩と真耶は史織に成り代わった偽のメールを矢嶋に送ったりさえした。

矢嶋は本気にし、もともと気があった史織にことあるごとにアタックするようになる。

　一方、二人は河崎に、ことあるごとに史織の悪口を吹き込んだ。そして、史織は矢嶋と河崎を二股かけていると暗に吹聴した。

　河崎は疑心暗鬼に駆られ、次第に史織との距離を置くようになった。

　青木奈那が続けた。

「そんなある日、矢嶋が彩に、史織の部屋の合鍵《あいかぎ》を作れないか、と持ち掛けたのです。その時、矢嶋は河崎も史織の部屋の合鍵を持っており、それで自由に出入りしているといった」

「本当か」

　安原万里が替わっていった。

「彩は、それを聞いて嫉妬で頭が真っ白になったそうです。矢嶋は自分も史織の合鍵を持たされていると河崎に見せれば、完全に河崎と史織の仲は切れるといった」

「ううむ」

「彩は史織が田舎に帰る時などに、史織から鍵を預かることがあった。部活の資料などが史織の部屋に保管されていたこともあって、夏休みなど自由に部屋を使っていい、といわれていたのです」

「彩は合鍵を作ったのか」

「はい。作って矢嶋に渡したそうです。そうしたら、矢嶋は史織の部屋に無断で入り、日記や手紙などを読んだらしく、彩や真耶に、史織の河崎への熱い思いや、彼とのやりとりのあれこれを微に入り細をうがって、話すようになった」

「ううむ」北郷は顎《あご》を撫《な》でた。

「不安を覚えた彩は、思い切って河崎に尋ねたところ、史織から合鍵なんか貰《もら》っていない、と一笑に付された。なんで、そんなことを訊《き》くといわれ、彩は河崎に正直に矢嶋のことを話した。そうしたら、河崎は激怒して、おまえのようなやつは友達でも何でもない、と絶縁されてしまった。それで彩は矢嶋に騙《だま》されたと分かり、矢嶋に合鍵を返すように迫ったのだそうです」

「矢嶋は返したのか？」

「ええ。合鍵を返したそうです。いったんは、彩もそれで安心したそうです」

青木奈那はうなずいた。安原万里が付け加えるようにいった。

「だが、合鍵は一本とは限らない。事件が起こった時、彩は真っ先に矢嶋が合鍵を使って部屋に侵入し、犯行に及んだのではないか、と思ったそうです」

奈那がいった。

「それで、彩さんは警察に知らせようと思ったそうです。ところが、新聞記事やテレビの報道を見ていたら、犯人はベランダから侵入し、犯行後も、ベランダから屋上へ上がって逃げたとなっていたので、彩さんは矢嶋が合鍵を使ってやったことではないと安堵《あんど》した」

北郷は訝った。

「なぜ、矢嶋が殺《や》ったと彩は思ったのだ？」

「矢嶋が忍び込んで読んだ日記に、河崎への思いの一方、矢嶋を蛇蝎《だかつ》のように嫌っていることが書いてあったからです。矢嶋は、笑いながら、そう述懐していたが、史織への愛憎半ばする

件の再捜査始まるという連載らしく、そこにこれまでいわれているような、ノビ師の犯行説を

森女子大生放火殺人事件』の再捜査をはじめたという特集記事が出たそうなのです。未解決事

「事前に由比さんから電話があったこと。それから、信州の地方紙に、特命捜査対策室が『大

だな。なぜだ？」

「ところで、萩原彩はおまえたちに会った時、いよいよ来たか、と覚悟したといっていたそう

そんなことで、いちいち警察に駆け込まれては、こちらも迷惑千万である。

を発散させ、実行には及ばないものだ。

てやる」などと高言する人間は、たいてい口ばかりで、そう大言壮語するだけで、エネルギー

特に恋に狂った男や女は、日頃思わぬことを口走ることがある。憎しみから「あいつを殺し

若い頃、人は誰も口だけで、いろいろ過激なことをいう。若気の至りというやつだ。

「ううむ」北郷は唸《うな》った。

すぐに冗談冗談と打ち消したそうですが、目は本気だったと」

「彩によれば、史織を殺してでも自分のものにしたい、と矢嶋はいっていたそうです。でも、

安原万里が続けた。

「代理、愛が憎しみを倍増させるというではないですか。可愛さあまって憎さ百倍って」

青木奈那が笑いながらいった。

「愛憎半ばって、どんな言葉を吐いていたというのだ？」

言葉を吐いていたそうなのです」

見直ししている、合鍵を使っての犯行の線も出て来たとあったそうなのです」

「……洩《も》れたな。信州の地方紙に配信しているのは、共同か時事だ。誰かが、通信社に、いまの読み筋を洩らしたんだ」

特命捜査対策室7係はまだ出来たてということもあり、記者たちの夜討ち朝駆けの対象になっていない。特に捜査一課は、情報がメディアに洩れるのを一番恐れている。洩れれば、捜査に支障をきたすことが多いからだ。

八代係長が洩らすはずはない。宮崎管理官もまた洩らす動機がない。

だが、捜査一課の他の係や班となると分からない。自分たちに関係ない捜査情報だと、あえて洩らして、足を引っ張るのだ。

北郷は迂闊《うかつ》にも最近の新聞報道を見逃していた。

捜査一課の中には、特命捜査対策室7係に反感を抱いている者も多い。特にかつて『大森女子大生放火殺人事件』の専従捜査にあたったものの、未解決のまま捜査から外された者は、なにくそとやっかんでいる者もいる。

「彩さんは、それを読んで、矢嶋のことを思い出した。しかも、自分が合鍵を矢嶋に渡してしまったことを悔いているのです。なんて馬鹿なことをしてしまったのか、と」

「それで、彩はおまえたちが訪ねた時、覚悟して告白したんだな」

安原万里が決然としていった。

「そうです。代理、矢嶋の身辺を内偵捜査しましょう。私たちにやらせてください」

青木奈那も北郷を見つめた。

「代理、お願いします。彩さんの疑念を晴らすためにも、矢嶋を取り調べたいのです」

「彩は、矢嶋がホシでないことを祈りつつ、史織さんへの申し訳ない思いのため、私たちに犯人を捕まえてほしいといっています」

「彩さんは、自分にも責任があるので、教職の進退も考えているそうです」

北郷は分かった、とうなずいた。

「安原主任、青木、よくやった。ふたりとも、大手柄だ」

青木は頰を染め、両手で頰を押さえた。

安原万里は平静を装っているが、してやったりという顔をしていた。

「特命捜査だ。二人で矢嶋を徹底的に洗え。上には俺からいっておく。しかし、いまおまえたちの手柄を発表すると、班の士気に関わる。しばらくは伏せる。他の者には機会を見て話す。それまでは、おまえたち二人だけで極秘捜査しろ。報告は、すべて俺に上げろ」

「ありがとうございます」

二人は声を合わせていい、頭を下げた。

「一つだけ、聞いておきたい、河崎学は、いまどうしていた？　由比は萩原彩が知っているといっていたが、所在を訊いたか？」

「はい。河崎学は、みんなと縁を切り、事件が起こる前に、フランスに留学したそうです。いまではパリの大学で教授になり、日本文学を教えているそうです」

「そうか。アリバイ成立だな。念のため、早稲田に問い合せ、河崎の留学の時期を確かめ、潰《つぶ》しておけ」

「はい」「了解」

青木奈那と安原警部補は返事をした。

万里と奈那は席に戻る途中、互いにハイタッチをした。

北郷は頭を振った。

2

梅雨が上がり、灼熱《しゃくねつ》の太陽が街を照らす日々が続いた。

班員たちは、汗だくになりながら、連日、足を棒にして捜査にあたっていた。

夕刻、北郷が7係の部屋に戻ると、会議室から顔を出した八代が「ちょいと来てくれ」と顎をしゃくった。

「一課1係の安宅《あたか》係長が来ている。話を聞きたいそうだ」

「はっ」

北郷は汗をハンカチで拭《ぬぐ》い、一度脱いだ背広をもう一度着直した。

1係の班長といえば、一課の筆頭警部だ。

会議室には、二人の私服がテーブル席に着いていた。八代は二人と親しげに話をしながら、北郷の向かい側に座った。

八代が二人に北郷を紹介した。

「こちらが、うちの代理の北郷警部補」

「どうぞ、よろしく」

北郷は捜査一課1係の二人に腰を折って敬礼した。

二人は立ちもしなかった。二人のうち、上司らしい目の鋭い男がうなずいた。

「私が1係長の安宅だ。で、隣がSSBC捜査員の班長、清水警部だ」

「よろしく」

清水係長は目顔で応対した。

清水警部は一見刑事らしからぬ、どこにでもいそうな普通の会社員風だった。

SSBC（捜査支援分析センター）は、二〇〇九年四月に警視庁刑事部内に創設された新組織で、文字通り「捜査支援分析」を行なうセンターである。

SSBCの役割は、主に二つ。一つは、防犯カメラの画像解析、電子機器の解析による「分析捜査支援」。もう一つは、犯罪の手口などから犯人像をプロファイリングする「情報捜査支援」である。

八代はテーブルの上で手を組み、北郷にいった。

「安宅係長と清水係長が、わざわざこちらに御出《おい》でになったのは、うちが扱っている事件の手口が、この前に杉並で起こった事案の手口によく似ているので、協力してくれ、というのだ」

安宅が嫌な顔をした。

「いや、八代係長、協力の依頼ではない。ただ捜査状況を聞きたいということだ」

清水は黙って北郷を静かに見つめていた。

安宅が北郷に向き直った。

「杉並での事案は、知っているな」

「一応、新聞やテレビの報道で知っています」

「手口照会をしたら、きみたち特命7係が追っている『大森女子大生放火殺人事件』と手口が似ているところもあるので、念のため、捜査状況を聞きに来たのだ」

北郷にも事件の概要が伝わっていた。

七月二日午後八時ごろ、杉並区上高井戸《かみたかいど》一丁目のマンション五階に住む女子大生が殺され、部屋が放火された事件だ。

被害者が女子大生で、殺された上に、部屋が放火されたところが、『大森女子大生放火殺人事件』とよく似ていた。

事件発生とともに、捜査一課やSSBC捜査員、鑑識課員が現場に駆け付け、捜査が開始された。

捜査本部が高井戸署に立ち上げられたところまでは聞いている。

現場の上高井戸一丁目は、ちょうど世田谷区と杉並区が複雑に入り組んだ地域で、高井戸署と成城《せいじよう》署の管轄区域が重なっているところだ。

現場は京王線《けいおう》八幡山駅《はちまんやま》の北、歩いて数分の距離にあり、現場近くには環状八号線も通っている。

犯人は八幡山駅を利用したか、あるいは車で環八を使ったか、その両方の可能性を追って、SSBCが防犯カメラの映像解析を行ない、ビッグデータを使って、犯人の前足（現場まで来た足痕）、後足（現場から逃走した経路）を割り出したらしい。

最新の電子機器を使用してのSSBCの捜査方法は、まだ新しい手法なので、北郷はほとんど知らないでいる。

「どうだね。ホシの目星はついているのかね」

北郷は応《こた》える前に、八代を見た。八代の目がしばたたき、いうな、と合図した。

「いや、まだです」

「そうだろうな。十五年前に、うちが取り扱った事案だ。一課1係が渾身《こんしん》の力を振り絞って捜査してもホシが割れなかった。簡単に分かるようだったら、我々がホシを挙げている」

安宅は馬鹿にした口調で嘲《あざけ》った。

八代は素知らぬ顔をしていた。

清水係長が静かにいった。

「読み筋を変えた、とお聞きしたが、それで新しい進展がありましたか？」

ある、といいたかったが、北郷は頭を左右に振った。

「まだ、新しい進展といえるようなものはありません」

「本当ですか？　何もない、と」

清水係長は猜疑《さいぎ》の眼差《まなざ》しで北郷を見据えた。

嘘は許さない、という目の力がある。

もしかして、清水係長は誰からか、安原警部補と青木刑事が重参の矢嶋晋を追って、特命捜査をしているという話を聞き付けているのかも知れない。

だが、と北郷は思った。ここで特命捜査を洩《も》らせば、どこで足を引っ張られるか分からない。それは、捜査のメドがつくまで、どうしても隠しておきたかった。安原主任と青木刑事の手柄を守るためにも。

「ありません。まだなにも」

北郷はシラを切った。

安宅が小馬鹿にしたようにいった。

「そうだよ。清水係長、7係は八代も認めている通り、ゴンゾウたちの吹《ふ》き溜《だ》まりだ。ゴンゾウはいくら逆立ちしてもゴンゾウに変わりはない。ホシを挙げることなど、期待する方が無理無理。もし、ゴンゾウたちがホシを挙げたら……」

北郷はむっとしていった。

「安宅係長、もし、ホシを挙げたら、どうします？」

「どうするかって……、代理は、どうしろ、というのだ？　代理のいう通りにしようではないか」

「分かりました。もし、我々がホシを挙げたら、安宅係長に、皇居のお堀の周りを裸踊りをして回って頂きましょう」

「北郷、なんてことを……」

八代がにやつきながらいった。

北郷は動じなかった。

「ここまで7係を馬鹿にされて、黙っているわけにはいきません」

安宅は笑った。

「ははは。では、逆に、北郷代理、きみたちがホシを挙げられなかった場合は、どうしてくれる？」

「同じように、自分が、お堀の周りを裸踊りしながら回りましょう」

「いい度胸だ。その言葉、忘れるな」

安宅係長は赤ら顔になった。

「まあまあ、抑えて抑えて」

清水係長は安宅係長を宥《なだ》めた。ついで、北郷に顔を向けた。

「もう一度、訊《き》く。読み筋を変えたのは知っている。ホシとは別に、ベランダに別の人物がいたというのだね」

「はい」

清水係長は、どこまで知っているのか、北郷は少々不安になった。

「ホシのDNA型と違うDNA型の体液が、ベランダの水溜《みずたま》りで見付かった、と」

そうか、科捜研だ、と北郷は思った。

科捜研とSSBC（捜査支援分析センター）は関係が深い。

「その別人は見付かったのかね？」

「人物の特定はできましたが、まだ、その男の身柄を確保していません」

「その別人が、犯行時にベランダに居て、犯行の様子を見ていた可能性がある、というのだね」

「その通りです。もし、そいつが犯行を目撃していたら、ホシの特定が出来るかも知れない」

「代理、その別人とは何者なのだね？」

北郷はちらりと八代を見た。八代はうなずいた。隠すなということだ。

「ノビ師の及川真人でした」

「正直だな。実は私も7係が出したDNA型鑑定照会で、ノビ師の及川真人のDNA型と一致したという報告を聞いていた」

危ないところだった。もし、嘘をついていたら、どうなったか。北郷はひやりとした。

清水係長はうなずいた。

「もし、及川を見付けて、身柄を押さえたら、我々にも教えてほしい。大森の事件と、今度の上高井戸の事案は、手口から見て、同一犯の可能性もある」

「分かりました。了解です」

「では、我々はこれで引き揚げる。さあ、安宅係長、行きましょう」

清水係長は安宅係長を促した。

清水と安宅は文句をいいながら、八代に送られて会議室から出て行った。

北郷はほっとして、煙草にジッポの火を点《つ》けた。

あれから二週間以上が経つのに、安原と青木のどちらからも報告が上がって来ない。どうしたというのか？

八代が戻って来た。開口一番、八代はいった。

「本筋については、まだ二人とも知らなかったな。どうなっているか、安原主任に督促しておけ」

「分かりました」

「期待しているぞ、とも。いまに見ろ。7係を馬鹿にしおって。あの傲慢《ごうまん》な安宅の鼻をあかし、裸踊りをさせてやる」

八代は満足気に笑った。

北郷は、いつの間にか、八代が7係の部下たちをゴンゾウ呼ばわりしていないのに気付いた。

3

鵜飼部長刑事は、九重部長刑事と組んで、史織の中学高校時代の同級生、特に史織を好きだった男子の友人、さらには、親しかった女子も含めて、全部を洗い直した。

すでに捜査本部が人海戦術であたっていたので、その再確認ということだったが、東日本大震災のおかげで、地元仙台では連絡が取れない人もいて、かなり難航した。

結果は、無駄足のゼロだった。

さらに、大学に入った史織が受けていた人文学科ゼミの関係者、教授から、当時学生だった男女、ゼミの先輩後輩まで含めておよそ百人、さらに史織が一時入会していたテニス同好会『青葉クラブ』のメンバー二百人を総当たりした。

一口に計三百人といっても、いまは全員が社会人で、日本各地に散っている。

その一人ひとりを芋蔓式《いもづるしき》にたぐって、史織に恨みを持っていた人物はいないか、を調べるのだから、大変な労力だった。

しかも、これまた捜査本部がすでにすべて潰《つぶ》した後だったので、五ヵ月かけての聞き込みは、ほぼ空振りに終わった。

収穫がないでもない。史織を悪く思っていた友人、知人の類《たぐい》がまったくといっていいほどなかったことが分かった。

史織と親しかった男子では同学年の学生五、六人が上がったものの、いずれもホシの血液型Aはいなかった。

史織と親しかった者では、女性では、車谷真耶、小島由比、萩原彩の三人が共通して上がった。彼ら仲良し四人組の評判はよく、誰も悪くいう者はいなかったらしい。

四人は他大学の男子学生との交流があったという噂があったが、相手については特定できなかった。

鵜飼と九重の報告を聞いた八代と北郷は、「お疲れさん」と二人を労《ねぎら》った。

犯罪捜査は99パーセントの無駄足から成り立っている。最後の1パーセントがホシに辿《たど》り着く手がかりだ。そのわずかな手がかりを見付けるか否かに、捜査員たちのホシとの勝負がかかっている。

「二人とも二、三日休みを取って英気を養ってくれ。いずれ、遅かれ早かれ、ほかの捜査員の捜査を手伝って貰《もら》うことになる」

八代は二人にいった。

鵜飼は「とんでもない、休んでなんかいられないですよ。軀《からだ》が鈍る」と笑った。

九重も即座に休みを拒んだ。

「自分も、すぐに次の捜査にかかりたい。でないと、捜査の勘が鈍ってしまう」

北郷は笑いながらいった。

「分かった。二人には、ノビ師の及川真人捜しの応援をして貰おう。いま、手塚刑事、真下刑事の二人が及川を追っている。彼らに合流してほしい」

「了解。佐瀬と半村は何を追っているんです?」

鵜飼が訊いた。

「佐瀬刑事と半村部長刑事には、及川の内縁の妻を張り込んで貰っている」

「代理、安原主任と青木の二人のお嬢は、何をしているんで？」

九重が部屋を見回し、二人の席が空いているのに気付いていった。自分たちは足を棒にして歩き回っているのに二人は遊んでいるのでは、と不満げだった。

北郷は八代と顔を見合わせた。八代がうなずいた。

「二人には特命で動いて貰っている」

「特命捜査ですか」

鵜飼と九重は意外な面持ちで顔を見合わせた。八代はいった。

「二人が見付けたタマだ。いずれ、その報告が上がる。それまでに、なんとしても及川を見付け出し、ホシを特定したい。二人とも頼むぞ」

鵜飼と九重は面食らったような面持ちだった。

4

二台の捜査車両は、緊急灯を回転させながら、深夜の第一京浜を疾駆した。

運転席の真下は口数が少なくなっていた。

「まさか、及川が川崎港で死んでいただなんて。代理、誰に殺されたんですかね」

「まだ分からん。供述だけだ」

北郷は助手席で腕組みをし、前方のネオンに輝く街を睨《にら》んでいた。

神奈川県警川崎署の大村から、至急の通報が入ったのは、小一時間前のことだった。

内容は、三橋伸司の身柄を任意で確保したこと、三橋の供述によると、及川は殺され、川崎港の海に乗った車ごと沈められたという。

いつのことなのかは、分かっていない。車を沈められた正確な場所も不明だ。

誰に殺されたのかも、まだ不明だ。すべては、三橋を尋問しなければ分からない。

後に続く車両には、鵜飼と九重が乗っている。

九重は長年、取調官をしている。落としのプロだ。被疑者を落とすために、少々やりすぎたため、人権侵害だと弁護士から訴えられたことがある。そのため、九重は監察官の取り調べを受け、処分を受けた。

北郷は気になって調べたら、九重が取り調べた相手は幼女を何人も弄《もてあそ》んで殺した中年男で、それまで誰が尋問してものらりくらりと供述しないでいた。

九重は、その男をわずか一日で落とし、全面自供させて、送検した。九重がどうやったのかは分からない。ただ、被疑者は弁護士に人権侵害だと訴えた。弁護士は無理に強制されての供述だとして、起訴無効だと訴えた。

だが、男の供述通りに、幼児の遺体が次々に発見された。男は起訴され、無期懲役になった。

九重の尋問方法は非合法すれすれだったらしい。

結局、監察官も九重を懲戒処分相当とはしたが、厳重訓戒に留《とど》めた。

「代理、着きました」

真下の声に北郷は物思いから我に返った。

車は川崎署の玄関脇の駐車スペースに滑り込んだ。後続の車両も、隣の空きスペースに駐車した。

北郷はドアを開け、真下とともに、車を降りた。

玄関先に大村の姿があった。

「デカ長、ありがとう」

「みなさん、ご苦労様です」

北郷は、後から降りて来た鵜飼部長刑事と九重部長刑事を大村に紹介した。

「ともあれ、中で」

大村は北郷たちを署内に促した。

立番の警察官が敬礼した。北郷たちは、大村の後について、署内に足を踏み入れた。

北郷たちはモニター室に案内された。

取調室の様子がモニターに映っている。音声もスピーカーから流れている。

取調室には手塚が入り、坊主頭の男と雑談をしていた。

川崎署刑事一課の捜査員数人がモニターを囲んで覗《のぞ》いていた。

捜査員たちは一斉に振り向いた。

「課長、こちらが警視庁捜査一課の方々です」

大村は捜査員たちの中で傲然《ごうぜん》とした態度の男に北郷を紹介した。

「特命7係の班長代理・北郷です」

「ああ、ご苦労さまです。一課長の正村《まさむら》です」

正村は腕組みを解き、北郷に会釈を返した。

「手塚がお世話になっております」

北郷はモニターに映っている手塚を目で差し、礼をいった。

「いやいや。お互い様です。我々もそちらにお世話になることがありますから」

正村は口元に笑みを湛《たた》えていた。

捜査員たちには、警視庁捜査一課員のお手並み拝見という態度が見え見えだった。

北郷は鵜飼たちを正村に紹介した。

取調室に動きがあった。人影が部屋に入り、手塚に囁《ささや》いた。手塚はちらりとカメラを見た。

誰かが北郷たちの到着を告げたらしい。

手塚は不貞腐《ふてくさ》れた態度で座っている男に向き直った。

『……三橋、いま一度話を整理しよう。兄貴の及川は、一九九六年の夏に殺されたというんだな』

『ああ』

『誰に殺された？』

『だから、何度もいったろう、赤田《あかだ》の若いもんだって』

北郷は大村に顔を向けた。大村が囁いた。

「赤田組は浜や川崎の港湾を縄張りにしているマル暴ですよ。昔ながらに港湾労働者を仕切っている」

会話が続いていた。

『赤田が殺《や》ったという証拠は？』

『んなのあるはずねえよ。馬鹿馬鹿しい。車ごと海に沈めたってんだから。あんたたちが車を引き上げてくれれば、分かるだろ』

『誰から聞いた？』

『赤田の連中が、そう言ったんだ。何度いったら、分かるんだい。……これは任意なんだろう。俺は何もしてねえんだ。そろそろ帰らせてもらうぜ』

三橋は立ち上がりかけた。手塚が三橋の肩を押さえた。

『まあまあ、そうだだをこねるな。兄貴の及川の仇《かたき》を討ってやろうとしてんだからさ。いいだろう？　もうちょっと付き合ってくれよ』

三橋はそっぽを向いている。

「だいぶ、てこずっているようですな」

正村が北郷を見た。口元に笑いが浮かんでいる。

警視庁の捜査一課といっても、この程度か、という表情が読み取れる。

北郷は九重に顔を向けた。

「九重部長刑事、手塚を手伝ってくれ」

「出番ですね」

九重はうなずき、正村に向いた。

「課長さん、悪いんですが、モニターと音声、カットしてくれませんかね」

「なぜかね？」

「自分の取り調べ方は、企業秘密でしてね。他人に見られたくないんですよ」

「……？」

正村は大村に、これはどういうことだ、という顔をした。

「課長、任意の事情聴取なんで記録する必要はないでしょう。自由にやりたいということなのでしょうから、モニターなしでもいいんでは？」

大村が助け船を出した。北郷は感謝した。

正村は腕組みをし、九重を見た。

「手荒なことはしないでしょうな」

「大丈夫です。手荒な取り調べはしない主義ですんで」

九重はにやにや笑った。

正村は部下にモニターを切れと顎《あご》をしゃくった。部下の一人がスウィッチを切った。

「ありがとうございます。では、ちょっと失礼します。取調室は、どちらです？」

九重は大村に尋ねた。大村が「案内します」といい、先に立って歩き出した。

九重の姿が廊下に消えると、正村課長は苦笑いしながら、北郷に訊《き》いた。

「警視庁の捜査一課は、いつもこんな具合なのですか？」

「捜査一課といっても、各係、さまざまでしてね。自分たち特命は特命のやり方で、やっています」

大村がモニター室に戻って来た。正村課長はいった。

「今回は、そちらの要請を受けて、うちが任意でマル対（対象者）を引いて、そちらに渡した。だが、マル対の供述で、事案がうちの管内であったようなら、うちが引き取りますが、それでいいですな」

「もちろんです。川崎署管内で起こった殺しとなったら、我々が出る幕ではない。我々はあくまで『大森女子大生放火殺人事件』が本筋です。その掘り起こしをしている。マル対が、その関連のことを知っているようなので、調べているだけです」

「それなら、結構です」

正村は部下たちとうなずき合った。

和やかに雑談が始まった。

インスタントのコーヒーが北郷たちに振る舞われた。

北郷は大村に訊いた。

「デカ長、短い期間に、よく三橋を見付けることができたね。どうやって見付けたんだ？」

「ははは。たまたまですよ。うちのマル暴担当に三橋の人定情報を流したら、川崎競輪場近くの飲み屋街にいると判った。あとは、行きつけの飲み屋に張り込んでいたら、夜になって、このこやつが現われたというわけです」

捜査員の一人がテレビを点《つ》けた。

東日本大震災特集のドキュメンタリー番組の映像が流れはじめた。

まるで終戦直後の焼け野原を思わせる瓦礫《がれき》の山また山の光景が映し出された。宮城県名取地方の津波の被災状況だった。

北郷たちは声もなく、被災地の映像に見入っていた。


北郷はちらりと壁の時計に目をやった。

ほぼ二時間が経過していた。

落としの九重でも、てこずっているのか、と北郷は思った。

突然、廊下が騒がしくなった。

手塚と九重がにこやかに話をしながら、部屋に現われた。

鵜飼が二人を迎えた。

「二人ともお疲れさん、九重部長刑事、それで、三橋は話をしたのか」

「すらすら。素直なもんでした」

九重は当然のように澄ましていた。手塚が北郷にいった。

「代理、及川はやはり車ごと、川崎港の海に沈められたらしいです」

「やはり」

脇から聞いた正村課長の軀《からだ》が身動《みじろ》いだ。

北郷が訊いた。

「場所は？」

「京浜運河らしい」

大村は訝《いぶか》った。

「京浜運河といっても広いからな。どのあたりだろう？」

「三橋は、それを密《ひそ》かに調べて、突き止めたそうなのです。三橋によると、扇町《おうぎまち》の三井埠頭《みついふとう》先ではないか、といっている」

部下の一人が港湾地図を拡げ、正村に見せた。

「課長、この付近ですね」

「三井埠頭あたりか？　いま船が入っているだろうな」

正村は大村に向いた。

「だいたい、常時貨物船が入ってますね」

「明日《あした》、船を出し、潜水士を入れてみよう」

「手配します」

大村はうなずいた。正村は北郷に向いた。

「ここからは、うちが引き取りますが、いいのですな」

「もちろんです。三橋の身柄は、どうします？」

「任意ですからね。今夜は帰しましょう」

正村課長は部下に向いた。

「三橋は帰せ。ただし、蒸《ふ》けられたりしたら、困る。誰か、見張りを付けておけ」

部下たちのうち、二人が背広やジャンパーを手に部屋を出て行った。

北郷は九重に向いた。

「三橋は、どういう供述をしたのだ？」

九重はにっと笑い、北郷に小声でいった。

「代理の読み筋通りでした。及川はたまたま昼間に目をつけていた部屋に忍び込もうと、ベランダに下り、サッシ窓を破って侵入しようとした。そこへ、マル害が帰宅したので、及川は仕方なくベランダに潜んで、逃げる機会を窺《うかが》っていた。後は、ほぼ代理が読んだ筋通りでした」

「及川は、いったい、誰を脅していたというのだ？」

「いいんですか？　ここでいっても」

九重はちらりと大村や正村課長に目を流した。

「いい。及川の死体が上がれば、なぜ、殺されたのか調べねばならない。それには知っておいて貰《もら》った方がいい」

北郷は大村と正村課長を見た。

「そうですな。二度手間になる」

「我々も聞いておきましょう」

九重はうなずいた。

「及川が脅していた相手は、矢嶋晋という男です」

「矢嶋晋か」

ビンゴ！　見事に繋《つな》がった。

北郷は内心で喝采《かっさい》した。

安原万里も青木奈那も喜ぶに違いない。

「代理は矢嶋晋のことを御存知でしたか」

九重と手塚が驚いた。鵜飼と真下も戸惑った顔をしている。

「うむ。実は矢嶋晋については、安原主任と青木刑事に身辺を洗わせているところだった」

「なんですって？　じゃあ、代理は、とっくに矢嶋を重参と見て、二人に捜査させていたんですか？」

鵜飼や九重たちは驚き、互いに顔を見合わせた。

「とっくにということではない。矢嶋晋については、安原主任と青木刑事が鑑取り（被害者周辺の人間関係を調べる）しているうちに、嗅《か》ぎ付けた。そこで、いま引き続き二人に特命捜査させている」

「……なんだ、そうだったのか」

九重たちは、やや気落ちした様子だった。

知らぬ間に、安原万里や青木奈那に先を越されたと思ったからだ。

北郷はみんなを励ますようにいった。

「これで矢嶋晋がほぼ本ボシだと分かった。だが、これからが勝負だ。矢嶋晋を逮捕するには、矢嶋の犯行だという裏付け証拠を挙げねばならないのだからな」

北郷は九重に訊《き》いた。

「三橋は、及川が何で脅していたのかについてはいっていたか？」

「日記だそうです」

「なに、日記だ？」

北郷は訝った。

「史織の日記か？」

「いや、矢嶋の日記だそうです」

「どうして、及川は矢嶋の日記を持っていたのだ？」

「及川は事件現場から立ち去る犯人の男を密かに尾行して、田園調布の自宅に戻ったのを確めた」

「うむ」

「及川は昼間、再び犯人の男の自宅を確かめたら、矢嶋邸だった。それから邸《やしき》に張り込んで、男が邸から出て来るのを確認し、矢嶋晋だと特定した」

手塚が九重に替わっていった。

「及川は矢嶋晋を脅すにしても、自分がベランダで見ていたといっても、それだけではいかにも弱い。それで、ある夜、及川は、三橋に外を見張らせ、矢嶋晋の留守を狙って、邸に忍び込み、矢嶋晋の部屋を物色した。そこで見付けた日記や写真類を盗みだした」

「どんな日記だったというのだ？」

北郷は訝った。

「事件当夜の犯行の様子を、克明に書き記してあったらしい」

「三橋は日記を読んだのか？」

「及川が見せてくれたそうです。三橋によると、あまりに生々し過ぎて、読めたものじゃなかったそうです」

「ふうむ」

「それに、彼女を殺《や》ってしまったことを悔いる言葉が書き連ねてあったらしい。矢嶋晋も後悔していたのでしょう」

「後悔先に立たずだ」

北郷は冷たくいい放った。

後悔や反省は、誰でも出来る。後悔や反省をせねばならぬことは、はじめからやらぬことだ。

「写真も盗んだといっていたな。どんな写真だ？」

「矢嶋がマル害と二人でいたツーショットの写真を何葉か見付けて盗んだようです。後で、それを一葉ずつ矢嶋に送り付け、自分はおまえがやったのを知っていると脅したそうなんです」

「なるほど。それで、金はいくら矢嶋に要求した？」

「一億円。払わねば、日記を持って出るところに出ようと」

「一億か。及川も、大きく出たな」

「矢嶋の返事は？」

「一度に一億円は無理だ。払うから分割にしてほしいといって来たそうです」

「及川は、どうした？」

「及川は、最初に三千万円、あとは月々に一千万ずつ払えといったらしい」

「それに対して、矢嶋は？」

「承知したという返事だったそうです。それで及川は喜んだ。ところが、約束の日に、及川は金を受け取りに行ったまま帰らず、忽然《こつぜん》と姿を消した」

「及川は、たった一人で大金を受け取りに出掛けたというのか？」

鵜飼が憮然《ぶぜん》としていった。

「不用心だな。なぜ、及川は三橋を連れて行かなかったのかな」

「及川は、矢嶋が大学生のお坊ちゃんだと見縊《みくび》ったのではないか？」真下がいった。

鵜飼が推理した。

「矢嶋が一人で来てほしい、といったのではないか？　それも銀行のロビーとか、人が大勢いるような安全な場所で金を受け渡すとかいわれて、及川は安心して出掛けた。そうとしか思えない」

北郷はうなずいた。

「鵜飼部長刑事の説に賛成だ。そうでなければ、及川は用心して、おいそれと出掛けはすまい。三橋は何といっていた？」

「及川は三橋に、どこへ行くとも告げず、出掛けたそうです。それで蒸けたので、もしかすると、及川は大金を得たら、分けるのが惜しくなり、弟分の自分にも内緒で行方をくらましたか、と三橋は思ったそうです」

「だろうな」

「しばらくたって、三橋は及川の内縁関係にあったお桂姐《ねえ》さんに、それとなく尋ねたが、逆に姐さんに及川兄貴の居場所はどこだと聞かれた。新しい女が出来たのかって問い詰められたそうです。それで、ほんとに蒸けたと分かった」

「三橋は、どうして及川が殺されたと分かったのだ？」

「及川が姿を消してまもなく、横浜日《ひ》の出町《でちょう》にあった及川のヤサに、やくざ者たちが押し掛けた。留守番をしていた三橋を徹底的に痛め付け、ブツを預かっただろう？　どこに隠した？と訊いたそうです」

「それで？」

「三橋はブツの行方を知らなかったので、必死になって知らないとくりかえした。業を煮やしたやくざ者たちは、おまえも及川みたいに簀《す》巻《まき》にされて海に沈みたいのか、と脅したそうなんです。それで、三橋は、及川がこいつらに殺られたな、と」

「それだけでは、ほんとに及川が殺されたとはいえないな」

「それで、三橋は、そのやくざ者たちの顔を覚えていたので、テキヤの下っ端をやりながら、十年以上かけて調べたそうなんです。そこで、ようやく、そのやくざ者たちが赤田組の下っ端だと突き止めた」

「兄貴のリベンジのために、十年以上もかけて調べたというのかい。えらい執念ですね」

真下が感心した。鵜飼が首を傾げた。

「ほんとかな？　三橋は、そんな兄貴思いの殊勝な男かな。ほかに狙いがあるように思うがね」

北郷は九重に訊いた。

「三橋は、どういうやつだ？」

「あいつは、気が小さい男です。口では仇討《かたきう》ちなんてことをほざくが、そんなことをさらさらやる気はない。でなかったら、歌うなんてことはしない。普通、復讐《ふくしゅう》する相手を見付けたら、さっさと実行するでしょう」

真下が九重に訊いた。

「だとすると、なぜ、十年以上もしつこく及川を殺したやつを追って来たんです？」

「あいつ、何かブツを隠し持っているんではないかな」

手塚が北郷にいった。

「そう。俺もそう思う。いくら及川が不用心でも、金になるネタを金と引き換えに、すんなりとすべて渡すわけがないと思うんです。恐喝犯は、たいてい、きっと原本のコピーか何か取っておいて、仮に原本は全部渡しても、今度はコピーをちらつかせて金にしようとするものです。だから、きっと、日記のコピーをどこかに隠してある。三橋は、それを知っていて、我々が再捜査しはじめたので、いよいよ、チャンスが回って来たと思っているんだと思う」

「どういうことです？」

真下がまだ分からないという顔をしていた。

北郷もいった。

「三橋が及川のことを調べたのも、自分が同じことをして、及川の二の舞にならぬよう用心してのことだろう。そして、及川が矢嶋の犯行を目撃していたことを喋《しゃべ》ったのも、警察が矢嶋の周辺を嗅《か》ぎ回るように仕向けたかったからだ。そうすれば、日記のコピーでも、矢嶋晋は犯罪発覚を恐れて、高く買う。そう読んだのではないか」

「なるほど。そういうことですか」

真下は納得したようにうなずいた。

鵜飼が口を開いた。

「代理、矢嶋と赤田組の接点はどこにあるのか？　いくら矢嶋が金持ちだったといえ、やくざ者を雇って及川を殺させるのは、あまりに危険過ぎる。今度はそれをネタにやくざ者が矢嶋を脅迫しかねない。その危険をあえてやったのは、当時大学生だった矢嶋の力ではないように思う。背後に誰かいたはずだ。この際、徹底的に洗ってみる必要があるように思いますが」

北郷は手塚に向いた。

「その通りだ。鵜飼部長刑事と、マル暴に強い真下刑事は、矢嶋と赤田組の接点を徹底的に洗い出せ」

「了解」「了解です」

鵜飼と真下は互いに顔を見合わせた。

北郷は九重と手塚に向いた。

「九重部長刑事と手塚刑事は、三橋の捜査をして貰《もら》おう。やつは何かブツを持っている。そのブツは、きっと矢嶋の犯行を裏付ける証拠だと思う。三橋を泳がし、ブツのありかを見付けろ。なんとしても、そのブツを押さえるんだ」

「了解です」「了解」

九重と手塚も互いに頷《うなず》き合った。

北郷は正村課長に顔を向けた。

「どうでしょう？　我々特命は、過去の『大森女子大生放火殺人事件』のホシを追う。川崎署刑事一課は殺された可能性の高い及川の線を追う。そういう棲《す》み分けした上で、相互に協力しあうのは？」

「いいでしょう。うちとしては、及川の死体が上がれば、まず死体遺棄事件として捜査を開始し、赤田組の関わりがはっきりすれば、殺人捜査に切り換えることになりましょう。その場合、矢嶋関連の捜査情報はいただけますか？」

「もちろんです。赤田組のやくざ者たちを挙げるために必要でしょうから、関連の捜査資料を全部、そちらに回しましょう。問題は、三橋の捜査についてですが、こちらも、矢嶋を追い詰めるための重要なキイマンですので、まずはうちの九重部長刑事と手塚刑事に捜査を優先させていただけませんか」

「ちょっと待ってください」

正村課長は大村と小声でひそひそと相談しはじめた。

正村課長が向き直った。

「分かりました。こちらは、三橋の供述をもとにはしますが、まず及川の死体を発見することが先決です。さらに赤田組の内偵捜査をはじめますので、しばらくは三橋はおたくの方に預けましょう」

「こちらからのお願いですが」

「何でしょう?」

「三橋の捜査にあたり、大村デカ長たちの力を借りたいのですが、いかがでしょう? 私もはじめ、九重、手塚とも、川崎にあまり土地鑑がないので、三橋を泳がしても逃げられる恐れがある。以前、私がお世話になったように、大村デカ長に協力して貰えると助かるのだが」

「いいでしょう。捜査を協力しあうということですね。あとは、大村デカ長本人さえよければ」

正村課長は大村にどうだ、という顔をした。

「協力しましょう」

大村は満面に笑みを浮かべ、大きくうなずいた。

5

東都大学の構内は、夏の陽射しに緑の芝生が燃え立っていた。

グラウンドでは色とりどりの練習ジャージ姿のラグビー部員たちが炎天下で、タックルマシーン相手にタックルを繰り返したり、走りながらボールを回している。

沼田部長刑事は窓から見える構内の風景に冷たいドリンクのボトルを口にあてて飲んだ。研究室は冷房が切れているのか、窓を開けていても蒸し暑い。

「お待たせしました」

准教授の誉田《ほんだ》がゼミ室から戻って来た。

「突然にお訪ねして、申し訳ありません」

沼田は誉田に丁重に頭を下げた。安原班長代理補佐からのメールでは、矢嶋晋のことをよく知っている大学時代の学友だとあった。

沼田は名乗り、名刺を差し出した。

名前のほかは、肩書きに警視庁刑事部巡査部長としか刷ってない何の変哲もない名刺だ。

捜査一課とか、特命捜査対策室などと刷り込んであると、妙に相手の警戒心や好奇心を誘うことになる。そのため、あたりさわりのない名刺を用意してある。

誉田准教授は手に持っていた本を机の上に置き、名刺を出して名乗った。

東都大学文学部准教授。

誉田雅也《まさや》。

「どういうことでしょうか？」

誉田は眼鏡をかけた穏やかな顔立ちの青年だった。

「実は十五年前にあった『大森女子大生放火殺人事件』の再捜査をしてまして、被害者の原口史織さんと親しかったご友人たちに、いろいろお話を伺っています」

「なるほど。でも、私は原口史織さんとは面識がありませんが」

「お友達の矢嶋晋さんについて、伺いたいのです」

「ああ、矢嶋ですか。矢嶋が親しくしていた女性だったのですか？」

「そうなのです。誉田さんは矢嶋さんと、どういう友達だったのです？」

「一緒にラグビーをしました。ただし、同好会で、体育会系のラグビー部ではない。お互い、ラグビーが好きで、見るだけではつまらないので、ラグビーの真似事をしようといったいたってお気楽な会です」

「矢嶋さんはバックスで、誉田さんはスタンドオフだったとか」

「よく御存知ですね。そうか、矢嶋から聞いたのかな。あいつ、足が速かったので、10番スタンドオフの私から、ウイングの矢嶋に回せば、相手にもよるけど、だいたいがトライできる、という勝ちパターンを作って試合に臨んだものでした」

「学部は違ったとか？」

「そう。あいつは法学部、いや経済学部か。私は文学部で、普段はつきあいはないんですが、同好会繋《つな》がりでした」

「矢嶋さんは、学生時代、どんな学生でしたか？」

「一言でいえば、熱血漢かな。何事にも熱中してごりごり押しまくる。恋愛にしても、あんまり相手を押しまくるので、よく振られてました。一本気というか、思い込んだら命懸けといった、女心がいまいち分からない男でしたね。だから、私は友人として、本を読めと、特にいい小説を読めと。小説には他人の人生が書いてある。こういう人生もあるか、と体内に流してあれば、いろいろ考えも深まると忠告したものです。あ、こんな悪口いっていいのかな。あいつにはいわんでくださいよ」

「大丈夫です。ご迷惑はおかけしません」

沼田は笑いながら研究室の本棚に目をやった。スペイン語の原書の背表紙が並んでいる。

「誉田先生はラテンアメリカ文学専攻だそうですね」

「ええ。文学部でも、うちの大学にはスペイン文学科がありましてね。スペイン語を学んで、ペルーの大学に留学しました。それ以来、ラテンアメリカ文学に傾倒しまして、とうとう大学に残ることになってしまいました。本当は、商社マンにでもなろうと思っていたのですがね」

「ボルヘス、ガルシア・マルケス、ホセ・ドノソ……いい文学者が出ていますね」

「ほほう、刑事さんでも、そういうラテンアメリカ文学に関心がある方がいるんですね」

誉田は感心したようにいった。

「文学好きの普通の日本人でも、なかなか、ボルヘスやガルシア・マルケスを読む人はいない。まして、ホセ・ドノソを御存知だとは、驚いた。私の卒業論文が、そのホセ・ドノソについてでしてね。日本の作家の筒井《つつい》康隆《やすたか》さんと比較して論文を書いたものでした」

「そうですか。これはあまり事件に関係ないのですが、原口史織さんの友人の中に、ホセ・ドノソは面白いから、ぜひ、読んだらいいと勧めた人がいるらしいのです」

「へええ。分かった。それは矢嶋ですよ」

「どうして、矢嶋さんだと」

「思い出しました。学生時代に、あいつ、また誰かに片思いして、私、相談されたことがあるんです」

「ほう。どのような？」

「恋敵が早稲田の文学部の学生で、そいつがフランス文学やら日本の文学を彼女に語り、信頼されていると。彼女の気持ちをこちらに振り向けるには、文学論で恋敵を打ち負かしたいと。力になってくれって」

「ははは。青春ですな」

沼田は笑った。

「無理無理と私はいったんです。普段、あまり小説を読んでいない男が、そんなつけ焼刃で、早稲田の文学部にいる恋敵に論戦を持ち掛けてもかなわないから止めた方がいいと」

「諦《あきら》めたんですかね」

「いや、矢嶋はしつこいんです。どうしても、相手をあっといわせるようなラテンアメリカ文学を紹介してくれといってきかないんです。それも、衝撃的な作品で、一度読んだら、人生観が変わるような作品をと」

「それで」

「そう。ホセ・ドノソを推薦しました。ホセ・ドノソの『夜のみだらな鳥』を読んだらどうだ、といいましたね。ただし、毒がある小説だから、彼女には勧めない方がいい。恋敵には、こんな本を読んでいるんだぞ、ぐらいはいってもいいかも知れないが、と」

「矢嶋さんは読んで、どういう感想を述べられていましたか？」

「矢嶋は読んだかな。気持ち悪いとかいっていたから、ちゃんと読んでいないいんじゃないかな」

「読んでいないのに、相手に勧めるのですか？」

「あいつは、そういうやつです。はったりで、自分はこういうすごい作品を読んでいるんだぞと威張りたい、相手を圧倒したい、それだけです。きっと好きな女の子の前で、いい格好をしたい、そんな他愛《たわい》無い男なんです」

「やはり、そうでしたか」

沼田は、なんとなく辻褄《つじつま》が合い、納得した。

「え、どういうことですか？」

誉田は怪訝《けげん》な顔をした。

沼田はいった。

「『夜のみだらな鳥』は、たしかに毒がある小説ですね。私は読んで悪夢を見ました」

「あなたは読んだのですか。驚いたな」

「あのような小説を好む人間が犯罪に手を染めるのかなと思ったのです」

「困ったな。そういうことでいえば、私は犯罪者だと思われかねない。でも、小説は人の価値観を変える力は持っているが、犯罪に駆り立てるようなことはない。人間とは何か、生きるとは何か、人生とは何かを考えさせるのが文学ですからね」

「たしかに。私もホセ・ドノソを読んだからといって、犯罪に手を染めようとは思わなかった」

「そうでしょう。毒のある本とはいったが、人間を考える上で毒が薬にもなる。そういう本ですからね」

「たしかに、ホセ・ドノソの異相の世界は、現実世界をしっかり見据え、なおそれを揶揄《やゆ》したものですものね」

「おっしゃる通りです。グロテスクですが、本当は正常な世界といわれるものが、グロテスクなんです。正常者といわれる人が、本当は異常者なのかも知れない。そういうことを教えてくれる本ですよ」

誉田はにやにや笑った。

「いや、参考になりました。青春時代の逸話をお聞かせいただいて」

「え？　もういいのですか」

「はい。疑念が消えました。ありがとうございました」

沼田は立ち上がり、誉田に礼をいいながら、研究室を出た。

ポリスモードを取り出し、安原主任に電話をかけた。ラインで青木奈那や北郷にも繋がっている。

「安原主任、誉田准教授に矢嶋のことを聞きました」

『どうでした？』

「やはり、矢嶋がマル害にホセ・ドノソを勧めていました」

『なぜ？』

「恋敵の河崎学に負けまいとしてです」

『まあ、やっぱり』

『だと思ったのよね』と青木の声が重なった。

『沼田部長刑事、夕方までには引き上げてくれ。捜査会議を開く』

北郷の声が聞こえた。

「了解しました」

沼田はポリスモードの通話を終了した。

グラウンドを全力疾走するラガーマンたちの姿があった。

沼田は、その群れのなかに、ふと矢嶋や誉田の姿を見たように思った。だが、それは陽炎《かげろう》の中に見えた幻だった。

6

小会議室に宮崎管理官臨席の下、八代係長をはじめとする7係の十一人全員が顔を揃えていた。議長役の北郷が口火を切った。

「周知の通り、矢嶋晋が本ボシの可能性が極めて高くなった。

犯行の目撃者と思われるノビ師の及川真人は、先週、神奈川県警が川崎港の運河から引き揚げた車の中から、白骨化した死体となって発見された。骨のDNA型鑑定の結果、及川真人のDNA型と一致した。

死因は不明だが、両手両足を縛られ、車の後部座席に横たわっていた死体状況から、自殺ではなく、何者かによる殺人と認定された。

神奈川県警は、目下、殺人及び死体遺棄事件として川崎署に捜査本部を立ち上げ、捜査を行なっている。県警捜査一課も、今後、及川殺害の重参として矢嶋晋を追うことになる。

我々としては神奈川県警に全面的に捜査協力し、情報提供することになるが、ここでみんなにいっておく。

矢嶋は本筋『大森女子大生放火殺人事件』のマル被（被疑者）として、なんとしてもわれわれ特命7係が挙げる。警視庁捜査一課特命捜査対策室の面子《メンツ》にかけて、神奈川県警に先を越されるわけにはいかない」

北郷はいったん言葉を切り、宮崎管理官と八代係長に顔を向けた。

宮崎管理官は腕組みをしたまま、口をへの字にし、目を閉じていた。

八代係長は、鬼の形相で班員たちを見回していた。

北郷は、緊張した面持ちをしている安原警部補と青木巡査の二人に目をやった。

「では、安原主任と青木刑事に、特命捜査の現況を説明して貰《もら》う。安原主任、青木刑事、簡潔に発表しろ」

「はいっ」

安原主任は椅子の音を鳴らして立ち上がった。小さく咳払《せきばら》いし、話し出した。

「では捜査現況を発表します。

特命捜査をかけたマル対（対象者）の人定について申し上げます。

矢嶋晋、現在年齢三十六歳。

東京都生まれ。本籍東京都。

神奈川県横浜市消防本部の消防司令補で、非行歴なし、前科逮捕歴なし。……」

「消防司令補だと？」

班員たちから驚きの声が洩《も》れた。

安原万里が続けた。

「……品行方正で優秀な消防隊員として、消防本部長から十一回表彰されている。妻、美奈《みな》。三十二歳。旧姓宝来《たからい》。

二人の間に一男一女の子がある。

十五年前、捜査本部は『大森女子大生放火殺人事件』につき、早い段階で矢嶋晋をシロと判定していた。このアリバイについて再捜査の必要ありと思います。

矢嶋晋は、事件当時二十一歳、東都大学法学部三年生。

被害者原口史織は、宮城県仙台市出身。当時、東朋大学人間科学部人文学科三年生。

矢嶋晋と被害者原口史織の出会いは、一九九四年と見られる。

きっかけは、史織の女友達の萩原彩が大学祭に、高校時代の同級生であった矢嶋晋と河崎学を招待したこと。

その折、矢嶋は史織に好意を抱いたものの、親友の河崎学が史織と先に仲良くなったため、諦《あきら》めた。

翌九五年一月に阪神淡路大震災が起こり、萩原彩たちが主宰するサークルが、神戸に出掛け、瓦礫《がれき》片付け、被災者救援などのボランティア活動を行なった。

その際、参加した矢嶋は一緒に救援活動をするうちに、被害者史織に好意を募らせた。

原口史織は、京急大森町駅近くの四階建てマンション「メゾン・グリーンウッド」の４０１号室に一人で住んでいた。

史織は河崎学と付き合っていたが、それを知った萩原彩と車谷真耶の二人が横恋慕し、史織に気がある矢嶋を利用して、二人の間を裂くよう策略を巡らした。

そのため、史織と河崎学とはいつしか不仲になった。一方、彩や真耶の策略に乗った矢嶋は、史織に執拗《しつよう》に言い寄った。

史織は根負けして、しばらくは矢嶋と付き合うが、次第に矢嶋に不信感を抱き、ついには心が離れてしまう。

だが、矢嶋晋は諦めず、しつこく復縁を求めてつきまとった。史織は矢嶋晋にさらに嫌悪感を抱き、再び河崎学と付き合うようになった。

矢嶋晋は、史織と仲がいい萩原彩に頼んで、史織の部屋の鍵《かぎ》を借り出そうとした。

萩原彩は河崎学に惚《ほ》れていて、矢嶋が自分は史織から合鍵を貰っていると河崎学に見せれば、河崎学の心が史織から離れると持ち掛けられ、それを信じて史織から鍵を預かった時に、合鍵を作って矢嶋に渡してしまった。

矢嶋はその合鍵のコピーを作り、密《ひそ》かに史織の部屋に忍び込み、日記や手紙などを盗み読みするようになったと見られます。

ここからは、まだ読み筋です。

一九九六年（平成八年）七月二十二日夜十時頃。矢嶋晋は、当夜、合鍵を使って、原口史織の部屋に忍び込み、室内で待ち受けた。

帰宅した史織を襲い、激しく抵抗する史織を縛り上げた末に犯した。その後、犯罪の発覚を恐れ、CDラジカセのコードで、史織の首を絞めて殺害した。さらに、矢嶋は証拠湮滅《いんめつ》を図るために、室内に放火した」

鵜飼が訊《き》いた。

「当時の捜査本部は、矢嶋を取り調べなかったのか？」

「一応、鑑取りで矢嶋晋の名が上がっています。しかし、血液型Bという報告があり、さらに、当夜のアリバイが固いと判断され、シロと判定されました」

「指紋鑑定やDNA鑑定は？」

「行なわれなかったようです。捜査資料には、矢嶋晋の鑑定書はありませんでした。当時、捜査本部にいた八代係長は、矢嶋晋のことを覚えていませんか？」

安原万里は八代に顔を向けた。

「ううむ。矢嶋のことは、よく覚えていない。自分は地取り捜査だったのでな。そんな男がいたのは、かすかに記憶していたが」

八代は逆に安原万里に訊いた。

「しかし、矢嶋の血液型がBでは、遺体から採取された体液の血液型Aと一致しない。矢嶋が本ボシとはならないのではないか？」

「それが第一の問題でした。調べたところ、捜査報告書によれば、本人申請で血液型がBだったのです。それで青木刑事に横浜市消防本部人事課に行かせたところ、矢嶋の血液型はAと登録されていたことが判明しました」

八代は唸《うな》った。

「なんだって。矢嶋は捜査員にうその申告をしていたのか？」

「はい。そうです。念には念を入れ、矢嶋晋のかかりつけの病院へ行き、矢嶋晋のカルテを調べたところ、血液型はAであることが確認されました」

「でかした。よくやった」

北郷はうなずいた。

「どうにかして、矢嶋晋の唾液《だえき》か体液を入手して、DNA型鑑定をかけたいな」

「矢嶋晋の指紋は、どこかで入手できるのでは？」

指紋捜査官でもある沼田部長刑事がいった。

北郷が安原万里に尋ねた。

「固いという矢嶋晋のアリバイは、どういうアリバイなのか？」

安原万里は、不満げな顔を北郷に向けた。

「当時の捜査本部員に尋ねました。そうしたら、矢嶋晋については調書もないのです。どういうことですかね」

「なぜ、そんなことがあるのかね」北郷も訝《いぶか》った。

「アリバイが成立している以上、個人情報に触れる調書は廃棄処分にするのはあたりまえだといわれました」

「誰が、そんなことをいうんだ？」八代が聞いた。

「捜査一課の安宅1係長です」

「なに、安宅係長に訊いたのか？」

八代は苦笑いした。

「後で安宅係長から苦情が来るな」

「問題なのは、矢嶋晋のアリバイです。矢嶋晋の祖父は矢嶋財閥グループ総帥の矢嶋晋太郎《しんたろう》です。矢嶋晋太郎は経団連会長でもある。父親矢嶋晋一《しんいち》は矢嶋重工業の代表取締役社長。矢嶋晋は、その次男坊です。長男の晋蔵《しんぞう》は、矢嶋銀行の頭取です」

班員たちの私語が飛び交った。

「大物財界人の息子というわけだ」

「及川が矢嶋晋を脅して一億円を取ろうとしたのも分かるな」

「さらに叔父《おじ》の矢嶋国雄《くにお》は、東都大学付属病院院長で、東京都公安委員でもある。矢嶋晋は、当夜、叔父の矢嶋邸に居たと、矢嶋国雄やその家族が証言したのです」

「なんだって。都公安委員のアリバイ証言があるというのか？」

北郷は思わず絶句した。

東京都公安委員会は、東京都区域における警察事務のすべてにおいて、警視庁を管理、監督している機関だ。公安委員会は事件事故及び、災害の発生状況と警察の取り組み、治安情勢と、それを踏まえた警察の各種施策、組織や人事管理の状況等についてまで報告を受け、管理指導していた。

「つまり、矢嶋晋は公安委員の叔父を利用してアリバイ工作をしていた可能性が大だということです。矢嶋一族は、一族を挙げて矢嶋晋を守ろうとしているのではないか、と思われます」

「もし、そうだったら、ことは大きくなるな」

北郷は唸った。安原万里はにっと笑った。

「安宅係長から叱責《しっせき》されました。まさか、特命は東京都公安委員の矢嶋国雄さんを尋問するつもりじゃあるまいな、と」

「なんと答えた？」北郷は聞いた。

「たとえ相手が公安委員であっても、必要であれば、呼び出して尋問しますと」

「ははは。参ったな」

八代は頭を掻《か》いた。

「やるねえ、お嬢たちは」

「ちょっとやりすぎじゃねえか」

「いやはや、公安委員会相手に喧嘩《けんか》を売るってえのか」

班員たちは口々にいった。

「いけなかったですか？」

安原万里と青木奈那は班員たちに向き直り、最後に北郷を睨《にら》んだ。

北郷は笑いながらうなずいた。

「いや。正論だ。たとえ、捜査一課長や高橋理事官が何をいおうと、東京都公安委員会と全面戦争になっても、やるべき時はやる。その代わり、矢嶋晋が確実に本ボシだという物証を集めた上だ。しかし、たとえ、我々が勝っても、全員、捜査一課を辞めるか、左遷は覚悟せねばならんだろうがな」

八代が真顔に戻った。

「安原、続けろ」

「これは傍証ですが、周辺の者に聞いたところによると、矢嶋晋は東都大学卒業後、親が勧める矢嶋系列の会社への就職を断り、横浜市消防本部の消防士を志願しました。

矢嶋は極めて危険な現場に率先して出動し、命懸けで何人もの命を救っています。これは、矢嶋晋が史織さんを殺してしまった悔恨から、自分を罰するために、あえて危険な現場に飛び込んでいると思われます」

「なるほど。矢嶋晋も悔恨してはいるんだな」

「はい。おそらく。消防士になってから六年後、二十八歳で消防士長に昇進。矢嶋晋は、上司の紹介で宝来美奈とお見合い結婚、一男一女を授かっています。矢嶋晋は、ようやく贖罪《しょくざい》よりも、自分の幸せを考えはじめたのだと思われます」

「それで？」

「十五年後の現在、矢嶋晋は三十六歳、階級も消防司令補に昇進。三月十一日の東日本大震災においては、矢嶋晋は横浜市消防本部から災害派遣され、救援活動を行なっています」

「現在は？」

「横浜市消防本部の消防隊小隊長をしています。以上です」

「二人とも、よくやった」

北郷は安原万里と青木奈那を労《ねぎら》った。

「管理官のお考えは？」

北郷は宮崎管理官を振り向いた。

「うむ」

宮崎管理官は腕組みをし、目を閉じたまま何もいわなかった。

会議にしばし沈黙が割り込んだ。

宮崎管理官は重々しく口を開いた。

「矢嶋のアリバイを崩すためにも、どうにかして、矢嶋の指紋、ＤＮＡ型を手に入れねばならない。さらに、矢嶋が当日、犯行現場にいた紛れもない証拠を挙げろ。矢嶋の犯行を裏付ける物証があるはずだ」

九重がいった。

「及川が矢嶋晋の部屋から盗んだ日記があります。三橋によれば、矢嶋晋は日記に自分の犯行のことを克明に書き記していたそうです。それさえあれば」

「それだ。なんとしても、日記を入手するんだ。我々が、矢嶋晋の日記を探していると分かれば、きっと矢嶋晋も落ち着かなくなって動く。場合によっては、また誰かに頼み、日記を取り戻そうとするかも知れない」

八代が後を引き取った。

「安原主任、きみと青木は引き続き、矢嶋晋をマークしろ。沼田は二人を支援しろ」

「了解です」沼田がうなずいた。

八代は続けた。

「鵜飼と真下。きみたちも引き続き、神奈川県警の協力を得て、矢嶋財閥の企業グループと赤田組の接点を探れ。港湾を利用する矢嶋企業が必ず赤田組と結びついているはずだ」

「了解です」鵜飼はうなずき、真下と顔を見合わせた。

八代は北郷に向いた。

「きっと赤田組がまた動き、三橋伸司の身が危なくなる。代理は、九重、手塚を指揮し、三橋を泳がせて、どこにブツを隠してあるかを突き止めろ。ただし、泳がせても三橋の身は絶対に赤田組に捕まらぬようにしろ」

「了解」北郷はうなずき、九重と手塚を見た。

「了解」九重と手塚も返答した。

「半村、佐瀬、きみたちは及川の内妻の店に張り込んでいるんだったな。所轄の応援を得て内妻を護衛しろ。いつ何時、やくざ連中が家捜しに押し掛けるか分からない。用心しろ」

「了解」佐瀬が返答した。

半村は顔色がすぐれなかったが、小さくうなずいた。

宮崎管理官が立ち上がって、班員たちを見回した。

「いいか。なんとしても本ボシとして矢嶋晋を捕れ。俺が責任は取る。いかなる圧力も気にするな。以上だ」

「解散。直ちに捜査にかかれ」

八代が号令をかけた。

北郷は立ち上がった。

「よし、九重部長刑事、手塚刑事、すぐに出る。張り込み現場に行く」

「分かりました」

北郷は先に立って部屋を出た。

北郷は歩きながら、ポリスモードを手に取った。大村のポリスモードに電話を入れた。

『あい、大村』

「デカ長、何か動きはあるか？」

『いまのところなし』

「三十分以内に、臨場する。よろしく」

『了解』

電話が切れた。

駐車場へ出た。

夜はとっぷりと暮れていた。

手塚が逸早《いちはや》く覆面パトに乗り込み、エンジンをかけた。ヘッドライトが点《つ》いた。

北郷と九重はあいついで後部座席に乗り込んだ。

ドアが閉まると、車は勢い良く大通りに走り出た。屋根に載せた赤灯があたりに明かりを散らした。

いったい、どうやって、三橋からブツを吐き出させるか？

北郷は暗い夜の空を睨んだ。

赤いイルミネーションに飾られた東京タワーがそびえていた。

どんな手を使ってでも、矢嶋晋を捕る。

北郷は心の中でそう決意した。

7

覆面パトは、高速道路横羽線《よこはね》を川崎方面に飛ばした。多摩川の暗い川面を渡り、大師《だいし》の出口で降りる。

運転席の手塚は高速道路を降りてから、すぐに赤灯を止めた。

４０９号線を西進する。川崎大師《かわさきだいし》駅前のＴ字路で左折した。

三橋のアパートは、大島《おおしま》三丁目のごちゃごちゃした家並みの中にあった。

「代理、半村さんは元気なかったでしょう？」

九重が北郷にいった。

ない。


「悪い知らせか？」

北郷は、半村が福島第一原発に近い浪江町請戸地区の出身であるのを思い出した。最近、半村はますます無口になったのに気付いてはいた。だが、何があったのかは聞いていない。

「ようやく浪江町の請戸地区に救援隊が入れたらしいのですがね。風向きの関係か、原発の近くにあるのに、線量はあまり高くないのが分かって、だったら、なぜ、もっと早く救援に入れなかったのか、と怒っているんです」

「そうか。気の毒にな」

「何ヵ月も救援されずに放って置かれた被災者のなかには、瓦礫《がれき》の下で辛うじて生きていたらしいんです。それが……」

九重はぐすりと鼻を啜《すす》り上げた。九重の郷里石巻も大津波で大勢が亡くなっていた。だが、放射線量は高くないので、翌日から救援の手が差し伸べられ、大勢の命が助かった。

「半さん、津波に呑《の》まれた両親の遺体が見つかったそうなんです。まだ、義理の妹と甥《おい》っこ二人の遺体が見つかっていない。それで、弟さんが半狂乱で探しているそうなんで」

「……」

「石巻でも、小学校が津波に直撃され、学校にいて裏山に逃げなかった子等が八十人以上亡くなったんですが、うちの親戚《しんせき》の子も含まれていて、それを思うと胸が引き裂かれそうに痛い」

北郷は慰めの言葉も出なかった。

愛する人を失った悲しみや痛みは、その当人しか分からない。ただ黙って傍にいる。それしか慰めようもない。

「代理、このあたりです」

運転席の手塚がいった。

車はナビの導くまま、住宅街の細い路地に入って行く。

行く手のヘッドライトの中に、黒い影が二つ飛び出し、両手を拡げた。

手塚は車を止めた。影は大村と、元刑事の武田だった。

北郷は車を降りた。九重も反対側のドアを開けて車から出た。

「お、武田さん」

「暇だからな。手伝いに来た。それに、代理に話もある。後でもいいが」

武田は暗がりで顎《あご》をしゃくった。

「まずは三橋のヤサだ」

路地の左手に二階建のアパートがあった。

「一階の右端の部屋だ」

大村部長刑事がアパートの影を指差した。

「デカ長、三橋はヤサにいるのかい？」

「まだ飲み屋で飲んでいるそうだ。部下が張り込んでいる。上がりまで、あと二、三時間は帰らないだろう」

大村は腕時計を覗《のぞ》いた。

通りすがりの主婦が、胡散臭《うさんくさ》そうに北郷たちを睨《にら》んで行った。

「ここでは目立ち過ぎるな」

「少し離れた場所に工場がある。その工場の駐車場は夜は空いている。そこに車を止めても目立たない。そこへ車は移動させたらいい」

北郷は手塚にその旨を告げた。

覆面パトは静かに移動して、姿を消した。

「帰って来るまで、近くのコンビニで待とう」

大村は北郷にいい、先に立って歩き出した。

路地を出たところにコンビニがあった。

北郷たちは、コンビニでドリップコーヒーを買い込み、外の駐車場に立ち、コーヒーを啜った。

北郷はコーヒーを飲みながら訊《き》いた。

「武田さん、話ってのは、何です？」

「思い出したんだ。ある参考人を調べようとしたら、上から圧力がかかって、尋問できなかったことがあったのを」

「その参考人というのは、矢嶋晋のことではないですか？」

「おう、そうそう。矢嶋といっていた。矢嶋財閥の御曹司で、そいつのアリバイを崩そうとしたんだ」

「矢嶋はたしか、白金台にある公安委員の叔父《おじ》の家に遊びに行っていて、その夜はその家の泊まったと」

「わしは、そこのお手伝いさんを密《ひそ》かに呼び出した。戸山《とやま》アキさんという家政婦でな。それで、アキさんに事件の夜、御曹司が泊まったのかを確かめた」

「結果は？」

「御曹司はたしかに泊まった。夫婦して来たといった」

「なに？　夫婦してですって？」

矢嶋晋はまだ大学生で、独身のはずだ。

「そうだ。御曹司の長男夫婦が来て泊まった。だが、次男の矢嶋晋は来るといってはいたが、結局来なかった。そして、アキさんや女中たちに、それは誰にもいってはならない、と厳重な箝口令《かんこうれい》を敷いたんだ」

「では、矢嶋晋のアリバイはない、と」

「そう。それをぶつけようとしたが、上からストップをかけられた。捜査本部に上げたら、お手伝いさんの名前をいえと迫られた。仕方なく話したんだが、結局、アキさんは、その後、馘《くび》になって、邸《やしき》から追い出された」

「捜査本部は、どうしてアキさんの証言を取り上げなかったんですか？」

「お手伝いさんは、前々から盗癖がある女だといわれた。矢嶋家からお金やら貴金属がよくなくなっており、主人からお手伝いさんは何度も叱られていたというんだ。主人一家に恨みを抱いている女の証言では、信用ならない、と却下された」

「そのアキさんは、どこにいるんです？」

「分からない。調べてみんとな。もう十五年も経っている。生きているかどうかも分からない」

「白金台の邸に住みこみでいたなら住民票があるはずだ。調べてみましょう」

北郷は武田に向き直った。

「武田さん、アキさんを捜してくれませんか？　もし見付けることができたら、重要な証言になる」

「いいのか、公安委員会を敵に回しても」

「覚悟の上です」

北郷はうなずいた。

大村が脇からいい、笑った。

「うちは東京ではないからね。東京都公安委員会は、なんも恐くない」

ポリスモードが震動音を立てた。大村が手に取った。

「三橋が、飲み屋を出たそうです」

「では、張り込むことにするか」

北郷は九重に行こうと促した。

五人の男たちは、のっそりと闇の中に足を踏み出した。

第七章　違法捜査

1

男は闇の中に目を凝らし、虚空を睨んでいた。

さっきから何度も同じ夢を見ていた。

あの子は史織に違いない。生きていたというのか？

そんなはずはない。もし、史織が生きていたら、俺はこんなに苦しい思いをしないでもいい。

だが、……

男はショックを受け、しばらく救護所の前に立ち尽くした。

通りの向こう側の原は、瓦礫が散乱していた。かつてはさまざまな家が建ち並ぶ住宅地だった。

何台ものブルドーザーやユンボが全壊した家屋の残骸《ざんがい》を片付けたり、内陸部まで打ち上げられた壊れた漁船の解体を行なっている。

自衛隊員や警察官、消防団員、ボランティアたちが瓦礫を片付けながら、遺体の捜索を行なっている。

あたりには死臭や腐敗臭、大量に発生した塵芥《じんかい》の臭いが立ちこめ、海から風に乗って内陸部にも吹き寄せて来る。

史織は健気《けなげ》にも、大勢のボランティアの群れに混じり、瓦礫の分別や片付けを手伝っている。頭に作業用の白いヘルメットを被《かぶ》っている。首にタオルを巻き、作業用のジーンズ地のシャツに、洗い晒《ざら》しのジーンズを穿《は》いている。

汚れた格好にもかかわらず、史織だけは一輪のひまわりが花を開いたかのように、明るく、美しく輝いていた。

男は思わずよろめくように史織に歩み寄った。

「史織」

「はあ？」

女は声をかけた男に振り向き、額にかかったほつれ毛を、軍手の指で掻《か》き上げた。

仲間たちが心配げな顔で、こちらを見ていた。

「史織……じゃない？」

史織は黒目がちの瞳《ひとみ》を大きく開き、男を見た。知っている人なのか、それとも見知らぬ人なのか、判断に迷っている顔だった。はにかみながらいった。

「消防士さん、私はややです。シオリではありません」

「ややさん？」

「はい」

男ははっと我に返った。

史織によく似ているが、他人の空似だ。

史織が生きているはずがない。やはり他人だった。

男はつくづくと女を見つめた。

「失礼。自分の知り合いに、あまりにそっくりなので、つい声をかけてしまった」

女は恥ずかしそうに笑った。両頰に笑窪《えくぼ》が出来るところまでそっくりだった。

通りを消防車が通りかかり、男の近くで止まった。

運転席の消防士が大声でいった。

「小隊長！　本部で至急にと呼んでいます」

「それに乗せてくれ」

「了解」

男は笑いながら、女に向かって姓名と身分を名乗った。

「あなたのお名前は？」

「……加藤《かとう》祐奈。祐奈と書いて、ややと読みます」

「きらきらネームですね。訊かないと読めない」

加藤祐奈は白い歯を見せて笑った。

「消防士さんたちは、わざわざ横浜から災害派遣されて御出《おい》でになられたんですね」

「まあ、これが仕事ですから。あなたたちボランティアの若い人たちこそ、ご苦労さまです。ずっとこちらへ泊まり込みですか？」

「いえ、明日《あした》には帰ります」

「どちらの大学ですか？」

「東朋大学です。御存知ですか？」

男は眩暈《めまい》を覚えた。

「……史織も同じ大学でした。学部は、もしかして」

「理工学部です」

男はほっとため息をついた。

学部が違う。史織が生き返って還《かえ》って来たか、と思った。

「祐奈、大丈夫か」

男子学生が心配して尋ねた。

男は加藤祐奈に敬礼した。

「失礼しました。お気を付けてお帰りください」

男は踵《きびす》を返し、エンジンを掛けたままの消防車のステップに飛び乗った。

消防車は通りを走り出した。男はステップから加藤祐奈を振り向いた。

加藤祐奈は仲間たちに混じり、作業に戻った。

いきなり非常ベルが鳴り出した。

『緊急出動。緊急出動！…………地区にビル火災発生』

男はベッドから下り、手早く出動服に着替えた。同僚たちも、急いで出動服に着替えはじめていた。

『……火災現場は……の住宅地。……マンション三階。緊急出動せよ』

男はいち早く金属柱に飛び付き、一気に階下に滑り降りた。

壁にかかった防火服を着込み、防火ヘルメットを被る。消防車はすでにエンジンを始動させ、暖気運転をしている。

男は夢を振り払い、助手席に乗り込んだ。消防士たちがつぎつぎに車に乗り込む。赤灯が赤い光をあたりに撒《ま》き散らしている。

「全員、搭乗！」

「よし。出動！」

男は怒鳴るような声で運転手に命じた。

消防車は車庫から走り出ると、サイレンを吹鳴しながら、深い闇の街に疾駆して行った。

2

北郷は車の中で手塚が買って来たおにぎりを頬張った。ペットボトルのお茶を喉《のど》に流し込む。

九重もおにぎりを食べながら、ポリスモードで他班の報告をチェックしていた。

境内から祭りの囃子《はやし》太鼓の音が流れてくる。神社の演舞台で氏子たちが三味線や太鼓、笛で祭り囃子を奏でている。

赤い鳥居の参道の両脇には、露店がずらりと並んでいる。三橋のタコ焼き屋は、一の鳥居をくぐってまもなくの場所に店を開いていた。

参道は大勢の親子連れで溢《あふ》れるばかりに賑《にぎ》わっていた。

三橋のタコ焼きは子供にも大人にも人気があるらしく、店先に客の絶える時間はなく、ひっきりなしに声がかかっている。

三橋は捻《ねじ》り鉢巻きをして、上手に鉄の串《くし》を振るい、タコ焼きを引っ繰り返していた。その傍らで、売り子の若い者が威勢のいい掛け声をかけながら、熱々のタコ焼きを客に手渡し、代金を受け取っている。

泳がせをはじめて十日が経つ。まだ三橋はまったく動きを見せない。

本当に三橋はブツを持っているのか？

北郷は焦りを覚えるものの、九重と手塚は絶対の自信があるようで、のんびりと構えていた。

「代理、鵜飼部長刑事からメールが入っています」

九重の指摘に北郷もポリスモードの画面を出した。

『横浜山下埠頭《やましたふとう》、大黒埠頭《だいこく》、川崎港に矢嶋倉庫会社の出張所があるのを確認。神奈川県警捜査一課は、こちらの情報に基づき、運河殺人死体遺棄事件に関して、矢嶋企業グループと赤田組との関係の内偵捜査を開始した』

北郷はポリスモードで電話をかけた。

呼び出し音が鳴った。すぐに鵜飼の声が出た。

「鵜飼部長刑事、矢嶋倉庫会社と矢嶋物産本社との関係、矢嶋倉庫の経営陣について、何か情報はあるか？」

『いま調査中です。なお、矢嶋倉庫の株は、矢嶋物産ホールディングが35パーセントを、矢嶋家が20パーセントを保有しており、矢嶋企業グループの中では中核企業となっているとのことです』

『了解』

「矢嶋家から、誰が矢嶋倉庫に乗り込んでいるのか、調べてほしい」

『神奈川県警の捜査状況も随時報告せよ』

八代班長の声が聞こえた。

『了解。以上』

通話が終わった。

鵜飼との通話はラインで八代班長、安原万里、半村、沼田にも繋《つな》がっており、同時に情報が共有出来る。

車の窓を叩《たた》く音がした。大村デカ長の顔が見えた。

北郷は車に乗るように促した。

大村はドアを開け、車内に潜り込んだ。

「デカ長、何か動きがあったかい？」

「代理、赤田組の若い者がうろつきはじめた」

大村は神奈川県警川崎署の捜査員で、指揮系統がまったく違うのに、いつの間にか、北郷を「代理」と呼ぶようになっていた。

三橋には、手塚とともに、大村デカ長が率いる川崎署刑事課の捜査員たちがべったりと張り付いている。

手塚にはひとりでは動かず、現場指揮官の大村デカ長の指示に従うようにいってある。

「県警の捜査は、どこまで進んでいる？」

「うちのマル暴対策課が赤田組の末端の組員をシャブ密売容疑で片っ端から挙げた。そこで、うちの捜査一課員が、そいつら一人ひとりを締め上げ、及川を殺《や》った組員四人の身元を割った。一人は別件で横浜刑務所に収監されている。残り三人については、すでに指名手配中だ」

「さすが神奈川県警捜査一課だな。仕事が早い。どんな連中なのだ？」

「こいつらだ」

大村デカ長はポリスモードを出し、画面の捜査情報を北郷に見せた。九重が運転席から振り向いてポリスモードを覗《のぞ》き込んだ。

金原悦男《かなはらえつお》（52）若頭補佐

村井誉《むらいほまれ》（49）

江島知輝《えじまともてる》（38）覚醒剤《かくせいざい》取締法違反で、横浜刑務所収監

久木三喜男《ひさきみきお》（43）

いずれも顔写真付きで、本籍・現住所のほか、職業、前科、逮捕歴、既婚独身、内縁の女な

どのデータが画面に表示されていた。

「いま、一課は横浜刑務所に収監してある江島知輝を尋問している。誰から及川殺害を頼まれたのか、口を割らせるだろう」

同じポリスモードでも、警視庁と神奈川県警では、それぞれ別系統になっており、直接には繋がっていない。

「及川殺しは十四年前になる。その時の主犯は、どうやら金原悦男らしい。それ以後、これまでの間に、金原は赤田組内で、とんとん拍子に出世し、いまは赤田組ナンバー3にのしあがっている」

「及川を殺した功績だな」

「おそらく」

「いま三橋を見張っている若い者は、誰の指示で動いているのだ?」

「金原悦男だと、我々は見ている。マル暴課によれば、金原は赤田組の武闘派の筆頭だ。金原が組のダーティな仕事を一手に引き受けて来たそうだ」

「県警は金原を捕るのか?」

「うむ。容疑が固まり次第に捕るはずだ」

「デカ長、上にかけあって、容疑が固まっても、少し金原を捕るのを待ってくれるように交渉してくれないか?」

「……泳がしたい、というのだな」

「うむ。金原たちが三橋をマークしているというのは、何か理由があるはずだ」

「代理、理由というのは、金原たちは、三橋が例のブツをどこかに隠していると踏んでのことだ、というのか？」

「そうだ。きっと矢嶋か、矢嶋の代理人が赤田組に、いま一度、ブツを回収してほしい、と頼んでいると見る。三橋と金で交渉するか、それとも三橋を脅してブツを手に入れようとするか、それが見たい」

「見るだけか？　金原を捕るのでは？」

「もちろん、捕る。ただし、大村デカ長、あんたたちが捕ってくれ。それも、ブツの所在が分かってからだ。そのために三橋を泳がせている」

「分かった。上に掛け合ってみる。しかし、最後は、代理が直接、うちの上と話してくれないとな」

大村はにやっと笑った。

北郷はフロントガラスを通して見える境内に目をやった。

「赤田組の若い者というのは、どこにいる？」

「二の鳥居の下にいる三下だ。一人はサングラスに派手なアロハシャツの男。もう一人も、サングラスに横浜ベイスターズの野球帽を被《かぶ》っているチンピラだ」

北郷は双眼鏡で奥の二の鳥居を見た。確かに二の鳥居の下に、そうした風体のチンピラ二人の姿があった。

一人が盛んにスマホで話をしている。

野球帽は、ちらちらとタコ焼き屋の三橋の方に目をやっていた。

北郷は二人の顔、風体を記憶し、双眼鏡を九重に渡した。

今度は九重が双眼鏡で二人を眺めはじめた。

「手塚刑事、どこにいる？」

北郷は無線マイクに囁《ささや》いた。

『境内奥、本殿脇』

「赤田組の若い者は見えるか？」

『見える』

「県警の捜査員は？」

『隣にいる。一緒だ』

「もし、マル対が移動しても、尾行は無理するな。県警の捜査員がメインに動く」

『了解』

無線通話は終わった。

「ともあれ、祭りが終わるまでは、動きがなさそうだな」

大村デカ長は呟《つぶや》くようにいった。

3

安原万里警部補は、車の中から北消防署の白いビルの駐車場に目をやった。

矢嶋晋の自家用車トヨタプリウスは、昨日のまま、移動していない。

横浜市消防局は市内に19消防署80消防出張所を有している。北消防署は神奈川区に新設された19番目の消防署である。

北消防署は神奈川区の東端の新子安《しんこやす》駅北にあって、主に京浜工業地帯の消防や防災を受け持っている。

コンビニから、両手にコーヒーカップを持ち、サンドウィッチが入った紙袋を抱えた青木奈那が急ぎ足で車にやって来た。

万里は運転席のドアを内側から開けた。

「済みません」

青木奈那は運転席に尻《しり》を入れて座った。

奈那はコーヒーカップのひとつを万里に手渡した。自分のカップはドアのカップ入れに置いた。

奈那は紙袋を開け、セロファンに包まれたサンドウィッチを取り出した。

「野菜サンドとミックスサンド。どちらでも」

「ありがとう。野菜サンドを頂くわ」

万里はコーヒーを啜《すす》り、サンドウィッチのセロファンを破った。

奈那はコーヒーを飲みながら訊《き》いた。

「何か、動きはありましたか？」

「いまのところ、なし」

万里は駐車場の白いトヨタプリウスに目をやった。

どうやったら、矢嶋晋のＤＮＡ型や指紋を手に入れられるか？

任意同行を求めて、指紋を捺《お》してもらい、かつ、毛髪や唾液《だえき》、あるいは喉《のど》の奥の粘膜を提供して貰《もら》う？

はたして本人が簡単に任意同行に応じて協力してくれるとは思えない。逆に警戒されるのがオチだろう。

何か引きネタを使って、強引に別件逮捕して強制的に指紋や体液のＤＮＡ鑑定を行なう方法もなきにしもあらずだが、腕っこきの弁護士にかかれば、訴訟手続きの不備を突かれ、起訴に持ち込めなくなる恐れもある。

矢嶋晋は、いままでのところ、消防司令補として、品行方正で、決まって明けになると、自宅へ帰る。

職場では、火災が発生すれば、いち早く駆け付け、燃え盛る火を相手に命懸けで消火にあたり、逃げ遅れた人の命を救う。過酷過ぎる職場だ。

家に帰れば、貞淑で優しそうな妻と幼い息子と娘に迎えられ、二人の子のよきパパになる。

消防士は、午前八時から翌日の午前八時までの二十四時間勤務。明ければ一日休みになる。また二十四時間勤務して明け。そして休み、休みと続き、また二十四時間勤務のルーティンがくりかえされる。

本日は、ようやく二十四時間勤務が明け、本日から丸三日間、休みに入ることが出来る日にあたる。

二週間というもの、矢嶋晋に張り込んだものの、矢嶋晋は職場と自宅をほぼ変わりなく決まった時間に往復する日々を過ごしていた。

矢嶋晋の自宅は港北区《こうほく》の綱島台《つなしまだい》に建つ高級マンションにある。職場の北消防署から、車で三十分ほどの距離だ。

八代係長からの指示で、北郷代理たちが、及川がどこかに隠し持っていたと思われる矢嶋晋の日記、あるいは、その類《たぐい》の証拠を入手するまで、矢嶋晋の身柄を拘束するのは待てといわれている。

逮捕の時まで、四六時中、どこにいるのか身辺監視するのが、万里たちの任務だった。

ポリスモードが震動した。

万里はポリスモードを見た。沼田のメールだった。沼田部長刑事は自宅近くに定点観測の張り込みをしている。

『安原班長代理補佐に報告。矢嶋の妻が子供二人を連れて外出する。念のため、尾行したい。

許可願いたい』

万里は一瞬考えた。

午前八時十分。

沼田部長刑事は定点観測地から離れることになる。こちらは、まもなく矢嶋が現われ、車で自宅へ帰る時刻だ。

万里はメールを打ち返した。

『了解。尾行されたし』

「万里さん」

北消防署の駐車場に現われた矢嶋晋がトヨタプリウスに乗り込むのが見えた。

青木奈那が、サンドウィッチを全部頬張った。エンジンをかけた。

万里がサンドウィッチを頬張り、コーヒーで胃に流し込んだ。

「出して」

青木奈那はシートベルトをし、ゆっくりとコンビニの駐車場から車を出した。

万里も、シートベルトをした。サンドウィッチの残りを口の中に入れながら、プリウスの動きを遠目に見ていた。

矢嶋晋のプリウスは、いつものように、消防署を出ると通りを右手に進んだ。奈那は百メートルほど離れ、何台もの車を挟んで尾行を開始した。

プリウスは第二京浜との交差点で、赤信号のために止まった。

万里はポリスモードで八代にメールを送る。

『タマ、北消防署を午前八時十五分、車で出発。家路につく。異常なし』

「主任！」

青木奈那が叫ぶようにいった。万里はポリスモードから顔を上げた。

「車が第二京浜に折れました」

「なに」

万里はプリウスの白い車体を目で追った。プリウスは、いつものように直進せず、第二京浜の交差点を右折して行く。

「つけて！」

「了解」

奈那はプリウスから数台遅れて交差点に入り、赤信号に変わる寸前に右折して第二京浜に走り込んだ。

どこへ行くというのかしら。

奥さん子供たちとどこかで待ち合わせ？

しかし、二十四時間勤務からの明けである。いくら途中で仮眠を取っているとはいえ、睡眠不足だ。

プリウスの白い車体は、遥《はる》か先に行っている。

奈那は追い越し車線に車を入れた。前の車にライトをパッシングして、強引に走行車線に追

いやった。車が道を空けると、勢い良く追い抜き、猛烈に飛ばしはじめた
「無理しないで」

「了解です」

奈那は前を睨《にら》んだままいった。

緊急赤灯を回すことも出来たが、それでは矢嶋に尾行していることを知らせることになる。

「いた」

奈那は前方を走るプリウスの白い車体を見付けると、速度を落とした。万里は念のため、ナンバーを確かめた。間違いない、矢嶋晋の車だ。

奈那は再び数台置いて走行車線に車を戻した。

万里はポリスモードで沼田部長刑事を呼び出した。

「いま、どこ?」

『東急東横《とうきゅうとうよこ》線の綱島駅』沼田の声が返った。

「親子は、どこへ行こうとしています?」

『横浜駅に出ようとしている。実家に帰るつもりかも知れない』

矢嶋の妻美奈の宝来家は、保土ケ谷《ほどがや》にある。

東京とは逆の方角だ。

「了解。こちらは、矢嶋が家へ帰らず、方角を変えた。第二京浜を東京に向かっている」

『家に帰らずにですか。了解。こちら引き続き尾行します』

矢嶋の白いプリウスは一路、第二京浜国道1号線を東京に向かっている。

プリウスはやがて多摩川大橋を渡り、多摩川を越えて大田区に入った。

奈那は慎重に車を運転している。万里は頭の中で、これからの事態を予想し、緊張した。

万が一に備え、万里も奈那もバッグの中に、拳銃《けんじゅう》や手錠、特殊警棒を入れてある。

東急多摩川線、環八のガードも越えた。

ついで東急池上《いけがみ》線のガードも潜った。右手に池上署のビルも通過する。

やがて、プリウスは渋滞に入った。呑川を渡る池上橋に差し掛った。

プリウスは次の交差点で左折の合図を出した。間に置いた車は直進し、万里たち二人の車はプリウスの直後を走ることになった。

矢嶋は十中通りを北に進みだした。まずいことに間に入る車が来ない。

矢嶋のプリウスは、大森第十中学校までは行かず、その手前で左折した。

「このまま直進して」

万里は叫んだ。奈那はいわれるままに車を直進させた。

「どうします？」

「停めて」

奈那は車を停め、ハザードランプを点《つ》けた。

万里はシートベルトを外すのももどかしく、助手席から降りた。プリウスが左折した路に駆け付けた。

プリウスの白い車体が、道の先の六階建てのマンションの地下駐車場の入り口から姿を消すところだった。

万里はポリスモードでマンションの遠景写真を撮った。ついで通りの街並も写真に納める。

万里は車に駆け戻った。

「分かった。出して。先で左折して、もう一度左折すれば、いまの道に戻れるはず」

奈那はうなずき、静かに車を出した。左折して進む。道の先は呑川の堤で行き止まりになっている。

細い道を左折した。何台も乗用車が駐車している脇を抜けて、プリウスが左折した道に入った。

「あのマンションよ」

万里はやや古い六階建てのマンションを指差した。壁の塗装がややはげかかっている箇所もある。

「止まらず、ゆっくりやって」

「了解」

奈那は徐行させて、マンションの前を通過した。万里はポリスモードを向け、何枚も写真を撮った。

玄関の上に『ハイツ池上』の文字が見えた。

「戻ります?」

「戻ろう。この先に停めて降りる。矢嶋が何をしに、ここへ寄ったのか、ある程度見極めをつける」

「了解」

奈那は車を走らせ、十中通りに戻った。セブン－イレブンがあった。

奈那はセブン－イレブンの駐車場に車を停めた。

二人はそろって車を降りた。バッグを肩に掛け、颯爽《さっそう》と『ハイツ池上』に向かった。

万里と奈那は玄関先に立った。奈那が玄関脇に並んだ郵便受けをチェックし、万里がポリスモードで撮影した。

「矢嶋の名はない」奈那は顔を横に振った。

「愛人でも囲っているのかしら」

万里は名札の付いていない郵便受けをつぎつぎに開けた。いずれも、スーパーの広告やチラシが無造作に突っ込んである。

「空き部屋ね」

万里はがっかりした様子でいった。奈那が右端のボックスを開け、「これは？」といった。

チラシの上に電気料金請求書が載っていた。

万里が請求書の宛名《あてな》を見た。

カタカナで「ヤジマシン」と印字されていた。二ヵ月未納となっている。

５０５号室。

万里と奈那は、にっと顔を見合わせた。

万里は請求書をボックスに戻した。

玄関はオートロックになっている。住民でなければ、出入り出来ない。

二人は玄関から、マンションを一回りした。

東側の壁に非常用螺旋《らせん》階段があった。一階の踊り場から備え付けのハシゴを下ろし、地上に降りるようになっている。地上からは、いくら背が高くても、ハシゴには手が届かない。

万里と奈那は顔を見合わせた。

「念のため、駐車場も調べましょう。駐車場からも出入り出来るようになっているはず」

万里と奈那は玄関脇にある地下駐車場への坂を降りて行った。

地下駐車場は天井に蛍光灯が点《とも》っていた。

駐車スペースに七、八台の乗用車が停めてあった。端に白いプリウスがあった。

万里がナンバーを確かめた。

「矢嶋の車よ」

駐車スペースには、白ペンキで505の文字が記されていた。

駐車場からマンションへの出入口はガラス戸が閉まっており、脇にナンバーを打ち込むテンキーがあった。

「ダメね。入れないわ」

万里は諦《あきら》め顔で奈那を振り向いた。

いきなり車の陰から、数人の男の人影が飛び出し、奈那に飛び掛かった。

「大人しくしろ！」

「何をするの！」

奈那は摑《つか》み掛かった男の腕を捩《ね》じ上げ、その場に投げ倒した。ついで、もう一人を腰車で投げた。

ほとんど同時に万里にも二人の影が飛び掛かった。

万里の手と腕が動き、二人の男たちの腹部と顔面に拳《こぶし》を叩《たた》き込んだ。

ほかにも新手の男たちが坂を駆け降りて来た。

万里と奈那はバッグを引き寄せ、一緒に特殊警棒を抜いて延ばした。万里と奈那は背中合わせになり、男たちに向かっていった。

「何者！　容赦しないわよ」

「さあ、来るなら来なさい！」

男たちの中からリーダーらしい男が待てという仕草をした。

「警察だ！　おまえら、何者だ」

リーダー格が背広から黒い警察バッジと身分証を見せた。

「まあ」「なんてこと？　私たちも警察よ！」

万里と奈那もバッグから警察バッジと身分証を出して掲げた。

「なんだよ。おまえら刑事《デカ》か」

腰をさすりながら、一人がぼやいた。

「ともあれ、早く、ここを出ろ」

リーダー格が万里と奈那に命じた。

「どうして？」

「ホシが怪しむ。いま降りてくると連絡があった」

リーダー格が万里の腕を摑んで坂道に連れて行こうとした。

「触らないでよ」

奈那も憤然としていった。コンクリートの床に投げつけられた男が頼んだ。

「ともかく、お嬢さんたち、駐車場から出てくれ」

腹部に拳を叩き込まれた男が腹を押さえながら怒鳴った。

「これ以上、捜査を妨害すれば公務執行妨害で逮捕するぞ」

「なにをいうの。やれるものならやってみなさい」

「まあまあ。お嬢さんたち、静かにしてくれ」

リーダー格が万里と奈那を宥《なだ》めながら、地上へ出る坂道に二人を促した。男たちがぞろぞろとついて来る。

「いったい、どうなっているのかしら」

万里は奈那と顔を見合わせた。

4

ポリスモードが震動した。青木奈那からの電話だった。

北郷はポリスモードを耳にあてた。

『矢嶋晋の秘密の別宅を発見しました』

奈那の弾んだ声が聞こえた。

「なにい、別宅だと？　愛人の部屋か」

『いえ。そうではなく、矢嶋晋の秘密の隠れ家のようです。女っ気なしです』

万里の声が付け加えた。

『場所は大田区仲池上《なかいけがみ》2。ハイツ池上505号室です。地図と写真転送します』

まもなく、ポリスモードに地図とハイツ池上の外観写真が転送されて来た。

「二人とも、でかした。よくヤサを見付けたな」

『問題がひとつあります』

「なんだ？」

『捜査一課強行犯係と、現場でバッティングしました』

「何だって？　どうして一課の強行犯捜査係がいるのだ？」

『彼らも矢嶋晋をマル被として追っていて、ハイツ池上の505号を張り込んでいたんです』

「なに、矢嶋晋がマル被だと？　いったい何の事案だ？」

『上高井戸女子大生放火殺人事件です』

「まさか。十五年前の『大森女子大生放火殺人事件』だけでなく、矢嶋晋が上高井戸女子大生放火殺人事件もやったというのか？」

『それで、捜査一課が、我々に矢嶋晋から手を引けといって来ているのです』

「何をいっているんだ。矢嶋晋は、我々特命のタマだ。我々が先にやっていたヤマではないか」

『代理、なんとかいってください。私たちでは手に負えません』

「分かった。俺がいう」

八代係長の声が割り込んだ。

『北郷、聞いていた。至急に本庁に上がれ。捜査一課、ＳＳＢＣ（捜査支援分析センター）と調整しなければならなくなった』

「分かりました」

『至急に、だ。いいな』

通話は終わった。

九重部長刑事と手塚刑事が北郷の顔を見た。

大村部長刑事も渋い顔をしている。

北郷はむっつりと黙った。

　こうなったら、やるしかない。北郷は心を決めた。

「九重部長刑事、手塚刑事、聞いての通りだ。この際、強行犯係が手を出す前に、俺たちが矢嶋晋を先に捕る」

　九重が驚いた。

「どうやってです。いまのような状況証拠だけでは、判事もフダ（逮捕令状）を出してくれませんよ」

「なんとしても、矢嶋晋を落とすブツを見付ける。そのために、三橋をワナにかける」

「いったい、何をやるというのです？」手塚が訝《いぶか》った。

「俺に考えがある。それには……」

　北郷は大村に向いた。

「大村デカ長、俺に力を貸してくれないか」

「いいですよ。ホシを挙げるためなら」

　大村はにやりと笑った。

5

　矢嶋晋は部屋に入ると、内部からドアの鍵《かぎ》を掛けた。サッシの窓を締め切っていたので、部屋の中はむっとして蒸し暑かった。

「ハイツ池上」は十年以上も前から借りている。結婚してからの隠れ家だ。そこには、田園調布の実家から運んできた子供時代からのおもちゃや、学生時代の思い出の品の数々が置いてある。

シークレットな心の部屋だ。

リモコンでエアコンを点《つ》けた。室外機がベランダでごとごとと文句をいい立てていた。やがてエアコンが冷気を吐き出しはじめた。

部屋の窓には遮光カーテンと黒い布のカーテンを二重にかけてあるので、朝九時過ぎだというのに、まるで夕暮のように薄暗かった。

2DKの狭い部屋だった。

床には、子供時代からのマンガの古雑誌や玩具《がんぐ》、がらくたが整然と積んである。

矢嶋晋は窓をがらりと開けた。遮光カーテンは開けたものの、外から覗《のぞ》けないように、白地のレースのカーテンは閉める。

シャツやズボンを脱ぎ捨て、下着姿になって、冷蔵庫の扉を開けた。中から冷えた缶ビールを取り出し、プルトップを引き抜いた。

缶ビールを一気に飲んだ。今日は、もう運転することもない。妻には、今日も勤務で、二十四時間消防署に張り付かなければならないから帰宅できない、といってある。

妻は、それを聞いて実家の両親のところに遊びに帰るといった。

自由だ。明けの、この虚脱感がいい。一人、自分の隠れ家で、のんびり呼吸が出来る。

居間には、学生時代から使っている愛用の机と椅子がある。田園調布の実家から持って来たものだ。

椅子に座り、ビールを啜《すす》りながら、デスクトップ型パソコンを開いた。

電源を入れ、パソコンが立ち上がるのを待つ。

矢嶋は欠伸《あくび》をしながら、部屋の中を見回した。隠れ家の宝物。

壁ぎわに最新のハイビジョン、小型だが音のいいスピーカー、ブラウン管式の旧式テレビ、プリンター、カセットデッキ、CDプレイヤーなど新旧の電気機器が並んでいる。

そんなものは、大事ではない。

矢嶋は壁一面、天井にまで貼りめぐらした写真に目をやった。

焼け落ちた家屋、火災で崩壊したビル、爆発炎上した工場の建物、逃げ惑う住民たち、猛然と吹き上がる炎と戦う消防士たち、アパートの焼け跡、焼けたマンションの部屋。

いずれも、自分が体験して来た火災の現場写真だ。

それらの凄惨《せいさん》な焼け跡に、ぽっかりと咲いた花のように、女の子たちの写真が飾られている。

史織、祐奈、ほかに愛した女たち。

美しいものは、自分のものにしたい。他人に奪われるくらいなら、殺してでも自分のものにしたい。

パソコンの画面を見た。

待ち受け画面の壁絵。生きているのか、死んでいるのか、分からない、グロテスクな異物。

昔、読んだホセ・ドノソの小説に出てきた伝説の妖怪《ようかい》インブンチェの絵だ。目や口、耳や鼻の穴、尻《しり》の穴、陰部の穴、すべてを縫いくくられた生き物。小説では、老婆たちが、愛する人間を赤子の時から、インブンチェにしてしまう。

老婆たちにインブンチェにされた人間は、ただ世話されるだけで、おとなに成長しても、部屋から出られない。存在するということさえ、外からは分からない。

醜悪な老婆たちに、目をえぐられ、声を吸い取られ、手足ももぎ取られる。老婆たちは、それによって若返り、生き延びる。人の生を奪って生を得る。

俺は、あのホセ・ドノソの世界に出会ってから、あの悪夢から逃げられなくなった。逃げても逃げても、異形になった俺は俺でなく、俺とは別の物になり、と思うと、インブンチェの赤子になり、突如、老人と化す。時間も空間も分からなくなり、いまがいまであって、いまでなくなる。

唯一、自分が正常でいられるのは、燃え盛る炎を前にして、火に焙《あぶ》られながら、火炎と戦う時だけだ。

矢嶋は、パソコンに向かい、自分の密《ひそ》かな物語の続きを書きはじめた。誰にも知られたくない秘密の話を。

不意にスマホの着信音が鳴った。

矢嶋はキイを打つ手を止め、スマホのメールを開いた。見たことのない名の差出し人だった。

『……及川兄貴が隠していたものを、おれが預かっている。警察に持って行けば、喜ぶものだ。

おまえが十五年前に犯した罪で罰せられるだろう。そうされたくなければ、買い取れ。五千万円を用意しろ。期限は四日間だ。それ以上は待てない。イエスかノウか連絡しろ』

川崎の住所に、三橋伸司の名があった。

矢嶋は考え込んだ。

及川兄貴？　ということは、この三橋伸司は弟分ということか。

やはり及川は、回収したもの以外に、どこかに何かを隠し持っていたというのか。

矢嶋は、十五年前の夜をまざまざと思い出した。興奮に軀《からだ》が震えた。

だが、いま捕まるわけにはいかない。

矢嶋はスマホのメールを閉じ、電話のダイアルを表示した。指で番号を押し、スマホを耳にあてた。

何度かの呼び出し音の後、相手が出た。

「……脅されている。助けてほしい」

『またか。誰に、何のことでだ？』

「十五年前の事件で、及川の弟分からだ」

『……及川？　始末させたやつの弟分か。仕方ないやつだな。なんといっている？』

矢嶋はメールの内容を相手に話した。

どこからか、蟬時雨《せみしぐれ》が聞こえた。

6

本庁刑事部捜査一課の会議室。

北郷はテーブルを挟んで、捜査一課、ＳＳＢＣ（捜査支援分析センター）の幹部たちと向き合っていた。

楠田捜査一課長と安宅1係長。

ＳＳＢＣの進藤《しんどう》所長と清水係長。

北郷の隣には宮崎管理官と八代係長が捜査一課やＳＳＢＣの幹部と向き合って座っている。

上高井戸女子大生放火殺人事件。

事案の発生は、七月二日午後八時ごろ。現場は上高井戸一丁目のマンション「メゾン蘆花《ろか》」五階501号室から火が出ているという通行人からの119番通報があった。

110通報は二十二時十二分。現場に駆け付けた消防隊から焼死体発見の通報があった。

検視官は死体状況（死体の首に電気コードが巻かれていた）から、他殺と判断した。

被害者の身元は、加藤祐奈《やや》、二十歳。北海道札幌市出身。東朋大学理工学部に在学中の二年生。

ハイビジョン・モニターに加藤祐奈の顔写真が映し出された。

北郷ははっとして、写真に見入った。

似ている。髪型が違うが、どこか原口史織に似ている。どこが似ているのか？

目鼻立ち？　両頰の笑窪《えくぼ》？　黒目勝ちの大きな瞳《ひとみ》。まるで瓜二《うりふた》つではないか。

しかも、学部こそ違うが、原口史織と同じ東朋大学の女子学生。

矢嶋晋ならずとも、こんな女子学生に出会ったら、原口史織が生き返ったと思うのではないか？

北郷は、犯行動機のひとつが分かったように思った。

「以上が、事案の概要だ」

安宅1係長は手元の資料から目を上げた。

北郷は安宅1係長に尋ねた。

「矢嶋晋を重参に指名したのは、どういう証拠があってのことですか？」

「それはSSBCの清水係長から説明して貰《もら》おう」

安宅係長は憮然《ぶぜん》としていった。

清水係長が穏やかな表情で話し出した。

「御存知のように、事件発生の前後、現場『メゾン蘆花』周辺に出入りした車両や人物のビッグデータを解析し、マル被と思われる人物を割り出し、その後足、前足の軌跡を調べたのです」

後足は犯罪現場からの逃走した軌跡である。前足は、後足と判定された車両や人物が逃げた経路とは反対に、どのように現場に来たのか、その経路の捜査である。

「事件当夜の現場周辺の防犯カメラ、GSやコンビニの防犯カメラ、環八や第二京浜のNシステムなどから集めた膨大なデータ画像を解析した結果、数十台の不審車両がリストアップされた。それらをさらに、前足や聞き込み捜査で絞り込み、最後の最後に残った一台が、白い車体のプリウスだった」

清水係長は、部下に目で合図し、ハイビジョン・モニターに白い車体のプリウスを映し出させた。

夜の街道を走るプリウスを真上から俯瞰《ふかん》する形で撮影した動画だった。運転手の顔まではっきりと写っている。ナンバープレートの数字も読み取れる。

たしかに、矢嶋晋の顔によく似ていた。

「N（Nシステム）で撮ったものだ。これは後足だ。事件前の前足の写真もある」

画面に次々に白い車体のプリウスの写真が映し出された。鮮明なものもあれば、不鮮明な画像もある。

「これらは、現場周辺の防犯カメラにあった該当車両だ。画像解析すれば、いずれも同一の白のプリウスと判明した。ナンバープレートから、矢嶋晋の所有する車と分かった」

清水係長は部下に、また目で合図を送った。

画面は変わり、駅構内の人込みが映し出された。夕方のラッシュアワーだ。

「Nや防犯カメラの画像を基に三次元顔認証で追及捜査をしたところ、マル被（被疑者）は、一週間前にも、メゾン蘆花に下見に現われている」

駅の改札口から出てくる人込みの動画が映し出された。その人込みの中の一人の顔に四角のマークが付き、動画が止まった。

駅名が改札口の上に掲げられてあった。

京王線八幡山駅。

「八幡山駅から、メゾン蘆花の上高井戸一丁目まで、ほぼ四百メートルだ。そして、環八沿線の防犯カメラ、コンビニの防犯カメラにも、マル被の顔認証が確認されている」

画面にさまざまな角度からの矢嶋の顔が捉《とら》えられていた。矢嶋は野球帽を被《かぶ》り、マスクをかけて、顔面を隠しているが、顔の形、顎《あご》の線、耳の形などは隠せない。

「時系列的に時刻を調べると、1702に八幡山駅を出た後、1712に通りのコンビニに寄り、コーヒーを飲んでいる。その後、1723、上高井戸町内会の防犯カメラにマル被らしい人影が映っており、1732上高井戸の現場マンションの防犯カメラに、うろうろしているマル被の姿が映っていた」

「ふうむ」

宮崎管理官が腕組みをして唸《うな》った。

清水係長は続けた。

「後足を調べると、マル被は現場周辺を小一時間見て回った後、駅前に戻り、喫茶店に入った。その喫茶店からは駅前の人の通りを見ることができる。マル被は、マル害の帰りを待ち受けたものと思われる」

画面が暗くなり、街灯の明かりで人々の影が出来る。

「1945、マル害の加藤祐奈が、男友達と連れ立って改札口を出た。喫茶店でマル害を確認したマル被は店を出て、二人の尾行を開始する」

上から俯瞰した画像の端に、手を繋《つな》いで歩く加藤祐奈と連れの若い男が映っていた。二人の姿が舗道を通り過ぎ、ついでマル被のマスク姿が通る。

「犯行は、この一週間後だ。この日のマル被の後足を解析したところ、再び八幡山駅に戻り、新宿駅でJR湘南《しょうなん》新宿ラインに乗り換え、横浜駅に戻ったところまでは確認した。その後の足跡が途絶えた」

「家に戻らなかったということですか？」

「そうだ。その時には、どこへ泊まったのかヤサを割り出してなかった。マル被は翌日、平常通りに勤務についている」

清水係長は安宅1係長の顔を見た。安宅1係長は渋い顔で八代と北郷をじろりと見回した。

「マル被は車を使わず、別宅のハイツ池上に出没していた。そのマル被の別宅を、ようやくのことで割り出して、張り込みを開始したら、どこかのバカ女どもが割り込んできた。おかげで、うちの投げられた一人は腰の骨にヒビが入る重傷になった。もう一人は鼻の骨を折られる大怪我をした」

八代がにやっと笑った。

「うちの娘たちは二人とも有段者ですからね。突然に襲われれば、当然に反撃する」

「まさか、特命の連中とは思わなかったんでね」

安宅1係長は頭《かぶり》を振った。

北郷が笑いを嚙み殺しながら訊《き》いた。

「後足、前足からマル被を割り出したとして、肝心の現場からはマル被の犯行を裏付ける証拠は出たのですか？」

「いま鑑識が、慎重にやっている」

SSBCは、犯行事案のホシの足取りを追うという外周を固めるのに対して、事案の犯行現場の内部での捜査は鑑識が主役である。

「現況は？」

「室内はほぼ完全に燃えており、ホシの遺留物の発見が困難な状況にある」

安宅1係長は渋い顔でいった。

「遺留指紋は？」

「指掌紋がいくつか見つかっているが、不完全なものだ。ホシは手袋をしていた可能性を排除できない」

「DNAの検出は？」

「遺体の損傷が激しく、ホシのものと思われる体液は見つかっていない」

「ツッコミがあったのですか？」

「少なくても、マル害は処女ではなかった」

「不明ということですか？」

「ホシの精液が遺体の体内から検出しなかったのは、ホシがゴムを使っていた可能性がある」

「犯行に計画性があった？」

「そうだ。ホシはあらかじめ、犯行から足がつかぬよう準備をしていた。偶然の犯行ではない」

「矢嶋晋が本ボシであるという根拠は、何ですか？」

「いまのところ、ゲソ痕から分かった状況証拠しかない。鑑識が全力を挙げて捜査中だ。だが、侵入した手口から、ホシは矢嶋晋に間違いない」

「その侵入手口というのは？」

「ホシは屋上から雨樋《あまどい》を伝って、マル害の住む部屋501号室のベランダに降りている。鍵《かぎ》がかかっていなかったベランダのサッシ窓を開けて、内部に侵入した」

「……」

北郷は八代と顔を見合わせた。

ノビ師の手口だ。

「矢嶋晋は消防士だ。そのくらいは出来る」

「ゲソ痕は？」

「雨に流されてはいたが、屋上やベランダの手摺《てす》りにゲソ痕、雨樋に掌紋痕があった。それらを鑑識が捜査している」

「ホシは室内でマル害を待ち受けた？」

「室内に潜んで待ち受けたと思われる」

「その痕跡は？」

「いま捜査中だ」

「出は？」

「今度は、玄関ドアを開けて出て行ったと見ている」

今度は、ということは、安宅1係長はやはり「大森女子大生放火殺人事件」の手口が頭にあるからだろう、と北郷は思った。

「ドアの鍵は？」

「掛かっていなかった。もちろんチェーンもだ」

安宅1係長は、もういいだろう、という顔をした。

捜査一課長の楠田警視正が鋭い目で八代と北郷を見据え、重々しく口を開いた。

「こういった事情だ。期せずして、捜査一課強行犯捜査1係と、特命が同じホシを追うことになったが、ここは捜査一課1係に任せ、特命には降りて貰《もら》う」

「一課長、我々にホシを追うな、というのですか？」

北郷は楠田一課長に顔を向けた。

「そうだ。いいな」

「そんな馬鹿な。ようやく、我々もホシを捕る一歩手前まで来ているのに、降りろというのですか」

「これは命令だ」

「そんな命令は聞けません」

北郷は楠田警視正を睨《にら》み返した。

「なにい？」

楠田一課長の顔色が変わった。安宅1係長も鬼の形相になった。

宮崎管理官が待ったをかけた。

「分かりました。一課長、特命はいったん手を引きましょう」

「しかし、管理官」

北郷が抗議しようとした。

宮崎管理官は北郷を手で制した。

「北郷、抑えろ。これは組織捜査だ。ホシを捕らえるためだ。一課長の命令に従え」

「……」

北郷は宮崎管理官の顔を見た。宮崎管理官の目が、自分に任せろといっていた。

八代係長が苦笑いしながらいった。

「代理、俺も同じ気持ちだが、ここは捜査一課の一員として、新参者の我々は命令を受け入れよう。一課長は降りろとはいっているが、事案から手を引けとはいっておらん」

「八代係長、何をいうのだ。私は、この事案は捜査一課に任せ、特命は手を引けと命じているのだぞ」

「では、申し上げます。特命7係は、上高井戸女子大生放火殺人事件に、はじめから手を出していません。我々は未解決事案である大森女子大生放火殺人事件の再捜査をしていただけです。ようやく割ったマル被が、たまたま、上高井戸女子大生放火殺人事件のマル被と一致したらしいということです。特命捜査は粛々と続行させていただきます」

「八代、屁理屈《へりくつ》いうな」

安宅1係長が怒気を帯びた声でいった。

宮崎管理官がまあまあと両者に手を広げた。

「一課長、私が責任を持って、上高井戸女子大生放火殺人事件からは、特命7係の手を引かせます。だが、警視総監と刑事部長の肝煎《きもい》りでスタートした特命捜査対策室です。過去の事案を掘り起こしているうちに、いまの事案の捜査とぶつかっただけです。同じ捜査一課ではありませんか。捜査の手順の調整をしましょう」

「どうするというのかね？」

楠田一課長は怒りを抑えていった。宮崎管理官は両者を諭すようにいった。

「特命は、いまの上高井戸女子大生放火殺人事件に関わる捜査については、手を引いて、捜査一課強行犯係の捜査を妨害しない。しかし、特命は矢嶋晋の過去に犯した事案『大森女子大生放火殺人事件』について、引き続いて捜査を続行し、裏付け捜査を行なう。必要とあらば、捜査一課の捜査に全面的に協力する」

「よろしい。特命にも特命の事情があろう。いまの上高井戸女子大生放火殺人事件関連の捜査でなければ、よし、としよう。ともかく、被疑者への張り込みやつきまとい、尾行などは止めて貰おう」

「分かりました。手を引かせます。いいな、八代係長、北郷代理」

宮崎管理官は八代と北郷に念を押した。

北郷はうなずいた。

ここで争っても仕方がない。要は、どちらが先にホシを捕るかだ。

八代も黙ってうなずいていた。

7

岩手山の頂には雲がかかっていた。

標高二千三十八メートル。岩手富士といわれるように、秀麗な山容をしている。

陽光が山の斜面の緑を燃え立たせている。

武田は汗を拭《ぬぐ》いながら、岩手山の山麓《さんろく》にある集落を訪ねていた。

寂れた山間《やまあい》の集落は、いずれもが兼業農家で、田圃《たんぼ》や畑の耕作と一緒に酪農で牛を飼っている。

集落の大半が同じ戸山姓だった。親戚《しんせき》兄弟、遠縁の者たちが集まっているらしい。

家々のほとんどが留守で、みんな田圃や畑仕事に出ていた。留守をしているのは、軀《からだ》が動かない高齢な老人たちばかりだった。

戸山アキの家は、何軒か訪ね歩くうちに、留守居をしていた老人の口から分かった。

武田はハンカチで額の汗を拭い、戸山アキの家の庭に足を踏み入れた。

トタン屋根の小さな農家だった。

庭には、放し飼いにされた鶏が数羽、地べたを突っ突いていた。

「御免くださーい」

武田は大声で訪《おとな》いを告げた。

玄関の戸は鍵がかかっていなかった。戸を開けても、誰も出て来ない。家の中に人がいる気配はなかった。

村の駐在所のお巡りさんの話では、戸山アキさんは旦那《だんな》の政夫《まさお》さんとの二人暮らしだということだった。

先年、その政夫さんが脳溢血《のういっけつ》で倒れ、いまは介護施設に入っていて、時折、お家《うち》に帰ってくるとのことだった。

普段は、アキさんは牛を連れて、畑に出て、野良《のら》仕事をしていた。

あたりを見回したが、アキさんの姿は見当らない。

しばらく待つしかないか、と武田は日陰に入り、庭石に腰を下ろした。

若者が一人もいない村だった。村を通る国道には車や自転車一台、見当らない。

近くの町と村を結ぶバスも、時刻表によると、一日三便しかなかった。朝と昼、そして夕方、それぞれ、一便だけバスが通る。

武田は時間が停まった村を眺めながら、煙草を吸った。扇子でいくら扇《あお》いでも、熱風を追い払うことが出来ず、じっとしていても汗が流れる。

捜査とは、膨大な無駄な時間と汗の積み重ねだ。

かつて尊敬する先輩刑事にいわれたことがあった。とっくに鬼籍に入った古参刑事だった。真理を突いていると思う。

赤い鶏冠《とさか》の鶏が、物珍しそうに近寄って来る。そのおどおどした格好が、子供時代の自分を思わせて懐かしい。

煙草の吸い殻が十個以上、足元に落ちたころ、畑の間の小道を、とぼとぼと歩いて来る老婆の姿を見付けた。

老婆は村の道に入ると、まっすぐに武田のいる家の方角に歩いて来る。

小柄で痩《や》せた軀はやや腰が曲がっていたが、その顔には見覚えがあった。

武田は帽子を脱ぎ、立ち上がった。

「戸山アキさん、だね」

老婆は耳が遠いのか、左耳の耳朶《みみたぶ》に手をあてて大声で訊《き》いた。

「……何だって？」

「戸山アキさんだね。わし、だいぶ以前に、白金台の矢嶋家のことで、お会いしたことがある武田だが、覚えているかね」

戸山アキは、まじまじと武田を眺めた。

「ああ。覚えているだよ。あんとき、わしの肩持ってくれた刑事さんだべ」

戸山アキは欠けた歯の口を開き、懐かしそうに皺《しわ》だらけの目を細めた。

8

車は一路、第二京浜を東京をめざして走っている。

「矢嶋の捜査から手を引けなんて、ひどいではないですか。ここまで迫っているというのに」

車を運転しながら、青木奈那は怒り狂っていた。

助手席の安原万里警部補は、さもありなんという顔で笑った。

「捜査一課員たちは、突然、私たちが現われたので、さぞ面食らったことでしょうね。そして、特命にホシを横取りされたら、と大騒ぎになったのだ、と思いますよ。面白い」

「おまえたちのお陰で、一人重傷、一人大怪我だった」

後部座席に座った北郷は笑いながら、頭を振った。

「いい気味。女だと思って侮って、突然に襲って来るのが悪いのよ。ルックアット・ザマ」

青木奈那は意気軒昂《けんこう》だった。

万里が助手席から振り向いた。

「代理、ほんとにいいんですか？　捜査一課長に、手を引くといったのでしょう？」

北郷は答えなかった。

「本当に今日は、矢嶋は当直で終日、消防署に詰めているんだろう？」

「はい。間違いありません」

「だったら、ヤサには張り付いていない。おまえたちのお陰で、捜査一課の要員が二人不足になっている。誰もいないヤサに要員を張り付ける余裕はない」

「怪我の功名というわけですね」

「後ろはついているか？」

北郷は後部ガラス窓から後続車に目をやった。

「ついて来ています」

万里はうなずいた。

手塚の運転する覆面パトが追走して来る。

「いったい、どうしようというのです？」

「まあ、黙って見ていろ」

北郷は腕組みをして目を閉じた。


「あのマンションが『ハイツ池上』です」

万里は通りすがりのマンションを指差した。

「一回りしろ」

六階建てのマンションの周りには、不審な車両はない。

通常張り込む場合は、路地一つか二つ離れた場所に車を停める。車もたいていは、中が見えないようにしたバンだ。

「2号、あの六階建てがハイツ池上だ」

北郷は無線マイクにいった。

『……了解。ビルを視認した』

手塚刑事の声が返った。

「一巡する。周囲に張り込み車両か、捜査員がいないか、チェックしろ」

『了解』

マンション「ハイツ池上」の周囲を、ほぼ一巡したが、捜査員らしい人影は見当らなかった。不審車両もいない。

「止まれ」

北郷は川沿いの小公園の傍らで車を止めさせた。ドアを開けて、外へ出る。

後続の手塚の車も、直後に停まった。

ドアが開き、手塚刑事、鵜飼部長刑事、沼田部長刑事が降り立った。

今日は、手塚と鵜飼、沼田の三人を組ませてある。

小公園では、子供たちがサッカーで遊んでいる。幼児の世話をしながら、近所の主婦たちが木陰で談笑していた。

北郷を中心に六人の捜査員たちは、無言のまま歩き出した。

ハイツ池上の方角に歩きながら、手塚に訊いた。

「入れるか？」

「たいていの場合、大丈夫です。ノビの手を使えば」

手塚はにやっと笑った。

北郷は安原警部補と青木奈那にいった。

「おまえたち二人は支援班だ。念のため、捜査腕章を用意しておけ」

「腕章ですか？」

安原警部補は戸惑った顔をした。それでもバッグを探り、腕章を出した。奈那も見習った。

六人はハイツ池上の前に立った。

「異常なし」「クリア」「クリア」

鵜飼と手塚、沼田が左右前後を見ていった。

北郷は万里と奈那に囁《ささや》いた。

「そんなことをやっていいのですか？」

「令状なしでは、不法捜査ですよ」

「責任は俺が取る。いわれた通りやれ」

「分かりました」

万里は奈那と顔を見合わせ、うなずいた。

二人は郵便受けの場所に歩み寄った。

盛んに郵便受けの番号と名前をメモしている。

戻ってくると、メモを見ながら、ドアフォンの前で、万里が３０４号室のボタンを押した。

返事はない。留守だ。

ついで、５０２号室。返事がない。

今度は奈那が書き取ったメモを見ながら、２０１号室のボタンを押した。

『はい』

女の声の返事があった。

「鈴木さん、宅配便です」

『はい。上がって来て』

ドアが開いた。

北郷を先頭に沼田、手塚、鵜飼、万里がロビーの中に傾《なだ》れ込んだ。手塚がドアを押さえた。

奈那は、もう一度２０１号室のボタンを押した。

『はい』

「済みません。間違いでした。別の鈴木さんでした。御免なさい」

『まあ、気をつけてくださいな』

女の怒った声が聞こえた。

奈那がロビーに飛び込んだ。手塚がドアから手を離し、ドアは閉まった。

「腕章」

北郷は短く命じた。万里と奈那は腕章を付けた。北郷も歩きながら、腕章を左腕に付ける。鵜飼と手塚、沼田も一斉に腕章を付けた。

捜査腕章をすると、たとえ悪いことをするにしても態度が堂々とする。捜査のためだと嘘でも割り切れる。

北郷たちは、階段を使い、五階へと昇った。

踊り場から通路に出て、505号室の前に立つ。念のため、呼び鈴を押す。返事はない。

北郷は手塚にやれと命じた。

手塚はドアの前に屈《かが》み込み、ピッキングの用具を出した。二本の針状の釘《くぎ》を出し、鍵穴《かぎあな》に差し込んだ。

北郷と鵜飼、沼田が手塚の左右に立って、手塚の姿を隠した。

万里と奈那が通路の端に立ち、人が来ないか、警戒にあたる。

カチンと金属音が立った。

「オーケー」

手塚は三分もしないうちに、ドアを解錠した。

北郷たちは全員、捜査用のゴム手袋を両手にはめた。手塚がドアを開けた。北郷たちは相次いで中に入った。

昼間だというのに、部屋の中は夜のように暗かった。

ダイニングルームは、マンガ雑誌や新聞紙、おもちゃが整然と積んである。

ようやく狭い通路を抜けて、居間に入った。

狭い二DKだった。

「捜せ」

北郷は鵜飼と沼田、手塚に命じた。三人は無言で分かれ、鵜飼と沼田は居間に、手塚は寝室に入った。

居間に一歩入って、北郷は目を剝《む》いた。

机の上にデスクトップのモニターとキイボード。足下にPCの本機がある。壁にたくさんの写真が貼り付けてある。

窓に寄り、遮光カーテンを細目に開けた。

壁には焼け跡の写真が無数に貼ってある。

その中に、場違いな女性の写真があった。

「原口史織だ」

北郷は呻《うめ》いた。

女性たちの一枚は、笑った原口史織の写真だった。水着姿もある。

その隣に、史織によく似た女性の顔写真や立ち姿の写真があった。

「代理、加藤祐奈《やや》では」

「うむ。間違いない。矢嶋は両方の事件のホシだ」

鵜飼はパソコンを立ち上げた。

「な、なんだ、この気持ち悪い壁紙は？」

鵜飼は顔をしかめた。

北郷と沼田がパソコンの待ち受け画面を覗《のぞ》き込んだ。

グロテスクな異形の怪物が蹲《うずくま》っている。

「おお、気持ち悪《わり》い」

ドキュメントの一覧表を出し、タイトル名をチェックしはじめた。日記もある。

「日記をはじめ、最近のデータを適宜抜いてコピーしておけ」

「了解」

「沼田刑事、指紋を頼む」

「了解しました」

沼田は元指紋捜査官だ。指紋の採取はお手のものだ。

沼田はさっそく洗面台に行き、コップの指紋を採取しはじめた。

北郷はポリスモードで、壁の写真の様子を撮影した。史織と加藤祐奈の写真を並列して撮る。

「代理、来てくれ」

手塚の声が寝室から聞こえた。

北郷は寝室に入った。簡易ベッドが一台。

天井や壁に等身大に伸ばした娘の全裸写真が貼り付けてあった。いずれも、手足を縛られ、ベッドに横たえられて、恐怖に顔を引き攣《つ》らしている写真だった。

一葉は原口史織の古い写真。もう一葉は、加藤祐奈の写真だった。

「野郎、これらの写真を見ながら、寝ていたらしい」

北郷はベッドのシーツをめくり、床や枕を調べた。毛髪が付いている。シーツには、縮れた陰毛も付着していた。

「手塚、毛を収集しておけ」

「了解」

手塚はナイロンの小さな袋を掲げた。

「代理、こんな物がありました」

手塚はベッドの敷き布団とマットの間から、一冊の本を抜き出した。

表紙に花柄の絵や動物の写真が貼り付けてある。

ページをめくると手書きの日記だった。女文字で日々の出来事や思いが書いてある。

「どうやら、マル害の加藤祐奈か、あるいは、誰かの日記らしいのですが。どうしますか？」

北郷は迷った。

押収しても、不法侵入して得たものでは証拠にならない。しかも、持ち帰れば、矢嶋は誰かが室内に入ったのを知り、警戒して証拠になりそうなものを処分しはじめるだろう。

「本の表紙や冒頭のページだけでも写真に撮っておけ」

「了解」

手塚は日記をベッドの上に置き、撮影をはじめた。

北郷はベッドの傍らの灰皿から吸い殻をいくつか撮《つま》み上げ、ビニール袋に入れた。

イヤフォンに安原主任の声が聞こえた。

『代理、捜査車両らしき車がマンション前に来ました。至急、出てください』

「撤収、撤収」

北郷は沼田、手塚、鵜飼に小声でいった。

「一課の連中が来たらしい」

北郷は居間に戻り、窓の遮光カーテンの間から通りを見下ろした。

捜査車両のワゴンが一台、マンションの前に止まり、捜査員が降りて、あちらこちらを見ている。

「もう少しです」

鵜飼がパソコンの前でいった。

沼田と手塚は、すでに玄関の通路に戻っていた。

「あとどのくらいだ？」

「一分」

北郷は玄関に戻り、インカムに囁《ささや》いた。

「捜査員は？」

『玄関ポーチで、管理人とインターフォンで話をしている。早く撤収を』

「分かった。いま出る」

『階段の踊り場にいます』

「よし」

「終わった」

鵜飼がいい、USBメモリーチップを抜いた。PCの電源を切る。

手塚、沼田が出、ついで鵜飼が、最後に北郷が出た。手塚がまたピッキングの用具を出し、鍵穴に突っ込んだ。

「先に行け」

北郷は鵜飼と沼田にいった。二人は急ぎ足で階段に歩く。

「施錠完了」

手塚がいった。北郷は手塚を促し、階段へ急いだ。エレベーターが動いている。

北郷が階段を降りて、最初の踊り場を曲がった時、エレベーターが止まって、扉が開く音がした。

北郷は急いで手塚たちの後を追った。

一階の階段の上で、万里が止まれの合図を出していた。

「玄関前に捜査車両が待ち受けています。引き上げるまで待ちましょう」

みんなは階段に腰を下ろし、時間が過ぎるのを待った。

不法捜査である。たとえ、特命といえども、令状なしの捜査は許されることではない。だが、ホシを捕らえ、二度と若い女性の被害者を出さぬためにも、やらねばならぬ時はやる。

北郷は覚悟を決めていた。

またエレベーターが降りる音がして、階下のロビーで扉が開いた。

何人かの捜査員たちが無言で玄関から出て行く気配がした。

万里が階段の壁の陰から、外を窺《うかが》っていた。やがて、車のドアが閉まる音がして、ワゴンが走り去るエンジン音がした。

「オーケーです」

万里が北郷にうなずいた。

「よし。撤収だ。青木、手塚、車を回し、表の十中通りにあるセブン‐イレブンまで移動させろ。そこで集合だ」

北郷は全員に行けと命じた。

真っ先に手塚と、腕章を外した青木が玄関から出て、足早に小公園に向かった。

ほかの班員は、ゆっくりとハイツ池上を出て、十中通りへと歩き出した。

「みな、よくやった。グッドジョブ」

北郷は万里や沼田、鵜飼と顔を見合わせて笑った。

第八章　犯人逮捕

1

大村の声に、ワゴンの後部座席で転寝《うたたね》していた北郷ははっとして起き上がった。

日が暮れて、あたりに暗幕が下りていた。

「代理、動き出した」

「赤田組の連中が、やって来た」

大村は座席に躯《からだ》を沈め、外からは見えないようにしながら、北郷に囁いた。

一瞬、自分はどこに居るのか、と思った。

そうだ。三橋伸司のアパートを張り込んでいたのだった。

三橋の住むアパートの路地に、黒塗りのワゴンが一台止まっている。サイドドアが開き、男たちが四、五人降りた。警戒してあたりの様子を窺っている。

インカムのイヤフォンを耳に挿《はさ》んだ。

神奈川県警の捜査員の圧《お》し殺した声が聞こえた。

『デカ長、でかい魚が餌にかかった』

「誰がかかった？」

大村はマイクに囁いた。

『若頭補佐の金原悦男がいる』

「よし。いいぞ。まだ捕るな。餌に食い付いて飲み込んでからだ」

『了解』

捜査員の静かな声が聞こえた。

「代理のいう通り、ワナにかかったですな」

大村がうれしそうに笑った。

「大村デカ長、どういうことですか？」

伝令の青木奈那が助手席から顔を沈めて訊《き》いた。

「なんだ、奈那さんは聞いていないのか？」

「はい。代理は、なんでも、一人でやるもんで」

奈那は口を尖《とが》らせた。北郷は苦笑いした。

「汚い手だ。あまりやってはいけないことだ」

「ますます聞きたくなります」

大村デカ長が囁いた。

「矢嶋晋のスマホに、三橋になりすまして、メールを入れた。及川の隠し持ったブツを五千万円で買わないか、と。四日間のうちに用意しなければ警察に届けるとな」

「まあ。それで返事は？」

「やつは、なりすましだと思わずに、買うといって来た。場所と日時を指定しろと」

「それに対して、気が変わった。ほかの買い手に売ると返信した」

「怒ったでしょうね」

「それがワナだ。矢嶋は、誰かに頼んで、三橋からブツを取り戻せと命じたと思う。それで、赤田組が動き出した。それも、及川を拉致《らち》して殺した金原悦男たちがまたぞろ登場したというわけだ」

「三橋は、そんなメールが打たれたことを知らないのでしょう?」

北郷はうなずいた。

「これから知ることになる」

「代理、それは、あまりにひどくありません?　下手をすると三橋は赤田組に拉致されて、及川の二の舞になるかも知れない」

「うむ。ひどいと思う。だが、こうでもしないと、赤田組と矢嶋の線が繋《つな》がらない。さらに、及川殺しの事案を解決することが出来ないんだ」

「でも……。北郷さんらしくない」

青木奈那は哀しそうに顔を伏せた。

北郷は諭すようにいった。

「青木刑事、俺たち警察官は凶悪犯罪に立ち向かうためには、凶悪犯以上に凶悪な人間にならねばならない時があるんだ。いくら正義でも、それを貫くためには、不正義に手を染めねばならなくなる。大義のためには小義を犠牲にせねばならない。警察官は、そういう覚悟がなければ凶悪犯罪に立ち向かえないいんだ」

「正義のためには、法を破ってもいいというのですか」

青木奈那は、暗闇の中で、北郷に目を凝らした。その目は濡《ぬ》れてきらきらと輝いていた。

「法は、必ずしも正義ではない。生きていく上で、互いが守るべきルールが法律だ。法が正義を守ってくれるのではない。あくまで正義は我々人間が法を盾にして守るべきものなのだ。正義は我らの心の内にあるものなんだ。法に反しているから正義ではない、ということにはならない。合法でも不正義はある」

「でも、法を守るべき警察官が、人を貶《おとし》めていいものでしょうか」

「奈那、俺もつらい。だが、殺しのホシを捕るためには、俺は鬼にも悪魔にもなる。俺がすべて責任を取る。だから、いまは、何もいうな。俺のやることを邪魔するな」

「……」

奈那は座席の背に顔を伏せた。大村が慰めるようにいった。

「まあまあ、奈那さん、代理も指揮官としてつらいことをしているんだ」

「大村デカ長、私もデカです。そのくらい分かっています」

奈那は顔を上げた。何かを決心した様子だった。

『デカ長、やつら、三橋の寝込みを襲いました。どうしますか。打ち込みますか？』

大村はじろりと北郷を見た。

北郷はまだだ、と頭を左右に振った。

「待て。連中が三橋を拉致して、どこかへ連れて行く。それまで待て」

アパートの陰から、もつれ合った人影が四、五人出て来た。三橋らしい一人に頭から黒い袋を被《かぶ》せ、四人で担いでいる。

「やめろ。助けてくれ。俺は何も知らない」

「うるせい。静かにしろ」

男たちはワゴンに三橋を抱えて入り込んだ。

『デカ長、連中はマル対を車に連れ込みました。マル対を殺すかも知れない』

「落ち着け。大丈夫だ。やつらは三橋から話を聞き出すまでは生かしておく」

大村はついでインカムのマイクにいった。

「特捜（特別捜査隊）全局へ。尾行態勢に入れ。該当車両は黒塗りのベンツのワゴン。ナンバーは川崎みの８８……だ。絶対に逃すな」

『こちら機捜本部。こちらも機捜全車を緊急配備した。特捜の尾行を支援する』

「了解」

大村は大きくうなずいた。

北郷もポリスモードを通して命じた。

「７係全車へ、県警の特捜、機捜（機動捜査隊）と連携し、当該車両の尾行を行なえ」

『了解』『了解』

返答があいついでポリスモードに響いた。

黒塗りのベンツのワゴンはタイヤを軋《きし》ませて発進した。ワゴンは路地に走り込み、姿を消した。

「出せ」

大村は部下の運転手に命じた。

ワゴンは静かに黒塗りのワゴンの後を追って走り出した。

さあ、三橋、及川のブツをどこに隠してあるか案内しろ。

北郷は車の前方を睨《にら》み、心の中で祈った。

2

佐瀬刑事は夜啼《よな》き蕎麦《そば》屋の屋台で、ラーメンを啜《すす》っていた。

ちらりと桂子の店に目をやった。まだ赤提灯《あかちょうちん》は店先にぶらさがり、あたりに赤い光を投げている。縄暖簾《なわのれん》は、すでに仕舞い込まれている。

深夜二時を回っていた。

最後の客たち二人が、戸を開け、濁声《だみごえ》を上げながら出て来た。女将《おかみ》が如才なく、酔客たちとハグし合ったりしている。

残っているのは、後一人半村部長刑事だけだ。

今夜も半さんは一人最後まで粘って、女将を口説こうとしているのか。

いや、半さんには口説けまい。口説くつもりもあるまい。女将と半村は互いに家族を津波に呑《の》まれて喪《うしな》ったという、被災者同士だ。互いに同じ境遇を慰めあっているだけだ。

男と女の関係ではない。

女将は苦界から助けだしてくれた及川に恩義を感じて帰りを待っている。及川に操を立てている古風な女だ。

半村は出て行った女房をいまも思っている。

問わず語りに話す半村の女房は、郷里の福島に帰ったが、その後、まったく音信不通になっている。

半村の女房は南相馬市小高《おだか》区に戻った。そこまでは分かっている。その旧小高町も津波に襲われ、大勢が亡くなった。

だが、半村は浪江町請戸地区の両親たちのところにも、女房の南相馬市にも、捜しに戻ろうとしなかった。

刑事は家庭の事情や私情に流されてはいけない、と常々口にしていた。頑固な男なのだ。

ポリスモードが震動した。

佐瀬は屋台から立ち上がり、車へ向かって歩きながら、ポリスモードに入ったメールを見た。

『至急！　追尾をまかれた。緊急手配要請。黒のワゴン。川崎ナンバー、みの88……。赤田組の組員により、マル対が拉致された。組員たちは銃で武装している恐れあり。組員は、神奈川県警より指名手配中の金原悦男（若頭補佐）、村井誉、久木三喜男ほか一、二名。くりかえす、緊急手配要請……』

佐瀬はメールを見ながら車に戻り、運転席に潜り込んだ。

何をドジ踏んでいるのだ？

佐瀬は毒突いた。

代理たちが神奈川県警川崎署特捜隊と組んでマル対の三橋伸司のアパートに張り込んでいるのは知っていた。

三橋は及川のブツをどこかに隠している。

そのマル対の三橋が赤田組に拉致された？

いったい、代理たちは何をやっているのだ？

俺が現場にいたら、そんなことはさせないのに。

ポリスモードの電話機能の呼び出し音があった。発信人は北郷代理だった。

佐瀬は通話ボタンを押し、ポリスモードを耳にあてた。

「はい。佐瀬」

『佐瀬刑事、マル対を乗せた黒のワゴンが、そちらに向かっていると思われる。半村部長刑事と二人で、ワゴンが到着する前に、至急に女将お桂の身柄を確保し保護してほしい』

「なんだって？　三橋を乗せたワゴンがこちらに向かっているというのですか？　巻かれたのではないのか？」

『見失った。だが、ワゴンは高速に上がり、一路東京に向かったのが分かった。おそらく、三橋が金原たちにブツのありかを喋《しゃべ》ったのだ。ブツはお桂のところにある』

「代理、もし、お桂のところにブツがなかったら、どうするんです?」

『ある。なければ、お桂がブツを隠した場所を知っている。もし、俺のいうことがはずれたら、警察バッジを返上する』

「分かりました。半村部長刑事と一緒に女将を保護します」

佐瀬は店に目をやった。女将が赤提灯を仕舞おうとしていた。まだ半村は出て来ない。

『ワゴンはまもなく到着するはずだ。我らは急行しているが間に合いそうにない。八代班長に機捜の出動を要請した。機捜が駆け付けるまで、二人で対処してくれ』

「了解。だが、相手は武器を所持していると聞いたが?」

『相手が拳銃《けんじゅう》を使用しようとしたら、拳銃の使用を許可する。責任は俺が負う。以上』

通話は切れた。

仕方がない。アメリカンポリスではあるまいし、この平和な日本でドンパチがあるとは思えない。

佐瀬は脇の下に吊《つる》したホルスターから回転式拳銃S&WM37エアウエイトを引き抜き、シリンダー弾倉を振り出した。装弾数をチェックする。

蓮根《れんこん》状の弾倉は五発分の穴があるが、四発の弾丸しか装塡《そうてん》されていない。初発の一発は誤射を防ぐため、空にしてある。

刑事になってから、一度も拳銃を使っていない。最近は射撃場でも射撃訓練をしていない。拳銃を使わずとも、丸腰で相手を制圧する。それが刑事だと教えられて来た。

だが、代理の北郷は拳銃を振り回すのが平気らしい。横浜の埠頭《ふとう》で、犯人逮捕の際、拳銃で相手を射殺しかねなかったと聞いている。

佐瀬はやれやれと思いながら、拳銃をホルスターに収めた。

半村のポリスモードに電話を掛けた。呼び出し音が鳴ったはずだが、半村は出ない。出ようとしないのか？

デカ長はしょうがないな。女将とまだ呑んでいて、ポリスモードの呼び出し音に気付かないのかも知れない。

佐瀬は車のドアを開け、外に出た。

半村デカ長から店に来るなといわれているが、そんなことをいっている場合ではない。

佐瀬は店に向かって歩き出した。

3

半村は、少し酩酊《めいてい》していた。さっきからポリスモードが内ポケットで震動をくりかえしていた。

女将のお桂が赤提灯を畳んで店に戻って来た。電気コードを外し、カウンターの背後の板の間に片付けた。

「いいの？　お勤め。いつもこんな遅くまで飲んでいて。明日の仕事に差し支えないの？」

お桂は優しく半村に声をかけた。半村はお桂に嘘をついているのが苦しかった。いつか、告白して、心が楽になりたかった。

「実は、お桂さん、今夜、ぜひとも話しておきたいことがある。聞いてくれるかな」

半村は背筋を伸ばし、お桂を見つめた。

「まあ、どうしたというの。そんな真面目な顔をして」

「いつ打ち明けようか悩んでいたんだけど、自分は普通の会社員ではないんだ」

「普通でないって？」

「自分は警察官なんだ」

半村は恐る恐るいった。

「……知っていたわ。半村さんが刑事さんだってこと」

「どうして分かった？」

「どうしてって、あなた、ある晩酔っぱらって、二階へ上がって眠ってしまったことがあったじゃない？　その時、あなたの背広のポケットから警察バッジがこぼれ落ちたの。それを見て分かったのよ。あなたの会社は警察署だって」

「そうだったか。御免。酔って何も覚えていないんだ」

しかし、本当は半村は覚えていた。酔い過ぎて、二階に上がり、敷いてあった布団に酔い潰《つぶ》れて寝込んでしまったことを。あの時、半村はさりげなく二階のお桂の部屋を探るつもりでもあったことを。

あの夜、客の声が聞こえなくなった後、寝ていた半村の傍らに、お桂の火照った軀《からだ》がそっと忍び込んで来たことも、かすかに覚えていた。熱い吐息が顔にかかり、半村は夢心地でお桂を抱き締めていた。

「一本、つけましょうね」

お桂は徳利《とっくり》に酒を入れ、薬罐《やかん》に浸けた。

「お桂さんがずっと待っている亭主の及川真人さんのことなんだけど」

「……」お桂は黙った。

「いいだせなかったんだけど。及川は死んだんだ」

「……」お桂の動きが止まった。

「つい先だって、及川の白骨死体が川崎港で上がった」

「どこでですって?」

「川崎の港の運河。車ごと落とされて死んでいた」

「……殺されたのね」

「自殺ではなかった」

「いつ、及川は死んだのかしら?」

「十四年前になる」

「そうだったの。及川は、そうなるんじゃないかと思っていた。わたしには優しかったけど。わたしに内緒で悪いことに手を染めていたような感じがした」

半村は告白を続けた。

「この店に来るようになったのも、もしかして、及川が女将《おかみ》に会いに来るかもしれないと思ったからだった」

「……いま、及川の遺体はどこに収容されているの？」

「神奈川県警の川崎署。遺体安置所だ」

お桂は燗《かん》をした徳利を摘《つま》み上げ、半村のぐい飲みに酒を注いだ。ついで、自分のコップにも熱燗を注いだ。

「及川の冥福《めいふく》を祈って」

お桂はコップを宙に捧《ささ》げた。

「献杯」

半村もぐい飲みを掲げ、黙禱《もくとう》した。

「実は、もう一つ、話さねばならないことがある。女将は、及川から何か預からなかったか？」

「半さん、あんたも、及川が遺《のこ》したもの欲しさに、うちの店に来ていたの？」

お桂は怒りの顔になっていた。

「お桂さん、聞いてくれ。及川は、ある殺人事件の目撃者だった。及川は若い女子大生を殺した犯人の家に忍び込み、犯行の証拠となる物を盗み出した」

「……」

「そして、犯人を脅したんだ。証拠の物を高く買い取ってくれないと、警察に差し出すと」

「……」お桂はぐいっとコップ酒をあおった。

「犯人の方が上手《うわて》だった。犯人はやくざを雇い、金は払わず、及川を車に乗せたまま、海に落とした。」

「……」

「俺は女子大生を殺した犯人を捕まえたいのだ。それには、及川の……」

「知らないわよ。そんな及川のものなんて、わたしは預かっていないし」

ガラス戸ががらりと引き開けられた。

佐瀬が店を覗《のぞ》いた。

「デカ長、やばい。代理から至急の連絡が入った。赤田組がこちらに向かったそうだ。まもなく、到着すると」

「なんだって。どうして、ここが分かった?」

「やつらは三橋を人質に取って、ブツのあり場を吐かせたらしい」

「あんたもデカだったの? 三橋って、及川の弟分の?」

お桂は驚いた。佐瀬は続けた。

「代理が、女将の身柄を確保し、保護しろっていっている」

「わたしは平気よ。何もないんだから」

お桂は強がった。

表で急ブレーキをかける音が響いた。

「デカ長、やつらだ」

佐瀬は特殊警棒を腰から抜いた。

半村はカウンターの下の荷物置きの手提げカバンを出した。拳銃《けんじゅう》は持っていないが、特殊警棒は常時携帯している。

「女将、逃げろ。俺たちが、ここは食い止める」

「逃げろって、どこに」

「二階だ。二階の窓から、逃げろ」

「逃げるなんて嫌よ、ここはわたしの店よ。誰にも触れさせない」

ガラス戸越しに、黒のワゴン車が見えた。スライドドアが開き、車内からばらばらっと男たちが出てきた。

半村はカウンターに入り、お桂を二階に上がる階段に押しやった。特殊警棒を振って伸ばした。

がらりとガラス戸が引き開けられた。

黒いソフト帽を斜めに被《かぶ》り、派手なシャツを肩に羽織った人相の悪い男が店の入り口に現われた。男は半村と佐瀬を見て、怒鳴った。

「なんだ、てめえら。邪魔するな」

佐瀬は左手の特殊警棒を振って伸ばした。

「警察だ！　おとなしくしろ」

「おい、こいつが見えねえか」

後から手下が一人の男の首根っ子を摑《つか》み、引き立てた。顔は血だらけで、かぼちゃのように腫《は》れている。

「姐《あね》さん、済まねえ。こんなことになってしまって」

「三橋、血だらけじゃないの。あんたたち三橋になんてことをしたの」

お桂が悲鳴を上げた。

黒いソフト帽が脅した。

男の手には日本刀があった。刃が三橋の首にあてられている。

「おい、女将、及川から預かっているブツを出せ。出さねえと、こいつの首を叩《たた》き切るぜ」

「警察だ！　三橋を放せ。放さないと撃つぞ」

佐瀬は右手で脇の下から拳銃を抜いた。

黒いソフト帽は嘲笑《あざわら》った。

「ハジキが恐くてやくざをやってられるか。野郎ども、こいつらやっちまえ」

黒いソフト帽の男の背後から、日本刀や刀子《どす》を構えた男たちが、店に殺到した。

佐瀬は右手の拳銃を地面に向けて発砲した。

一人が構わず遮二無二佐瀬に突進した。

佐瀬は向かって来る男に一発、二発、拳銃を発射した。突進した男は弾《はじ》かれるように、その場に吹き飛んで転がった。

続いて、もう一人が佐瀬に駆け寄り、刀を振り回した。

佐瀬は、その男にも一発発砲した。男は胸を押さえながらも、佐瀬に斬り掛かった。

半村が警棒を手に男の前に飛び出し、警棒を男の手首に叩きこんだ。男は悲鳴を上げて、ぽろりと刀を取り落とした。

緊急灯を回転させた白いワゴン車が店の前に走り込んだ。止まると同時に北郷や大村、青木が飛び出した。

「警察だ！　金原、神妙にしろ」

大村デカ長の怒声が響いた。大村や青木、北郷は逃げ腰になったやくざ者たちに飛び掛かって、その場にねじ伏せ、手錠をかける。

さらにサイレンを吹鳴した覆面パトカーが何台も殺到して止まった。ばらばらっと車から機捜隊員たちが降りて店に殺到した。

機捜隊員は、黒いワゴン車に乗って逃げようとした男たちをつぎつぎに逮捕した。

「金原、観念しろ」

大村は黒いソフト帽の男に怒鳴った。

「うるせえ」

黒いソフト帽の男はトカレフ自動拳銃を手にお桂に走り寄った。

「こうなったら、女将も道連れだ。及川のところへ連れて行ってやらあ」

半村が黒いソフト帽の男に飛び掛かった。

「待て。お桂さんを、そんな目に遭わせられるか」

拳銃の発射音が響いた。半村は一瞬、胸に電撃を受けたが、ひるまず男の拳銃を持った手を捩《ね》じ上げ、階段に押し倒した。

「なにをする。この野郎。離せ」

北郷がカウンターを乗り越え、黒いソフト帽の男に飛び掛かった。

「手錠！　手錠だ。半村、手錠をかけろ」

半村は北郷から手錠を受け取り、金原の手首に掛けた。

「金原、おまえを殺人未遂、公務執行妨害、銃刀法違反の現行犯で逮捕する」

「それと及川殺しの容疑でも逮捕する」

大村デカ長が金原の軀《からだ》を引き起こした。

青木奈那がポリスモードに叫んでいた。

「至急至急。救急車を呼んで！　怪我人が出ている。現在地は上野六丁目……」

「半村さん、死なないで。わたしを一人にしないで」

お桂は胸から血を流して倒れている半村を抱き起こして泣き叫んでいた。

遠くで救急車のサイレンが聞こえた。

パトカーも何台も駆け付けていた。騒ぎに起きた住民たちが集まり、恐る恐る店を遠巻きにして見ていた。

佐瀬は呆然《ぼうぜん》として手にある拳銃に目をやった。初めて生身の人に向けて拳銃を発射した。

「大丈夫か。よくやった」

北郷が佐瀬に歩み寄り、佐瀬の手から拳銃を取り上げた。

佐瀬は急に胸に悪寒を感じ、その場に激しく嘔吐《おうと》した。食べたばかりのラーメンの麺《めん》が地べたに拡がった。

4

特命捜査対策室の小会議室は快い緊張感に包まれていた。

被弾し重傷を負って入院中の半村部長刑事を除く、特命7係の全員が顔を揃えていた。

「代理、あとはきみが説明しろ」

北郷は八代係長に促され、証拠品目リストを宮崎管理官の前に出した。

「管理官、大森女子大生放火殺人事件の本ボシが、矢嶋晋であることを裏付ける物証をすべて揃えました。これで、いつでも裁判所に逮捕状の請求ができます」

宮崎管理官はおもむろにリストを手に取った。班員たちの視線が一斉に北郷に集まった。

北郷はリストの写しに目をやった。

「まず、内偵捜査により、極秘に入手した矢嶋晋の体毛を科捜研に送り、DNA鑑定して貰《もら》ったところ、マル害の遺体から検出されたホシのDNA型と一致しました。さらに、血液型Aもホシの血液型と一致。合わせて、遺体に残っていたホシの3号指紋も、矢嶋晋の右手中指の指紋と一致しています」

宮崎管理官は微笑んだ。

「それらを、どうやって入手したかは問うまい。証拠として、公判法廷に提出することは出来ないのだろう?」

北郷はうなずいた。

宮崎管理官は、我々が不法捜査をしたことをどこからか聞き付けたらしい。

「はい。証拠能力はありません。あくまで参考資料です。矢嶋晋を逮捕したら、血液型、指紋の再検査、再度DNA鑑定をする必要があります」

「矢嶋晋の事件当夜のアリバイを崩すことが出来たのだな」

「はい。矢嶋晋の当夜のアリバイは、当時東京都公安委員だった叔父《おじ》矢嶋国雄と、その家族の証言でした。矢嶋晋は国雄宅に遊びに行き、家族との食事の後、一泊したとなっていました」

「うむ」

「アリバイ証言は、親族の場合、その信憑性《しんぴょうせい》が低い。ですが、東京都公安委員である叔父の証言は重く、それがアリバイとされていました。ところが、当時、矢嶋国雄邸でお手伝いさんをしていた戸山アキさんによれば、あの日泊まったのは、長男の矢嶋晋蔵夫妻で、次男の矢嶋晋は邸《やしき》に来るといっていたのに来なかった。泊まったのは別の日であると証言していました」

「その戸山アキさんを見付けたのか」

「はい。警視庁ＯＢの武田さんの協力で、武田さんが岩手県まで出掛け、戸山アキさんに面会しました。アキさんは事件当時五十六歳、現在七十一歳ですが、頭脳明晰《めいせき》、記憶力はやや衰えてはいますが、当夜のことは克明に覚えておられる。いつでも証言台に立ってくれるそうです」

「当時、そのお手伝いさんは、盗癖があるとかで、矢嶋邸から解雇された人と聞いている。そんな人の証言で公判を維持できるのか？」

北郷は、ははん、と思った。

「それは、当時、戸山アキさんから事情聴取した安宅係長の話でしょう？」

「そうだ」

「当時所轄刑事だった武田さんが、お手伝いさんのアキさんにあたり、アリバイ崩しの証言を引き出したのですが、それを知った公安委員の国雄氏が、雇われ人の分際で、あらぬことをぺらぺら警察に喋《しゃべ》るなと、アキさんやほかの女中たちを叱責《しっせき》し箝口令《かんこうれい》を敷いたそうです。公安委員を怒らせては、と当時の捜査一課の安宅刑事は、アキさんの証言を信用ならない、と握り潰《つぶ》したものです」

宮崎管理官はにやっと笑った。

「しかし、戸山アキさんの証言だけでは弱いな。ほかに補強する証言はないのか？」

「引き続き、当時の女中さんの証言を得ようと捜しています。アキさんの証言の補強材料ではないのですが、矢嶋国雄氏たちのアリバイ証言が信頼できないという材料はあります」

「どういうことか？」

「安原班長代理補佐と青木刑事が特命捜査した結果ですが、二人はよくやってくれました」

北郷はテーブルに着いている安原万里と青木奈那に目をやった。万里と奈那は嬉《うれ》しそうな顔をしている。

「矢嶋国雄氏は、東都大学付属病院の院長ですが、現在東京都公安委員を退任された。問題は国雄氏の陰に隠れた一人息子の嶺雄《みねお》です。面倒なので、以後の敬称は略します」

みんなの視線が自分に集中している。

「嶺雄は、家業の医師を継ぐのを嫌って、大学も神奈川県内の私立大学に進み、横浜や湘南で不良仲間とつるんで遊び回っていた放蕩《ほうとう》息子でした。

そのころ、嶺雄は横浜本牧《ほんもく》などを根城とする半グレたちと知合い、いまの赤田組との関係が出来たと見られます。

矢嶋家は頭痛の種の嶺雄を、なんとか更正させるため、同族会社の矢嶋倉庫会社に送り込んだ。その嶺雄が現在、矢嶋倉庫株式会社の代表取締役社長に就いているわけです」

「なるほど」

「今回、神奈川県警捜査本部の捜査により、大森女子大生放火殺人事件の目撃者であった及川を始末したのは、赤田組の若頭補佐の金原悦男たち極道と判明した。

県警捜査本部が、先に逮捕した金原悦男たちを厳しく追及したところ、十四年前に及川の始末を依頼して来たのは、矢嶋嶺雄だと自供した。

金原たちは、及川の隠し持った目撃情報を裏付ける証拠の品を取り戻せという依頼もされていた。それが、今回の御徒町での飲み屋お桂での襲撃騒ぎになるわけです」

「矢嶋嶺雄については、神奈川県警が逮捕検挙するわけだな」

「はい。殺人教唆並びに殺人の共同正犯で、神奈川県警捜査一課が、まもなく嶺雄を逮捕することになります」

「大森女子大生放火殺人事件についても、嶺雄の供述を取りたいな」

「もちろんです。神奈川県警捜査一課の尋問が一段落したら、いつでも、うちの捜査員の取り調べを許可してくれる約束になっています」

「そうか。つまり、公安委員の国雄の証言とはいえ、事案の目撃者である及川を始末しろと金原たちに依頼した息子嶺雄がいることを考えれば、矢嶋晋についてのアリバイ証言は情実が絡み過ぎて信用できない、となるか」

「そういうことです」

「でかした。よくアリバイを崩した」

安原万里は青木奈那と顔を見合わせ、親指を立てた。

「及川が隠していた物証となる品々も回収することが出来ました。これは重傷を負って入院中の半村部長刑事の功績大です」

半村は胸部に貫通銃創を受けながらも、女将《おかみ》のお桂を助けようと犯人ともみ合い、取り押さえた。その後、本人は救急車で搬送され、救急病院の集中治療室で緊急手術を受け、一命を取り留めた。全治三ヵ月の重傷。現在は、警察病院に入院加療していた。

北郷は佐瀬に向いた。

「佐瀬刑事、物を出してほしい」

「はい」

佐瀬が風呂敷《ふろしき》包《づつ》みをテーブルの上に載せ、包みを解《ほど》いた。

三冊の小冊子を取り出して並べた。

花柄模様の表紙の日記本が二冊、大判の大学ノート一冊。

「及川真人は、これらの物を田園調布の矢嶋宅に忍び込み、マル被矢嶋晋の部屋にあった、これらを盗み出したとみられる」

「いったい、何かね」

「この日記二冊は、マル害の原口史織の日記です。日頃、マル被が合鍵《あいかぎ》を使って部屋に無断侵入し、事件当夜までに盗み出したものとみられる」

宮崎管理官は一冊を手に取り、ぱらぱらとページをめくって目を通した。

安原万里がもう一冊の日記を手にし、目を通しはじめた。青木奈那が隣から覗《のぞ》き込んでいる。

沼田が大学ノートを手に取り、ページをくりはじめた。

「書かれている内容は、マル害が恋する河崎学に対する連綿たる思いが綴《つづ》られており、二冊目の日記には、反対にマル被に対する嫌悪感がつのる思いが連日のように書かれている」

北郷は安原万里がめくる日記を指差した。

「おそらく、マル被はこの日記を読んで、マル害が自分を嫌っているのを知り、ショックを受けたとともに、可愛さあまって憎さ百倍になったと思われます。そのマル被の心のありようが、大学ノートに書かれている」

沼田がノートを見ながら、ひとり唸《うな》った。

「ほんとだ。このノートには、矢嶋晋が史織さんに寄せる思いが綿々と書かれている。それが、事件当夜には、憎さのあまり、殺してやる、とまで書き込んである」

「それだけではありません。マル被は事件のことを、絵入りで克明に書き記している。これは稀《まれ》に見る殺人ノートといっていいでしょう」

北郷は沼田にいった。

「沼田部長刑事、ノートの最後の方のページを開けてくれ」

沼田はノートの後ろの方のページをめくった。

「ああ、これですね」

ノートを見開きにして開いた。

そこには、部屋の間取り、女の人形《ひとがた》が横たわるベッド、クローゼットなどが描かれている。

「このノートを読み、ホシしか知らない事実が書かれていました。マル被は合鍵で部屋に侵入した後、マル害が帰宅したのを知ると、このクローゼットの中に忍び込んでいたことです。その印がクローゼットに書き込んである」

北郷はクローゼットの中に蹲《うずくま》っている人形があるのを指差した。

「そして、その痕跡《こんせき》を消すためにも、クローゼットの中に火を点《つ》けたとあります」

「ううむ」宮崎管理官は唸った。

「さらに、マル被はまるで誇らしげに、いかにしてマル害を殺したのか、リアルに日記に書き込んである。マル害の両手両足首をガムテープで縛り上げ、全裸にして、いかに弄《もてあそ》んだかも……」

「……許せぬ」

宮崎管理官はぼそっと呟《つぶや》いた。

「これらは、矢嶋晋の殺意と犯行を裏付ける第一級の物証です」

「代理、これらを、だれから、入手したのだ？」

「及川の内妻お桂さん、本名内藤《ないとう》桂子が及川から預かり、二階の天井裏に長年隠し持っていたものです。桂子は、及川から自分が戻るまで、絶対に風呂敷包みを開けてはならない、と固くいわれていたので、これまで一度も開けたことがなく、何が入っているのかも知らなかったといっています。これは桂子の正直な性格から、嘘はない、と思われます」

「なぜ、桂子は警察に渡す気になったのだ？」

「滅多に訪ねて来ない三橋が、金原たちに連れられてやって来て、及川から預かったブツを出せ、出さないと三橋の命がないぞ、と脅され、そんな大事な物だったのか、と思ったそうです。

そこで、桂子を身を犠牲にしてでも守ろうとした半村部長刑事を見て、警察に協力しようと思ったそうです」

「そうだったのか。半村部長刑事もやるな」

佐瀬が付け加えるようにいった。

「管理官、半村部長刑事と桂子は、ともに東日本大震災で、郷里の家族を亡くされた。それだけでなく、二人とも連れ合いに出ていかれている。半さんはカミさんが出て行ったまま帰らない。桂子は及川が出たまま。互いに似たような境遇なので慰め合っていた。半さんは毎晩のように店に通い、桂子の信頼を勝ち得ていたんです」

「なるほど、そういう事情があってのことか」

宮崎管理官は頭を振った。

八代係長が口を開いた。

「矢嶋晋の取り調べにあたっては、これら三冊を、さらにみんなで精査し、犯行の実態に迫っておく必要がある」

「そうですな」

北郷も異存はなかった。

鵜飼が手を上げ、発言を求めた。北郷は鵜飼に話すよう指名した。

「及川は金原たちにブツを出せと脅された時に、何を渡したのですかね。ほかにもブツはあったのか？」

「それについては、神奈川県警が調べてくれているが、金原によれば、本当に目撃を証明するようなブツがあるのかと疑っていたそうだ。及川が持って来たのは、大学ノートの一部のコピーだった。コピーでなく現物はどこにある、と及川に訊《き》いたが、いくら及川を痛めつけても吐かず、ついに死んでしまった。それで、やばいとなり、車に乗せて、運河に沈めたという供述だった」

手塚が頭を掻《か》いた。

「へええ。及川は恋女房のヤサに隠したことを最後まで吐かなかったってわけか。最後は及川もノビ師の気位を取り戻したんだな」

北郷は宮崎管理官を直視した。

「管理官、ぜひ、矢嶋晋の身柄を、我々特命7係に捕らせてください」

八代係長は黙って天井を睨《にら》んでいる。

宮崎管理官はテーブルに両手をついた。

「駄目だ。捜査一課が矢嶋晋の逮捕をする」

「管理官、どうしてですか？　捜査一課やSSBCは、ゲソ痕では矢嶋晋を割り出したが、状況証拠だけではないですか」

「いや、今朝になって鑑識から報告があった。遺体の陰部に付着していた陰毛一本が、マル被の物と判明した。そのDNA鑑定にかけたところ、別途に入手してあった矢嶋のDNA型と一致した。血液型もAと判明。血液型、DNA型一致ということで、上高井戸女子大生放火殺人事件の本ボシとして逮捕状を取るそうだ」

班員たちはどよめいた。

北郷は皮肉をこめていった。

「管理官、捜査一課も我々同様、別途に内緒で矢嶋晋のDNAを入手していたんじゃないですか」

宮崎管理官はうなずいた。

「どうやって手に入れたのかは分からない。判事によっては、説明を求められるだろう。DNAの入手方法があまり合法的ではないと判断されれば、裁判官によってはすぐにはフダ（逮捕状や家宅捜索令状）が下りないかも知れない」

令状の発行は裁判官の裁量権である。捜査員が令状発行を申請しても、判事を納得させる材料でなければ簡単には下りない。

特に逮捕状は、人権侵害の恐れがあるので、人権を考慮する判事は慎重になるのだ。

警察の捜査に理解のある判事の場合であれば、比較的楽に逮捕状は下りる。

事案は犯人逮捕で終わるのではない。逮捕前から、公判を見据えた攻防が開始されているのだ。

「今回の担当判事は誰です？」

八代係長が訊いた。宮崎管理官は頭を振りながらいった。

「4号法廷の橘《たちばな》判事だ」

八代係長と北郷は顔を見合わせた。

橘判事は名うての人権派の判事だ。やや被告人寄りになる気味はあるが、非常に冷静な判断をする判事なので、法的な解釈に頑迷な判事よりは、はるかに捜査に協力的だ。事件の犯罪の凶悪性や累犯性、反社会性、緊急性などを強調して訴えれば、判事も理解してくれるし、協力もしてくれる。要は説得の仕方次第なのである。

「きっとフダの発行は難航するな」

八代係長は呟いた。北郷もいった。

「管理官、捜査一課は、かなり無理をして急いでいませんか。ホシの身柄をまず押さえ、自供させようとしているのでは？」

「自殺でもされたら、元も子もないからだ」

「しかし、矢嶋晋を捕るにしても、捜査一課は、犯行の動機や、犯行に至った経緯について、何も分かっていないのでは？」

「それは、矢嶋晋の身柄を確保してから、捜査一課が総力を上げて、解明するつもりだからだ。はじめから分かっていれば……」

宮崎管理官は、いいかけて途中で話を止めた。目をぎらりと光らせた。

「北郷、もしかして、おまえは、その動機や経緯を知っているのか？」

「はい。内偵捜査してあります」

北郷は、鵜飼、沼田、手塚、万里、奈那らの顔を見回した。みんなはしてやったりという顔をしている。

「いってみろ」

「矢嶋晋は、この五月、被災地名取市に災害派遣された際、原口史織によく似た女子大生加藤祐奈《やや》に出会った」

青木奈那が数葉の写真をテーブルに並べた。

原口史織と加藤祐奈の写真だった。

「なるほど。よく似ている」

宮崎管理官は写真を見比べながらうなずいた。

「加藤祐奈は二十歳、北海道札幌出身。上京して、原口史織と同じ東朋大学に入学。ただし、理工学部の二年生。大学キャンパスは、大田区ではなく府中にある。しかし、矢嶋晋は、史織が生き返って自分に会いに来たかと思ったと、日記には記しています」

「待て。今度も矢嶋晋の日記があるというのか？」

「はい。ただし、今度はパソコンの中にあったもので、大学ノートではありません」

宮崎管理官は一瞬黙った。一呼吸あって、じろりと北郷を睨んだ。

「……続けろ」

「矢嶋晋は、トラウマを覚えた。これは運命的出会いだと。さらに、恐怖に囚《とら》われもした。もしかして、自分は史織に対して犯した罪を再びくりかえすのではないか、と。そういう運命にあるのではないか、とも。矢嶋晋の日記には、一方で史織に替わる加藤祐奈と出会えた喜びに震え、他方で、かつての事象が思い起こされて、煩悶《はんもん》の毎日を過ごしていました。……これも日記に書かれてあることです」

「それで？」

「矢嶋晋は、勤務明けの日々を使って、上高井戸一丁目の彼女のマンションに通い、ストーカー行為をはじめます。偶然に出会ったように彼女の前に現われ、交際を申し込んだりします。だが、彼女には彼氏がいた。そのため、やんわりと断られた」

「ふうむ」

「それから、ストーカーとなり、愛《いと》しさあまって、憎さ百倍となり、犯行を計画します。しかし、今度は合鍵《あいかぎ》が作れない。それで、大森女子大生放火殺人事件の時、ノビ師の犯行と断定されたのを思い出し、屋上に上がって、雨樋《あまどい》伝いにベランダに降りる手口を真似することにした。消防士の訓練で、ビルからベランダに降りることなどは平気で出来る。その特技を使うことにした。そして、当夜雨だったが、人が上を見ていないと考えて、決行した。これらが克明に書かれていた」

宮崎管理官はむっつりした顔になった。

「八代係長、物証として使えるのか？」

八代が頭を左右に振った。

「使えません。逆に腕のいい弁護士にかかったら、不法捜査の結果として、無罪にされかねない」

「しかし、管理官、矢嶋晋が別宅に、どんな物証を隠し持っているか、事前に分かれば、ガサ入れする時、真っ先に何を押さえたらいいかの目安になります」

「……おまえら、無断で侵入し、証拠集めをしたのだな」

「はい」

北郷は覚悟して答えた。

「八代、おまえの命令か」

北郷が宮崎を遮った。

「いえ。管理官、これは、自分の判断でやったことです。八代班長の許可は得ていません」

「いや。管理官。私が代理に捜査続行を命じたので、自分の責任です」

八代は北郷に、目で俺に任せろ、と合図した。

宮崎管理官はにやっと笑った。

「庇《かば》い合いはやめろ。最終的には、私の責任だ。おまえたちに責任を取らせるような真似はしない。だが、外部に漏れ、マスコミなんかに嗅《か》ぎ付かれたら、特命の存亡を揺るがす大問題になる。みんな、その時は一蓮托生《いちれんたくしょう》だ。いいな」

宮崎管理官は、7係の班員を見回した。

北郷は安原万里が気になった。安原万里は警務部監察官室に繋《つな》がっている。もし、監察官に知られたら、たいへんな騒動になる。

安原万里は無表情だった。何を考えているのか、分からない。

「北郷、矢嶋晋の日記は記録データがあるのか？」

「はい」

北郷は鵜飼に目をやった。鵜飼はテーブルの上に、一本のＵＳＢメモリーを置いた。

「ほかには？」

手塚がポリスモードを宮崎管理官に見せた。

「こういう動画もあります」

矢嶋晋の部屋の様子を左から右へ舐《な》めるように撮影した動画だった。史織と加藤祐奈の全裸の写真も撮ってあった。

「指紋も採取してあります」

北郷は指紋捜査官の沼田に目でうなずいた。

沼田が採取した指紋を写し取ったパラフィン紙を並べた。

「先にいいましたが、矢嶋晋の中指の指紋と3号指紋が一致しています」

宮崎管理官は、ううむ、と唸《うな》った。

「おまえたち、……よくやった」

宮崎管理官は、苦笑ともとれる笑いを口元に浮かべた。

「管理官、我々特命が矢嶋晋を捕ることは出来ないでしょうね」

「駄目だ」

「お願いがあります。捕る時、我々も立ち合わせて貰《もら》えませんか。我々も一課の一員です」

「……」

「せめて、そのくらいは、捜査一課長も許してくれるのでは？」

「絶対に邪魔をしないな」

「するはずがありません。遠くから、逮捕の瞬間を見たいのです。どういう顔をするか」

「よし、捜査一課長に聞いておこう。だが、期待はするな」

「いつ、捕るのですか？」

「常識的にいって、やつが当番明けになる朝だろう。勤務中だと消防局が大騒ぎになる」

矢嶋晋が明けの日？

北郷は八代と顔を見合わせた。

矢嶋晋の非番になるのは、明後日《あさって》の朝だ。その日がXディということになる。

5

ホシを追い詰める証拠はすべて揃っている。だが、ホシを逮捕出来ない。

北郷は歯痒《はがゆ》い思いで、車の前方に展開する街の光景を眺めていた。呑川には朝靄《あさもや》が棚引いている。

ワゴンは十中通りに入り、セブン-イレブンの駐車場に入って止まった。

八代係長、北郷、安原班長代理補佐、青木奈那、運転者の真下があいついで降り立った。

もう一台のワゴンからも、手塚、佐瀬、九重、沼田、鵜飼の面々が降りて、店に入って行く。

あたりにはまだ夜明けの気配が残っている。

受令機のイヤフォンには、ひっきりなしに通信指令室の通報や命令が入っている。

青木が店内に入り、ドリップコーヒーを買って戻って来た。北郷と八代にコーヒーの紙カップを渡し、また店に引き返して行く。

北郷は熱いコーヒーを啜《すす》った。身震いして、眠気を追い払った。

家並みの屋根越しにハイツ池上の最上階が見える。

八代はコーヒーを飲みながら、ポリスモードを見ていた。

「マトにヅかれる（気づかれる）から、現場を中心にした八百メートルの範囲は、打ち込みまで立ち入り禁止だそうだ」

「八百メートルの範囲ねえ」

それでは、現場がまるで見えない。だが、安宅係長たちの気持ちも分からないではない。

ハイツ池上の周辺に、いつになくワゴンや捜査車両が屯《たむろ》していたら、ホシでなくても用心する。まして警察の影に怯《おび》えているやつなら、捜査員たちが発する気を敏感に感じ取るものだ。

「マル被が来るまで、ここで待機ですね」

北郷は八代にいい、ワゴンに戻った。

店で水分を補給し、トイレで用を足した捜査員たちは、それぞれの朝食のパンやおにぎりを手にワゴンに引き上げて来た。

青木奈那が東洋日報の朝刊を手にワゴンに乗り込んだ。

「社会面に出てますよ」

「なに？」

新聞を開いた。社会面に目をやった。トップに『上高井戸女子大生放火殺人事件の容疑者浮上か？』という四段抜きの見出しが立っていた。

『……捜査関係者によれば、被害者の死体から犯人のものと思われる体毛が一本見つかっており、科捜研がＤＮＡ鑑定したところ、ある人物のＤＮＡ型と一致した。捜査本部は、その男が事件の容疑者と断定し、内偵捜査を開始した。……』

中身は、それだけだ。大した内容ではない。見出しだけの飛ばし記事だ。記者が捜査幹部に夜討ちした折に、ちょっと小耳にしたネタを水増しし、興味本位の記事に仕立てたものだ。

捜査側としては、マル被に少しでも動きを知られまいと神経を使っているので、最も嫌うタイプの迷惑記事だ。

八代係長に新聞を回した。八代も記事にさっと目を通し、万里に回した。

「ブンヤも動いている。用心しないとな」

北郷はコンビニの駐車場を見回した。そういえば、社旗こそ立てていないが、黒塗りのハイヤーが二台、エンジンをかけたまま駐車していた。いかにも新聞記者《ブンヤ》臭い男が二人、談笑しながら、おにぎりを手に店を出てくるのが見えた。

『タマの車、十中通りに入った。……地点通過』

無線に捜査一課員の通信が入った。

「まもなく、来るぞ」

八代係長が運転席の真下にいった。

6

おかしい。

矢嶋晋は、部屋に入った途端、本能的に異変を感じた。部屋の中を見回した。

一週間前に来た時と、どこか違う。

矢嶋は手にした東洋日報を机の上に放り投げた。

新聞記事も、捜査の輪が狭まっていることを示唆している。

居間の窓辺に寄り、遮光カーテンを細目に開けた。下界を見渡した。通りに見慣れぬ白塗りのワンボックスカーが駐車している。人影はない。

舗道を乳母車を押した主婦がゆっくりと歩いて行く。目立った人の動きはない。

気のせいか？

矢嶋は部屋のエアコンをつけた。台所に立ち、コーヒーメーカーに濾紙《ろし》を掛け、コーヒーの粉を入れる。水をタンクに入れて、電源をオンにした。

居間に戻り、机に座る。パソコンの電源を入れた。その時に、違和感を感じた。

矢嶋は机の引き出しに屈《かが》み込んで見た。引き出しの出し入れ口に、貼り付けておいた毛髪が床に落ちていた。

念のため、引き出しを開けると、毛髪が落ちる仕掛けにしてあった。

誰かが部屋に入り、引き出しを開けた？

すべてが一見前のままだが、誰かが入って、あれこれいじっている。

パソコンが立ち上がった。

待ち受け画面のインブンチェの顔が歪《ゆが》み、俺を嘲笑《あざわら》った。

いじられているよ。いいのかい？　日記も見られているよ。

思い出せば、エレベーターに乗り込んだ時、一緒に乗った女は、あいさつを交わした後、終始俺から顔を背けていた。女は明らかに俺を意識し、警戒していた。

女は五階で降りず、そのまま上階に上がったが、これまで一度も顔を見たことのない女だった。

あんな女が六階に住んでいただろうか？

もしかして、女捜査員？

そういえば、普通人ではない気を放っていた。警察官が放つ、人を落ち着かなくさせる独特の気だ。

パソコンを開くと自動的にカウントされる数字も、前回よりも増えている。いじられている。間違いない。この部屋は警察に入られた。

矢嶋は、非常時に使うソフトを作動させた。自動的にパソコンがデスクに保存してあるデータの削除を開始した。

電子音が響いた。

矢嶋はびくりとして台所を見た。

コーヒーが沸いたという電子音だった。

この部屋は危ない。

矢嶋は立ち上がり、壁に貼ってある史織と祐奈の写真に見入った。

おまえたちとも、お別れだね。

矢嶋は写真を剝《は》がしはじめ、床の畳に置いた。焼け跡の写真たちも剝がして、畳に山と積んだ。

車の止まる音が聞こえた。何台もの車だ。

窓辺に寄り、遮光カーテンの間から、通りを見下ろした。

通りにワゴンや乗用車が何台も止まっている。車から一斉に男たちが降り、こちらのマンションを見上げている。

建物の陰や路地から制服警官たちが現われ、黄色と黒の斑《まだら》模様の紐《ひも》で阻止線を張りはじめた。来た。警察が来た。

矢嶋は深呼吸した。やることは一つしかない。

ちらりと頭を妻の美奈や子供たちの顔がかすめた。

御免。俺はこんな男なんだ。許してほしい。

矢嶋はじっと頭《こうべ》を垂れ、黙禱《もくとう》した。

玄関のブザーが鳴った。名前を呼ぶ男の声が聞こえた。

矢嶋は台所に行き、コーヒーをカップに入れた。

ドアを叩《たた》く音が響いた。開けろ、という怒声も聞こえる。

警察だ。開けろ。矢嶋！

コーヒーを啜りながら、居間に戻った。ライターを出し、写真の山に火を点《つ》けた。

引き出しを開け、ライターオイルの缶を取り出した。

さよなら、史織。さよなら、祐奈。

オイルを火に注いだ。一瞬の間の後、炎が大きく立ち上った。

インブンチェが炎の中で、けたたましく笑い立てていた。

7

捜査指揮車の傍らに立った安宅1係長は、無線マイクに「打ち込め」と怒鳴っていた。

「ホシを捕れ。ようやくフダが下りた。緊逮（緊急逮捕）しろ」

その号令を合図に五階の通路に待機していた捜査員たちが、一斉に動き、５０５号室のドアに殺到するのが見えた。

「いまごろ、下ろしやがって。もっと早ければ、部屋に入る前に、すんなりと身柄を押さえることが出来たのに」

安宅1係長は周りの部下にあたり散らしていた。

あたりには、新聞社やテレビの車両が殺到し、記者たちが車から飛び出して来た。

警備の警官が阻止線の黄色と黒の斑の紐を張って、記者たちの立ち入りを止めている。

「取材妨害するのか」

「危ないから下がって下がって」

怒声が上がり、記者たちと警官が揉《も》み合った。

「おまえら、見ているだけだぞ。手出し無用だ」

安宅1係長は、鬼のような形相で、八代係長や北郷をどやしつけた。

「分かってます。手出ししませんよ」

北郷はいった。

「係長！　一課長です」

捜査指揮車のドアから、呼ぶ声があった。

安宅1係長は憤然として、捜査指揮車に入って行った。

「代理、ドアを開けた。突入した」

双眼鏡を覗《のぞ》いていた手塚が告げた。北郷は５０５号室の窓を睨《にら》んだ。

ちらりと火の手が見えた。

「いかん、火事だ。青木、消防を呼べ」

「はいっ」

青木奈那は弾《はじ》かれたようにポリスモードを出し、119をコールしはじめた。

手出し無用とはいわれたが、緊急の場合、口出しはいいだろう。

手塚が北郷の顔を見た。

「代理、日記が燃えてしまう」

「よし。俺が行く」

北郷は突然走り出した。

「自分も」

手塚が続いた。

「私も」

万里の声が聞こえた。

北郷は全速力でハイツ池上の玄関ポーチに突進した。

警備の警官が止めようとした。

「どけ。特命だ」

警官は北郷の背広の襟に付けられた捜査一課の赤いバッジを見て、道を開けた。

開け放ったままの玄関の入り口に走り込んだ。手塚たちがどどっと続いた。

エレベーターは五階に上がったままだ。

北郷は躊躇《ちゅうちょ》せず、階段を一気に駆け上った。

五階の通路に上がり、北郷はさすがに息が上がった。両手を膝《ひざ》にあてて屈み込み、ぜいぜいと肩で息をした。

手塚も五階に到着した。

505号室のドアから、暴れる矢嶋を担いだ捜査員たちが出て来た。ドアの陰から、もうもうと黒煙が噴き出している。

手塚は通路を突進し、矢嶋を担ぐ捜査員たちとすれ違った。

北郷も続いて走り、捜査員たちと入れ違った。

「危険だ！　行くな」

捜査員が叫んだ。

手塚は躊躇せずに部屋に飛び込んだ。

北郷も背広を脱ぎ、それを頭から被《かぶ》り、黒煙が噴き出す玄関に走り込んだ。

背広の袖《そで》で口と鼻を覆い、身を屈めて、部屋の奥をめざした。

居間には火が回り、手が付けられない。手塚が寝室に飛び込んだ。

北郷は居間の机の下にあるパソコン本体を引き摺《ず》り出そうとした。

だが、PC本機にも火がついていた。

北郷は台所の水道に飛び付いた。栓を開け、水を出した。盥《たらい》に水を溜《た》める。

備え付けの消火器の把手《とって》を摑《つか》んだ。ピンを抜き、ホースを居間の炎に向けた。レバーを引き、消火液を吹き掛けた。火勢は弱まらず、かえって強くなったように思った。

寝室から手塚が走り出た。

「代理、日記はゲット」

「よし、先に逃げろ」

「代理、逃げましょう。PCは諦《あきら》めて」

「先に行け」

北郷は消火器のホースをPCに向けた。白い泡がPCに点いた炎を見る間に消した。

北郷は火が消えたPCを机の下から引き摺り出した。

消火器の泡が出なくなった。万事休す。

炎の舌が部屋全体の壁を舐《な》め、天井を燃やしはじめていた。

「代理、早く」

手塚がいち早く玄関から外に逃げ出した。

出口への通路にも火が回りはじめている。

「北郷さん、逃げて」「逃げてください」

万里と奈那の声が聞こえた。

煙で息苦しくなった。

猛然と噴き上がる炎が、北郷の頬や髪を焦がした。

北郷は台所のシンクに取って返した。盥に溜まった水を頭から浴びた。

北郷はＰＣを担ぎ、ウォーと声を出しながら、玄関に突進した。

通路に飛び出すと、青木奈那と安原万里が北郷を迎えた。手塚はしゃがみこんでいた。

手塚の手には、加藤祐奈の日記があった。

「代理、軀《からだ》に火が点いている！」

奈那と安原万里は手にした消火器のホースを北郷に向け、全身に消火液を浴びせた。

銀色の防火服や防火ヘルメットを被った消防隊員たちが北郷たちを押し退けて、玄関先に立った。手にした消火ホースで放水を開始した。

北郷はへなへなと通路に崩れ落ちそうになった。両脇から青木奈那と安原万里が支えた。

「もう、大丈夫です。撤収しましょう」

周囲からサイレンの音が聞こえた。火災報知機のベルが鳴り響き、あたりは騒然としている。

マンションの住民たちが通路に出て来て避難を開始している。

「おまえら、ここで何をしているんだ！」

怒声が聞こえた。

通路の先から安宅1係長の赤ら顔がやって来るのが見えた。

8

小会議室には、宮崎管理官、八代係長、北郷班長代理、安原班長代理補佐が集まり、今後の捜査方針を打ち合せていた。

宮崎管理官は鷹揚《おうよう》に笑った。

「一課長以下、高橋理事官も、安宅1係長もみなおかんむりだ。しかし、北郷も手塚も、それに安原万里も青木も、班員全員、よくやった」

「管理官、あまり誉めないでください。誉められるとみな増長しますから」

八代係長は不機嫌そうにいった。だが、目は笑っている。

北郷は包帯を巻いた顔を宮崎管理官に向けた。

「管理官、しかし、矢嶋にだいぶ手を焼いているようですね」

「このままだと二十日いっぱいは行くかもしれない。下手をすると、さらに二十日になるかもしれん」

矢嶋は完全黙秘していた。その上に、ヤメ検のすご腕の弁護士がついたと聞いている。取り調べの攻防が続いている。矢嶋は雑談にも応じないらしい。

証拠を突き付けても、まったく無反応で、自分の世界に閉じこもっている様子だった。

捜査一課は勾留《こうりゅう》期限の四十八時間内に矢嶋を落として送検したいと思っていた。だが、その思惑は外れ、検事勾留七十二時間いっぱいになった。だが、まだ矢嶋は落ちなかった。

検事勾留請求がなされ、裁判所に認められて勾留期限が十日に延長された。それでも、矢嶋はまだ完黙を続けていた。

検察がさらに勾留期限の延長を請求しても、あと十日が限度だった。

その後は、いったん釈放手続きをして、再度、別件ででも再逮捕する。そしてまた、七十二時間の勾留を経て、最大二十日間の延長となる。

だが、あまり何度も検事が勾留請求をくりかえすと、人権侵害だと弁護士たちに騒がれ、世論の受けも悪い。

宮崎管理官は苦々しくいった。

「いくらSSBC捜査による後足、前足のゲソ痕、防犯カメラの画像ばかりだと、状況証拠にはなっても、物証としては弱い。DNA型が一致したという決め手はあるが、犯行の動機とか全容が分からないと、起訴に持って行くことが出来ない。それで、検察も捜査一課も困っているらしい」

「押収したパソコンのデータがあるじゃないですか？」

北郷はひりひりと疼《うず》く火傷《やけど》の痛みを我慢しながらいった。

「せっかく、おまえたちが命懸けで運び出したPCだが、修復に難航しているらしい。ディスクが火に炙《あぶ》られたり、消火液を被ったりして、データがだいぶ破損しているらしい。いくら科捜研でも、一部のデータの復元は無理らしい」

「捜査一課も意地を張らず、特命に助けを求めてくれればいいのに。同じ捜査一課なのに」

安原班長代理補佐が笑った。

北郷も内心、そう思った。なにしろ、こちらには事前に入手したパソコンのデータのコピーがある。不法捜査で入手したものだから、公然とは使えないし、裁判に出すわけにもいかない。だが、矢嶋晋の犯行の経緯や動機の解明には役立つはずだ。

「いくら同じ課内とはいえ、強行犯捜査1係には面子《メンツ》がある。新参者の特命7係に頭を下げるわけにはいかんだろう」

宮崎管理官は頭を振った。北郷がいった。

「手塚が加藤祐奈の日記を、うまく持ち出したではないですか。あれは貴重な物証でしょう？　やつが加藤祐奈の部屋に忍び込んだ物証になる」

「その通りだ。だが、あの日記は、矢嶋晋の動機解明にも役立つが、マル害の日記だし、マル被の心情を記したものではない」

「今後、特命は、どうしますか？」

八代係長が訊《き》いた。

宮崎管理官は静かにいった。

「ともあれ、矢嶋晋を追及するための準備だけはしておいてくれ。捜査一課が投げ出したら、特命の出番になる。こちらは、大森女子大生放火殺人事件の本ボシとして矢嶋晋を締め上げる。逃しはしない」

ドアにノックがあった。

庶務の女性事務官が顔を出した。

「管理官、捜査一課の安宅1係長が御見えになっています」

「通してくれ」

宮崎管理官は、いいながら、北郷たちに片目をつぶった。

「いよいよ、我々の出番が来たぞ」

9

警視庁本庁舎は、首都東京の治安を預かる中枢の本丸としての威容がある。

北郷は窓から皇居の堀のさざ波を眺めながら、いかにして矢嶋晋を落とすかを必死に考えていた。

特命から出す取調官は三人。八代係長と北郷は十分に話し合った末に、九重と沼田、そして手塚の三人を選んだ。

九重部長刑事は取調官として実績があり、落としの名人とされているのだから、当然の抜擢《ばってき》だ。

沼田部長刑事と手塚刑事は、九重の補佐役だ。

矢嶋晋を、どう攻略するか、先刻まで、八代係長を中心に話し合っていたところだ。

八代係長は捜査一課の安宅1係長の席に行き、取り調べの最終打ち合せをしている。

北郷は振り向いた。三人の取調官は、待機所の硬い椅子に、神妙な顔で腰を下ろしている。

北郷はいった。

「敵は完黙で徹底抗戦している。やつは固く自分の内に閉じ籠《こ》もっている。その沈黙の壁を破るには、やつの心の奥に潜む闇に踏み込むしかない。沼田部長刑事、できるか？」

「やってみます」

「九重部長刑事、沼田部長刑事と一緒に、なんとしても矢嶋晋を落とせ。時間は五日貰《もら》った。できるか？　いや、九重、きみならできる。それができるのは九重、おまえしかない」

「代理、任せてくれ。俺が落とす」

「手塚刑事、きみは二人を補佐しろ。なにか必要なものがあったら、伝令として出て来い。何でも用意する」

「了解です。お任せを」

ドアが開いた。八代係長と安宅1係長が現われた。

「出番だ」

九重、沼田、手塚は、一斉に立ち上がった。

「頼んだぞ」

八代係長が三人の取調官の肩を軽く叩《たた》いた。

「行ってきます」

三人の取調官は腰を斜めに折って敬礼し、取調室へと出て行った。

矢嶋晋は取調室の中で、一人パイプ椅子に座り、ぽつねんとしていた。

三人が入って行くと、矢嶋晋は顔を上げもせず、机の一点を見つめ、微動だもしなかった。

記録係の机に手塚が座った。

九重と沼田が机を挟んで、矢嶋晋と向かい合うように椅子に座った。

三人とも黙ったまま、矢嶋を見つめた。

重苦しい沈黙が流れた。

三人の取調官も、一人の被疑者も、誰一人発言せず、沈黙したまま時を過ごした。


マジックミラーの背後から、取調室の様子を眺めていた安宅1係長は、じろりと北郷と八代係長を睨《にら》んだ。

「何もしゃべらんではないか。いったい、どうしたというのだ？」

「まあ、彼らにお任せを。しばらく、このままで行きます」

北郷はいった。

「何時間、こんな無駄なことをするつもりだ？」

「放っておきましょう。そのうち、動きが出ます」

「忙しいのに、こんなことに付き合っておれん。よし、何か動きが出たら、呼んでくれ。私は席に戻っている。しっかり、頼むぞ」

安宅1係長は、部下たちを連れ、あたふたと部屋から出て行った。

北郷は八代係長と顔を見合わせた。

空気が動いた。

矢嶋がしびれを切らして、身動《みじろ》いだのだ。

すかさず沼田が低い声でぼそっといった。

「おまえのインブンチェは、どこに居る？」

矢嶋の顔がはっとして上がり、沼田に向いた。

「矢嶋、おまえ、悪夢を見ていたのだろう？」

「……悪夢？」

「そうだ。伝説の妖怪《ようかい》インブンチェに、おまえは取り憑《つ》かれていたんだ」

「……俺は、俺は何をしていたんだ？」

矢嶋は机にどっと伏せた。

「ようやく、矢嶋の口を開かせましたね」

北郷はモニターを見ながら八代係長にいった。

「これで、しばらく沼田と文学論議をすることになりましょう。ちょっと、喫煙室で一服、やりますか」

「いいね。俺はしばらく禁煙していたのだが、また吸いたくなった」

八代係長と北郷は、笑いながら、廊下に出た。

北郷は廊下の窓から入る新鮮な空気を胸いっぱいに吸い込んだ。

矢嶋晋が、堰《せき》を切ったように全面自供をはじめたのは、その日の夜からだった。

はじめは、おずおずと、次第に自分がやったことを自慢するかのように、上高井戸女子大生放火殺人事件の顚末《てんまつ》を話した。

翌日、翌々日と、矢嶋晋は上高井戸女子大生放火殺人事件を語り尽くした。

供述を聞いた捜査一課強行犯捜査1係は、裏付け捜査に天手古舞《てんてこまい》になった。ほかの係からの応援も得て、裏付け、裏取りに走り回っていた。

四日目には、特命が取り組んだ大森女子大生放火殺人事件について、供述をはじめた。

そして、五日目、矢嶋晋の供述は終わった。

特命の捜査員が裏付けに走り回ることはなかった。読み筋通りで、物証も手抜かりなく揃っていたからだ。

供述が終わった矢嶋晋は虚脱状態になり、別人のように素直になった。

弁護士が、いったい、取調官たちは矢嶋晋に何をしたのか、薬物でも飲ませたのではないかと激怒して、一課長や宮崎管理官に抗議したが、一切取り合わなかった。

深川分庁舎に戻った八代係長と北郷は、さっそく管理官室に呼ばれた。

八代係長と北郷が部屋を訪ねると、宮崎管理官が満面に笑みを浮かべて二人を迎えた。

「特命7係には、全員に警視総監賞が授与されることになった。よくやった。おめでとう。みんなにも、そう伝えてくれ。全員に金一封が出る」

「ありがとうございます」

八代係長と北郷は宮崎管理官に礼をいった。

金一封といっても、警視総監賞と記された祝儀袋に、五百円玉が一個入っているだけだが、警察官にとっては金額よりも名誉が大きい。

「さっそくだが、二人に申し伝える。二人には気の毒だが、今回の記者会見は、刑事部長、捜査一課長と安宅1係長、それにSSBC所長の四名が出ることになった」

「……」

北郷は八代係長の顔を見た。八代係長は憮然《ぶぜん》としていたが、何もいわなかった。

宮崎はいった。

「二人とも、不満だろうが、今回は手柄を捜査一課強行犯係とSSBCに譲れ」

「上高井戸女子大生放火殺人事件については分かります。ですが、大森女子大生放火殺人事件の手柄まで、捜査一課に譲るのですか？」

「そうだ。捜査一課が、上高井戸女子大生放火殺人事件のマル被を追っているうちに、十五年前の大森女子大生放火殺人事件のホシと同一犯だと分かった、というシナリオだ」

「その逆ではありませんか？　なぜ、そんなシナリオが必要なんですか？」

北郷が抗議をした。

「八代係長は分かるな。要するに面子《メンツ》だ。捜査一課の面子がかかっている」

「面子ですか？」

「大森の事案は、かつて、捜査一課強行犯捜査1係の安宅たちが手懸けたケースだ。八代係長も、その一人だった。捜査一課のエースたちは解決出来なかった事案を、新参者の特命7係が、それもゴンゾウといわれた捜査員たちが、見事に解決した。捜査一課を背負ってきた安宅係長たちにとって、面目丸潰《まるつぶ》れもいいところだ。この上、記者会見まで特命7係でやったら、安宅1係長たちは、恥の上塗りになる」

「……」北郷はため息をついた。

「だから、ここは、安宅係長たちの手柄として譲れ。総監も刑事部長も、特命7係の功績であることは、十分に承知している」

北郷は八代係長を見た。八代係長は何もいわず、うなずいた。北郷もいった。

「分かりました。みんなにも、そう申し伝えます」

「よし。八代係長、北郷代理、きみたちは、ほんとうによくやった。これで、捜査一課強行犯捜査係もSSBCも、特命7係に一目も二目も置くことになろう」

宮崎管理官は、北郷と八代係長に慰め顔でいった。

10

テレビでは、刑事部長、楠田一課長、安宅1係長、SSBC所長の四人がライトを浴びて記者会見をしていた。翌日の新聞各紙は捜査一課強行犯捜査係とSSBCの手柄を讃える記事を一面トップに配して報じていた。特命捜査対策室7係について触れた社はなかった。

北郷は新聞を丸めてポケットに入れた。

警察病院の傍にある堀は水を湛《たた》えて、眩《まぶ》しい陽光を乱反射させていた。

北郷は、安原万里、青木奈那と一緒に、警察病院の病室に半村部長刑事を見舞った。

半村の容体は順調に快復し、いまでは個室から四人部屋に移されていた。

先に見舞いに来ていた佐瀬が、突然の北郷たちの来訪に驚いた。

半村はベッドの上に起き上がった。

「お見舞いです」

「早く現場復帰してください」

「でないと、半村さんの机、どこかに片付けてしまいますよ」

安原万里と青木奈那が豪華な花束を半村に手渡した。半村は思わぬ見舞いに顔をくしゃくしゃにして喜んだ。

枕元の花瓶に、白、赤、ピンクのカーネーションが飾られてあった。

「お、女の先客ありですね」

青木奈那が軽口を叩いた。

「さっきまで、桂子さんが見舞いに来ていたんだ」

「あら、お安くないですね」

「うむ。お別れの挨拶《あいさつ》に来たんだ。桂子さんは、店を畳んで、東北の田舎に還《かえ》るといって」

半村は笑いながらいった。笑顔だが、どこか寂しげだった。

「そうか。桂子さんも故郷が被災していたんだったな」

「代理、桂子さんは、半さんに警察を辞めて、故郷へ一緒に帰らないか、と誘ったんです。それを半さんは断った。もったいない話だ」

佐瀬がため息混じりにいった。

北郷は桂子の面影を思い浮べた。色白でふくよかないい女だった。武骨な半村とお似合いな夫婦になると思った。

「どうして？」

訊《き》くのも野暮な話だが、あえて訊いた。

「代理、どうしてって。俺のような男はゴンゾウだが刑事のほかやることがない。桂子と所帯を持っても、おまんまを食わせていけない。そんな俺と一緒になったら不幸になるだけだ。桂子は、もう十二分に不幸を味わっている。もう、そんな目に遭わせたくない」

半村は遠くを見る目付きをした。

「それに、俺には……」

いいかけて半村は口を噤《つぐ》んだ。

「半村部長刑事」

安原万里が笑顔でいった。

「あなたは終生、刑事でいたいのですね」

「凄《すご》いわ。尊敬しちゃう」

青木奈那も笑った。

「……そんな格好いいもんじゃねえ」

半村は照れ笑いした。

枕元のケータイが鳴った。半村はのそのそと手を伸ばして、ケータイを耳にあてた。

「……ああ、俺だ」

半村の目が見る見るうちに潤みだした。

「うん、うん」

半村は何度も相手にうなずいている。

「万里、奈那、失礼しよう」

「はい」ふたりは素直に応じた。

「俺も出ます」

佐瀬も立ち上がった。

「待ってください」

半村はケータイを耳にあてたまま、北郷を止めた。

「うん、うん。よかった。生きていたんだな、おまえ」

北郷は万里や奈那、佐瀬と顔を見合わせた。

「ばかやろう。心配させやがって。おまえがいなかったら、俺は安心して刑事をやれねえんだ。

分かっているくせしやがって」

半村はケータイの送話口を手で塞《ふさ》ぎながらいった。

「家出して田舎に帰り、津波に呑《の》まれた女房が助かって生きていたんです。畜生、生きていてくれたって」

半村はぐすりと鼻を啜《すす》り上げた。

「大丈夫だよ。このぐらいの傷。俺は、一発二発の弾では死なねえんだ。……いらねえ。見舞いなんて。……」

「無理しちゃって。半さん」

佐瀬は肩を竦《すく》めた。

北郷は万里と奈那に顎《あご》をしゃくった。

「出よう。外の空気が吸いたい」

「煙草が飲みたい」

佐瀬もうなずいた。

半村が手でケータイを覆い、小声でいうのが聞こえた。

「……ありがと」

北郷は胸がほっこりする思いがし、奈那と顔を見合わせた。奈那はにっと笑った。

奈那の隣で万里が、まあまあ、という顔をしていた。

病院の外には、秋の兆しを孕《はら》んだ陽射しが堀の水面を照らしていた。

北郷は煙草を銜《くわ》え、箱から一本出して、佐瀬に差し出した。

「代理、はじめて人に向かって拳銃を撃ち、代理の気持ちが分かりましたよ。厭なものだってね」

「……そうだよな。二度は撃ちたくないと思う」

北郷は溜息まじりにいった。

「ごっつぁんです」

佐瀬は煙草を引き抜き銜えた。ジッポの火を点《つ》けた。オイルの匂いがした。北郷は煙草の煙を深々と吸った。

青空を定規で線を引いたような白い飛行機雲が一本伸びて行くのが見えた。

参考資料

今井良著『警視庁科学捜査最前線』（新潮新書）
堀ノ内雅一著『指紋捜査官』（角川書店）
飯田裕久著『警視庁捜査一課刑事』（朝日新聞出版）
須藤武雄著『科学捜査の現場』（講談社＋α文庫）
別冊宝島『警察組織のすべて』（宝島社）
鼓直訳『集英社版世界の文学31　ドノソ』（集英社）